VIRGINIE DESPENTES

DAS LEBEN DES
VERNON SUBUTEX 3

VIRGINIE DESPENTES

DAS LEBEN DES VERNON SUBUTEX 3

Roman

Aus dem Französischen
von Claudia Steinitz

KIEPENHEUER & WITSCH

Die Übersetzerin dankt dem Deutschen Übersetzerfonds
für die großzügige Unterstützung ihrer Arbeit.

MIX
Papier aus verantwortungsvollen Quellen
FSC® C083411
FSC www.fsc.org

Verlag Kiepenheuer & Witsch, FSC® N001512

2. Auflage 2018

Titel der Originalausgabe: *Vernon Subutex 3*
Die Originalausgabe erschien 2017
bei Grasset & Fasquelle, Paris.

Aus dem Französischen von Claudia Steinitz

Umschlaggestaltung: Barbara Thoben, Köln
Umschlagmotive: © plainpicture
Foto der Autorin: © JF Paga
Gesetzt aus der Aldus
Satz: Buch-Werkstatt GmbH, Bad Aibling
Druck und Bindung: CPI books GmbH, Leck
ISBN 978-3-462-05153-7

Look up here, I'm in heaven
I've got scars that can't be seen
I've got drama, can't be stolen
Everybody knows me now.

David Bowie, Lazarus

In memoriam Sven Polhammer

Index der Hauptpersonen aus den ersten beiden Bänden

Charles: Stammgast des Parks Buttes-Chaumont und der Kneipen in der Umgebung. Am Anfang von Band 2 hat er Vernon gefunden, der krank und fiebernd auf einer Bank gestrandet war, sich um ihn gekümmert und mit ihm angefreundet. Hatte vor ein paar Jahren einen Hauptgewinn im Lotto, hat aber niemandem davon erzählt.

Kiko: Kokainsüchtiger schwerreicher Ex-Trader. Wohnt im 8. Arrondissement von Paris. Er hat Vernon als genialen DJ eine Weile beherbergt, ihn dann rausgeworfen und sich wieder mit ihm versöhnt.

Alex Bleach: Rocksänger. Am Anfang von Band 1 in einem Hotelzimmer an einer Überdosis gestorben. Alter Freund von Vernon. Er hat zwei Videokassetten aufgenommen, auf denen er seine Geschichte erzählt, unter anderem von seinem Krieg gegen Dopalet, dem er vorwirft, die Pornoqueen Vodka Satana getötet zu haben, in die Alex sehr verliebt war.

Die Véro: Lebensgefährtin von Charles. Taucht in Band 2 kurz auf, hat sich aber von der Subutex-Bande ferngehalten.

Pamela Kant: Ex-Pornostar, computersüchtig. War mit Vodka Satana befreundet. Sie hat sich an der Suche nach Vernon beteiligt und mit ihm angefreundet.

Marcia: Brasilianische Transsexuelle, lebt in Paris, arbeitet bei Modeshootings als Friseurin. In Band 1 wohnte sie in Kikos Wohnung, wo sich Vernon unsterblich in sie verliebt hatte, dann ist sie verschwunden.

Laurent Dopalet: Filmproduzent um die fünfzig, Vater von Antoine. In Band 1 engagiert er die Hyäne, um die kompromittierenden Kassetten von Alex Bleach zu finden. In Band 2 wird er in seiner Wohnung von Aïcha und Céleste überfallen, die den Tod von Vodka Satana rächen wollen.

Die Hyäne: Privatdetektivin ohne Lizenz. Hat für Dopalet gearbeitet, ihn aber verraten und sich der Subutex-Bande angeschlossen.

Olga: Obdachlose, explosives Naturell. Sie ist in Vernon verknallt, den sie getroffen hat, als er endgültig auf der Straße gelandet war.

Xavier: Seit zwanzig Jahren erfolgloser Drehbuchschreiber, mit Marie-Ange verheiratet. Er hat eine Tochter, mag Hunde und gehört zur Bande um Vernon.

Marie-Ange: Ehefrau von Xavier.

Sylvie: Ex von Alex Bleach. In Band 1 hatte sie Vernon aufgenommen und ein kurzes Verhältnis mit ihm gehabt. Nachdem er ohne Erklärung abgehauen war, hatte sie ihn voller Hass verfolgt. In Band 2 gehörte sie zu der Gruppe, die sich in den Buttes-Chaumont traf. Mutter von Lancelot, der mit seiner Freundin zusammengezogen ist.

Emilie: Jugendfreundin von Vernon. War früher Bassistin, hat aber alle Verbindungen zur Welt der Musik abgebrochen. Sie hat Vernon für eine Nacht aufgenommen, sich später an der Suche nach ihm beteiligt und der Gruppe in den Buttes-Chaumont angeschlossen.

Laurent: Hat Vernon getroffen, nachdem der seinen letzten Unterschlupf verlassen hatte. War schon lange obdachlos und hat Vernon erklärt, wie das Leben auf der Straße funktioniert.

Patrice: Arbeitet in Aushilfsjobs, lebt in der Banlieue, ist tätowiert, mürrisch, manchmal gewalttätig. Gehört zur Gruppe um Vernon in den Buttes-Chaumont und verliebt sich am Ende von Band 2 in Pénélope.

Antoine: Kurator für Street Art, Sohn von Dopalet. Informiert die Gruppe über die Aktivitäten seines Vaters.

Sélim: Universitätsangestellter, Atheist, Vater von Aïcha aus seiner Ehe mit Faïza, der späteren Vodka Satana. Er hatte seiner Tochter nie erzählt, dass ihre Mutter Pornostar war. Sie erfährt es in Band 2. Gehört zur Gruppe um Vernon in den Buttes-Chaumont.

Aïcha: Jurastudentin, praktizierende Muslima. Sie hat die Wahrheit über ihre Mutter aus den Aufnahmen von Alex Bleach erfahren und rächt sich, indem sie Dopalet in seiner Wohnung überfällt. Ist am Ende von Band 2 mithilfe der Hyäne untergetaucht, um Dopalets Rache zu entgehen.

Vodka Satana: Mutter von Aïcha, Exfrau von Sélim, Pornostar. Hatte eine Beziehung mit Alex Bleach. War mit Pamela und Daniel befreundet und ist mit kaum 30 Jahren an einer Überdosis gestorben. Alex behauptet, sie sei von Dopalet getötet worden, der sich vor einem Skandal wegen seiner Beziehung zu ihr gefürchtet habe.

Céleste: Tätowiererin und Kellnerin im Rosa Bonheur. Ihr Vater ist Polizist und war Stammgast in Vernons Plattenladen. Sie erkennt Vernon, als sie ihn zufällig trifft. In Band 2 hat sie sich mit Aïcha angefreundet und begleitet sie bei ihrer Rache an Dopalet. Taucht mithilfe der Hyäne unter, um Dopalets Rache zu entgehen.

Lydia Bazooka: Rockmusikkritikerin. War ein leidenschaftlicher Fan von Alex Bleach. Hat Vernon eine Weile aufgenommen und sich dann der Gruppe angeschlossen, die ihn suchte. Sie hat es sich in den Kopf gesetzt, eine ausführliche Biografie über Alex Bleach zu schreiben.

Daniel: Enger Freund von Pamela Kant. Transsexuell. Empfänglich für Célestes Charme, die seine Zuneigung jedoch nicht erwidert.

Im Bahnhof von Bordeaux wird gebaut, drinnen verstellt ein Wald von Gerüsten den Weg. Auf dem Bahnsteig läuft ein Junge hin und her und raucht eine Kippe nach der anderen, die nackten Füße in Turnschuhen, die wie Latschen runtergetreten sind. Er wirft feindselige Blicke durch die Zugfenster, als wartete er nur darauf, dass jemand zuckt, um in den Zug zu springen und ihn aufzumischen. Den Kontrolleuren ist er auch aufgefallen, sie stehen in den Türen, damit er nicht im letzten Moment einsteigt. Die vier Noten des SNCF-Jingles ertönen im Waggon, gefolgt von dem schrillen Ton, der die Abfahrt ankündigt. Der Junge bleibt auf dem Bahnsteig. Vernon kreuzt seinen Blick und ist verblüfft von der Gewalt seines Hasses. Als gelte er ihm persönlich. Er übersteigt den Wunsch zu töten, den Willen zu vernichten – es ist eine Feindseligkeit, die weit in der Zeit zurückgehen müsste, um ihm über sieben Generationen die Eingeweide herauszureißen.

Vernon drückt sich in seinen Sitz und streckt die Beine aus. Er hatte vergessen, wie gern er Zug fährt, ihn erfüllt ruhige Euphorie. Die Landschaft wird schneller. Bei Bahnfahrten herrscht eine ganz eigene Stimmung, eine kollektive Übereinkunft, für ein paar Stunden nicht gestört zu werden, ein glücklicher Übergang zwischen zwei Situationen. Vernon erinnert sich bunt durcheinander an Weihnachtsabende, Fahrten in den Urlaub, Ausflüge mit Freunden zu einem Festival oder allein, um eine Braut in der Provinz zu besuchen. Die Bilder wirbeln durcheinander, dann wird eins nach dem anderen von einer Wehmut davongetragen, die er als matt bezeichnen würde. Sein Gedächtnis ist randvoll mit wirbelnden Fragmenten, die sich nicht um Chronologie scheren. Alles, was sein früheres Leben angeht, ist von Fremdheit getränkt und verschmilzt in einem unförmigen, fernen Chaos. Den Drogen kann er das Durcheinander nicht zuschreiben: Seit Monaten hat er nichts genommen. Das kam ganz von selbst. Zuerst hat er immer, wenn er high war, gewartet, dass es vorbeigeht, und sich gefragt, was er an diesem debilen Austicken früher so lustig fand. Die Drogen bewahren einen vor Langeweile, sie machen alles interessanter, wie ein Schuss Tabasco ein fades Essen. Aber Vernon hat keine Angst mehr vor Langeweile, auch nicht vor Einsamkeit, Stille, Dunkelheit. Er hat sich sehr verändert. Die Drogen bringen ihm überhaupt nichts mehr.

In den letzten Tagen hat er allerdings wegen entsetzlicher Zahnschmerzen jede Menge Schmerztabletten auf Opiumbasis geschluckt, er ist angenehm *stoned*, und das Gefühl, sich durch Watte zu bewegen, gefällt ihm ganz gut. Er badet in gedämpftem Licht, als hätte sich eine Wolke über ihn gestülpt, die sich den Umrissen seines Körpers anpasst und ihn überallhin begleitet. Vorher hat er gelitten wie ein Hund. Schon immer hat er gewartet, bis er vor Schmerzen nicht mehr schlafen konnte, bevor er zum Zahnarzt ging. Aber so heftig wie diesmal war es noch nie. Wenn der kranke Zahn oben den unteren Zahn auch nur berührte, durchbohrte ein Schwert seinen Körper, der Schmerz riss ihn hoch und zermalmte ihn. Er brüllte, ohne sich beherrschen zu können. Olga empfahl Spülungen mit reinem Alkohol, und da Vernon nichts mehr zu verlieren hatte, versuchte er es mit Wodka, die Betäubung funktionierte erst mal und er kippte sturzbetrunken um. Aber am nächsten Tag mischte sich der heftige Kater mit den Qualen des Abszesses – es war die Hölle. Er hat sich wie ein krankes Tier in einer Ecke verkrochen, sich zusammengekauert und vor Schmerz fantasiert.

Jemand rief Kiko an. Weil Kiko mehr Geld hat als alle anderen zusammen, ist er so was wie der einzige Erwachsene in der Bande. Er sagte gleich, ein Kumpel von mir ist Zahnarzt, ich ruf ihn an. Der Doktor faxte ein Rezept an die nächstliegende Apotheke, Pamela fuhr mit dem Auto hin und holte die Antibiotika und Schmerzmittel ab. Es war das erste Mal, dass ein Notfall sie zwang, Kontakt zur Außenwelt aufzunehmen.

Ohne nachzufragen, schluckte Vernon alles, was sie ihm einflößten. Er war überzeugt, dass nichts auf der Welt stark genug sei, um dieses Martyrium zu besiegen. Aber dreißig Minuten später war er so zugedröhnt, dass er nichts mehr spürte. Er war weit weg. Ein Zahnarzt, der eine so wirksame Droge verschreiben kann, flößt ihm großes Vertrauen ein. Vernon war so erleichtert, den Zahn nicht mehr zu spüren, dass er sich hingelegt und drei

Tage am Stück geschlafen hat, während die Antibiotika ihr Werk taten und das Morphium ihn durch Zeitlupenträume trug.

Inzwischen kümmerten sich die anderen darum, seine Fahrt nach Paris vorzubereiten. Vernon mag es, wenn man für ihn sorgt. Alles geht weiter, egal, ob er sich einmischt oder nicht. Er muss nicht krank sein, um inaktiv zu bleiben. Wenn man sich von der Strömung tragen lässt, verlangt das Gruppenleben, dass man immerzu irgendwas tut. Immer ist ein Rad zu wechseln, eine Tasche auszuräumen, Gemüse zu waschen, ein Stuhl zu reparieren. Vernon sagt, »ich denk mal über meine Playlist nach«, und packt sich aufs Bett. Das Wunderbare an seiner Situation ist, dass sich niemand daran stört. Im Gegenteil, alle freuen sich, wenn sie ihm nützlich sein, zur Hand gehen, einen Gefallen tun können. Er hat sich also auf die Seite gepackt und genossen, dass er nicht mehr litt, und als er aufgewacht war, bekam er einen Zettel mit dem Abfahrtsbahnhof, den Zugzeiten, dem Namen des Zahnarztes und dem Türcode von Kiko, bei dem er übernachten wird.

Er verlässt das Camp zum ersten Mal seit Monaten. Die meisten anderen pendeln zwischen hier und ihrem normalen Leben. Aber Vernon muss weder Rechnungen bezahlen noch Familie besuchen oder eine Arbeit abliefern. Deshalb ist er nie in der Stadt. Er hat dort nichts verloren. Als sie ihm gesagt haben, er müsse nach Paris fahren, um sich behandeln zu lassen, gefiel ihm die Aussicht, die Stadt wiederzusehen. Aber er kommt sich verlorener vor, als er erwartet hätte.

Ihm gegenüber sitzt eine zierliche Frau mit langen glatten Haaren in sehr bürgerlichem Blond. Taillierter Mantel, Stiefel mit hohem Absatz. Sie hat schöne Augen, ein magnetisches Blau. Bestimmt sechzig. Wahrscheinlich geliftet, aber die Hände verraten das Alter. Sie trägt einen Brillanten, vielleicht ein Ehering. Irgendwie rührend. Vernon lächelt sie an, sie reagiert voller Anmut. Er hat Lust auf sie. Irgendwas an ihrer Haut zieht ihn an. Er würde ihr gern vorschlagen, am nächsten Bahnhof auszusteigen und ins erstbeste Hotel zu gehen.

Er ist es nicht mehr gewohnt, Frauen zu sehen, die nicht auf ihn abfahren. Im Camp umschmeicheln und loben ihn sogar die Mädchen, die nicht die geringste Absicht haben, mit ihm zu schlafen. Er hat eine besondere Stellung, man behandelt ihn als Guru. Das hat sein Verhältnis zum weiblichen Geschlecht verändert – heute sind alle Mädchen seine Freundinnen. Sie haben Lust auf ihn und er ist ihnen gern zu Diensten.

Er wird nie erfahren, ob die blonde Frau auf seine Avancen eingehen würde. Sie wird nie den berühmten postkoitalen Blick voller Dankbarkeit auf ihn richten. Er wird nicht mit ihr schlafen: Mariana begleitet ihn auf dieser Reise. Schon ein paar Wochen ist sie sein Mädchen, das ist ein Rekord. Er hat Mühe, sich festzulegen: Das Angebot ist zu groß. Er fühlt sich wohl mit einem Mädchen, das könnte halten, dann kommt eine andere, die ihn zweifeln lässt, aus dem Gleichgewicht bringt, und schon ist er weg. Die jungen Leute nennen das Polyamorie. Wenn er es richtig versteht, heißt das, dass er schläft, mit wem er will, ohne sich darum zu kümmern, was das Mädchen von gestern denkt. Aber Mariana hat ihn in seinem Schwung gestoppt. Sie hat mit einer für ihre Schüchternheit verblüffenden Selbstverständlichkeit den Platz seiner Freundin eingenommen. Er lässt sie gewähren, weil sie ihn mehr beruhigt als einengt. Sie gefällt ihm. Er hat Lust auf sie bekommen, als er gesehen hat, wie sie Axl Rose imitierte, wie ein Teufel herumhüpfte und ein nicht vorhandenes Mikrofon schwenkte. Dann hat er sich ein bisschen in sie verliebt, als sie zu Tina Turner getanzt hat, deren Beinakrobatik sie mit beängstigender Bravour beherrschte. Und als er sie eine Choreografie zu Missy Elliot tanzen sah, wusste er, dass er für den Donjuanismus verloren war. Sie hat auch ihre Figuren für Madball oder Korn – es gibt kein musikalisches Register, dessen Codes sie nicht mit einer ganz speziellen Magie entschlüsselt. Zwischen ihrem Körper und dem Sound gibt es ein Einvernehmen, das ein großes Wissen offenbart, erstaunlich für ein Mädchen ihres Alters. Mariana ist noch keine dreißig. Sie kennt AC/DC genauso gut wie M.I.A. Sie hört Sachen, die er kennt, aber auf die er bisher nicht geachtet hat, und sie weiß, welches Stück sie auswählen muss, damit er sich endlich dafür interessiert. Sie verbringen ihre Zeit damit, Platten zu hören, und für Vernon fühlt es sich an, als hätte er einen Kumpel gefunden und zugleich eine Geliebte, die beim Vögeln einer Sirene gleicht – alles an ihr wogt, verführt, genießt und provoziert. Sie legt in den Sex wie in den Tanz alles, was sie nicht in Worte fasst.

Als die Reise organisiert wurde, hat sie gesagt, sie würde ihn begleiten und sie würden Bus fahren, dass wäre wirklich nicht teuer, aber der Bus von Bordeaux braucht immerhin neun Stunden und Kiko hat gesagt, sagt mal, lebt ihr im Mittelalter, oder was? In Frankreich gibt es TGVs und ich kaufe jetzt Fahrkarten. Mariana würde ihn begleiten, das stand fest. Sie sagte, Vernon ist zu vollgedröhnt, um allein zu fahren, er irrt sich im Bahnsteig und landet mit seinem unerträglichen Abszess in Frankfurt. Sie liebt Vernon. Er spürt es. Er ist einverstanden. Er spürt es tief in der Brust. Er ist ihr erlegen. Sie hat Kopfhörer aufgesetzt, hört Amy Winehouse und verschlingt irgendwelchen Schwachsinn im Netz. Sie leidet unter der Lagerdisziplin, die ihr den Verzicht auf das Internet auferlegt. Für sie ist das Schwachsinn alter Technophobiker, aber sie beugt sich, weil sie keine Wahl hat. Sie muss wirklich an ihm hängen, wenn sie sich das zumutet, denn seit sie in Bordeaux ihr Smartphone zurückbekommen hat, strahlt sie. Endlich hat die Welt sie wieder.

Über ihre Schulter sieht er die Fotos auf Instagram vorbeiziehen, ein Ferkel, ein Mädchen auf feinem Sand, ein grüner Milchshake, Paul Pogba mit nacktem Oberkörper im Halbdunkel, SoKo beim Aufwachen, die Zeichnung eines Destroy Angel mit einer Bombe, ein Kräuterkopf, aus dem das Harz trieft … Sie schiebt die Hand in seine, ohne die Augen vom Display zu lösen. Vernon spürt, wie sich ein Wärmenetz von seiner Handfläche zu seiner Schulter zieht und dann die ganze Brust umspannt. Er kann das Gefühl visualisieren, kann sogar sagen, welche Farbe es hat – smaragdgrün. Das kommt nicht von den Medikamenten. So ist er auch nüchtern. Etwas in ihm ist aus dem Lot geraten und hat sich nie wieder eingerenkt. Er hat sich verändert.

Er hat diverse mehr oder weniger hirnrissige Theorien über die Ursache seiner Verwandlung gehört, die viele im Camp als »Erweckung« bezeichnen. Manche sagen, sein

Serotoninspiegel sei in die Höhe geschossen. Warum nicht? Auch die Theorie vom Hormonchaos hat ihre Anhänger. Daniel sagt, »wer weiß, bei den ganzen endokrinen Störeinflüssen, die uns umgeben, hat es bei dir vielleicht so was wie ein globales Reboot gegeben.« Andere neigen zu der These einer beschleunigten, brutalen und paradoxerweise wohltuenden Andro-Pause. Kann alles sein … Vernon hat nicht das Gefühl, Körperkraft eingebüßt zu haben, aber er hatte noch nie die Statur eines Holzfällers. Seine Libido hat sich vielleicht geändert, aber auch das ist schwer zu sagen: Vorher war er nicht von Mädchen umdrängt, die um seine Gunst rangelten. Zu viel Angebot tötet die Nachfrage – er ist weniger scharf als früher, aber das ist logisch: Er vögelt im Camp alles, was weiblich ist. Manchmal spricht jemand vom Erwachen der Kundalini, um die abgefahrenen Empfindungen, die seltsamen Visionen und die verwirrenden Zustände zu erklären, in denen er ohne Vorankündigung versinkt. Oder er habe zu tief geatmet oder zu gut – und das setze Energie in der Wirbelsäule frei, die ihn ohne LSD in eine Art endlosen Trip eintauchen lasse. Die Originellsten vermuten eine Nahbegegnung der vierten Art – den Besuch von Außerirdischen, die ihn als irdische Heimstätte gewählt hätten. Auch von Frequenzwechsel ist die Rede – die Wirklichkeit als Radio, bei dem eine himmlische Hand den Sender verstellt hat.

Zuerst hat Vernon gedacht, dass ihr Camp besonders viele komische Vögel anzieht. Allmählich hat er begriffen, dass die Welt voll ist von Menschen mit haarsträubenden Ansichten, Leuten, von denen man glauben würde, sie seien ganz vernünftig, wenn man sie auf der Straße sieht.

Vernons Rätsel gibt ihnen die Chance, ihren Schwachsinn loszuwerden. Zwischen Salat und Käse erzählt ihm irgendjemand von seiner privilegierten Schwingungsverbindung mit makrokristallinem Quarz. Das Land ist voll von Übergeschnappten, die fest dran glauben, dass die Toten unter uns sind, dass unsichtbare Kreaturen durch die Wälder tanzen und dass man sein Magnetfeld wiederherstellen kann, indem man sich den richtigen Schallwellen aussetzt … Man muss ihnen nur Gelegenheit geben, ihre Theorien auszupacken, und schon gerät man auf die seltsamsten Abwege.

Alle zwei, drei Monate kommen Leute von außerhalb ins Camp, wenn sie eine *Convergence* organisieren. So nennen sie die Nacht, in der Vernon auflegt und die Teilnehmer tanzen lässt – niemand erinnert sich, wer den Begriff erfunden hat, den jetzt alle verwenden. Die *Convergences* bestimmen ihr Leben – einen Ort finden, wo sie unterkommen, die Räumlichkeiten vorbereiten, das Ereignis selbst, dann wieder einpacken und zum nächsten Ort ziehen. Das hat sich so ergeben, ohne dass jemand beschlossen hätte, es solle so sein. Es ist einfach so gekommen.

Die Interessenten für die *Convergences* sind bald so zahlreich geworden, dass man ein richtiges Auswahlverfahren für die Teilnehmer braucht. Mehr als hundert sollen es nicht sein. Mit jedem passiert etwas. Die Leute kommen an, einige sind megaschlecht drauf, sie kommen, weil sie »nur mal gucken« wollen, sind misstrauisch und aggressiv, als wollte man ihnen irgendwelchen Blödsinn aufschwatzen, obwohl ihnen gar nichts verkauft wird, nicht mal eine schöne Geschichte: tanzen bis in den

Morgen, das ist alles. Das Ungewöhnliche ist das, was die Tänzer empfinden – ohne Drogen, ohne Vorbereitung, ohne Tricks.

Es gibt immer eine Handvoll Zweifler, die herumlaufen und verkünden, sie würden nicht daran glauben, sie wollen sehen, was hier abgeht, sie würden sich sehr wundern, wenn in der Nacht irgendwas mit ihnen passiert, weil sie schon alles durch haben und zu schlau sind, um sich den Kopf vernebeln zu lassen. Vernon und die anderen versuchen nicht, sie zu überzeugen. Sie müssen nur warten. Später, auf der Tanzfläche, stehen diese Zweifler zuerst mit verschränkten Armen und einem verächtlichen Grinsen am Rand, entschlossen, sich nicht packen, nicht einwickeln zu lassen. Aber zwei Stunden später sind sie genau das – gepackt. Am nächsten Morgen wissen sie nicht mehr, in welchem Moment sie in der Menge, in ihrer langsamen, repetitiven Bewegung aufgegangen sind. Es sind meistens dieselben, die dann bei Tagesanbruch am tiefsten erschüttert sind. Genau das erleben alle in der Nacht – eine tiefe Erschütterung. Genau das suchen die Leute im Camp, bei der *Convergence*. Eine Verwirrung, die Lust macht, sich Zeit zu nehmen und zu schweigen. Die Epidermis verliert ihre Grenzen, einer wird zum Körper des anderen, es ist eine Erweiterung des Individuums.

Und bei jeder *Convergence* fühlt sich Vernon wie eine Made, auf die man einen starken Scheinwerfer richtet. Er ist zu wichtig. Man nennt ihn den Schamanen. Offiziell ist das ein Scherz. Aber er spürt die Blicke im Rücken, eine Erwartung windet sich seine Wirbelsäule hinauf. Die

Leute starren ihn misstrauisch an und fragen sich, ob er nur Nepp ist, oder sie heften den Blick auf ihn und sind überzeugt, nur er könne sie retten. Er weiß nicht recht, wie er seine Unbekümmertheit bewahren soll, wenn alles auf ihm ruht. Glücklicherweise ist er zu unkonzentriert, um sich lange den Kopf zu zerbrechen. Er denkt, »das ist zu viel Stress, ich bin fix und fertig«, aber im nächsten Moment betrachtet er ein Blatt an einem Baum und denkt an nichts anderes mehr. Das beschränkt die Sorgen. Trotzdem entdeckt er die Angst vor dem Verlust. Nie im Leben hatte er Schiss zu verlieren, was er hatte: Er dachte immer, das hänge nicht von ihm ab. Jetzt genießt er einen Komfort, der nicht materiell ist – sie schlafen in leeren Häusern, wenn es überhaupt Häuser gibt, selten mit Heizung, sie lassen sich an Quellen nieder, wenn es kein fließendes Wasser gibt, und waschen sich bei minus sieben Grad im Freien, sie essen zusammen aus einer Schüssel – und trotzdem leben sie im Luxus. Sie sind überzeugt, eine besondere Erfahrung zu teilen, eine Gabe, die das Leben ihnen nicht schuldete, ein Geschenk, etwas Magisches. Und er möchte nicht, dass das aufhört.

Im Waggon haben die Fahrgäste auf den Tischchen ihre Laptops aufgeklappt. Sie sehen Filme, füllen Tabellen aus, schreiben Mails. Andere starren auf ihr Telefon. Sie sind alle gefesselt. Unter den Menschen, die sich eine Zugfahrkarte leisten können, gibt es keinen Körper ohne diese Erweiterung mehr. Ein paar Reihen weiter sitzt ein Mann um die fünfzig, der ganz altmodisch seine Zeitung liest. Er stößt seinen Nachbarn kurz mit dem Ellbogen an, wenn er die Seite umblättert. Er ist der Einzige, der sein Blickfeld nicht auf einen Bildschirm reduziert. Sogar der Fünfjährige stört nicht, indem er durch die Gänge rast, sondern ist von einem Trickfilm hypnotisiert. Die Mutter neben ihm verfolgt auch, was er sieht, ohne Kopfhörer, sie hat keinen Blick für die Landschaft, noch weniger für ihre Umgebung.

Vernon ist es nicht mehr gewohnt. Im Camp ist Internet verboten. Am Anfang war es die übertriebene Paranoia der Hyäne, die verkündet hatte, sie müssten sich darin üben, im Verborgenen zu leben und keine digitalen Spuren zu hinterlassen, weder von ihren Reisen noch von ihren Gesprächen. Es kommt ihm immer so vor, als bereite sie die Gruppe darauf vor, einen dritten Weltkrieg zu überleben, in dem nur durchkommt, wer keine Mails schickt. Zuerst unterwarfen sich alle dem Protokoll wie einem verrückten Ritual, dessen Hauptbedeutung darin bestand, sich eigene Regeln zu geben, um das Camp wie eine Blase abzuschotten. Doch im Laufe der Monate hat Vernon gespürt, dass die Leute ihr Verhalten geändert haben. Snowden hat das auch durchgemacht. Die Vorschrift fühlt sich immer weniger folkloristisch an. Das Misstrauen gegen die Technik ist gewachsen, und niemand denkt mehr daran, zynisch zu lachen, wenn er den netzfreien Raum betritt.

Als sie an der Gare Montparnasse aussteigen, ist Vernon von der Menge überfordert, ihn packt ein seltsamer Schwindel. Vor allem der Lärm macht ihm zu schaffen. Als spürte Mariana seine Verzweiflung, schiebt sie die Hand unter seinen Arm. Sie ist so ein kleines Stück Mensch, aber in dieser Geste liegt die besänftigende Autorität einer Erwachsenen, die ein Kind beruhigt.

Es liegt nicht nur daran, dass er es nicht mehr gewohnt ist, die Stadt hat sich auch verändert. In kaum einem Jahr ist die Spannung deutlich gestiegen. Paris ist härter geworden. Vernon spürt sofort die Aggression – die Leute sind wütend, aufgebracht, bereit, auszurasten. In den Metrogängen gibt es kein einziges Lächeln, keinen Körper, der sagt, ich habe Zeit zu verlieren. Niemand gammelt so rum, wie sie es im Camp den ganzen Tag tun. Das hier ist eine erwachsene Stadt – man spricht nicht mit Unbekannten, höchstens, um sie anzuschreien. Die Bilder bombardieren ihn, zu viele Plakate, zu viele Störbotschaften. Aber erst auf dem Metrobahnsteig identifiziert er, was ihn seit seiner Ankunft am meisten stört. Der Geruch. Paris ist eine olfaktorische Kloake – eine Mischung aus Fäulnis, verpesteter Luft, Körpergerüchen, Parfüms, Eisen und Maschinen, Schmutz und Reinigungsmitteln. Vernon bekommt kaum Luft. Seit Monaten schnuppert er überall, wo sie sind; jeder neue Ort hat seinen Geruch, der ihn besonders und einzigartig macht. Hier weigert er sich zum ersten Mal seit Langem, zu riechen, wo er ist.

Bei Kiko sieht sich Mariana mit einer argwöhnischen Miene um, die Vernon gut kennt – so gucken Leute, die nicht an Luxus gewöhnt sind, wenn er ihnen ins Gesicht springt: als würde man sie in siedendes Öl tauchen. Jetzt legt Vernon ihr die Hand auf den Rücken und hofft, ihr etwas von seiner Ruhe zu vermitteln. Sehr reiche Leute wissen, was sie tun, wenn sie ihre Wohnung einrichten, auch wenn es nur instinktiv ist: Jeder Gegenstand hier schreit denen, die den Luxus nicht gewohnt sind, entgegen: Raus hier, proletarisches Dreckstück! Der Unterschied zwischen einer Bobo-Einrichtung und der eines richtig Reichen ist diese Nuance: Die eine säuselt jedem x-Beliebigen entgegen, »Fühl dich wie zu Hause«, die andere möchte jeden ausschließen, der die richtigen Codes nicht kennt. Vernon kennt die Wohnung, sie beeindruckt ihn nicht.

Kiko hat sich auch sehr verändert. Von allen im Camp hat er vielleicht sogar den radikalsten Wandel durchgemacht. Vernon ist sein Star, sein Wochenendhobby geworden. Kiko hat das Trader-Leben aufgegeben. Wie ein Spieler im Casino, der beschließt, den Tisch zu verlassen, wenn er eine Gewinnsträhne hat. *Take the cash and run.* Rückblickend hat er die Entscheidung nie bereut – man muss doch bescheuert sein, zu arbeiten, wenn man reich ist.

Er ist nicht der Einzige in seinen Kreisen, der eine Erleuchtung hatte. Er kennt noch andere, die eines Tages, während sie im Schatten der Palmen auf der Insel Mauritius in ihrem Whirlpool lagen und die Pobacken ihres Mädchens anstarrten, von einem Blitz der Erkenntnis getroffen wurden: Ihr Leben war scheiße. Das Einzige, was sie daran reizte, war die Überzeugung, dass alle sie beneideten. Aber das Verrückte, was Kiko in der Gruppe entdeckt hat, war, dass niemand Lust hatte, an seiner Stelle zu sein. Jeder andere hätte wohl das Umfeld gewechselt – hätte sich Gesellschaft gesucht, die ihn beruhigt. Kiko ist geblieben. Und hat die Strategie geändert.

In den ersten Monaten brannte ein geradezu anarchistisches Feuer in ihm. Als würde er den Schalthebel umlegen. Manche Leute setzen mit zunehmendem Alter eine reaktionäre Energie frei, die alles auf ihrem Weg zerstört.

Er ließ den Anarchisten in sich los, der lange eingezwängt, zensiert, verhindert gewesen war und sich nun mit großem Rabatz entfaltete. Noch besser als Anarchist passt vielleicht Christ. Das allerdings im ursprünglichsten Sinn des Wortes: Die Stimme in Kiko, die Christus liebte – und die jahrelang zumindest unterdrückt worden war –, nahm plötzlich allen Raum ein. Das dauerte bestimmt sechs Monate. Er war von peinlicher Großzügigkeit, und das ging allen auf die Nerven.

Er wollte nie mehr arbeiten, schwor, dass ihn das Geld anwidere, dass er bei ihnen leben wolle, er studierte mit Olga Prospekte von Minivans, sah sich schon in einer Karawane durchs Land fahren, fühlte sich kein bisschen materialistisch mehr. Jeden Morgen hatte er eine neue Idee. Er würde seine Pariser Wohnung abstoßen und ein kleines verlassenes Dorf im Jura kaufen, sie würden sich alle dort niederlassen und als Gemeinschaft leben. Nur weil die Hippies vor die Wand gefahren sind, kann man es doch trotzdem weiterversuchen. Alles scheitert, bis es klappt. Kiko kennt eine Menge Ärzte, in der Hierarchie seines Netzwerks stehen sie weit oben – einen von ihnen würde er überreden, sich bei ihnen niederzulassen. So könnten sie immer zwischen einem Herzinfarkt und einer Panikattacke oder Krebs und einem dicken Pickel unterscheiden. Sie würden sich keine überflüssigen Sorgen machen und in Frieden alt werden.

Im Laufe der Zeit ließ sein Eifer nach. Er hatte keine Lust mehr aufs Camp, ging nach Paris zurück, steckte die Nase wieder ins Koks und traf sich mit seinen alten Freunden. Auch seine christliche Passion legte sich.

Er investierte in eine Grasplantage in Los Angeles. Im Camp tauchte er seltener auf. Aber er kam noch. Und unterhielt sie abendelang mit seinem Projekt eines Themenparks. Im Moment wartet er auf die Legalisierung in Frankreich, die seiner Meinung nach nicht mehr lange auf sich warten lassen wird. Er stellt sich irgendwas zwischen Jurassic Parc und Bristol Spa vor, aber im Zentrum steht das Gras. Sein Delirium ist so weit fortgeschritten, dass er es glaubhaft darstellen kann. In seinem Park soll es Whirlpools, Videovorführungen, Yoga-Sitzungen speziell für Bekiffte, ein bisschen zeitgenössische Kunst, Massagen, viel Musik und überall Muffins gegen den Heißhunger geben.

Kiko ist in sein altes Leben zurückgekehrt, hat sich aber dem Widerständler in sich geöffnet. Er ist nicht mehr bereit, alles herzugeben. All seine Zeit, all sein Denken, all seine Lust, all seine Überzeugung. Er ist nicht mehr bereit zu beweisen, dass er immer noch eine zusätzliche Aufgabe in seiner Agenda unterbringt. Seine Systemzugehörigkeit ist nicht mehr hundert Prozent. Der Gehorsam reizt ihn weniger als früher. Seine Art, den Widerstand auszudrücken, besteht darin, im Camp aufzutauchen und mit Leuten zu verkehren, die anders sind als er. Er ist nicht an seinen Ausgangspunkt zurückgekehrt – er hat ein alternatives Gleichgewicht, einen Wechsel der Identitäten gefunden.

Er nimmt immer noch etwas mehr Raum ein als die anderen, er redet viel. Im Camp spielt das Schweigen eine wichtige Rolle. Nur nicht für Kiko. Aber niemand beklagt sich. Er ist derjenige, der die Probleme löst. Er missbraucht seine Stellung nur insofern, als er viel Geräuschraum einnimmt. Und in einem ist er aufrichtig, ändert nicht alle naselang die Meinung: Das, was er bei den *Convergences* erlebt, schafft keine Droge. Und »dahin« will er gelangen. Sein neuester Spleen ist, dass Vernon seine Position als Guru wirklich wahrnehmen müsse. Kiko hat eine Menge überschüssigen Ehrgeiz.

Sie setzen sich an den Küchentisch, Kiko öffnet den Kühlschrank und stellt hektisch alles auf den Tisch, was er da hat, als wären sie völlig ausgehungert. Er öffnet eine Flasche Champagner, aber Vernon sagt danke, mit den Antibiotika haut mich das um. Mariana nimmt das Glas, das er ihr gibt, und leert es in einem Zug. Sie ist wütend und gibt sich zugeknöpft. Als sie Kiko im Camp getroffen hat, war ihr nicht klar, dass er dermaßen reich ist. Sie dachte sich, dass er nicht das gleiche Leben führt wie die anderen wegen seiner Macke, die Kreditkarten zu schwenken, sobald irgendein Problemchen auftaucht. Aber damit hat sie nicht gerechnet, nicht mit diesem Luxus, der alle beleidigt, die nicht daran gewöhnt sind. Sie zappelt auf ihrem Stuhl herum und wirft finstere Blicke um sich. Sogar der rote Smeg-Kühlschrank verletzt sie mit seiner braven Rundlichkeit.

Kiko kann nicht still sitzen – er legt eine Platte von Erykah Badu auf, zu laut, fragt, ob sie Drogen wollen, er habe einen neuen Dealer, hervorragend, der sei im Nu da. Er muss die Leere füllen – man kriegt einfach nicht raus, wovor er so viel Angst hat, dass er immer und überall für Bewegung sorgen muss. Vernon ist an seine Hektik gewöhnt.

»Weißt du eigentlich, dass sie den Baum in den Buttes-Chaumont, den mit den riesigen Wurzeln, auf dem du immer gesessen hast, dass sie den umgefahren haben? Hat dir das jemand erzählt?«

»Wann?«

»Anfang Februar.«

»Wie das denn?«

»Ein falsches Manöver.«

»Ein Baum von der Größe? Haben sie ihn beim Rückwärtsfahren übersehen?«

»Da wurde eine Menge gebaut. Keine Ahnung!«

Das ärgert Vernon. Dass die Dinge nicht bleiben, wie sie sind, hält er schlecht aus. Er denkt an den Baum, der so groß wie ein Hochhaus war, und an die Stunden, in denen er wie auf einem Thron an seinem Stamm gesessen hat.

»Ich frag mal Charles. Er kennt die Gärtner gut, so lange, wie er schon im Park rumhängt ... Wir haben ihn schon lange nicht mehr gesehen. Ich geh morgen vorbei.«

Kiko hört nicht mehr zu. Er hat zu einem Solo angesetzt, seinem Lieblingsthema: Vernon und seine Gabe. Es gibt keine Worte, um das zu beschreiben. Nach seiner Überzeugung liegt das ganze Problem – denn es gibt eins – darin, dass Vernon nicht zu seiner Rolle steht.

»Du kannst nicht der Leader sein, ohne dich reinzuknien. Okay, im Moment läuft dein Ding. Dass du dich während der *Convergence* abseitshältst, verleiht dir eine geheimnisvolle Aura. Das läuft. Ganz instinktiv – top. Du machst einen Raum auf für die Fantasie. Storytelling durch Leere. Wenn's losgeht, weiß niemand genau, was der große Vernon Subutex Besonderes an sich hat. Okay, das verstärkt den Hype.«

Aber das genügt ihm nicht. Vernon macht keine richtig tollen Sachen, jemand mit Handauflegen heilen oder mit den Toten kommunizieren, sie mit den Lebenden sprechen lassen, wie ein kosmischer Anrufbeantworter. Er nimmt sich nicht ernst genug. Kiko hat große Visionen. Das liegt in seiner Natur. Er trommelt nervös mit dem Fingernagel auf den Tisch. Da kommt ihm eine neue Idee:

»Kennst du Konfuzius? Die Geschichte mit dem Baum, ich glaube, die könnten wir benutzen … Die Römer haben den Baum gefällt, unter dem Konfuzius gebetet hat. Das habe ich im Radio gehört. Ich glaube, dieser Magic Tree – was war das, eine Eiche? Du weißt es auch nicht? Frag Charles, wenn du ihn besuchst, ich glaube, die lässt sich gut für deinen Prophetenmythos verwenden.«

»Kiko, hast du schon wieder zu viel France Culture gehört? Hör auf damit. Das haben wir dir schon oft gesagt. Das verträgt sich nicht mit dem Kokain. Ich bin DJ, kein gottverdammter Prophet.«

»Ich bilde mich halt, du Pfeife, ich bilde mich und du beschimpfst mich. Sie haben den Baum gefällt, unter dem Konfuzius gebetet hat, damit er abhaut, so groß war sein Einfluss. Wenn das keine Geschichte ist! Wir könnten so anfangen: Alarmiert durch deine große Macht haben die französischen Behörden den Baum ausreißen lassen, unter dem du immer gesessen hast …«

»Kiko, du kennst mich, ich schlucke den größten Schwachsinn, aber eins sage ich dir, Konfuzius und ich, auch wenn sie den Baum gefällt haben, unter dem er saß – das funktioniert nicht.«

»Willst du mir erzählen, du kennst Konfuzius?«

»Nein, aber aus dem Bauch kann ich dir sagen, dass es nicht passt.«

»Aus dem Bauch … typisch für die Stupids. Du begreifst nicht, wie es funktioniert, aber du bist sicher, dass es nicht klappt. Ich habe es mir gründlich überlegt, wir müssen die Geschichte erzählen. Ich finde, wir sollten uns eine Schriftstellerin suchen. Ich habe schon mal eine Liste gemacht.«

»Hör auf, France Culture. Du nervst.«

Wenn Kiko einen freien Abend hat, kauft er sich zwei Gramm Koks und podcastet wie ein Wilder. Er füllt ganze Hefte mit absurden Ideen, die er auch am nächsten Tag noch für total vernünftig hält – da spricht nicht nur das Kokain aus ihm, sondern seine soziale Klasse: Sie bildet sich ein, ihr sei alles erlaubt, sie erträgt keine Grenzen. Also macht er weiter:

»Ich werde eine Schriftstellerin engagieren, die begabt genug ist, was Ordentliches zustande zu bringen, aber auch nicht zu erfolgreich, sonst macht sie, was sie will, und nach drei Monaten nervt sie uns mit ihren eigenen Ideen, die uns einen Dreck interessieren.«

Mariana unterbricht ihn, sie ist schon beim dritten Glas Champagner und entspannt sich allmählich:

»Warum eine Frau? Wegen der Sensibilität?«

»Okay, ich rede Klartext, auch wenn es nicht politisch korrekt ist. Männer mit Talent machen was anderes aus ihrem Leben! Und würden uns eine Riesenstange Geld kosten. Einer Frau bietest du den doppelten Mindestlohn an, und sie schenkt dir drei Jahre ihres Lebens. Das ist halt so! Ihr seid dazu dressiert, euch um andere zu kümmern. Seit zweitausend Jahren geht das so und ihr gewöhnt es euch nicht ab, nur weil Simone ›Wacht auf!‹ gesagt hat. Und außerdem, seien wir doch ehrlich, wir sind unter uns, da können wir uns das Tralala sparen: Vernon ist eher ein Prophet fürs weibliche Geschlecht.«

Seit Monaten ist das sein Spleen. Er ruiniert sich den Rücken, während er über dem Computerbildschirm hängt und auf Wikipedia Prophetenbiografien liest. Er, der nie gelesen hat, ist ganz besoffen davon. Und seiner Sache supersicher: Vernon hat eine Gabe und sie brauchen nur gute PR, dann wird das ein Megading. Mariana leert ihr Champagnerglas. Schon hat Kiko die zweite Flasche in der Hand und lässt den Korken knallen. Sie fragt:

»Wie viele Jahrhunderte nach seinem Tod haben sie diese Konfuziusgeschichte aufgeschrieben? Bis einer zum Propheten ernannt wird, dauert es doch eine Weile, oder?«

»Konfuzius ist nur ein Beispiel, das ist wie Moses, die Propheten von früher. Je mehr du dich unserer Zeit näherst, desto öfter werden sie ad hoc eingesetzt.«

»Du meinst wie die Kathedralen, für die man früher Jahrhunderte gebraucht hat, während sie uns heute ein Einkaufszentrum in drei Monaten hinstellen?«

»Genau so.«

»An wen denkst du zum Beispiel bei den heutigen Propheten?«

»An den, der uns unmittelbar interessiert: Ron Hubbard.«

Seit ein paar Monaten erwähnt Kiko den Scientology-Gründer bei jeder Gelegenheit. Das hat nichts mit France

Culture zu tun – dahinter steckt ein Gespräch mit seinem Sitznachbarn während eines Flugs Paris – L. A.

Kiko geht davon aus, dass Vernon seine Gururolle nicht richtig annimmt, weil er Angst hat, er müsse ein Märtyrer sein, um ein guter Prophet zu werden.

So gewinnt man seine ersten Anhänger: Man braucht eine Ungerechtigkeit. Am besten einen tragischen Tod. Wenn in der Geschichte ein bisschen Martyrium vorkommt, ist sie noch wirksamer. Natürlich versteht Kiko, dass Vernon die Etappe gern überspringen möchte, wo man sich anspucken lässt, während man ein achtzig Kilo schweres Kreuz auf dem Rücken trägt, bevor man mit durchbohrter Lende und angenagelten Händen an eben diesem Kreuz langsam krepiert. Man muss nur sehen, in welchen Zustand ihn läppische Zahnschmerzen versetzen, um zu begreifen, dass Vernon nicht dazu geschaffen ist, würdig zu leiden. Deswegen ist Hubbard ein hervorragendes Gegenbeispiel.

»Dicke Jachten, fetter Zaster, süße kleine Girls in weißen Röckchen, exzellente Küche! Und am Anfang war er nichts anderes als du. Guck ihn dir an, als er dreißig war – ein elender Loser. Nicht, dass ich was sagen will, aber ehrlich, mit dreißig war bei dir auch nicht viel los. Der einzige Unterschied zwischen euch ist, dass der Mann echt motiviert war. Und genau das fehlt dir, Vernon. Das Mentale. Nimm jeden beliebigen Rekord beim Sport! Das Mentale macht achtzig Prozent der Leistung. Wenn du dich mental steigerst, haben wir alles, was wir brauchen. Die *Convergences* werden immer geiler. Seit die beiden Mädchen aus Bordeaux Bleachs Infrabässe abgemixt haben und du sie als Endlosschleife laufen lässt, haben wir ein neues Level erreicht. Bleach würde einen guten Guru abgeben. Er war schön, es gibt Hunderte wunderbare Porträts von ihm, und vor allem ist er gestorben! Leidend, einsam – wenn wir die Geschichte ein bisschen aufpolieren, kann man sogar von Untergang reden. Perfekt! Wenn wir uns auf eine Schriftstellerin geeinigt haben, sagen wir ihr, sie soll ihn irgendwie reinbringen, so was wie Johannes und Jesus, du verstehst, was ich meine … so was Subtiles, damit die Leute sich fragen, wer ist denn jetzt der richtige Prophet.«

»Immer noch France Culture?«

»Nein, ich höre auch andere Sender. Aber von dir muss es auch Input geben, Junge! Potenzial, Talent, gutes Produkt … das macht nur zehn Prozent vom Erfolg eines Unternehmens aus.«

»Schalt das Radio aus, pack die Bücher weg. Geh tanzen. Kauf dir ein Bike. Keine geistige Tätigkeit, du weißt so gut wie ich, dass das nicht deine größte Stärke ist.«

Im Camp ist Kiko nicht der Einzige, der das Gefühl hat, dass es bebt, dass es irgendwann explodiert, dass man »etwas Großes« machen muss. Die einen wollen nach Detroit ziehen, andere sich wie eine Zirkustruppe organisieren, manche haben eine Gemeinschaft in Italien besucht, andere das besetzte Gelände in Notre-Dame-des-Landes. Jeder hat seine Vorstellung von der Zukunft. Nur Vernon möchte einfach, dass alles so weitergeht – chaotisch, ohne feste Form, ohne Kopfzerbrechen.

Charles, der alte Suffkopf, möchte einen Film drehen. Darauf ist er gekommen, als ein paar Kolleginnen von Pamela zu Besuch waren, die ihm den Kopf verdreht haben. Zuerst haben ihn die Püppchen mit künstlichen Brüsten und lackierten Nägeln eingeschüchtert, aber bald hat er gemerkt, dass sie viel empfänglicher für seinen Humor und seine Philosophie sind, als er je gedacht hätte. Punks in Körpern der Sünde. Er hat ein Filmprojekt über eine Utopie vorgeschlagen: Mädchen allein auf einer einsamen Insel, umgeben von weißen Kaninchen und kleinen süßen Pudeln … Die Mädchen haben das Drehbuch an einem Abend zu einem Zombiefilm umgeschrieben. Als ein Mädchen die Szene beschrieb, in der sie den Kopf einer Leiche mit einem riesigen lila Umschnalldildo ficken würde, hing Charles mit offenem Mund an ihren Lippen.

Aber er ist nicht wiedergekommen, wie sie vereinbart hatten, um das utopische Projekt weiterzuspinnen. Als Mariana ankündigt, sie wolle in der Nähe von Montmartre Freundinnen besuchen, und beim Aufstehen schwankt, weil sie zu viel getrunken hat, springt Vernon auf, um sie festzuhalten. Er sagt, er werde Charles suchen. Er werde eine Tour durch seine Stammlokale machen, irgendwo wird der Alte schon sein.

Die Véro streicht mit der flachen Hand so lange über die braune Papiertüte, bis sie sie ordentlich zusammenfalten und auf die anderen legen kann. Sie wird den Alten nicht mehr maulen hören, der es unerträglich fand, dass sie den Tütenstapeln so viel Aufmerksamkeit widmete, während der Rest der Wohnung vergammelte. Es machte ihn irre, dass sie die Wäsche in der Maschine vor sich hin schimmeln ließ, aber die Tüten aus Plastik oder Papier nach Größe, Farbe und Material in dem großen Büfett sortiert waren, aus dem sie das Geschirr verbannt hatte, weil sie zu viele Tüten hat. Jedem seine Macke. Die braune Anrichte ist randvoll mit Verpackungen, diesen Raum zu kontrollieren, bereitet der Véro ein ebenso starkes wie unerklärliches Vergnügen. Auf der einen Seite die Blasenfolie, dann die Tüten, Papier und Plastik, klein und groß und in der letzten Abteilung die wunderschönen, die sie auf der Straße findet.

Sie haben das Büfett zusammen gekauft, als sie irgendwann am Stadtrand bei Emmaus waren, weil ein Stammgast aus ihrer Kneipe dort ab und zu arbeitete. War eine Riesenexpedition, raus zu Emmaus, aber sie tranken da im

Garten ihren Apéro, und danach waren sie so dicht, dass sie hinterher nicht mehr wussten, wie sie nach Hause gekommen waren. Das war im Sommer. Sie waren nicht in den Urlaub gefahren. Sie fuhren nie weg. Eine Dröhnung Grün möbelt jeden auf, auch wenn's die Véro eigentlich nicht so mit Chlorophyll hat. Das Teil kostete zehn Euro und sie waren beim Kauf so besoffen gewesen, dass sie staunten, als es ein paar Tage später geliefert wurde. Charles hat es immer gehasst. Stimmt schon, dass es den ganzen Platz einnimmt. Und zu nicht viel gut war. Zuerst haben sie schmutzige Teller und die Post drauf gestapelt. Und am Ende hat sie es für ihre Tüten beschlagnahmt. Es hat lauter Schubladen und Bretter, perfekt, um ihre Macke auszuleben. Charles hat immer behauptet, sie hätte sehr wohl gewusst, was sie tat, als sie es kaufte, sie hätte das geschickt eingefädelt. Vielleicht hatte er recht: Das Gehirn von Leuten mit irrationalen Zielen hat mehr Tiefgang als das von denen, die normal funktionieren, es ist immer ein paar Schritte voraus und sieht weit nach vorn. Beim Alkohol ist es dasselbe. Wenn sie aufhören will zu trinken, merkt sie genau, dass ihr Gehirn sie irgendwie in Situationen bringt, die ihr keine Chance lassen, und das passiert meistens, ohne dass es ihr bewusst wäre – anders gesagt, sie beschließt, nicht zu trinken, sondern erinnert sich, dass sie einen alten Freund besuchen muss, dem es dreckig geht, und wenn sie erst bei ihm ist, wird ihr bewusst, dass sie nur eines bei ihm sucht, ein Dutzend Pastis. So funktioniert das Gehirn der Bekloppten: Es trickst mit dem Bewusstsein, lenkt klammheimlich das Handeln, sodass du am Ende genau das bekommst, was du wolltest, während du behauptest, du hättest an ganz was andres gedacht.

Jetzt kann sie mit der Anrichte machen, was sie will. Sie kann ihre Sammlung sogar im ganzen Zimmer verteilen, wenn sie Bock darauf hat … Er ist nicht mehr da, um sie anzumotzen. Jetzt ist Schluss mit der Zankerei.

Der Alte ist tot. Das hat er gut hingekriegt, der Arsch, hat sich ganz unauffällig davongemacht. Eine kleine Attacke als Warnung, nur um anzukündigen, dass sich was Großes zusammenbraut; abends an der Theke ist er zusammengeklappt, hat sich ein bisschen gekrümmt und Blut gespuckt, bis die Sanis gekommen sind. Danach hat er sich eine Woche Wunderheilung gegönnt, die hat er genutzt, um sein Zeugs zu klären, als würde er wissen, dass er im Begriff ist, sich zu verabschieden. Dann der Zusammenbruch vor dem Eckladen, ein Schlaganfall, diesmal ein echter. Véro war bei ihm. Bevor er weggesackt ist, hatten sie sich gerade gestritten, weil sie wollte, dass er eine Tube Nestlé-Kondensmilch für ihren Frühstückskaffee kauft, und er rumzeterte, dass sie das nicht braucht, dass das rausgeschmissenes Geld ist und dass es ihm den Magen zerfrisst. Immer was Neues, der Alte, um Stress zu machen. Im Krankenhaus hatten die Schwestern sie angesehen wie ein altes Paar, das man bedauert, weil der Tod es trennen wird. Alkis, na gut, das sah man ihren Visagen an, aber Alte, die Händchen halten und erst im letzten Moment loslassen, weil Charles ihre Pfote umklammerte, wie er es noch nie gemacht hatte, er sagte nichts, aber sie sah, dass er Angst hatte, und ihr war nichts anderes eingefallen, als zu sagen, das wird schon, mein Alter, du kommst wieder auf die Beine. Und für die anderen sahen sie halt genau so aus: wie ein altes Paar, das Abschied nimmt. Das waren sie ja auch. Aber Harmonie war nie ihre Stärke gewesen.

Bei der ersten Attacke, die ihn noch nicht erledigt hatte, war die Familie des Alten nicht gerade an sein Krankenbett gestürmt. Charles' Schwester hatte immerhin zurückgerufen und sich erkundigt, aber als sie hörte, dass er wieder auf den Beinen war, hielt sie es nicht für nötig, anzureisen. Umso besser, eh bescheuert, die Alte. Die Kumpanen aus der Bar zeigten mehr Anteilnahme. Der alte Michel hat ihn zweimal besucht. Seine Bar hatte er schon eine Weile verkauft, aber vorher waren Charles und er die dicksten Freunde gewesen. Und der fette François – schließlich fast ein Jugendfreund, auch einer aus dem Norden. Ahmed, der in der Bar des Vosges gearbeitet hat, als es noch eine anständige Kneipe war, hat auch mal vorbeigeschaut. Er hatte sich mächtig verändert. Wie so viele. Trank keinen Alkohol mehr und traute sich nicht recht, ihnen zu erzählen, was er macht, aber sie hatten es erraten – man muss schließlich mit der Zeit gehen. Er betet und hält sich an den Ramadan. Hier im Viertel ist es inzwischen schwierig, so einen Vornamen zu haben und in Ruhe sein Bier zu trinken, ohne dass einem jemand eine Predigt hält. Es gab noch andere Saufkumpane, die davon gehört hatten und versprachen zu kommen – in ihrem Alter macht man sich keine großen Illusionen, wenn du einmal zusammenklappst, machst du es nicht mehr lange. Charles hat auch nicht lange gefackelt. Ein Glück, dass sie an dem Tag da war, wo es passiert ist. Scheiße. Der Alte hat ihre Hand gehalten und ist krepiert. Das war vielleicht der zärtlichste Moment ihrer ganzen Geschichte. Er ist nicht der Erste, den sie hopsgehen sieht. Aber es macht was mit ihr. »Es ist doch nichts«, hatte sie gedacht und dann: »Es ist alles«. Es ist kein Ding, zu sterben. Alle machen ein Riesentheater darum, aber wenn es passiert, entspannt sich der Körper.

Verflucht noch mal, die hatten es vielleicht eilig im Krankenhaus, das Bett freizukriegen, sobald der Tod festgestellt war. Dadrin ersticken sie nicht grad an Anteilnahme für die, die zurückbleiben. Auch wenn man sich sagt, dass es für sie nur Papierkram ist, dass sie das jeden Tag erleben, dass sie überlastet sind, dass Krise ist und dass es kriminell wäre, ein Zimmer zu besetzen, wenn man offiziell verschieden ist – sie hätte sie an die Wand klatschen können, als die Schwestern anfingen, sich da zu schaffen zu machen, um keine Zeit mit einer Leiche zu verlieren. Haben ihr keine fünf Minuten Ruhe gelassen. In dem Moment war sie so geschockt, dass sie nicht mal rumgebrüllt hat. Aber seitdem sieht sie es immer vor sich – die haben sich auf den kalten Körper gestürzt, als sei das überhaupt nichts mehr, nicht mehr als ein kaputter alter Kühlschrank.

Fast fünfzehn Jahre mit diesem Arschloch, jede Nacht sein Geschnarche, und an diesem Abend würde sie ihn nicht durchs Haus geistern hören – da hätten sie ihr ruhig ein bisschen Zeit lassen können. Das ist eine Frage des Anstands. Sogar solche wie sie müssen sich verabschieden. Und sei's nur, um es wirklich zu glauben. Es ist passiert. Sie wird sich nicht mehr rühren, die alte Lederhaut, wird nicht mehr rumgrölen, nicht mehr mit der Faust auf den Tisch schlagen, sie nicht mehr anmotzen, wenn sie den Sender umschaltet, nicht mehr neben das Becken pissen, sie nicht mehr als bescheuert beschimpfen, wenn sie sagt, dass Obama attraktiv ist – es ist vorbei. Jedes Mal, wenn er das Wort »Schulden« hörte, sang er die *Internationale,* deswegen konnte man nicht den Fernseher anmachen, ohne dass er sang. Aber das ist vorbei. Das und alles andere auch.

Auch wenn ihr gemeinsames Leben ein Elend war, hat sie es nicht gehasst. Sie war schon zu alt, als sie ihn getroffen hat, um sich einzureden, dass das noch was anderes wär als einer, um sich festzuhalten. Sie wusste, dass sie ihn einzig und allein wegen der Angst ertrug, allein zu sein. Sie war schon lange über das Alter hinaus, wo man denkt, dass die Liebe was anderes ist als einfach nur Blödsinn, irgendein Scheiß, um Mikrowellen oder eine Karre auf Kredit zu kaufen.

Irgendwas hat sie ihm immer vorgeworfen. Sie wusste, dass es bescheuert war. Aber sie hat eine Menge Zeit damit verbracht, vor der Küchenspüle die Litanei der Sachen abzuspulen, die sie an ihm nicht ausstehen konnte. Dabei wusste sie genau, dass sie ohne ihn abstürzt. Ab und zu konnten sie schließlich auch mächtig zusammen lachen. Charles war wirklich kein Kind von Traurigkeit. Sie hat zwar allen das Gegenteil erzählt, aber ihre Wohngemeinschaft war nicht nur dazu da, eine Miete zu sparen und sich die Heizungskosten zu teilen. Auf ihre Art verstanden sie sich gar nicht so schlecht. Er war ein Schreihals, ein Meckerkopp. Sie konnte ihm ein Sixpack in die Fresse knallen, ein Jammerlappen war er nicht.

Sie glättet einen rosa Plastikbeutel, das Material ist so dünn, dass man durchsehen kann. Zuerst zieht sie an den Griffen, um ihn in Form zu bringen, dann faltet sie ihn in der Mitte und dreimal längs, bevor sie ihn zu den anderen räumt. Jetzt, wo man in den Geschäften keine Gratistüten mehr kriegt, gewinnt ihre Sammlung an Wert.

Charles war ganz scharf auf Reality-TV. Je bescheuerter die Sendung, desto zufriedener war er. Wenn er auf ein Programm stieß, in dem Leute bloßgestellt wurden, die Sachen sammelten und sich weigerten etwas wegzuwerfen, was man noch gebrauchen kann – das nennt man Diogenes-Syndrom –, erstickte er fast am Husten, so eilig hatte er es zu brüllen: »Komm mal, Dicke, guck dir an, wie wir enden werden, wenn ich dich machen lasse.« Und dann verfolgte er sie drei Tage lang auf Schritt und Tritt, stellte sich hinter sie und überwachte, was sie sammelte, nannte sie Didine – Diminutiv von Diogenes – und wollte sie zwingen, die Tüten und andere Sachen wegzuwerfen, die vielleicht noch nützlich sein konnten. Aber nicht sie ist der Messi, wie sie das nennen. Die Welt um sie rum schmiert total ab. Was ist das denn für eine Macke, alles in den Müll zu werfen? Nur weil alle es machen, ist es noch lange nicht vernünftig.

Sie hört Barbara. *Dis quand reviendras-tu, dis au moins le sais-tu?* Das entlockt ihr eine Träne. Sie nutzt es aus, dass er nicht mehr da ist, und hört Musik. Der Alte mochte weder französische Chansons noch Gedichte. Am Anfang dachte sie, das ist, weil er sich unfähig fühlte zu begreifen, was da erzählt wurde, weil er Komplexe hatte. Dann hat sie gedacht, das ist nur, um sie fertigzumachen, sie daran zu hindern, ein bisschen was Schönes im Leben zu haben, damit sie mit der Fresse im Dreck und in der Scheiße liegen bleibt, und dass es ihn ankotzte, wenn sie Zugang zu schöneren Sachen hat als der Straße vor ihrem Haus. Irgendwann hat sie eingesehen, dass es nichts mit Komplexen zu tun hatte, auch nicht mit dem Wunsch, sie runterzuziehen: Er mochte weder Musik noch Poesie, für ihn war das bürgerliche Scheinheiligkeit. Ihre Gedichte von Emily Dickinson und Alejandra Pizarnik, ihre Platten von Aznavour oder Léo Ferré: gequirlte Bürgerkacke. Damit man darüber schwafeln kann. Nebelkerzen. So sah er das.

Für den alten Charles lag die ungeschminkte Wahrheit über die Menschheit in ihrem Hang zur Schlächterei. Ging es nur drum, wer das Recht hat, wen fertigzumachen. Alles andre war seiner Meinung nach Poesie – dazu da, den Leichengestank zu überdecken, der den Menschen begleitet, wo er geht und steht. Herrje, was für ein Misanthrop!

Sie räumt den Beutel ein, schön gerade auf die darunter, aber dann hat sie keine Zeit, den Schrank zuzumachen, weil sie zum Klo rennen muss. Sie kotzt Galle. Ein Kreuz! Verträgt den Alkohol immer schlechter. Das muss der Stress sein. Der ganze Papierkram, den sie jetzt erledigen muss.

Sie macht die nächste Flasche auf. Das ist kein Geheimnis: Wenn's einem mies geht, weil man zu viel getrunken hat, muss man noch ein bisschen mehr trinken, um die Rohre zu schmieren. Sie gießt sich ein Schlückchen ein, grad genug, um sich die Lippen anzufeuchten. Der Alte ist tot, sie waren fast fünfzehn Jahre zusammen, also nicht schwer auszurechnen: Seit mehr als fünfzehn Jahren schwört sie sich jeden Tag, mit dem Saufen aufzuhören. Sie ist aus dem Alter raus, Herrgott, das wühlt zu sehr in den Eingeweiden. Auch die schönsten Sachen gehen mal zu Ende, meistens zu früh: Die Buddel war ein Leben lang ihre beste Freundin, ihre Leidenschaft, ihre einzige Liebe – und jetzt macht sogar die Zicken.

In der ganzen Zeit mit Charles hat sie sich Versprechen gegeben, die sie nicht gehalten hat. Aufhören zu trinken. Wieder anfangen zu studieren. Abhauen, ihn rausschmeißen, eine eigene Bude finden, ein neues Leben anfangen. Manchmal war er so hackedicht, dass er auf die Idee kam, sie zu besteigen, und wenn er ihn hochkriegte, verpasste sie ihm Fußtritte, damit er sie in Ruhe ließ. Er gehörte zur alten Schule und fand es normal, dass sie Nein sagte. Versuchte es trotzdem. Heute sind die Leute nicht mehr so. Haben sich zivilisiert. Aber in seiner Generation warn sie Tiere. Sie war sauer, wenn er es geschafft hat, ihn reinzustecken. Jetzt merkst du wenigstens, dass ich kein bisschen heiß bin. Er hat nur gelacht. Ich mach das nicht, um dir Freude zu machen, sondern um meine Eier auszuleeren. Kein bisschen Scham. Wie früher.

Vor ihm stand sie mehr auf junge Männer. Jung und schön. Vor ihm konnte sie noch ein bisschen wählen. Aber seit Charles ist sie zu runtergekommen, um behaupten zu können, sie kriegt, wen sie will. Herrgott, wie sie heute aussieht! Reif für die Tonne. Das hat sie ihm übel genommen, obwohl er nichts dafür konnte. Sie glaubt, wenn sie mit ihm glücklich gewesen wäre, wäre es auch mit dem Aussehen besser gewesen. Sie glaubt, wenn sie allein gewesen wäre, hätte sie sich besser gehalten, hätte sie sich Abstinenzwochen verordnet, dazu Sport und Diät, das wäre ihr gut bekommen. Jetzt, wo er nicht mehr da ist, muss sie sich einen anderen Schuldigen suchen. Oder sie macht irgendwo eine Kur. Komischer Gedanke.

Sie kann es immer noch nicht fassen. Irgendwas hat sie geahnt. Aber mit so einem Vermögen hat sie nicht gerechnet. Und noch weniger, dass dieser alte Depp es auf die

Reihe gekriegt hat, mit ihr einen Partnerschaftsvertrag zu machen, sodass sie jetzt Anspruch darauf hat. Aber dann dieser kranke Brief. Mit seiner alten Krakelschrift. Seine Schrift gleicht seinem Körper – schief und krumm, nicht gerade auf der Zeile, jeder Buchstabe zittrig, das Bein des »p« hängt im Leeren und der Querstrich beim »t« rutscht weg bis zum Seitenrand. Eine Schrift, die sich entblößt, widerspricht und zersetzt. Aber auch eine elegante Schrift, die Schrift von jemandem, der irgendwann mal anständig schreiben wollte. Er hat alles richtig erklärt, richtig ausgerechnet – der alte Idiot, wo hat er sich nur den klaren Verstand geholt, um sein Ding heimlich auszuhecken?

Sie kann es nicht fassen. Mehr als eine Million. Auf einem normalen Konto, noch fast alles da. Sie hat sich nie um Erbschaftssteuer gekümmert, aber die scheint nicht so wahnsinnig hoch zu sein; wenn sie sich nicht total vertan hat, verliert sie zwanzig Prozent vom Ganzen. Da bleibt genug und sie hat ausgesorgt. Sie hat schon eine ganze Weile was gerochen, aber nicht daran gedacht, als er gesagt hat, sie soll sich eine Geburtsurkunde besorgen, damit sie beim Gericht den Partnerschaftsvertrag unterschreiben können. Sie dachte, es ist, falls er krank wird, er hat Angst, dass er ins Krankenhaus muss und man sie nicht zu ihm lässt, um ihm Kippen und eine Pulle zu bringen. Er hat darauf bestanden, dass sie so schnell wie möglich drankommen, und sie hat gedacht, du alter Sack, immer musst du Zicken machen. Nie wäre sie draufgekommen, dass er an sein Erbe dachte. Wie hätte sie auch ahnen können, dass die alte Kanaille so ein Vermögen besaß? Sie staunt immer noch, dass es ihm so wichtig war, dass sie die Kohle kriegt. Sie weiß, dass er seine Schwester hasste, vielleicht hatte er das im Kopf: verhindern, dass sie was erbt. Alles an dieser Geschichte ist total unfassbar.

So was wie Zärtlichkeit und Großzügigkeit war nicht gerade typisch für ihre Beziehung. Wobei er sich gegen Ende verändert hat. Nicht, als er das große Los gezogen hat. Sie hat das Datum überprüft. Das große Los, das waren die Turnschuhe. Die hässlichsten Schuhe, die der Mensch je erfunden hat, und er hat sie sich freiwillig gekauft. Meinte immer, sie wären so bequem. Sie wird die ganze Sammlung zusammensuchen und auf die Straße werfen. Nein, verändert hat er sich später. Mit seiner Bande.

Als sie seinen Testamentsbrief gelesen hat, ist sie ausgerastet: Wenn er so an den Schnuckis hängt, warum hat er dann nicht schon bei der ersten Krise verlangt, die Véro soll sie holen? Sie hat sich ständig über ihn und seine hirnrissigen Freunde aufgeregt. Städter, die unbedingt auf dem Land leben müssen. Aber bei seinem Ende hätten sie da sein sollen. Vielleicht wären sie gekommen. Aus Gründen, die ihr unbegreiflich sind, mochten sie ihn gern. Das merkte man.

Die Zigeuner verbrennen den Wohnwagen eines Toten. Damit die Seele nicht darin eingesperrt bleibt, sondern ordnungsgemäß davonfliegen kann. Die Véro sieht sich um – es würde sie sehr wundern, wenn sich der alte Charles noch an seinen Sessel klammert, den braucht sie nicht zu verbrennen. Er ist sicher abgesaust, sobald er den letzten Atemzug gemacht hat, der hat nie lange gefackelt.

Sie hatte schon gemerkt, dass sich was geändert hat im Budget. Beim Hähnchen hat sie den Braten gerochen.

Charles liebte Hähnchen. An einem Sonntag hat er ein Grillhähnchen gekauft und am nächsten noch mal und auch am übernächsten. Sie hat sofort gefragt, hast du geklaut, dass du am 2. noch Kohle hast? Er eierte rum, widersprach, am Ende wollte er ihr einreden, der Händler lasse ihn anschreiben. In Paris, heutzutage … anschreiben! Wollte er sie verscheißern? Sie dachte, er hätte ihr den Gewinn bei einer Rennwette verschwiegen. Es wäre nicht das erste Mal gewesen. Und dann entdeckte er diese bescheuerten Turnschuhe. War happy wie eine shoppinggeile Schnepfe. Seine Nike Air waren was anderes als das Hähnchen. Da hat sie ihn gründlicher ausgequetscht – das war nicht mehr normal, das ging schon zu lange, dass ihm der Schotter aus den Ohren quoll und er ihn verschleuderte. Er packte nicht aus. Nicht mal sturzbesoffen, nicht mal, wenn er in irgendeiner Kneipentoilette in seiner Pisse und seiner Kotze lag, wie er es so liebte. Wenn sie ihn abholen musste, weil der Laden zumachte, lag er schnarchend in seiner Pfütze und denen der anderen, zusammengerollt wie ein kleiner Hund, niedlich, wenn man von den Umständen und seiner Säuferfresse absah. Sie hat alles versucht, hat sich neben ihn gekniet, ein bisschen seine Stirn gestreichelt und die Stimme verändert, hat versucht, mütterlich zu klingen, um ihn zu entwaffnen und zum Reden zu bringen, dann wieder ist sie ihm auf die Pelle gerückt, sobald er aufwachte, direkt, aggressiv, drohend, hat behauptet, sie wisse alles, Arschloch. Er packte nicht aus. Das war nicht mehr derselbe Kühlschrank, da tauchten unbekannte Sachen auf, aber vor allem hatte der Monat keine Struktur mehr, ob am 5. oder am 30., der Alte stand mit derselben Beharrlichkeit am

Tresen und bekam nie mehr einen seiner berühmten Wutanfälle wie früher, wenn eine Rechnung kam, die er nicht erwartet hatte. Er brummte, dann wurde bezahlt. Sie hat schon gemerkt, dass das nicht normal war. Sie hat was geahnt. Natürlich. Aber diese Summe, nein.

Warum hast du nichts gesagt? Sie hatte noch nie so große Lust, mit ihm zu reden, wie jetzt, wo er nicht mehr da ist. Warum hast du so wenig ausgegeben? Und warum bist du bei mir geblieben? Warum hast du dir keine Jüngere gesucht, wie es alle Männer in deinem Alter machen, wenn sie drei Euro in der Tasche haben? Die Kneipen sind voll von jungen Schnapsdrosseln, mit der Kohle hätte er eine ansehnliche aufsammeln können. Wenn die Véro in den Spiegel guckt, wird sie ganz traurig. Bis dreißig ist der Alkohol fesch, dann kommt ein allmählicher Abstieg bis fünfzig, und auf der Zielgeraden ist es das Grauen. Nach der Menopause, mein Gott, da ist sie zum Monster geworden. Geschwollene rote Haut, vom Fusel verunstalteter Körper, die Augen einer Schwachsinnigen.

Aber es dauert, bis man krepiert! Irgendwann passiert's, so viel steht fest. Aber diese Langsamkeit ist zum Kotzen. Bei Tabak wird es dir eines Tages mitgeteilt, ein Tritt in den Hintern und weg bist du! Beim Alkohol nicht. Vom ersten Mal, wo dir ein Arzt sagt, wenn Sie so weitermachen, sind Sie tot, bis zu dem Tag, wo du draufgehst, bleiben dir locker zehn Jahre. Und nicht die strahlendsten. Die Véro ist wirklich kein netter Anblick. Sie würde bestimmt nicht mit sich zusammenleben, wenn sie die Wahl hätte. Sie würde nicht aufwachen und ihre Fresse neben sich auf dem Kopfkissen sehen wollen. Charles war auch hässlich. Aber sie hatte nichts anderes, um es sich ins Bett zu packen. Man muss pragmatisch sein, und sie hasst die Einsamkeit.

Jetzt begreift sie. Erinnert sich an einen Tag, wo er Blut gespuckt hat und zum Arzt gegangen ist, angeblich nichts Ernstes, er sollte nur Gips und gekochte Möhren fressen. Das fand sie zwar ziemlich schräg, aber dann hat er sich seine Pulle aufgemacht und behauptet, in kleinen Mengen könne ihm der Alkohol nicht schaden, und sie hatte sich jeden Kommentar verkniffen. Heute ahnt sie, dass der Arzt wohl nicht gesagt hat, es sei harmlos. Charles wusste Bescheid. Und hat geschwiegen. Das mit dem Schweigen war bei dem Mann eine regelrechte Religion. Man könnte es Schamgefühl nennen, dabei war es mehr eine Verbalverstopfung. Für seinen Schwachsinn hat er von früh bis spät die Klappe aufgerissen. Aber bei den Sachen, die wichtig sind – nichts.

Damals hat er sie zum Gericht gezerrt von wegen Partnerschaftsvertrag. Und da ist er wohl auch zum Notar gewackelt. Das steht in dem Brief, »mein Notar«, mit Adresse und allem. Sie hat angerufen. Der Typ hat sie gebeten, hinzukommen und Papiere zu unterschreiben, am schleimigen Ton des Schlaubergers hat sie gemerkt, dass er die Akte kannte. So eine Summe prägt sich ein, sogar dem Notar.

In dem Brief, den er hinterlassen hat, verlangt Charles, dass sie das Geld teilt – eine Hälfte für sich und die andere für diese Bande von Vernon Subutex. Ganz langsam, Süßer … Wenn er so scharf drauf war, seine neuen Freunde zu beglücken, warum hat er sie dann nicht adoptiert? Genau, sagt sich die Véro, das hätte er gemacht, wenn er es ernst gemeint hätte mit dem halbierten Erbe.

Sie hat seine Freunde in den Buttes-Chaumont nie gemocht. Es hat sie angekotzt, wie zufrieden er war. Das kann sie ruhig zugeben. Charles stand weiß Gott nicht auf große Gefühle. Und als er plötzlich diese idiotische Naivität hat raushängen lassen, die Véro nicht an ihm kannte, diese obszöne Freude, Freunde zu haben und sie zu treffen, da hat sie sich echt mies gefühlt. Zuerst mal war sie eifersüchtig. Ihn plötzlich wegen irgendwas glücklich zu sehen, während sie nichts hatte, um sich dran zu klammern – da fühlte sie sich alleingelassen und wie der letzte Dreck. Es hat sie auch verletzt, dass er sich ein Leben gesucht hat, bei dem sie nicht dazugehört. Aber vor allem hat es sie beunruhigt. Das dicke Ende kommt immer, wenn's am schönsten ist, in ihrem Alter weiß man das, und sie fragte sich, wie übel sie ihm früher oder später mitspielen würden, um ihn fertigzumachen. In ihrem Alter ist man besonders verletzlich, wenn man Zuneigung entwickelt und sie auch noch zeigt. Sie hasste es, dass er sich dazu herabließ.

In den letzten Monaten hat er alle naselang den Bus genommen und ist in die Provinz verduftet, um ein paar Tage bei denen zu verbringen. Er, der das so gehasst hat, Koffer, Reisen, alles, was drauf hinausläuft, dass die Leute in einem Haus schlafen, das nicht ihr eigenes ist.

Das setzt ihr immer noch zu. Sie kann einfach nicht glauben, dass der Alte es ernst gemeint hat, als er den Brief geschrieben hat! Dachte er wirklich, Véro würde sich mit dem Notar und dem ganzen Papierkram rumschlagen und am Ende das Geld in zwei gleiche Teile teilen? Sie wird alles behalten. So ein Schwachsinn! Das ist das Einfachste für alle Beteiligten.

Charles und sie haben sich am Tresen kennengelernt. Klar. Keine Gefahr, sich im Kino zu treffen, da gingen sie beide nie hin. Er war lustig. Er war direkt. Er hatte eine ganz spezielle Hässlichkeit. Sie steht auf schöne, leidenschaftliche Männer. Sie mag die Haut der Männer, wenn sie wunderbar glatt ist, sie mag kräftige Körper, breite Schultern, gewölbte Brust, vorstehende Muskeln an den Beinen, sie mag fleischige Lippen, lange Wimpern, wenn sie nicht die Männlichkeit einschränken, große zärtliche und autoritäre Hände. Sie sieht gern den Gruppen joggender Feuerwehrleute zu, wenn die kurzen Hosen ihre festen Schenkel entblößen; und wenn sie schwitzen, zeichnen sich unter dem T-Shirt auch die Muskeln am Rücken ab.

Charles war eine Vogelscheuche. Er gefiel ihr nicht. Aber er ließ nicht locker. Schon lange hatte sie niemand mehr so angebaggert. Sie hat sich gesagt, »Sei pragmatisch, du hast nicht das Zeug dazu, was Besseres zu beanspruchen.« Wenigstens quatschen konnte der Alte. Sie hatte sich am ersten Abend überreden lassen, mitzugehen. Und an den folgenden. Aber sie hat nie begriffen, was er an ihr fand.

Damals war die Véro schon aus dem Schulwesen rausgeflogen. In Charles' Augen verlieh ihr das ein besonderes Prestige. »Du bist ein echter Champion! Ich hab noch nie gehört, dass ein Lehrer rausfliegt. Du musst eine ganze Grundschulklasse vergewaltigt haben, anders geht das gar nicht.«

Sie ist bestimmt nicht aus Berufung Lehrerin geworden. Es war die logische Folge ihres Literaturstudiums. Sie hat das Lehrerexamen absolviert, ohne sich groß Fragen zu stellen, weil man mit irgendwas seine Brötchen verdienen muss. Am ersten Unterrichtstag trug sie einen neuen beigefarbenen Regenmantel, den sie sich extra gekauft hatte. An den anderen Frauen sieht so was elegant aus und gibt ihnen einen geheimnisvollen, damenhaften Anstrich. An der Véro war es eine Katastrophe, das Ding hing an ihr wie ein Kartoffelsack. Sie sah aus wie eine Verrückte auf der Flucht. Nichts passte. Weder der Mantel noch die hübschen flachen Schuhe, bei deren Kauf sie an Audrey Hepburn gedacht hatte und die zu abstoßenden Latschen wurden, sobald sie sie trug. Ihr erster Schultag war wie ein Gang zum Galgen. Sie war überzeugt, die Kinder würden ihre groteske Aufmachung erkennen und sie als Hochstaplerin entlarven. Sie wartete darauf, ausgebuht, mit Schimpfwörtern bombardiert, nach Hause gejagt zu werden. Als am zweiten Tag der kleine Lockenkopf aus der dritten Reihe ihren Unterricht störte, befahl sie ihm, seine Sachen einzupacken, sich in die Ecke zu stellen und sie nicht mehr zu stören. »Und wenn nicht?«, fragte er, und sie antwortete seelenruhig, »Wenn nicht, mein Küken, reiße ich dir mit den Zähnen die Augen aus.« Sie war sicher, dass sie die Woche nicht beenden würde. Der Junge grinste kurz, die anderen lachten entsetzt und begeistert, und er gehorchte. Sie rechnete damit, dass er sich beschwert, wenn er nach Hause kommt, und seine Eltern ihre Entlassung verlangen. Nichts dergleichen passierte. Aber sie wurde zur Legende des Collèges, wurde die schreckliche Madame Breton, die Französischlehrerin, die sich vor nichts fürchtete und die Großmäuler auf ihren Platz verwies. Der man besser nicht frech kam. Die gerecht, aber streng war. Damals war alles ganz anders als heute. Man beschimpfte die Erwachsenen nicht. Sie war eine gute Lehrerin, auf jeden Fall konnte sie eine Klasse für das interessieren, was sie ihnen beibrachte. Sie mochte die Energie der Kinder. Dann veränderten sich die Eltern. Im Laufe der 90er-Jahre war die erste Generation der von klein auf verwöhnten Nieten zu einer Horde schwachsinniger Eltern herangewachsen. Plötzlich tauchten die gehirnamputierten Mütter in der Schule auf und erklärten dem Lehrer, wenn mein Kind schlecht lernt, dann haben Sie versagt. Was willst du darauf antworten. Ein Gör, das mit einer schlechten Note nach Hause kommt und dem man sagt, mein Süßer, daran kann nur dein Lehrer schuld sein, ist ein schwer zu lenkendes Gör. Sie bat darum, an eine Problemschule versetzt zu werden. Sie erklärte, es sei wegen der Prämie, aber eigentlich war es nur, weil sie Mama Chantal und Papa Charles-Edouard ebenso wenig ertrug wie ihre Kloakenbrut, die man wie das achte Weltwunder behandeln sollte, auch wenn das Balg nie imstande sein würde, das *Passé simple* zu begreifen.

In den 90er-Jahren konnte man noch glauben, für die Kinder aus benachteiligten Schichten sei »das Wissen eine Waffe« und die Handhabung eines Wörterbuchs ein Trumpf. Ohne zu erröten, konnte man ihnen versprechen, wenn sie gut lernten, würden sie ein anderes Berufsleben haben als das eines Hilfsarbeiters ohne Abschluss. Dass man sie belog, weil sie mit ihrer Postadresse immer arm bleiben würden, war noch nicht klar. Die Véro hatte Erfahrung, sie unterrichtete im Norden von Bourges und sie hielt durch. Sie wusste Bescheid über die Zuwanderer. Sie war das, was man heute eine Negernutte nennt:

Sie hat ganz Afrika im biblischen Sinne erkannt, von Ost nach West und von Nord nach Süd. Man kann von der Zuwanderung halten, was man will, aber in Sachen Entfaltung der Frau haben diese Männer Großes für Frankreich geleistet. Das verschaffte ihr einigen Vorteil gegenüber gewissen Kollegen: Sie hatte eine Ahnung davon, was den Kindern durch den Kopf ging. Und nie haben sich Eltern darüber beschwert, dass sie mit ihnen Chester Himes, Bunker oder Calaferte las, die nicht zum klassischen Schulkanon gehörten. Die Kinder erzählten zu Hause nicht von ihrem Französischunterricht, und die Erwachsenen wollten nicht wissen, was sie lasen. So waren alle zufrieden und einige Kinder wurden zu Lesern. Die Avantgarde des *Gesindels*, von dem Sarkozy gesprochen hatte, lenkte die Véro zu Rousseau, und jedes Jahr überzeugte sie eine Handvoll Kinder, dass Bibliotheken zu etwas gut sein können. Auch mit denen, die sich ihrem Unterricht widersetzten, kam sie bestens klar. Sie waren laut, zapplig und lustig. Die Véro musste lernen, nicht laut loszulachen über den Unsinn, den sie von sich gaben. In ihrer Schlagfertigkeit lag eine gewisse irre Poesie.

Ihr Problem war die Hierarchie. Und das Internet. Sie musste nicht auf Blogs oder Twitter warten, um Probleme mit dem Netz zu bekommen. Als sie einmal spät von einem sehr feuchten Abendessen nach Hause kam, fand sie eine Mail des Schuldirektors. Ein Arschloch erster Güte, wie sie im öffentlichen Dienst geformt werden, so unangenehm wie inkompetent. Das waren noch andere Zeiten. Niemand kam auf die Idee, nach einundzwanzig Uhr einen Lehrer anzurufen – wenn es nicht brannte, ein Schüler starb oder der Atomschlag drohte, warst du ab einer bestimmten Uhrzeit nicht mehr im Dienst, gehörte dein Leben dir. Die E-Mails waren der erste Verstoß gegen diese Regel: Die Chefs dachten von Anfang an, sie könnten sie zu jeder Tages- und Nachtzeit schicken. Der Direktor hatte also die Idee gehabt, ihr eine kurze, sehr scharfe Mail zu schicken und ihr Verspätungen vorzuwerfen, nur um sie anzuöden. Sie las die Mail besoffen. Und antwortete sofort. Sie war inspiriert. Sie füllte viele Zeilen mit Beleidigungen, allesamt verdient und durchtränkt von der Aufrichtigkeit des Alkohols. Sie erinnert sich noch genau an die Umgebung: Sie saß an ihrem schwarzen IKEA-Küchentisch, auf dem der apfelgrüne Rechner mit dem runden Hintern stand, neben sich erst eine Bierdose, dann die nächste. Nicht die geringste Angst vor dem leeren Bildschirm: Sie zählte Argumente auf, entschädigte sich für Jahre der Frustration, diesen Chef zu ertragen.

Am nächsten Tag musste der Schisser nur auf »Drucken« klicken, bevor er eine Akte wegen Todesdrohung anlegte und seine Vorgesetzten alarmierte. Er hatte sich nicht gesagt, das ist eine gute Lehrerin, die werden wir nicht einfach so rauswerfen. Nein. Die Mail hatte eine viel stärkere Wirkung, als die Véro je hätte erwarten können … die Magie des geschriebenen Wortes. Sie wurde aus dem Schuldienst entlassen, für immer. Das ging ganz fix. Charles liebte die Geschichte. Er warf ihr vor, keine Kopie von der Mail aufgehoben zu haben, mit der sie ihr Leben auf den Kopf gestellt hatte. Er war überzeugt, dass es große Kunst war, vielleicht das Werk ihres Lebens. Man hat nicht jeden Tag Gelegenheit, seinem Vorgesetzten zu sagen, was man von ihm hält.

Über Charles Anweisung, zu einer gewissen Emilie zu gehen, die in der Rue Campagne Première arbeitet, damit die sie zu seinem Kumpel Subutex fährt, kann sie nur lachen. So ein Aufriss, um ihnen Hunderttausende Euro in den Rachen zu werfen, die sie für Schwachsinn ausgeben würden, während sie große Pläne hat. Sie erinnert sich genau an diesen Subutex. Es hat den Alten gepackt, wie man plötzlich ganz dringend pinkeln muss. Er hatte Kumpels im Park. So hat es angefangen. Sie hat ihn nie begleitet. Sowieso mag sie keine Parks. Zu viel Grün. Sie scheißt auf die Klimaerwärmung und die Endlagerung von Atommüll. Man hat ihr ein Leben lang erzählt, sie müsse konsumieren, um die Produktion am Laufen zu halten, und auf ihre alten Tage machen sie sie fertig, wenn sie Sachen kauft, die aus China kommen. Wie soll sie denn das wissen? Nullwachstum? Bloß nicht! Sie hat eine Leidenschaft für Schlussverkäufe, chinesische Eckläden und billiges Zeug.

Sie hat eine Menge Pläne. An Enthusiasmus fehlt es ihr bestimmt nicht. Es gibt so viele Probleme mit den Flüchtlingen, denen würde sie gern eine Heimstatt bauen. Sie sieht sich schon im Look der wohltätigen Schwester durch ein altes Hotel laufen, das sie kaufen wird; wenn sie die Jungs schon nicht mehr betatschen kann, könnte sie ihnen wenigstens Essen machen, fragen, ob sie Aspirin brauchen, oder ein Formular ausfüllen. Sie wäre unverzichtbar. Sie sieht sie jeden Tag im Fernsehen, Boote voll schöner Männer, Überlebende, die einen weiten Weg zurückgelegt haben und bis hierher gekommen sind, sieht, wie sie versuchen, sich in einen Lastwagen zu schmuggeln, um über die Grenzen zu kommen – sie würde ein Aufnahmezentrum einrichten und sagen, nicht so schnell, Schmetterling, bleib ein bisschen, damit ich dich wieder aufpäppeln kann. Um sich an ihrem Anblick zu ergötzen. Sie stellt es sich vor, die vielen jungen Männer um sie herum in Räumen, die nach Testosteron stinken. Die robusten zähen Körper, Körper von Überlebenden. Herrgott, wie gern sie sie pflegen möchte! Wenn das Land nicht von solchen Schweinehunden geführt würde, könnte man das ganz offiziell machen. Aber die Mistkerle scheißen auf das Glück der Damen. Sie will sie nur ein bisschen verhätscheln. Das Weibchen spielen zwischen Männern, die nach was aussehen. Jetzt, wo er tot ist, empfindet sie große Zärtlichkeit für den alten Charles. Bei dem, was er ihr hinterlässt, wäre alles andere undankbar.

Sie sieht sich schon, Scarlett O'Hara am Straßenrand in Calais. Sie wird sie mit gutem Essen, Heizkörpern und vielen Zärtlichkeiten davon abbringen, sich nach England durchzuschlagen. Es ist ihr schnuppe, ob sie Muslime oder Christen sind oder ob man in dem Nest, aus dem sie kommen, zu Steinen spricht und sie Tantchen nennt. Was bei einem Mann zählt, ist nicht der Gott, an den er sich wendet, sondern seine Fähigkeit, dich zum Träumen zu bringen, dir das Gefühl zu geben, Frau zu sein, dich schweben zu lassen beim bloßen Gedanken an das, was abgehen würde, wenn dieser Typ dich in die Arme nähme.

Sie könnte auch eine Schule aufmachen. Sie wäre sogar imstande, ihr Charles' Namen zu geben, wegen der schönen Geste. Eine Privatschule. In ihrer Schule würden die Schüler graue Kittel und Holzlatschen tragen, die Kinder fänden das toll. Sie lieben es, zu leiden. Das liegt in ihrer DNA. Es wäre eine Gratisschule, aber mit Aufnahmeprüfung. Die besten Elemente, erzogen um zu siegen. Sie fühlt sich imstande, eine Elite zu formen, aber eine echte. Keine Wichser aus den Reichenvierteln, wo einzig und allein Papas Vermögen zählt. An Ideen fehlt es ihr bestimmt nicht. Sie baut ein Trainingscamp, jeden Morgen robben die Kleinen zur *Marseillaise* durch den Schlamm, wollen wir doch mal sehen, ob die nicht zufrieden sind. Vormittags vier Stunden Latein, dann das Studium arabischer Literatur, dazu noch eine Prise Algebra und eine solide Ausbildung in Geschichte, und alle werden staunen, was ihre Schule verlässt. Wenn man den Zustand der Elite sieht, weiß man, dass man eine andere erziehen muss. Eine Leistungselite. Da werden sich die Papasöhnchen wundern, wenn Véros Schüler den Arbeitsmarkt stürmen. Das Land braucht frisches Blut. Seht euch doch die Fressen eurer Elite an – das Schlimmste ist nicht, dass sie korrupt sind bis ins Mark, sondern dass sie strohfressende Rindviecher sind. Ihr seid ganz heiß darauf, das Arbeitsrecht umzukrempeln, aber wenn ihr keinen blassen Schimmer habt, wie ihr euren Laden führen wollt, ihr Hohlköpfe, könnt ihr auch Sklaven einstellen, euer Umsatz wird trotzdem nicht steigen … Sie wird eine Schule eröffnen. Von den Jungs, die zu Fuß Afrika durchquert haben, bevor sie auf einem Floß übers Meer gekommen sind, wird sie die Besten auswählen, um sie für den europäischen Kapitalismus fit zu machen. Ihr werdet schon sehen, jetzt, wo sie das Geld dafür hat.

Scheiße noch mal, wenn ihr jemand gesagt hätte, dass ihr Charles eines Tages so ein Geschenk macht. Sie denkt auch an eine Entgiftungskur in der Schweiz. Sie hat im

Internet nachgesehen, das kostet eine Stange Geld, aber an sehr schönen Orten. Oben auf ihrem Berg wird sie Thomas Mann wieder lesen und sich wie Heidi im dritten Frühling fühlen. Und dann kommt sie blitzblank zurück, mit frischem Teint und ausgeruhtem Geist. Bereit, alles zu organisieren, was sie organisieren muss, um mit dem Geld etwas Schönes, etwas Großes zu machen. Sie hat nur Angst, dass sie krank sein könnte. Zu viel getrunken, ihre Eingeweide ruiniert und nicht mehr genug Zeit. Sie muss sich pflegen, muss das alles klären. Aber bei so viel Geld muss sie nicht völlig mit dem Trinken aufhören. Das Gleichgewicht kommt dann ganz von selbst. Bis dahin konzentriert sie sich auf guten Wein – wie nennen sie den? Biodynamischer Wein. Man muss nicht zu radikal aufhören. Wein ist für alles gut.

Warum glauben eigentlich alle, dass die Banlieues nur Ausschuss produzieren? Daran ist das Debré-Gesetz schuld. Damals wurde nicht die Laizität vorgeschoben, um die Immigranten zu schikanieren, sondern der Kampf gegen den Alkoholismus. In den Kneipen wird Politik gemacht. Und in den 60ern sollten die Araber nicht über Politik reden. Der Staat hatte eine Menge Dreck am Stecken, besser, sie redeten nicht zu viel darüber. Also hieß es, Kneipen sind okay, aber in Frankreich ist Alkoholismus gleich Patriotismus. Nichts für euch. Keine Geselligkeit. Keine Kartenspiele, keine Witze am Tresen, kein Raum für euch, wenn ihr aus eurer Fabrik kommt. Das Ergebnis sehen wir jetzt. Immerhin hat es funktioniert. Trinker sind sie jedenfalls nicht.

In der Hochschule für die Wiedereingliederung der dem Elend Entkommenen, die sie bald eröffnen wird, wird es abends in der Kantine Wein geben. Sie glaubt nicht, dass Abstinenz eine gute Sache ist. An dem Punkt wird sie nicht rütteln. Dazu braucht man allerdings ein bisschen Religionskritik. Aus nüchternen Menschen kann man kein Volk formen. Auch keinen Krieg oder sonst etwas Großes machen. Man braucht Wein, Bier, Apéros für den gesellschaftlichen Zusammenhalt. Wie willst du beweisen, dass du ein Kerl bist, wenn du nicht zeigen kannst, dass du Alkohol verträgst? Deswegen werfen die Jungs am Ende Bomben. Männer brauchen Alkohol. Das war schon immer so, jedenfalls in den Ländern mit hartem Winter. Du bist in Frankreich, also trinkst du. Bei uns regnet es zu viel, als dass man ohne ein Gläschen Weißen am Abend durchhalten würde.

Sie will gerade die zweite Flasche öffnen, als es an der Tür klingelt. Sie denkt gar nicht dran aufzumachen. Sie geht auch nicht ans Telefon. Sie ist nicht scharf darauf, dass man ihr mit irgendwelchen Beileidsbekundungen auf die Ketten geht. Sie torkelt zum Spion, passt auf, dass sie kein Geräusch macht. Ihre Bewegungen sind unsicher. Sie hat viel getrunken. Sie gerät ins Wanken und rüttelt an der Tür, als sie sich vorbeugt, um zu gucken. Auf der anderen Seite hat man sie gehört. Sie erkennt ihn sofort. Sie wusste, dass er kommt. Natürlich weiß er Bescheid. Aasgeier! Charles wird es ihnen erzählt haben. Subutex hat gehört, dass der Alte tot ist, und kommt, um seinen Anteil einzufordern. Sie brüllt, »Hau ab, ich bin müde«, und er sagt, »Ich suche Charles seit zwei Stunden, er geht nicht ans Telefon und ist in keiner Kneipe, allmählich mache ich mir Sorgen. Ist er krank?« Er sieht ziemlich gut aus. Das liegt vor allem an den Augen. Und dann die langen

Beine. Ein bisschen Johnny-mäßig mit den Stiefeln, ziemlich heiß. Wenn er drauf besteht, würde sie ihn nicht von der Bettkante schubsen, wie man so schön sagt.

Sie brummt, er soll zwei Minuten warten, und zieht, ohne sich zu beeilen, ihre ziemlich fleckige granatrote Strickjacke und die Crocs an, die sie auch im Winter trägt, mit Socken – schließlich wird das keine Modenschau, bildet der sich ein, sie wirft sich in Schale, um ihn zu empfangen?

»Ihr Name ist in aller Munde, Subutex!«

Selbst wenn er imstande wäre, etwas zu sagen, wüsste Vernon nicht, was er darauf antworten sollte. Geblendet von weißem Licht, den Kiefer weit aufgesperrt, bringt er nur ein seltsames Gurgeln hervor. Seine Hände umklammern die Armlehnen, hoffentlich haben die Antibiotika ihr Werk getan und der Mann kann ihm diesen verdammten Zahn ziehen. Er will nie mehr etwas davon hören. Hauptsache, er geht im Ganzen raus und zerfällt nicht in kleine Stücke. Vernon fürchtet sich vor dem Lärm der Geräte, die in seinem Mund rumwühlen werden, als wäre er ein widerspenstiges Regal, das ein hartnäckiger Techniker unbedingt an eine Betonwand schrauben möchte. In Vernons Mund gibt es alles, Kronen, Brücken, Implantate, Porzellan, mehr oder weniger exotische Legierungen. Wenn man die Ausgaben zusammenzählt, steckt ein ganzer Porsche in seinem Zahnfleisch. Der Arzt verzieht das Gesicht, während er Bestandsaufnahme macht:

»Was für eine Baustelle, mein armer Freund. Sie haben Glück, dass ich mich auskenne! Ein unerfahrener Kollege würde bei diesem Anblick womöglich Herzrasen bekommen. Wir werden das Dringendste erledigen – Kiko hat mir Ihre Situation erklärt. Aber ich warne Sie: Wenn Sie das schleifen lassen, kleben Sie bald das nächste Mal an der Decke. Da wäre überall was zu tun.«

Mit dem, was ihnen der alte Charles hinterlässt, könnten sie ihm und anderen in der Gruppe – er ist nicht der Einzige mit verfaulten Zahnstummeln – eine Gruppenreise nach Ungarn finanzieren, um alles auf einen Schlag reparieren zu lassen. Sie sollten einen Zahnarzt mit ambulantem Labor im Camp anheuern, dann wäre alles gelöst. Ein Zahnarzt und ein guter Physiotherapeut, das wäre sinnvoll – sie ruinieren sich alle die Rücken, weil sie zu schwere Sachen schleppen.

Gestern hat er das Telefon immer wieder klingeln lassen, er hat sich gesagt, dass Charles zu betrunken ist, um es zu hören, oder dass er eine schlimme Erkältung hat, weshalb er eine Weile braucht, um ranzugehen. Das plötzliche Verschwinden des Alten war ein Rätsel. Ohne ein Wort. Dabei war er von Anfang an dabei gewesen und hatte keine *Convergence* verpasst. Vernon hatte schon an eine Krankheit gedacht. Aber auf das Schlimmste war er nicht gekommen. Charles war der Älteste der Gruppe und man konnte nicht behaupten, dass er sich von Rohkost und gedämpftem Fisch ernährte. Er war Alkoholiker, Raucher, Stubenhocker, Liebhaber von Fleisch mit Soße und kleinen Haribo-Schweinereien. Eine der unzähligen Stadtlegenden berichtet, dass echte Alkoholiker nie betrunken seien. Die, die Vernon kennt, bringen sich in apokalyptische Zustände. Charles war auch so. Ein Tag, an dessen Ende er nicht hackedicht zu Boden sank, war ein verlorener Tag. Er trank nicht, um sich auf den Beinen zu halten.

Die Véro verträgt mehr, aber der Unterschied ist gering: Als sie ihm aufgemacht hat, stieß sie sich an ihren Möbeln, und er musste sich mächtig anstrengen, um zu verstehen, was sie erzählte, aber wenn er ihre Sätze erst mal entschlüsselt hatte, machten sie Sinn. Sie war nicht begeistert, ihn zu sehen. Das hat ihn nicht überrascht. Sie hat Vernon nie gemocht. Als er einmal ein paar Nächte bei Charles übernachtet hat, hat sie sich nicht mal die Mühe gemacht, die Tür zu schließen, damit er sie nicht hört, als sie Charles erklärte, dass ihr sein grandioses Clown-Theater auf die Nerven gehe und sie hoffe, er werde bald abzischen, weil er die Aussicht verpeste. Charles hat entgegnet, sie habe einen Knall, und versucht, sie mit einem Fußtritt zum Schweigen zu bringen, aber er war voll wie eine Haubitze und hat sein Ziel verfehlt, geschwankt und versucht, sich am Büfett festzuhalten, ist aber trotzdem auf dem Boden gelandet. Sie hat ihn ausgelacht. Die beiden waren ein Paar, das sich bei jeder Reality-TV-Show hätte bewerben können und sicher einen Riesenerfolg gehabt hätte. Irgendwie war ihre Beziehung eine Dauershow.

Er stand gestern noch auf der Schwelle der Wohnung, als die Véro sagte: »Charles findest du bestimmt nicht. Er ist tot. Ihr wart nicht mal bei seiner Beerdigung, elendes Pack, nachdem ihr ihn alle immer ausgenutzt habt.«

Der Zahnarzt stößt seinen Stuhl mit einem geschmeidigen und präzisen Tritt nach hinten und dreht sich dabei in einem schönen Schwung, um vor dem Röntgengerät zu landen. Vernon hat schon oft festgestellt, dass Zahnarztstühle besser sind als normale. Jetzt, wo er Geld hat, kann er vielleicht nach der Adresse des Möbelladens fragen und sich genau so einen leisten. Für das Vergnügen, durch den Raum zu rutschen, indem er sich ganz sanft mit dem Fuß abstößt. Er stellt sich schon vor, wie er auf dem schönen Stuhl Musik auflegt und durch den ganzen Saal fährt, die Arme in die Luft gestreckt, glücklich und aerodynamisch.

»Das Amoxillin hat gewirkt, wir machen noch ein Röntgenbild, aber ich glaube, wir können ziehen.«

Der Arzt trägt Puma-Schuhe. Blau. Neu. Er sieht aus wie ein Haudegen. Männlich, mit sich im Reinen. Beruhigend. Vielleicht auch total ausgeflippt, bei Leuten, die man nicht kennt, weiß man nie. Vielleicht ist das so einer, der in Afrika die bedrohten Giraffen jagt. Ein blutrünstiger Jäger. Ganz sicher Motorradfreak. Vernon sieht ihn weder in die Metro steigen noch siebenhundert Jahre auf der Suche nach einem Parkplatz um den Block fahren. Dazu hat er zu viel Indiana Jones im Blut.

Die Schwester klemmt ein kleines Stück weißes Plastik in seinen Kiefer, etwas zu fest. Schon verrückt, wie riesig einem die Sachen vorkommen, wenn man sie sich in den Mund stecken muss. Darüber muss er mit Pamela reden. Haben die Frauen das Gefühl, das Empire State Building zu schlucken, wenn sie dem Mann einen blasen?

Zahnarzt und Schwester verlassen für ein paar Sekunden das Sprechzimmer, während die Aufnahme gemacht wird. Dann zeigt ihm der Spezialist mit dem Finger die Wurzel des Übels auf dem Computerbildschirm wie Herr

Wettermann, der die Wolken eines Tiefdruckgebiets wegschieben möchte.

Vernon vermeidet den Blick auf die bereitliegenden Instrumente. Sachen, die auf keinen Fall in seinen Mund gelangen sollten. Als die dicke Betäubungsnadel näher kommt, schließt er die Augen. Versucht an etwas anderes zu denken. Das ist nicht schwer. Sowieso ist er mit den Gedanken weit weg.

Er muss ziemlich komisch ausgesehen haben, als ihm die Véro Charles Tod mitgeteilt hat, denn sie beruhigte sich auf der Stelle und trat beiseite, um ihn reinzulassen. In der Wohnung dröhnte in voller Lautstärke *Les Paradis Perdus* von Christophe, das hat sich für Vernon besonders seltsam angefühlt, weil Charles der einzige Mensch in seiner Umgebung war, der keine Musik mochte. Im Camp war er der Einzige, der mit Schallschutzkopfhörern an den *Convergences* teilnahm. Am Anfang hatte er sich mit Ohrstöpseln begnügt. Dann hatte ihm Sylvie von den Geräuschdämpfern erzählt, und alle waren verblüfft, als er beim nächsten Mal mit einem superteuren Bose-Kopfhörer auftauchte, auf den er mächtig stolz war und der ihn wie ein schwankendes Teletubby aussehen ließ, wenn er das Camp mit seinen Kopfhörern auf den Ohren durchquerte. Heute weiß Vernon, woher Charles das Geld für seine Verrücktheiten hatte.

Die Véro hat ihm ein Glas Weißwein eingegossen. Das war nicht der Moment, sich auf die Antibiotika zu berufen, um den Alkohol abzulehnen. Sie hätte nicht mal eine Verbindung zwischen den beiden Informationen hergestellt. Er hat automatisch an seinem Glas genippt und selbst ihm, der wahrlich kein Kenner ist, fiel sofort auf, dass es ein außergewöhnlicher Wein war. Er warf einen Blick auf das Etikett, ein Chablis, dann sah er, dass neben der Spüle mehrere Flaschen derselben Sorte bereitstanden. Das stank nach Geld, das man ausgibt, ohne zu rechnen.

Die Witwe war voller Abwehr. Doch selbst wenn er das dem Kummer, ihrem schlechten Charakter oder einer gewissen Animosität ihm gegenüber zuschrieb, war es übertrieben. Vernon verdächtigte sie, eifersüchtig zu sein. Er und Charles hatten sich sehr gemocht. Eine echte Freundschaft hat immer etwas von Verliebtheit, Ausschließlichkeit, Unmittelbarkeit, eine ebenso unerklärliche Alchimie wie das körperliche Verlangen. Sie saßen gern nebeneinander und kommentierten alles, was sie sahen. Sie langweilten sich nie miteinander. Charles' Tod war für Vernon zu schmerzhaft, als dass er sich um Véros schlechte Laune gesorgt hätte.

Sie warf ihn nicht raus. Sie verhedderte sich in Vorwürfen, die er nicht verstand, sie wiederholte, dass sie den Alten gründlich ausgenutzt hätten, Drecksbande, und dass sie sich nicht einbilden sollten, die Kohle würde weiterfließen, sie hätten ihm bestimmt schon viel mehr aus dem Kreuz geleiert, als der Anstand erlaubte, sie schwafelte von Vertrauensmissbrauch gegenüber Schwächeren. Sie geriet immer mehr in Rage und knetete wütend das gelbe Bultex-Tischtuch. Vernon ließ sie fantasieren und zweifelte immer mehr an ihrer geistigen Gesundheit. Charles hatte ihnen jede Menge Bier spendiert und sie einmal alle zum Lachen gebracht, als er mit einer Riesenkiste voll Sardinendosen ankam, weil er überzeugt war, es gebe nichts Besseres für die Gesundheit. Vernon hatte ihm oft gesagt, ehrlich, du sollst nicht so viel ausgeben, und dass sie genug Vorräte hätten. Aber von da bis zum Vorwurf, sie hätten die Freundlichkeit des Alten ausgenutzt, war es doch noch ein weiter Weg.

Charles war ein Pfeiler der Gruppe. Wenn sie ein Bikerklub gewesen wären, hätten sie ihn zweifellos zum Präsidenten gewählt. Er schenkte ihnen eine brummige Zuneigung, die allen guttat. Gern zerriss er sich über diesen oder jenen das Maul, ohne jedes Taktgefühl, aber mit scharfer Beobachtungsgabe. Er hatte das Talent, im rechten Moment die richtige Bemerkung zu machen, den kleinen Witz, der dir den Wind aus den Segeln nimmt und dir klarmacht, dass du auf der falschen Spur bist. Niemand war grantiger, misstrauischer, kritischer als er. Aber er war fröhlich. Und glücklich, Teil ihres Abenteuers zu sein. Er freute sich, sie einfach so durch die Dunkelheit springen und tanzen zu sehen, und seine Begeisterung wertete das gemeinsame Abenteuer auf. Charles amüsierte sich gern und beschwor die Angst mit einem ansteckenden Lachen.

Es war eigenartig, mit dieser alten unangenehmen Frau in ihrem Wohnzimmer zu sitzen. Vernon hatte sein Glas geleert. Er war berauscht. Stieg ihm der Alkohol zu Kopf oder spielte ihm sein Gehirn mal wieder einen seiner üblichen Streiche – das würde er nie wissen. Eine Folge kurzer Halluzinationen unterbrach seine Gedanken. Er sah die Véro in früheren Jahren. Jedenfalls stellte er sie sich genau so vor – dreißig Jahre weniger, jung und knackig.

Damals schon eher unansehnlich, nicht hübsch, aber mit dem prickelnden Charme der Intelligenz. Ein paar Sekunden lang verwandelte sie sich vor seinen Augen. Verhielt sich auch anders. Je weiter sich die Flasche leerte, desto sanfter wurde sie. Baggerte ihn fast an. Und er sah sie als Gefangene ihres ramponierten Gesichts, ihres misshandelten, schmerzenden Körpers, wie sie tief im Innern immer noch war. Sie gestikulierte wie eine Diva und sprach wie eine Intellektuelle – Anklänge an einen anderen Lebensabschnitt bahnten sich ihren Weg bis in diese hässliche Stube.

Vernon fragte sie aus. Hatte der Alte Zeit gehabt, sich zu fürchten? Hatte er nach ihnen verlangt? War er in seinem Bett gestorben? Charles hatte sich immer geweigert, die Véro mit ins Camp zu bringen. Aber ihre Beziehung war stabiler, als er zugab. Das war die Art des Alten, bis aufs Äußerste zu vereinfachen – die Véro sei eine alte Kuh, die sich bei ihm eingenistet habe und Schluss. Man konnte meinen, er habe beschlossen, jede Differenzierung auszuschließen. Um sich vor irgendetwas zu schützen. Sicher vor seiner eigenen Intelligenz. Er schaltete sie ab. Mit Alkohol, mit der Ablehnung der Worte, mit schmutzigen Witzen. Er erstickte sich, so gut es ging, als hätte man in allen Zimmern das Licht ausgeknipst. Er war in einen unbefristeten Streik gegen das Denken getreten. In Charles' Kopf war Intelligenz ein Ding für Reiche. Bescheuerter Nepp, nur dazu gut, ihren Fäulnisgestank zu tarnen. Das geschah nicht unbewusst: Er ließ sich sehr gern darüber aus. Es lohne sich nicht, mit schönen, komplexen Formulierungen und großen Gesten den Schlaumeier zu spielen: Die Menschen seien bescheuert. Man müsse wirklich ein

Brett vor dem Kopf haben, wenn man einen Gott anbete, der sich so ein Gesindel ausgedacht habe. Lügner, Diebe, Hochstapler und Geier. Das seien sie. Alle. Wenn man ihn auf das Thema brachte, war er nicht mehr zu bremsen. Er hasste die Leute, die sauber und rein sein wollten. Streber kotzten ihn an.

Ab und zu vergaß der alte Charles jedoch, dass er ein alter Säufer war, und ließ sich auf ein Gespräch ein. Dann hatte man das Gefühl, sein großer Körper strecke sich – und der Alte offenbarte ein überraschendes politisches Wissen, eine ungeahnte Präzision der Analyse und eine verletzte, aber noch lebendige Zärtlichkeit für das, was die Zukunft der Völker sein könnte.

Als Vernon der Véro gestern zugehört hat, ist ihm klar geworden, dass die beiden besser zusammenpassten, als der Alte je zugegeben hat. Sie ist quengelig und manipulativ wie viele Alkoholiker am Ende ihrer Laufbahn. Aber sie hat die gleiche Art, für einen Moment den Vorhang zu öffnen – die auch für Charles typische Intelligenz erahnen zu lassen, die wie ein Blitz niedergeht und große Ausschnitte der Wirklichkeit aufleuchten lässt, ehe sie sich wieder verschleiert, als wäre es eine Überlebensfrage, alles Helle zu verdunkeln.

Vernon war betrunken. Mit einiger Verspätung fing er an zu weinen. Ohne jedes Theater. Tränen strömten über seine Wangen und er starrte auf die schmierige Spüle voller Teller und Gläser. Nie mehr würde er neben dem Alten sitzen und zuhören, wie er sich über alles, was sich im Camp bewegte, das Maul zerriss.

Sich nicht verabschiedet zu haben, tat weh. Er begriff nicht, weshalb Charles sie nicht benachrichtigt hatte. Aber er ahnte, dass der Alte nicht gewollt hatte, dass sie ihn voller Panik erlebten. Er dachte an die scheußlichen Bermudas, die Charles bei schönem Wetter trug und in denen er stolz seine weißen, krummen, behaarten Beine zur Schau stellte, und Vernon spürte einen dicken Kloß im Bauch bei dem Gedanken, dass das alles nicht mehr zur Wirklichkeit gehören würde. Mit lauter Stimme sagte er, »Scheiße, er trug immer unfassbare Botten. Wir fragten uns, wo er die Dinger auftrieb. Er behauptete, das wären echte Markenschuhe. Wie ein Kind. Niemand hat ihm geglaubt. So was kostet doch ein Vermögen.« Charles liebte es, wenn sie sich über ihn und seinen albernen Schuhtick lustig machten. Er krümmte sich vor Wohlbehagen, wenn sie ihre Witze rissen.

Aber da hat die Véro so eigenartig gegrinst: »Tu nicht so, als wüsstest du nicht Bescheid. Sonst wärst du nicht hier. Du wirst mir doch nicht weismachen wollen, du hättest ehrlich an dem alten Dreckstück gehangen. Bist doch zu jung, hast noch ein Leben. Hast was andres zu tun, als Charles zu suchen, weil er verschwunden ist. Du wusstest Bescheid.«

Das war keineswegs die erste Anspielung, die sie machte und die er nicht begriff, also nickte Vernon nur und wartete, dass sie weitersprach. Sie stieß einen wütenden Seufzer aus: »Schluss mit dem Gelaber. Er hat euch nicht viel hinterlassen. Ich weiß nicht, was er euch versprochen hat, aber er hat euch an der Nase rumgeführt. Hat alles verschleudert. Wenn der Staat sich geholt hat, was ihm zusteht, kann ich noch einen Grabstein bezahlen, dann ist Sense.« Sie leerte ihr Glas in einem Zug, ohne Vernon aus den Augen zu lassen. Sie testete ihn, aber er begriff nicht, worum es ging. Er legte die Hand auf ihre, um den Zorn zu dämpfen, der in ihr aufstieg. Da klammerte sie sich an seinen Arm und sackte in sich zusammen: »Er hat verlangt, dass ich euch die Hälfte gebe. Die Hälfte, überleg dir das mal! Teilen ist gar nicht so leicht! Man kann die Reichen verstehen. Wir Menschen haben das im Blut: Wir teilen nicht gern. Das habe ich noch nie so deutlich begriffen wie heute. Wir sind nicht dafür gemacht. Aber die Wahrheit ist, dass mir die Muffe geht; wenn ich seinen Willen nicht erfülle, verfolgt mich das Gewissen mein Leben lang … wie bei Dostojewski. Ich bin nicht als Reiche geboren. Ich habe nicht die Schamlosigkeit der Geldsäcke. Ich wollte dir nichts sagen, aber jetzt geht mir die Muffe …«

Ganz allmählich begriff Vernon, dass sie von einer Erbschaft sprach. Es war nicht so einfach sich vorzustellen, dass Charles irgendwas auf die Seite geschafft hatte, deswegen rechnete er mit ein paar Hundert Euro, und hätte ihn die Véro zu Wort kommen lassen, hätte er sie sofort beruhigt: »Natürlich behalten Sie alles!« Aber nachdem sie einmal losgelegt hatte, konnte er sie nicht mehr unterbrechen.

Kiko hat recht trotz seiner Verrücktheit. Vernon sollte sich ein Ritual, eine Geste, eine Inszenierung ausdenken. Etwas, das davor warnt, dass man ins Schleudern kommt, wenn man mit ihm zu tun hat, dass man womöglich Sachen erzählt, die man eigentlich verstecken wollte. Er ist daran gewöhnt. Da wird ein winzig kleiner Schalter umgelegt und schon strömen die Wörter. Er löst das immer wieder bei Leuten aus. Er öffnet sie.

Sie hat alles ausgepackt. Das Lotto. Die Summe. Den

letzten Willen. Erst dachte Vernon, sie rede Stuss, aber es passte. Wie bei dem Kinderspielzeug, wo du versuchst, ein Viereck in ein viereckiges Loch zu stecken, und plötzlich flutscht es durch. Die Schuhe. Die Bierdosen, die Charles daließ, wenn er das Camp verließ. Der teure Wein. Der Bose-Kopfhörer. Dass er nie sagte, ich kann beim nächsten Mal nicht kommen, ich habe keine Kohle. Dass er nie von der Miete sprach. Von Rechnungen. Plötzlich fielen Vernon lauter Kleinigkeiten ein, die verrieten, dass der Alte für einen Proleten seines Schlags eine Menge Geld hatte. Und die endlosen Gespräche mit den Porno-Mädchen über den ultimativen Film. Er sieht den Alten ernst wie einen Papst zwischen ihnen sitzen und sich erkundigen, was so ein Dreh kostet. Zwar machte sich Charles für sein Leben gern über die Leute lustig, aber er war nicht der Typ, der den Mädchen vormachte, er könne ihnen helfen, nur damit sie nett zu ihm waren. Er meinte es ernst.

Die Véro war müde vom Reden, sie hielt sich das vorgereckte Kinn, Kippe im Mund, Lippen halb offen. Dann sagte sie noch: »Ich habe schon gestaunt, dass er nicht zum Notar gegangen ist und alles dem Tierschutzverein vermacht hat. Nur um mich zu ärgern. Der Alte hatte sich mächtig verändert. Das war euer Einfluss. Er wurde netter. Das war wie eine Ermutigung. Ich werde machen, was er gesagt hat. Nimm mich mit in dein Camp, bitte. Ich möchte begreifen, woher das alles gekommen ist.«

Während er wartet, dass die Betäubung wirkt, plaudert der Zahnarzt:

»Kiko hat mir von Ihnen erzählt. Er sagt, Sie wären ein Schamane an den Turntables, da kann David Guetta einpacken … Ich kenne mich nicht aus mit Musik und so. Ihren Namen habe ich mir gleich gemerkt, weil meine Schwester zwei Jahre lang Junkie war, das ist zwanzig Jahre her, aber sie nimmt bis heute Subutex. Kommt einfach nicht los davon. Abgesehen davon geht es ihr gut … Bitte danken Sie Kiko, dass er mir einen Patienten wie Sie geschickt hat: Sie sind ein ideales Vorführobjekt! Dadrin ist ja fast nichts mehr original. Und trotzdem hält es … in Ihrem Alter und mit Ihren Zähnen müssten Sie schon lange ein Gebiss tragen, aber es hält. Als würde diese Stümperei …«

Vernon versucht sich klarzumachen, dass Charles ihnen genug hinterlassen hat, um jeden Tag zum Zahnarzt zu gehen, wenn sie Lust haben, um sich alle Beißer re-implantieren zu lassen, in Gold, wenn ihnen der Sinn danach steht. Er begreift nicht, dass der Alte nie etwas gesagt hat. Er bedauert es. Er hätte ihm gern auf die Schulter geklopft und gefragt, willst du ihren bescheuerten Zombiefilm wirklich produzieren? Scheiße. Er meinte es ernst, als er sich Notizen machte zu dem, was die Mädchen sagten, wie viele Drehtage, der Preis für einen Liter Filmblut und so weiter. Vernon hat sich nie die Mühe gemacht, ernsthaft mit ihm darüber zu reden. Aber der Alte war eben auch nicht scharf darauf, dass man ernsthaft mit ihm sprach.

Zu Mariana hat Vernon nichts von der Erbschaft gesagt; als er von der Véro zurückkam, war sie schon im Bett und starrte in ihr Telefon, als müsste sie die verlorene Zeit aufholen. Sie hatte ein Dutzend neuer Apps runtergeladen, die ihr ihre Freundinnen empfahlen, und studierte gerade die Karte der Flugzeuge, die in diesem Augenblick über ihren Köpfen am Himmel über Paris flogen. Sie sah sich an, wohin die Flugzeuge flogen und wann sie gestartet waren, es begeisterte sie, das alles kontrollieren zu können.

Vernon hat nur gesagt, Charles ist tot, und hat sich hingelegt. Sie hatte den Alten nicht gut gekannt. Dazu ist sie noch nicht lange genug dabei. Und in ihren Mädchenaugen war er nur ein abstoßender Greis, in den alle vernarrt waren. Aber sie hat sich schweigend an ihn geschmiegt und die flache Hand auf seinen Bauch gelegt. Er hat diese Verbindung gespürt – sie lindert seinen Schmerz.

Er hat auch Kiko nichts von dem Geld gesagt, als sie heute früh zusammen Kaffee getrunken haben. Sie haben sich umarmt, wie Männer halt. Kiko hatte mit Charles endlose Gespräche geführt – der Trader erklärte dem Alten, warum seiner Meinung nach Klassenkämpfe von unten nie Erfolg haben könnten. »Die Zeit der Abschaffung der Sklaverei oder der Volksfront ist over. Niemand will mehr Schluss machen mit dem Elend. Früher brauchten sie Arbeitskräfte, da blieb ihnen nichts anderes übrig, als mit euch Arbeitern zu verhandeln. Sie hatten keine Wahl. Aber seit der Automatisierung scheißen sie auf die Proleten. Sie werden euch killen. Ich meine nicht, dass sie in die Demos ballern, das haben sie schon immer gemacht. Nein, sie werden euch ganz konkret ausrotten. Ihr seid zu nichts gut. Deswegen seid ihr zurückgeblieben. Ihr argumentiert immer noch wie unter Papa Marx – als das Proletariat nötig war, damit Leute wie ich den Mehrwert akkumulierten. Vielleicht wird man mit dem Fortschritt der Wissenschaft noch eine kleine Aufzucht robuster

Proleten betreiben, um euch Blut, Organe oder Haut zu entnehmen und unsere Kinder auszutragen, damit unsere Frauen nicht ihre Bodys ruinieren. Aber selbst dafür, ehrlich jetzt, mit den Bioprintern und den Brutapparaten der Zukunft können sie bald ganz auf euch verzichten. Sie werden euch eliminieren. Ganz pragmatisch. Ihr macht viel zu viel Probleme im Verhältnis zu dem, was ihr einbringt. Deswegen ist es unausweichlich: Die armen Klassen werden von der Karte verschwinden.« Solche Überlegungen fand der alte Charles absolut logisch, er war begeistert, endlich einen hellsichtigen und aufrichtigen Gesprächspartner zu haben, und erkundigte sich: »Empfiehlst du uns, dass wir ihnen zuvorkommen und die Guillotine aus der Mottenkisten holen?« Aber Kiko schüttelte den Kopf, »Wenn ihr dazu imstande wärt, hättet ihr das längst gemacht. Aber ihr respektiert die Bosse. Sieh dir an, wie die Armen Putin lieben. Ich sage nicht, dass ihr es in den Genen habt, aber es ist ein jahrhundertealtes Erbe. Das ist wie eine kulturelle Codierung, die könnt ihr nicht so schnell abschütteln. Man hat euch beigebracht, den Boss zu lieben.«

So konnten sie kilometerweit diskutieren. Kiko hat gleich gefragt, ob jemand sich darum kümmert, das Begräbnis zu bezahlen, und Vernon ist ausgewichen. Er hat nichts von der Erbschaft gesagt. Die Summe macht ihm Schiss. Es ist eine zu große Veränderung. Er denkt an das Camp, wie er es verlassen hat, an das Leben, das sie seit Monaten führen, und er würde gern die Zeit mit den Armen festhalten. Es ist zu früh, das alles auf den Kopf zu stellen.

Das Geräusch, gottverdammte Scheiße, er hatte das Geräusch der Wurzel vergessen, wenn sie aus dem Kiefer gezogen wird – er spürt zwar nichts außer den dicken Pfoten des Zahnarztes, die seinen Mund aufsperren. Aber er hört. Alles. Das unsägliche Knirschen seines durchwühlten Kiefers. Der Zahn ist natürlich nicht in einem Stück rausgekommen, der Arzt sucht mit der Zange die Wurzelsplitter. Diese Szene hat er schon auf anderen Stühlen in anderen Sprechzimmern erlebt … was er für Zeit bei Zahnärzten verbracht hat! In seiner Familie hatte niemand gute Zähne. Und dass er sich so oft die Kante gegeben hat, macht die Sache nicht besser. Er atmet tief, aber in seiner Situation ist es eher schwierig, sich zu entspannen.

Er könnte niemandem etwas sagen. Nie mehr zur Véro zurückgehen. Oder die Kohle auf einem Konto schlafen lassen, wie Charles es getan hat, nur kleine Sachen davon kaufen, es für einen Notfall aufheben. So würde es ein echter Kerl machen. Aber wie Kiko sagen würde, Vernon hat nicht das Zeug zu einem Leader.

Im Camp haben sie sich durch die Berichte der Besucher über das auf dem Laufenden gehalten, was um sie herum passiert. Sie wissen zum Beispiel, was in Griechenland los ist. Vernon wundert sich nicht über die Gewalt, mit der Europa das Land in den Untergang treibt, sondern über das Schweigen der griechischen Abgeordneten. Warum hören die Menschen auf, die Wahrheit zu sagen, sobald sie an die Macht kommen? Warum setzen sie sich nicht einfach vor ein Mikro und erzählen? »So ist es gelaufen. So habe ich eine Idee verteidigt, die ich für gerecht und gut hielt, und so hat man mich überzeugt, mein Land ins Schlachthaus zu führen.« Da gibt es irgendeinen *Modus Operandi*. Haben sie deine Frau vor deinen Augen vergewaltigt, während du deinen vierjährigen Sohn unter der Folter brüllen hörtest? Sag uns, was los ist? Sicher wurden sie zu sehr gedemütigt. Sie schämen sich zu sagen, was man ihnen getan hat. Wie man sie gezwungen hat. Womit man sie zerquetscht hat. Machthaber sagen nicht die Wahrheit. Niemals. Er sollte sich davon inspirieren lassen. Ins Camp zurückgehen und nicht sagen, was passiert ist. Machthaber sagen nie die Wahrheit, weil sie dann ihre Entscheidungen allein treffen können. Sie führen private Dialoge, über die Köpfe der Menschen hinweg. Sie kochen in ihrer Ecke ihr eigenes Süppchen. Aber er ist kein Machthaber. Er fühlt sich nicht imstande, alle in seiner Umgebung anzulügen. Dann hätte die Geschichte nämlich nicht mehr denselben Geschmack – er selbst würde aufhören zu glauben, dass sie ein Abenteuer erleben, das sich wirklich lohnt.

Der Zahnarzt richtet sich auf, dreht die Lampe weg, schaltet sie aus. »Sie sind frei. Es ist geschafft.« Er reicht ihm einen kleinen weißen Pappbecher mit einer rosa Flüssigkeit, um sich den Mund zu spülen. Vernon setzt sich auf, ihm dreht sich der Kopf. Er traut sich nicht, mit der Zunge die operierte Seite zu berühren.

Das Taxi wartet vor der Tür. Als der Fahrer sieht, wie mühsam Dopalet läuft, steigt er aus, um ihm die Autotür zu öffnen. Verrückt, wie sich der Taxiservice verbessert hat, seit ihnen Uber im Nacken sitzt. Da sieht man wieder, dass der Knüppel das Einzige ist, was hilft.

Der Produzent setzt sich so umständlich auf den hinteren Sitz, als hätte er großflächige Verbrennungen. Er beugt sich nach vorn. Sobald sein Rücken aus Versehen die Rückenlehne berührt, schreit er vor Schmerz. Jede Sitzung ist schlimmer als die letzte. Er wird nie begreifen, wie sich so viele freiwillig, ohne jede Notwendigkeit, der Tortur der Nadel unterwerfen. Wenn er die Wahl hätte, würde er sich dieser Behandlung keine Sekunde lang aussetzen.

Er hat den Roller zu Hause stehen lassen – nach drei Stunden Tätowierung ist ihm zu schwindlig, um selbst zu fahren. Sein Oberkörper ist straff in Zellophan eingewickelt, er kommt sich vor wie ein Rollbraten. Die Haut brennt. Unter dem Plastik spürt er, wie die Feuchtigkeit von Blut gemischt mit Tinte die rohe Haut einweicht. Es wird immer schlimmer und es ist noch lange nicht vorbei. Dabei hat er heute ein muskelentspannendes Mittel, zwei Schmerztabletten und ein Lexomil genommen. Der Tätowierer hat seinen Rücken mit einer lindernden Salbe bestrichen. Nichts hilft. Sobald er den Apparat hört, verkrampft er sich und presst die Zähne zusammen. Zweihundert Euro pro Stunde blecht er für dieses Gemetzel. Bar. Wenn er sich überlegt, wie er seine Kinder getriezt hat, damit sie studieren – dabei hätten sie nur ein bisschen malen lernen und sich eine Tätowiermaschine kaufen müssen, um sich ein schönes Leben zu machen. Zweihundert Euro die Stunde, mehr als ein Seelenklempner. Und der Tätowierer behauptet noch, er mache ihm einen Sonderpreis, weil es so ein großes Tattoo ist. Er hat ihn an der Angel. Das weiß er genau. Alle Dreiviertelstunde macht er eine Pause, um eine zu rauchen und nach seinen SMS zu gucken. Warum soll man sich genieren? Die Pausen werden natürlich nicht vom Preis abgezogen. Dopalet kann sich nicht wehren. Es muss schließlich fertig werden. Und das Studio hat den Vorteil, dass er spätabends kommen kann, wenn er der einzige Kunde ist. Er hat nicht die geringste Lust, irgendwem über den Weg zu laufen und erklären zu müssen, was er da treibt. Alle vierzehn Tage bestellt er ein Taxi und fährt widerstrebend in den Norden von Paris. In die Gegend kommt er sonst nie. Metro Crimée. Ein unsäglich hässliches Viertel, ein paar öde Läden, düstere Kneipen und zweifelhafte Lebensmittelmärkte.

Der Tätowierer steht auf Techno. Er sagt, es putsche ihn auf – dabei zermalmt es das Gehirn. Ein Drumcomputer, blind programmiert, dazu zwei Synthesizer-Noten in Endlosschleife, stundenlang. Dopalet hat höflich darum gebeten, die Musik hören zu dürfen, die ihm zusagt – er hatte den Soundtrack von *Die siebente Saite* mitgebracht, er liebt Marin Marais. Aber der Tätowierer hat verkündet, das ziehe ihn runter. So hat er es formuliert. Marin Marais zieht ihn runter! Was willst du darauf antworten? Dopalet hat seine musikalischen Utopien wieder eingepackt und erträgt seitdem den Schund dieses Schwachkopfs, ohne zu zucken.

Sein Sohn Antoine hat diese Perle ausfindig gemacht. Er hat ihn ihm als Künstler verkauft. Hat sein Talent ebenso gepriesen wie seine Diskretion. Ein Pole. Sieht aus wie ein Schlächter. Wahrscheinlich kann er nicht mal Französisch lesen. Das begrenzt das Risiko, dass er irgendwo von dem Kunden erzählt, der mit dem Wort »Vergewaltiger« in riesigen Lettern auf dem Rücken in sein Studio gekommen ist. So, wie der aussieht, begreift er wahrscheinlich nicht mal, was das heißt. Oder er denkt, Dopalet habe lange im Gefängnis gesessen, wo ihn ein Wahnsinniger mit Gewalt tätowiert hat. Als er das Ausmaß der Katastrophe zum ersten Mal gesehen hat, hat er nur verständnisvoll und kompetent genickt. Der Schlaukopf hat diverse Maße genommen und ihm zuerst ein paar Lasersitzungen vorgeschlagen, um so viel wie möglich zu entfernen, bevor man etwas Neues macht. Unter seinem primitiven Äußeren steckt ein machiavellistischer Geschäftssinn: Er hat sich extra ein Lasergerät besorgt und in seinem Laden aufgestellt. So kämpft er an beiden Fronten, verlangt für die Entfernungssitzungen noch unverschämtere Honorare und zieht Dopalet schamlos das Fell über die Ohren. Auch was den Schmerz angeht, fühlt es sich an, als würde er gehäutet, ein echtes Vergnügen. Der Pole hat ihm geschworen, auf diese Weise werde man am Ende nichts mehr von der ursprünglichen Tätowierung sehen. Und er muss zugeben, dass es sich ganz gut entwickelt. Der Tätowierer sticht ihm ein Motiv, das Dopalet im Ausstellungskatalog von Hokusai ausgewählt hat: ein japanischer Krieger überwältigt einen riesigen Schlangendrachen. Sie sind in einem erbarmungslosen Kampf ineinander verschlungen. Die Zeichnung ist nicht von Hokusai, aber sie war Teil der Ausstellung im Grand Palais. Der Tätowierer hatte ein großflächiges Motiv empfohlen und Dopalet hatte sofort an diese Illustration gedacht, die ihm ins Auge gefallen war, als er sich mit der vom Werk des japanischen Meisters angelockten Menschenmenge durch die Ausstellung schob. Das ist sein Leben – ein erbarmungsloser Kampf gegen übermächtige Feinde. Höchste Zeit, dass er seine Dämonen besiegt. Dass er aufhört, Angst zu haben. Aber als er die Zeichnung ausgewählt hat, wusste er nicht, dass jedes Detail, jede Schuppe des Tieres, der zarteste Schatten auf der Rüstung des Kriegers um den Preis von Höllenqualen in seine Haut eingebrannt werden würde. Und das Schlimmste kommt noch: das Kolorieren. Manchmal stöhnt er, und der Tätowierer erstarrt, wie gestört in seiner Konzentration. Also beschwört Dopalet angenehme Bilder herauf, stellt sich vor, wie sein Folterknecht in siedendes Öl getaucht wird, ganz langsam, von den Zehen bis zum Hals. Das hilft. Aber es reicht nicht.

Antoine behauptet, der Pole sei ein anerkannter Künstler bei den größten internationalen Conventions. So war Antoine schon immer, auch als kleiner Junge. Er hat das Talent, Sachen zu sagen, bei denen man Lust hat, ihm eine runterzuhauen. »International anerkannt.« Am Arsch!

Dopalet hatte nicht vor, seinem Sohn zu erzählen, was in jener Nacht bei ihm zu Hause passiert ist. Sie sind sich nicht nah genug für so ein Geständnis. Lieber verbirgt er seine Wunden. Er weiß, dass sein Sohn ihn für unzerstörbar hält und noch den kindlichen Allmachtglauben an den Vater bewahrt hat – eine Bewunderung, die ihn manchmal aggressiv macht. Bei Antoine hat man immer Angst, dass er sich auf das hohe Ross seiner moralischen Prinzipien schwingt und anfängt, einen Riesenberg von absolutem Schwachsinn abzusondern. Antoine liebt es, Reden zu halten wie ein Intellektueller, nur dass es der ganzen Familie an theoretischer Intelligenz fehlt, weshalb er leeres Zeug schwafelt und sich total lächerlich macht. Antoine hätte womöglich angefangen, die beiden Gehirnamputierten zu verteidigen, die ihn in seiner Wohnung überfallen haben, vielleicht mit dem Argument, sie hätten als Kinder keine schönen Ferienfernreisen gemacht oder in der Schulkantine zu wenig Fritten abbekommen. Bei Antoine denkt man oft, er sei in den sozialistischen Träumereien der Achtzigerjahre stecken geblieben, obwohl er zu jung ist, um sie erlebt zu haben. Aber am meisten fürchtete Dopalet, der Kleine könne ihm unterstellen, etwas Böses getan zu haben, um eine solche Strafe zu verdienen. Antoine hat keinen Clangeist. Er ist unfähig, sich an die Seite seines Vaters zu stellen, weil er sein Fleisch und Blut ist. Er ist undankbar! Kinder sind wahrlich kein Zuckerschlecken! Du bezahlst ihnen die besten Schulen, lässt sie von deinen Kontakten profitieren, kaufst ihnen eine kleine Wohnung, und sie behandeln dich, als hättest du sie ihre ganze Kindheit lang vergewaltigt!

Aber ausnahmsweise hat sich Antoine als guter Sohn

erwiesen. Er hat die Verwundbarkeit des Vaters gespürt, und anstatt sie auszunutzen, um ihn fertigzumachen, hat er die Situation in einen Moment aufmunternder Vertraulichkeit verwandelt. Er hat ihn oft besucht, war aufmerksam, besorgt. Da hat sich Dopalet geöffnet. Und der Sohn hat ihn nicht gekränkt. Im Gegenteil, er war voller Empathie. Am Ende hat Dopalet sogar sein Hemd aufgeknöpft und die widerwärtige Verletzung entblößt. Seit jener Nacht hatte niemand seinen Rücken gesehen, nur seine Frau in den ersten Tagen, zum Desinfizieren. Er schläft mit T-Shirt. Zieht einen Bademantel an, sobald er aus der Dusche kommt. Zeigt sich nicht mehr mit nacktem Oberkörper. Schluss mit Hotelsauna, Schwimmbad im Costes, Schluss mit den Kanaren im Februar. Wenn er jetzt einen One-Night-Stand hat, behält er das Hemd beim Vögeln an. Aber seinem Sohn hat er vertraut, hat sich vor ihm entblößt. Und er hat gut daran getan. Antoine hat gesagt, wie entsetzlich, Papa, das ist ja furchtbar. Keine unangebrachte Frage. Er hat seinen Vater als Opfer behandelt, von dem man keine Rechenschaft für das Verbrechen verlangt, das ihm angetan wurde. Das war ein schöner Augenblick. Und sein Sohn hatte auch die geniale Idee – du musst es überschreiben lassen. Natürlich! Aber Dopalet war nicht daraufgekommen. Seit dem Überfall war er total von der Rolle. Es war das erste Mal, dass der Sohn den Vater unterstützen konnte. Auch wenn Dopalet alle vierzehn Tage stinksauer ist, auch wenn er den verdammten Tätowierer verflucht, ist ihm bewusst, dass er die Passivität, die Opferrolle überwunden hat. Und in ein paar Wochen wird er seine Würde wiedergefunden haben. Das hat er sich dann auch verdient. Auf die harte Tour.

Dopalet war zerstört. Posttrauma. Einbruch in seine Wohnung, Freiheitsberaubung, Folter … Danach war er nicht mehr derselbe. Er konnte nicht mehr schlafen. Musste umziehen. Fühlte sich in seinen vier Wänden nicht mehr sicher. Es hat Monate gedauert, bis er wieder eine Nacht durchgeschlafen hat. Beim kleinsten Geräusch fuhr er hoch. Er hat einen entsetzlichen Tinnitus. Das Gefühl, überall von einem Schwarm durchgedrehter Zikaden begleitet zu werden, weshalb er keine Stille mehr erträgt. Auch sein Charakter hat sich geändert. Er hat seine Begeisterung verloren. Kann sich nur schwer konzentrieren. Kann nicht mehr lesen. Er musste im Büro jemanden einstellen, der ihm die Drehbücher vorliest, die er unbedingt zur Kenntnis nehmen muss.

Er hat noch mehr unkontrollierbare Wutanfälle als früher. Seine Ängste, die er halbwegs im Griff hatte, lassen sich nicht mehr unterdrücken. Etwas in ihm ist in jener Nacht zerbrochen. Wenn man die Karte seines Gehirns studieren würde, fände man ganz sicher verwüstete neuronale Zonen, wie nach einer besonders schweren Schädelverletzung. Er war bei verschiedenen Spezialisten. Hat ihnen erzählt, er sei in seiner Wohnung überfallen worden, als er allein war. Er sagt nicht, dass es ein Racheakt war, dass sich zwei Mädchen bei ihm eingeschlichen haben, um ihn kaltzumachen, dass sie ihn für schuldig hielten und Gerechtigkeit forderten. Er sagt, ich dachte, ich sterbe, ich wurde gefesselt, ich konnte nichts machen, ich glaube, mein Gehirn ist explodiert. Die Therapeuten nehmen ihn ernst. Alle guten Psychologen wissen, dass ein Einbruch ein besonders schweres Trauma auslöst. Es gibt kein spezielles Wort, um die Symptome zu beschreiben, deswegen verwenden sie den Begriff, der dem barbarischen Akt am nächsten kommt – Vergewaltigung. Eine totale Zerstörung des Vertrauens in die Sicherheit seines Zuhauses. Man hat seinen Körper geschändet.

Er verspürt eine innige, rauschhafte Empathie für die verstümmelten Frauen, die man beschneidet oder denen ein abgelehnter Bräutigam Säure ins Gesicht kippt. Er findet sich in den Zeugnissen vergewaltigter Frauen wieder, die er vor einem Jahr einfach nur abstoßend fand. Und er erkennt sich auch in den Aussagen von Männern, die ungerechtfertigt der sexuellen Belästigung angeklagt sind, obwohl sie nichts anderes getan haben, als frei ihr Begehren zu äußern und auszuleben. Er sehnt sich nach der Zeit zurück, als Männer und Frauen sich noch Lust schenken konnten. Man glaubt immer, die radikalen Frauen würden die Männer hassen, aber in Wirklichkeit hassen sie die Frauen, die sich mit ihnen vertragen. Dopalet liebt die Frauen von ganzem Herzen. Er liebt es, auf der Straße ihre Beine zu bewundern, liebt die Wölbung ihrer Füße, wenn sie hohe Absätze tragen, er liebt ihre sanften Stimmen und ihre Fähigkeit, Schlampe zu sein und sich dabei wie eine Gräfin aufzuführen. Er liebt es, dass ihnen die Verführung über alles geht. Er respektiert das Geheimnis ihrer Orgasmen und ein noch größeres Geheimnis, das Vermögen, Leben zu schenken. Er liebt die Frauen und er hat wunderbare getroffen. Aber der von den Feministinnen erzwungene Puritanismus macht ihn wahnsinnig. Jetzt spricht er es aus, laut und deutlich. Er hat die Schnauze voll davon, sich zu ducken, um Schlägen und Konflikten aus dem Weg zu gehen. Die Tyrannei der Feminazis zu ertragen, die alle Formen der Freizügigkeit verbieten wollen, die den Charme seines Landes ausmachte, und zwar nur deshalb, weil sie selbst weder lieben noch sich von den Männern lieben lassen können. Er erträgt es nicht mehr, dass man auf ihm rumtrampelt. Er will nicht mehr still sein, aus Angst, jemanden zu verletzen. Er wird alles mit gleicher Münze heimzahlen. Alles!

Der Überfall hatte nicht nur negative Folgen: Er hat genug davon, höflich zu sein. Genug davon, sich zu unterwerfen, genug davon, zu schweigen und zu dulden, was nicht zu dulden ist. Er hat genug von der Großzügigkeit, die ihn seit Jahren ausgezeichnet hat – davon ist er fest überzeugt, er hat sich immer bemüht, Gutes zu denken und keine Empfindlichkeiten zu verletzen. Jetzt hat er keine Kraft mehr für Wohlwollen. Wenn er strenger, unduldsamer, klarer mit sich selbst gewesen wäre, wäre er nie auf die Idee gekommen, mit Vodka Satana eine Beziehung zu pflegen, die fast an Freundschaft grenzte. Er hätte sie an einem Swingerabend durchgefickt, warum nicht, aber sicher nicht angefangen, mit dieser Verrückten zu schwatzen. Damit hat alles angefangen. Mit der bescheuerten Idee, man könne sich mit Leuten einlassen, die aus einer anderen sozialen Schicht kommen. Die Armen sind immer sauer auf die Reichen, weil die geschafft haben, woran sie selbst gescheitert sind. Genau. Neid ist die Quelle allen Übels. Insofern hatte der Überfall sein Gutes: Er ist fertig mit der sozialistischen Weicheierei. Das hindert ihn nicht daran, links zu sein, aber mit dem rosa Tralala ist Schluss. Jetzt denkt er ohne Filter. In ihm wütet der Zorn, der Zorn des Opfers, dessen rettende Schärfe er nicht kannte. Er ist nicht mehr derselbe. Die Umstände haben es so gewollt.

Der Überfall, das Attentat vom 7. Januar, das Klima von Anspannung und Niedergeschlagenheit, die Krise, die die Finanzierung von Spielfilmen besonders hart trifft – ein Stress folgt dem anderen, ohne dass er Zeit hätte, Atem zu holen. Monatelang strampelt er sich mit einem Projekt ab, dann muss er es aufgeben. Es sind gute Projekte, er hat ein Händchen. Aber wenn man keine Komödie über eine Bürgerfamilie dreht, die illegale Afrikaner aufnimmt, kriegt man kein Geld. Er weiß nicht mehr, worauf er setzen soll, ist nicht mehr auf einer Wellenlänge mit den Entscheidern – die Filmverleiher und Geldgeber der Fernsehsender sind wie durchgedrehte Kaninchen, die zwischen ihren Scheinwerfern herumrasen – unmöglich, ihre Reaktion vorherzusehen. Seine Kollegen sind genauso ratlos wie er – niemand weiß, was die Leute gern im Kino sehen wollen, und es herrscht Null-Toleranz-Politik: Beim kleinsten Versagen rollen die Köpfe. Wie soll er seinen Partnern unter diesen Umständen empfehlen, ein Risiko einzugehen? Noch nie in seiner ganzen Laufbahn wurde er so schlecht behandelt. Von Leuten, die selbst noch nie so viele Demütigungen und Frustrationen einstecken mussten. Dabei hat er weiß Gott harte Niederlagen, schmerzliche Festivals in Cannes und ein paar finstere Kinokassenflops erlebt – er ist kein grüner Junge mehr. Aber dieses Ausmaß von Gewalt kannte er nicht. Der Boden wankt unter den Füßen, die Leute verschwenden keine Zeit mehr aufs Taktgefühl. Er ist immer und überall am Arsch.

Seine Reaktionen überraschen ihn selbst. Er spürt einen gewaltigen finsteren Groll gegen die Welt. Seine Gedanken sind abstoßend, das ist ihm bewusst. Er nährt eine wachsende Abneigung gegen alle, die sie auslösen. Neuerdings ist er geradezu besessen von den Juden. Zum ersten Mal im Leben regt sich in seinem Bewusstsein eine beängstigende Feindseligkeit, die immer ein absolutes Tabu war.

Aber auch von der politischen Korrektheit hat er die Schnauze voll. Wir werden doch nicht noch ein Jahrhundert damit verbringen, uns für Verbrechen zu entschuldigen, die wir nicht begangen haben. Außerdem spricht er auch mit jungen Leuten, und es ist offensichtlich, dass die sich nichts mehr bieten lassen: Schluss mit Omertà, Tabu und Animositäten. Im Radio, im Fernsehen, in der Presse, bei jedem Empfang – die jüdischen Intellektuellen wollen den Krieg. Er erinnert sich an das Céline-Interview, das er vor Jahren bei seinem Anwalt gesehen hat. Das war lange vor dem Internet, solche Raritäten bewahrte man auf einer VHS-Kassette auf. Céline sagte, »Sie werden es erleben, die Juden brechen den nächsten Weltkrieg vom Zaun, Sie werden es erleben.« Und Dopalet war es irgendwie peinlich, dass sein Anwalt ihm das zeigte. Damals empfand er nichts Besonderes, als er diesen Satz hörte, der für ihn zu einer anderen Ära gehörte, eine Verrücktheit – politisch unkorrekt würde man heute sagen. Aber der Satz des alten Schriftstellers ist hängen geblieben. Er denkt oft daran. Heute hat er eine neue Färbung. Das jüdische Volk ist ein kriegerisches Volk. Und autoritär.

Er gehört zu einer Generation, die an das »Nie wieder« geglaubt hat – einer Generation, die mit Filmen über den Zweiten Weltkrieg aufgewachsen ist, aus denen man mit der Frage herauskam, wie die Menschen nur da hineingeraten konnten. Dann hat sich sein Denken entwickelt. Er wünscht sich nichts Tödliches. Er ist doch nicht verrückt! Er würde nur gern in seinem eigenen Land offen darüber reden können, wie schwer es ist, Filme zu produzieren, wenn man ein Goy ist. Nur das. Jeden Tag ergreifen sie das Wort, reden über Frankreich, als gehöre das Land nur ihnen, als seien Christen wie er hier nur geduldet, wenn sie sich beugen.

Er explodiert vor Hass, sobald er irgendwo Zemmour hört. Und Zemmour hört man immer irgendwo: Wenn er nicht im größten Radiosender Frankreichs redet, schreibt er gerade für eine auflagenstarke Tageszeitung oder ist irgendwo zu einem Vortrag eingeladen. Seit dem Überfall ist es einfach so: Dopalet hat keine Lust mehr, schlauer als die anderen zu sein. Er spürt einen ätzenden Hass in sich aufsteigen und staunt über seine Heftigkeit. Wahrscheinlich die Rückkehr des Verdrängten. Das Unangenehmste ist die Freude, die er empfindet, wenn dieser Hass ihn durchfährt. Er spürt, dass ihn die Energie des Heimatgefühls durchströmt, das man ihm jahrzehntelang verwehrt hat – eine französische, patriotische, kraftvolle und reiche Energie. Die Ungeheuerlichkeit dieser Gedanken ist ihm durchaus bewusst. Er ist fünfzig, sein Leben lang hat man ihm erklärt, man dürfe ihn nicht zulassen. Aber als er in einem Taxi Zemmour im Radio hörte und zum ersten Mal im Leben laut sagte, »Der bescheuerte Judenbengel soll gefälligst das Maul halten und es sich von seiner Mama mit Couscous stopfen lassen!«, war es wie eine Entjungferung. Eine erstaunliche Erschütterung. Über die Miene des Fahrers, der kein Araber war und in den Rückspiegel grinste, nachdem die erste Überraschung verflogen war, hat er sich gefreut. Endlich hat er sich mal wie ein richtiger Kerl aufgeführt.

Die Araber mag er genauso wenig wie die Juden; wenn er in sein Taxi steigt und die ganze Avenue de Flandre runter und dann über die Place Stalingrad fährt, hat er null Bock auszusteigen und zwischen Halal-Fleischerei, Moschee und auf Djellabas und Gebetsteppiche spezialisierten Buchhandlungen einen Kaffee zu trinken. Aber die Araber sind ihm schnuppe. Er sieht sie nur, wenn er zum Tätowieren fährt, und da hat er andere Sachen im Kopf. Die jüdische Lobby dagegen, pardon, aber in seinem Sektor hat er echt den Kanal voll. Man kann wahrlich nicht behaupten, sie würden sich genieren, ihre Dominanz auszuüben.

Er hat sich nie groß für Politik interessiert. Der Film ist weder rechts noch links. Dopalet verschwendet keinen Blick auf die ersten Seiten der Tageszeitungen, geht direkt zu den letzten, den Kulturseiten, das ist das Einzige, was ihn interessiert. Genau genommen sagt er zwar »Kulturseiten«, aber er liest nur die Artikel über Film und Fernsehen. Die Zeitungen fehlen ihm. Früher ging er immer am Samstagabend zu WHSmith und kaufte *Vanity Fair* und *Rolling Stone* oder *Entertainment Weekly*, die er dann sonntags im Bett durchblätterte. Er sah sich die Fotos an. Englisch lesen ist ihm zu anstrengend, er wollte sich nur einen Überblick verschaffen, worüber gesprochen wird. Mit dem Tablet ist es ganz anders. Das Tablet ist keine Erholung. Zeitung lesen war eine Erholung, o ja. Wenn sie einmal gedruckt ist, rührt sich nichts mehr. Man konnte das Magazin weglegen und es zwei Monate später wieder aufschlagen – nichts hatte sich geändert. Und einen Artikel zwei Monate nach dem Erscheinen zu lesen war überhaupt nicht absurd. Internet ist Krieg. Er schaltet das Tablet ein und ist hineingezogen in den Konflikt – jedes Mal, wenn er einen Artikel auf dem iPad liest, muss er danach ein Anxiolytikum nehmen.

Das ist ein anderer positiver Aspekt des posttraumatischen Schocks: Er verbringt weniger Zeit mit der Arbeit. Er lässt sich Zeit, rumzuhängen. Aber gerade in diesem Raum depressiven Nichtstuns kommen die guten Ideen. Die Ideen lieben das Elend, die Langeweile, die auf dem Sofa vergammelten Stunden. Und das alles hatte er sich so lange nicht mehr gegönnt.

In den ersten Tagen nach dem Überfall blieb er mit runtergezogenen Jalousien im Bett und leckte seine Wunden. Seine Frau Amélie war immer bei ihm. Der Schicksalsschlag hat sie zusammengeschweißt. Sie stellte keine Fragen. Das mag er an ihr. Sie weiß, wo ihr Platz ist. Sie hat ein bisschen was von Anne Sinclair – steckt die Schläge erhobenen Hauptes weg. Dabei ist es kaum möglich, dass Amélie nicht einen kleinen Seitensprung hinter dem Drama vermutet hat. Wenn sie ihn ausgefragt hätte, hätte er natürlich alles geleugnet: Das war er ihr schuldig. Noch mit dem Kopf in der Schlinge hätte er geschworen, sie nie betrogen zu haben. Aber das Bewundernswerte bei dieser eifersüchtigen und stolzen Frau war, dass sie keine einzige Frage gestellt hat.

Amélie gab der Köchin frei und bat die Putzfrau, nicht in sein Arbeitszimmer zu kommen, sie nötigte ihn zu essen, trocknete seine Stirn und päppelte ihn wieder auf. Sie briet ihm riesige Rindersteaks, die sie bei Desnoyer kaufte und erst ganz zum Schluss salzte, sie waren perfekt. Irgendwie hat sie der Angriff geradezu aufgeputscht. Sie kniff die kräftig rot geschminkten Lippen zusammen, band ihr Haar zu einem Knoten und hielt sich aufrechter als sonst. Sie vereinte Charlize Theron in *Mad Max* wegen der Entschlossenheit und Streitlust, Uma Thurman in *Kill Bill* wegen der Rachsucht und Sabine Azéma in *Die Offizierskammer* aus ästhetischen Gründen – etwas Spitzes in ihrem Gesicht –, aber vor allem wegen der Aufopferung. Manchmal hat er sich gewünscht, sie würde weniger machen. Ihre Unterstützung half ihm sehr, aber ihre Art, von »unserer« Rache zu reden, ängstigte ihn geradezu. Natürlich würde er sich rächen. Die Schmach abwaschen. Aber das war seine Sache. Amélie ist die Tochter eines Offiziers. Wenn sie an Repressalien denkt, hat sie große Visionen. Zu groß für ihn. Er hatte ihr die kleine Aïcha mit ihrem Kopftuch beschrieben. Ohne zu erzählen, dass er ihre Mutter sehr gut gekannt hatte. Amélie steigerte sich in eine Wut hinein, der jedes Maß fehlte. Um ihren Rachedurst zu stillen, verlangte sie nicht weniger als den Kopf aller Muslime in Paris – und damit war die Region Paris gemeint, die sich bis Tours, Lille und Metz erstreckt, Paris, das sich mit ihrer Wut immer weiter ausbreitete. Und wenn sie sagte »den Kopf«, war das wörtlich gemeint, sie verlangte den abgeschlagenen, blutigen, an den Haaren getragenen, zur Schau gestellten Kopf – wie auf den Gemälden im Louvre oder in den Filmen von Mel Gibson. Nichts Symbolisches. Zuerst hatte ihm diese radikale Empathie gutgetan. Aber ziemlich bald hörte er einen Vorwurf darin, die Botschaft, dass er es an männlicher Entschlossenheit fehlen lasse. Sie regte sich nicht darüber auf, dass er aus verständlichen Gründen der Diskretion keine Lust hatte, Anzeige zu erstatten. Aber dass er nicht mit einem Säbel in der Hand durch die Stadt rannte, fand sie unerträglich.

Er will nur eins: Die beiden Geisteskranken in die Finger bekommen, die ihm das angetan haben. Sie sollen eine schlechte Viertelstunde verbringen. Vergleichbar mit dem, was er erlitten hat. Eine kleine Sitzung, von der er sich sagen kann: Das werden sie nie vergessen. Auge um Auge. Zahn um Zahn. Das ist sein Überfall, er macht damit, was er will. Er rächt sich, wie er es für richtig hält. Rache ist etwas Privates.

Zuerst hat er gedacht, er würde sie mühelos ausfindig machen. Von Auftragskillern aus dem Osten hatte er nur Gutes gehört – ein paar Fotos von den entstellten oder verkrüppelten Mädchen, und sie wären quitt. Aber er hat sie nicht gefunden. Die besten Detektive hat er engagiert. Alle haben versagt. Für ein gemessen an den Ergebnissen ziemlich hohes Budget erhielt Dopalet ein komplettes Dossier ihres Schulwegs, ihrer früheren Adressen und Bekannten, ihrer alten Internetposts und vieles andere über ihre Familien. Aber ihr Stammbaum interessiert ihn nicht, verdammt noch mal! Amélie war anderer Meinung. Amélie sagte, wenn man sich die Familien vorknüpft, trifft man die Mädchen. Dopalet ist pragmatischer. Er will zuschlagen. Aber an der richtigen Stelle. Er will die Mädchen. Und selbst wenn ihn seine spirituelle Erziehung eines Tages dazu bringen sollte, ihnen zu vergeben, muss er auf jeden Fall dafür sorgen, dass sie niemandem erzählen, was sie über ihn zu wissen glauben. Er sorgt sich nicht wegen polizeilicher Ermittlungen. Das ist alles längst verjährt. Aber er fürchtet sich vor dem Gerede. Man muss sie zum Schweigen bringen. Und wenn er sie in die Finger bekommt, kriegt er auch, was er schon ewig sucht: Bleachs Geständnis. Wenn er sie findet, wird sich alles einrenken.

Das Taxi setzt ihn gegenüber seinem Haus ab. Er ist vor ein paar Wochen ins 13. Arrondissement gezogen. Zum ersten Mal wohnt er in einem Neubau. Eine schöne Wohnung, nicht sehr groß, aber gut geschnitten, mit Blick auf die Seine und die Grande Bibliothèque. Er muss einmal quer durch Paris, um zu seinem Büro im 8. zu kommen, aber er hatte Lust, in ein Viertel zu ziehen, in dem er keine Erinnerungen hat. Er muss sich wieder etwas aufbauen, muss vorwärts schauen. Nicht daran zurückdenken, wie es früher war. Amélie hat die große Wohnung am Boulevard Saint-Michel behalten. Er hatte keine Zeit, sich an die Wände zu gewöhnen – als sie sich getrennt haben, hausten sie noch zwischen Kisten. Sie konnte nicht mehr. Er hat verstanden, dass sie sich von ihm entfernen musste. Die rasende Wut zerstört alles, was er berührt. Eines Tages hat Amélie gesagt, »Ich brauche eine Pause.« Er kennt diesen Satz, meistens hat er ihn gesagt. Eine Pause gibt es nicht. Wenn etwas zerrissen ist, kann man es nicht mehr flicken.

Durch das Autofenster sieht Vernon die Fertighäuser mit schreienden Logos auf den Dächern, die Parkplätze und die an Strommasten hängenden Werbetafeln vorbeiziehen. Unansehnliche Aneinanderreihung, Architektur der Trostlosigkeit, Zusammenballung reizloser Materialien, eine Landschaft, in der nichts das Auge erfreut. Überall, wo sie ihre Camps hatten, sind sie durch ähnliche Zonen gekommen. Egal, ob in der Umgebung von Saint-Brieux oder von Perpignan, überall die gleichen Supermärkte, Go Sport, Boulanger, Auchan, Decathlon, Jardiland, Darty, die gleichen Kästen mit Bioprodukten, die gleichen riesigen Läden für Schuhe – Fabrikverkauf – und Heimwerkerbedarf. Sie fahren um einen Kreisverkehr mit einer unsäglichen Skulptur in der Mitte, eine Beleidigung des guten Geschmacks: Riesenchampignons halten sich bei den Händen und tanzen im Kreis.

Plötzlich packt Vernon tiefe Zuneigung zu dieser trostlosen Kulisse, und im selben Moment verkündet Jésus: »Bei so viel Hässlichkeit muss es doch einen Sinn geben.« Mariana antwortet: »Ja, sie scheißen auf uns«, und alle lachen. Die Véro hat sich nach vorn gesetzt. Sie hat eine nagelneue, riesige, apfelgrüne, mit bunten Blumen bedeckte Plastiktüte auf dem Schoß, die so gar nicht zu ihrem Aussehen passt. Als sie vor dem Auto stand, verkündete sie, ihr werde beim Fahren schlecht, sie müsse vorn sitzen. Aber Vernon war nicht entgangen, dass sie fast aus den Latschen gekippt wäre, als sie Jésus, ihren Fahrer, gesehen hat. Sie will nur eins – neben ihm sitzen und nach Herzenslust hinüberschielen, ihm begeisterte Blicke zuwerfen. Während der Zugfahrt ist Vernon aufgefallen, dass sie oft mit weit aufgerissenem Mund ins Leere starrt, was sie eher bedrohlich als debil aussehen lässt, weil obendrein ihre Lippen zucken, ohne dass ein Ton herauskommt, als spräche sie in ihrem Kopf.

Sie erklärt im Ton der altersweisen Dame, in den sie manchmal verfällt, um über ernste Dinge zu reden: »Frankreich ist das Land in Europa, das seine Vorstädte am heftigsten massakriert, dieser Mist ist schlimmer als Krebs. Dabei war es früher ein hübsches Land. Den Bauträgern ist es scheißegal, ob ihre Einkaufszentren etwas taugen oder nicht, Hauptsache, sie können mit Buchhaltungstricks den Wert steigern. Das ist absurd. Wir werden von Arschlöchern regiert.« Ab und zu legt sie plötzlich los wie eine eifrige Rathausbeamtin. Gleich darauf verfällt sie wieder in ihre starre Sprachlosigkeit, versinkt mit offenem Mund, als wollte sie Fliegen fressen, in ihren Gedanken.

Vernon versucht zu begreifen, wie es die Bauträger wohl anstellen, den Wert dieser Hallen mit Buchhaltungstricks zu steigern. Wie willst du so ein hässliches Ding aufwerten? Er lässt die Frage schnell fallen und denkt an Charles. Der Alte konnte sich gewaltig über die Technokraten aufregen, die alles demolieren, was im Land funktioniert, nur um einen kleinen Gewinn einzusacken. Seine Wutausbrüche waren spektakulär. Die Wörter sprudelten, gespickt mit altem obszönem Argot. Manche Leute verpesten die Umwelt, wenn sie sich aufregen, lähmen alle, die ihnen zuhören, und beschlagnahmen das Wort. Charles' Ausraster waren das Gegenteil. Sie lösten die Zungen und machten Lust, sofort etwas zu unternehmen.

Vernon beobachtet Mariana von der Seite. Sie hat die Augen geschlossen und singt halblaut *Satellite of Love*. Ein leichtes Lächeln liegt auf ihren Lippen. Wenn er sie beobachtet, löst sich was in ihm. Es ist eine fast schmerzhafte Zärtlichkeit, bedrängt von der Vorahnung, dass es nicht von Dauer sein wird. Sie ist auf der Durchreise. Jeder Augenblick muss für das genossen werden, was er ist – eine Gnade vor dem Verschwinden.

Sie hatte keine Lust, Paris zu verlassen. Sie wollte sich nicht von ihren Freundinnen und den Cafés trennen, in denen sie gern abhing. Außerdem hat sie Geldsorgen – sie bezahlt ihre Miete, indem sie die Wohnung über Airbnb untervermietet, eine Freundin kümmert sich um die Schlüssel und bekommt dafür Prozente. Aber Mariana muss sich Arbeit suchen. Sie kann sich nicht vorstellen, wie die anderen von dem zu leben, was ihnen die Leute von einer *Convergence* zur nächsten dalassen.

Vernon hat gesagt, du kannst doch später nachkommen, aber sie möchte bei ihm sein. Sie würde sich Sorgen machen, wenn er allein ist. Das ist keine Eifersucht. Die Wahrscheinlichkeit, dass ihn die Leidenschaft für die Véro packt, ist nicht so groß. Das liegt nicht nur an ihrer Hässlichkeit, sie ist wirklich ein Biest. Meckert die ganze Zeit. Sie war enttäuscht, dass sie nicht erster Klasse fahren; als Mariana vorgegangen ist, um Plätze zu suchen, schimpfte sie, »Bei dem ganzen Schotter, den der Alte euch vermacht, ist es echt bescheuert, so geizig zu sein«, und Vernon hatte so getan, als machte sie einen Witz, während er ihren Koffer schleppte, weil sie Rückenschmerzen hat und nichts tragen kann. Die Véro motzt pausenlos. Als Nächstes war der Bierpreis im Speisewagen dran. Ein Skandal! Das hat sie aber nicht daran gehindert, noch einen Croque-Monsieur zu kaufen, nach dem dann der ganze Waggon gestunken hat. Bis jetzt hat sie noch keinen Cent von der Erbschaft angerührt, aber sie wirft mit Geld um sich, als verbrenne es ihr die Finger. Sie sagt, sie habe Angst zu krepieren, bevor sie Zeit hatte, alles auf den Kopf zu hauen.

Vernon wollte sie überreden, die nächste *Convergence* abzuwarten, um zu sehen, wie es im Camp läuft. Aber sie hat darauf bestanden, sofort hinzufahren, und er hat nachgegeben. Jésus hat nichts gesagt, aber Vernon kann die Missbilligung in seinem Gesicht lesen. Er ist es gewohnt, angestarrt zu werden. Er ist so umwerfend schön, dass man sich fast unbehaglich fühlt. Aber Véros Art, ihn mit geradezu entsetzter Miene aus dem Augenwinkel zu beobachten, muss ihm trotzdem komisch vorkommen. Oder ihn sogar ein bisschen beunruhigen.

Zwischen zwei *Convergences* sind vier oder fünf von ihnen ständig im Camp, andere kommen und gehen, und es ist zwar nicht verboten, Fremde mitzubringen, aber es passiert so selten, dass es ein ungeschriebenes Gesetz geworden ist. Jésus ist Pamelas Liebster, er gehört zu den Stammgästen. Die beiden sind oft unterwegs, weil sie sich um die Vorbereitungen für das nächste Camp kümmern. Jésus ist zu einer *Convergence* gekommen und Pamela hat ihn sofort beschlagnahmt. Bevor er ihr Vollzeitassistent wurde, war er Surfer. Er ist das Nomadenleben gewohnt. Jésus ist ungefähr zehn Jahre jünger als sie und kommt aus Kenia. Vernon hat sich erkundigt – seine Schönheit hat nichts mit der Gegend zu tun, in der er geboren ist, sie ist absolut außergewöhnlich. Es kommt ihm auch ziemlich außergewöhnlich vor, dass jemand Surfer und Afrikaner ist, aber da kennt er sich nicht aus. Wenn Jésus nicht das Gemeinschaftsauto fährt, verbringt er seine Tage mit Fahrradfahren. Alles, was er macht, wird interessant, weil er diesen perfekten Körper mit sich herumträgt. Pamela hat keinen Führerschein, sie ist halt eine echte Pariserin. Deswegen fährt er den alten flaschengrünen Polo. Und sogar das macht er perfekt. Im Camp verschlingen ihn nicht nur die Mädchen mit den Augen – er hat eine kreatürliche Schönheit, eine Schönheit, an die man sich nicht gewöhnt. Abgesehen von ihm und in letzter Zeit Mariana sind die Dauercamper alle Gründungsmitglieder: die Hyäne, Olga, Pamela und Vernon. Sie sind selten zu sechst. Dann gibt es die Veteranen, Kiko, Sylvie, Emilie, Xavier, Lydia, Patrice, Sélim und Antoine, die sie regelmäßig besuchen. Und zwei Mädchen, Tontechnikerinnen aus Bordeaux, die zur ersten *Convergence* gekommen sind und sich der Gruppe angeschlossen haben, um an den Tonaufnahmen von Alex zu arbeiten. Bis zu ihrer Ankunft hatte Vernon allein daran rumgebastelt und es geschafft, Fragmente in einzelne Stücke zu mixen. Die Mädchen kennen sich mit binauralen Beats aus und haben die Methode deutlich verbessert. Sie arbeiten unglaublich präzise. Vernon hat den Tontechnikern schon immer gern zugesehen, sie beißen sich in Kleinigkeiten fest, die für Normalsterbliche unbegreiflich sind. Die beiden tauchen irgendwann zwischen zwei Konzerten ohne Vorankündigung auf. Im Rückblick kommt es Vernon seltsam vor, dass sich die ganze Aufmerksamkeit der Gruppe monatelang auf das Video mit Bleachs Lebensbeichte konzentriert hat, obwohl das eigentliche Vermächtnis diese komischen Klangteppiche waren, die weder melodisch sind noch aus erkennbaren Tönen bestehen – aber sie haben eine große Wirkung auf die Zuhörer. Mittlerweile sind alle davon überzeugt. Lydia Bazooka hat Alex Bleachs' Lebensbeichte abgeschrieben. Sie hat es sich in den Kopf gesetzt, ein Buch über ihn zu veröffentlichen, aber kein Verleger will es haben. Seit Monaten arbeitet sie daran. Niemand um sie herum begreift, warum sie so viel Zeit braucht.

Vernon fühlt sich in diesem Gruppenleben total wohl. Es gibt keine großen Diskussionen. Am Anfang haben sie manchmal zwei Stunden verhandelt, um das Abendmenü festzulegen, lieber Reis mit Tomatensoße oder Thunfisch mit Mais. Inzwischen haben sie Fortschritte gemacht – sie haben gelernt, still zu sein. Das Schweigen in der Gemeinschaft ist ein unschätzbarer Wert. Wenn sich Vernon allerdings eine Diskussion zu zehnt über die Verwendung einer halben Million Euro vorstellt … Da ist er nicht so sicher, ob sie sich im Handumdrehen einigen werden.

Er hat den vielsagenden Blick der Véro ertragen, als er sie gebeten hat, niemandem davon zu erzählen. Sie hat höhnisch gegrinst, ihr Hippies seid doch alle gleich, ihr interessiert euch nicht für Geld, solange nichts zu fressen auf dem Tisch steht, aber wenn es darum geht, die Beute zu teilen, benehmt ihr euch wie beim Arbeitgebertag. Es ist ihm schnuppe, was sie von ihnen im Allgemeinen und ihm im Speziellen hält.

Das Auto ist von der Hauptstraße abgebogen. Jésus behauptet von sich, er habe ein Hypergedächtnis. Auf jeden Fall hat er ein GPS im Gehirn – jedes Mal, wenn sie sich irgendwo niederlassen, findet er den Ort nach zwei Tagen, egal aus welcher Richtung, ohne irgendeine Beschreibung zu brauchen. Sie fahren durch Dörfer und Felder. Die Véro fängt an zu schwatzen. »Guckt mal, Kühe! Ich habe seit Jahren keine gesehen. Ich war nicht mehr weg aus Paris seit … zum Teufel, keine Ahnung seit wann. Ich mag keine Kühe. Erinnern mich an meine Kindheit. In den Ferien war ich immer auf dem Bauernhof meiner Tante. Morgens musste ich die Viecher mit einem Stock auf die Weide bringen und abends wieder in den Stall. Sie machten mir Angst. Kühe sind für mich das Grauen. Sie haben schöne Augen, ich weiß … aber ich kann sie nicht ausstehen.« Dann dreht sie sich nach hinten und fragt Vernon, als gebe es in ihrem Kopf eine logische Verbindung zu ihrem letzten Satz: »Ihr rennt in eurer Gemeinschaft hoffentlich nicht nackt rum? Eins sag ich dir, ich behalte meine Klamotten an.« Vernon antwortet, »Bei uns macht es jeder, wie er will«, und bei ihrem Grinsen könnte er wetten, dass sie im Grunde gehofft hat, der süße Jésus werde sich ausziehen, sobald sie das Camp erreicht haben. Aber schon schwafelt sie weiter. »Weil, als ich jung war, habe ich schon mal so eine Gemeinschaft besucht. Keiner hatte mich gewarnt. Und als ich ankam, waren alle nackt. Ich kann dir sagen, ich habe nicht viel gegessen in der Woche, die ich da war. Stell dir das mal vor – ein langer Tisch und überall hängen Titten und Eier rum: wenn dir jemand den Salat reicht, vergeht dir der Appetit.« Dann verstummt sie. Die ersten Takte von *Personal Jesus* in der Version von Johnny Cash dröhnen im Auto, Mariana, die den Text auswendig kann, beugt sich vor und singt dem Fahrer ins Ohr. Die beiden verstehen sich gut und sind oft zusammen. Vernon hat daran gedacht, eifersüchtig zu sein – aber der Junge ist zu schön. Er kann schlecht zu seiner Freundin sagen, »Ich verbiete dir, mit ihm zu schlafen, wenn sich die Gelegenheit bietet.« Er ist nicht besonders tolerant und hat keinerlei Swinger-Fantasien, aber dieser Junge ist einfach zu geil. Sogar separatistische Lesben wollen mit Jésus schlafen. Er ist der Einzige im Camp, der eine noch eifrigere Groupieschar um sich versammelt als Vernon. Auch die Jungs wollen mit Jésus schlafen. Pamela und er bilden ein höchst verwirrendes Paar.

Seit Pamela mit ihm zusammen ist, hat sie die Ausstrahlung einer Königin. Oder das Camp bekommt ihr so gut. Sie hat sich schnell in dem Leben zurechtgefunden, das sie sich organisiert haben und das darin besteht, einen Ort für das Camp zu finden, ihn ein paar Wochen zu besetzen, die *Convergence* vorzubereiten, danach alle Spuren zu beseitigen und weiterzuziehen. Vernon gibt den Künstler. Er lässt sich führen. Pamela ist eine Supermanagerin. Sie kümmert sich um unfassbar vieles gleichzeitig und erledigt es mit überwältigender Leichtigkeit. Wenn die *Convergence* beginnt, ist sie erst recht in ihrem Element und verwandelt sich in eine Bahnhofsvorsteherin: Sie lenkt die Besucher hierhin und dahin, sagt ihnen, wo sie ihre Zelte aufstellen sollen, betet die Liste der Dinge herunter, die erlaubt sind oder sich nicht gehören, passt auf, dass es keine Telefone gibt, sagt die Zeiten an, muntert die Zurückhaltenden auf, beruhigt die Aufgeregten und gibt den Geschicktesten etwas zu tun. Wenn alles abgebaut wird, ist es die gleiche Geschichte: Wer macht was, wer fährt bei wem mit, in welchem Auto …

Vernon steigt aus und streckt sich. Die Hunde springen bellend um sie herum. Véro erstarrt zur Salzsäule. »Ihr habt mir nicht gesagt, dass ihr in einem Hundezwinger wohnt. Ich hasse alle Kläffer.« Mariana macht den Kofferraum auf und spottet: »Du bist wirklich ein Geschenk des Himmels, magst keine Kühe, keine Hunde …«

Olga und Xavier haben inzwischen sieben Hunde. Alle vor dem sicheren Tod gerettet, wie die beiden Nothelfer behaupten. Olga pflegt und füttert sie. Aber während sie gegenüber den Menschen eine natürliche Autorität besitzt, versagt sie bei der Erziehung von Hunden völlig. Also machen die Tiere, was sie wollen. Zum Glück haben sie einen guten Charakter. Manchmal verspricht Xavier: »Jetzt, wo ich ein paar Tage am Stück hier bin, erziehe ich sie ordentlich«, und man hört, wie er mit seiner schönen Stentorstimme Befehle gibt, wahrlich die Stimme seines Herrn, ein herrlicher Klang. Aber ohne die geringste Wirkung auf die Meute. Kurz nach ihrer Ankunft im Camp hat Mariana festgestellt: »Fuck, sogar eure Hunde sind politisch, sie kämpfen für das Recht, zu tun, was sie wollen, und gegen die Unterdrückung durch die Menschen.« Das Konzept hat Olga so begeistert, dass sie ihnen seither noch mehr Freiheit lässt. Sie gibt ihnen einen Befehl, die Hunde sehen sie an, erstaunt, nicht unbedingt widerspenstig oder aufsässig, nur überrascht, dass sie den Ton geändert hat. Wenn man die Zeit stoppt, hält sie ungefähr dreißig Sekunden durch, bis sie auf die Knie fällt und brabbelnd zwischen den Tieren herumrollt: »Was habt ihr nur für Augen? Mein Gott, wie könnt ihr nur so niedlich sein?« Wenn sie wirklich etwas bei ihnen erreichen muss, holt sie einen Keks aus der Tasche – ihre Taschen scheinen immer mit Keksen vollgestopft zu sein – und führt das Tier damit zum gewünschten Ziel. Und alle haben sich daran gewöhnt, mit ihnen zusammenzuleben, siebenhundertmal am Tag für den arthritischen Pitbull den Ball zu werfen, den fresssüchtigen Westie auftauchen zu sehen, sobald man einen Teller bewegt, den Bauch des Schnauzers zu streicheln, den Chihuahua auf den Schoß zu nehmen, der sonst ständig winselt, weil er nicht gern auf dem Boden bleibt, oder den eleganten weißen Windhund zu beruhigen, den ein paar Punkerinnen aus Spanien mitgebracht haben, weil sie wussten, dass Olga Hunde liebt.

Olga hatte schon mehrere Phasen mit der Gruppe. In den ersten Monaten hat sie sich mit erstaunlicher Inbrunst in den Aufbau der Camps gestürzt, es war geradezu besorgniserregend, wenn man sie mitten in der Nacht aufstehen und Holz sägen hörte. Sie trank weniger und wurde zur dynamischen Holzfällerin, kaum wiederzuerkennen, weil die gesunde Wangenröte sie jünger machte. Sie nahm immer mehr zu. Zwar verausgabte sie sich unermüdlich, aber sie war ständig an den Vorräten, bei den Chipstüten. Und viele Teilnehmer dachten daran, ihr Chips dazulassen.

Dann machten sie so viel Freude und Optimismus ohne klaren Übergang müde. Plötzlich schrie sie rum, sie wolle bessere Chips und mehr Bier. Und Zoff. Sie habe die Faxen dicke von dem ganzen Harmoniegetue. Sie langweile sich. Sie ließ den Hammer, die Nägel und alle anderen Werkzeuge fallen, und niemand hat sie mehr irgendetwas bauen sehen. »Diese ganze Erlösungsstimmung macht mich verrückt, davon wird man bescheuert.« Aber sie hat nicht vor, das Camp zu verlassen. Und niemand möchte, dass sie geht. Olga hat eine entscheidende Aufgabe: Wer würde ohne sie die Nachzügler rauswerfen? So wenig Autorität sie bei ihren Hunden hat, so wenig lässt sie bei den Menschen eine Gelegenheit aus, sich Respekt zu verschaffen.

Nach jeder *Convergence* ist es wie am Ende einer Party: Immer bleiben drei, vier, die nicht gehen wollen und bei denen man nicht weiß, was man mit ihnen machen soll, weil man gern die Küche aufräumen und schlafen gehen möchte. Olga hat ein angeborenes Talent, sie zum Aufbruch zu bewegen. Sie hebt nicht die Stimme. Sie wird nicht handgreiflich. Aber wenn sie einmal beschlossen hat, es sei Zeit, dass sich alle vom Acker machen, erreicht sie umgehend ihr Ziel. Sie allein ist ein kompletter Ordnungsdienst. In Gesprächen ist sie so unberechenbar, dass sie die Zuhörer immer aus der Fassung bringt, zumal sie ihre Theorien mit unnachahmlichem Ernst vorträgt. Mal überholt sie Xavier ganz weit rechts, mal erklärt sie jungen Anarchisten, die sich beklagen, Tanzen sei nicht genug, sie hätten recht, man müsse alle schwangeren Frauen dazu bringen, per Ultraschall die männlichen Embryos aufzuspüren und abzutreiben. Weniger Männer, weniger Kriege. Das sei doch wohl einleuchtend. Sie würde gern wissen, warum keine Gesellschaft das Experiment wage. So lange die Frauen bereit seien, männliche Babys zur Welt zu bringen, bleibe die Welt ein widerliches Drecksloch. Olga ist überzeugt, dass hier die Lösung liegt.

Natürlich hören die Leute bald auf, mit ihr zu diskutieren. Sie besetzt gewissermaßen mit Gewalt ihren Geist. Sie stürzt sich auch auf diejenigen, die auf Außerirdische warten. Da ist sich Olga ganz sicher: Keine außerirdische Intelligenz wird je versuchen, in Kontakt mit den Menschen zu treten. Die menschliche Sprache ist zu arm. Sie werden mit den Delfinen, den Hunden, den Adlern sprechen. Aber niemals mit den Menschen. Wer möchte schon mit so einer Rasse zu tun haben? Olgas politische Fiktionen sind immer so extrem und abgefahren, dass sie den gesunden Menschenverstand entmutigen. Deswegen ist sie auch das wirksamste Gegengewicht zu Pamela. Wenn man der schönen Giftmischerin ihren Kopf ließe, würde sie den ganzen Tag in schwarzer Toga Salbei verbrennen – sie hat eine problematische Neigung zu Hippiepraktiken, die sie »heidnische Rituale« getauft hat. Olga setzt ihr Grenzen. Sie verlangt so viel Aufmerksamkeit, dass die Vollmondtänze auf Standby gesetzt werden. Obwohl sie sich also weigert, alle naselang einen Hocker zu bauen, und sich nur noch um die Hunde kümmert, obwohl sie keine andere Aufgabe mehr annimmt, behält sie ihren Platz im Camp. Ohne Olga hätten sie sicher schon eine ganze Bande unerwünschter Gäste am Hals.

Olga kommt zu ihnen, beruhigt ihre Hunde. Die Véro verzieht das Gesicht. »Können Sie sie einsperren? Ich wurde vor ein paar Jahren von einem Spaniel angegriffen und ins Gesicht gebissen, ich habe panische Angst vor diesen Tieren!« Die Riesin seufzt entnervt: »Von einem Spaniel? So was kann auch nur dir passieren.« Vernon klärt die Situation, »Das ist Véro, die Freundin von Charles.« »Die Frau! Wir hatten eine eingetragene Partnerschaft.« Und sogleich springt Olga auf die Vergangenheitsform an, »Habt ihr euch getrennt?«, und Vernon sagt nur, »Er ist tot.«

Alle Energie strömt aus dem gewaltigen Körper. Nur die Hülle bleibt übrig und der starre Blick. Die Schultern sinken zusammen. Vernon hockt sich zwischen die Hunde, um sie nacheinander zu streicheln. Er weiß, dass Olga weinen wird. Sie weint schnell. Sie ist rührend, wenn das passiert. Es ist immer merkwürdig, so einen Trampel zusammenbrechen zu sehen. Die Véro entfernt sich ein paar Schritte, gestört von den Hunden und den Emotionen, mit denen sie nichts anfangen kann. Olga packt Vernon am Arm, fragt, was geschehen sei. Er erzählt. Aber das Geld erwähnt er nicht. Er denkt, es ist besser, bis zum Abendessen zu warten, wenn alle am Tisch sitzen.

Der Alte vergötterte Olga. Er kam immer mit einer Flasche Pastis, um ihr einen »Café électrique« zu machen. Er sagte, er habe das Rezept von einem Rock Dandy, den er in den Neunzigern im Café La Fontaine, Place de la Bastille, getroffen habe. Die Mischung versetzte sie in unbeschreibliche Zustände, und sie kotzten mit der Energie der Besoffenen das ganze Camp voll.

Sélim kommt als Flugzeug über den Hof gesegelt. Ein seltsamer Anblick, den erwachsenen Mann mit seitlich ausgestreckten Armen und leicht gebeugten Knien rennen zu sehen, wohl die Imitation eines Fußballers, der ein Tor geschossen hat; als er bei ihnen ist, tritt er auf der Stelle und schleudert dabei die Beine nach hinten wie ein ungeschickter, aber ziemlich risikofreudiger Skatänzer.

Meistens ist Sélim superernst. Seine Tochter Aïcha ist seit Monaten untergetaucht, keiner weiß wo, und erst recht nicht für wie lange – und obwohl er regelmäßig von ihr hört und sicher sein kann, dass es ihr gut geht, zerfrisst ihn die Sorge. Aber gestern habe er mit ihr telefoniert, verkündet er strahlend, während er Loopings um die drei ausführt, und sie sei wirklich gut drauf gewesen.

Sélim spricht nur selten mit Aïcha. Die Hyäne hat sich darum gekümmert, die Kleine zu verstecken. Und was Geheimhaltung angeht, versteht die Hyäne keinen Spaß. Sie hat ein striktes Verbot jeder Kommunikation übers Internet ausgesprochen, wie etwa sich über die Kommentare eines Blogs Nachrichten zu schicken.

Sie ist überzeugt, dass nur Chorknaben, die Gans des Jahres, Ahnungslose und Schwachsinnige glauben, man könne Nachrichten austauschen, ohne entdeckt zu werden. Sélim hatte daran gedacht, das Darknet zu nutzen, und sich eine Abfuhr geholt: »Und wie erklärst du, dass du Tor auf deinem Rechner hast, wenn es eine Hausdurchsuchung gibt? Schon bei Linux behaupten sie, du hättest etwas zu verheimlichen. Lass die Kleine ihr Leben leben. Es geht ihr gut. Mach dir nicht so viel Sorgen.«

Vernon war überrascht, als die Hyäne beschloss, bei ihnen zu bleiben. Es war ihre Idee, auf Internetverbindungen zu verzichten und Mobiltelefone zu verbieten – alle Geräte, die sich orten lassen. Niemand hat geahnt, wie wichtig das für das Gruppengefühl werden würde.

In allen Hochschulferien kommt Sélim ins Camp und zerrt einen Zwanzig-Kilo-Koffer mit Büchern, Aufsätzen und Zeitschriften hinter sich her. Er setzt sich in eine Ecke, die er zu seinem Arbeitszimmer erklärt, und man hört nichts mehr von ihm, aber er ist froh, da zu sein. Er hat die bemerkenswerte Fähigkeit, in seiner Arbeit zu versinken wie andere im Alkohol. Aber heute ist er euphorisch. Deswegen macht er diesen komischen Tanz und ist so darauf konzentriert, nicht hinzufallen, dass er nicht gleich sieht, dass Olga bitterlich weint, während die Véro eingeschnappt ist, weil die Hunde immer noch da sind. Vernon erklärt ihm, »Charles ist tot.« Dann stellt er Véro vor und hat das Gefühl, dass Sélim ihr gefällt. Allmählich wird ihm klar, dass die Alte heiß ist wie ein Höllenfeuer.

Sélims Freude ist mit einem Schlag verschwunden. Er schämt sich, den Kasper gespielt zu haben. Und dann wiederholt Vernon jedes Mal, wenn er jemanden trifft, der ihn fragt, ob es schön war in Paris: »Charles ist vor ein paar Tagen gestorben. Das ist die Véro, seine Freundin.« Und jedes Mal korrigiert sie: »Seine Frau, wir hatten eine eingetragene Lebensgemeinschaft.« Vernon sagt es Antoine, der in einem Auto, das nicht mehr fährt, Tupac hört. Er sagt es Sylvie, die Wäsche aufhängt – jedes Mal, wenn sie ins Camp kommt, muss sie die Mama spielen, wenn sie nicht kocht, putzt sie … Du darfst ihr nie zu nah kommen, sonst schnappt sie dich und zwingt dich zu arbeiten. Sie hat sich ein rotes Tuch um die Haare gebunden und ist nicht geschminkt. Als sie die Nachricht vernimmt, wirft sie den Kopf nach hinten, eine etwas theatralische Geste. Aber aufrichtig. Der Alte vergötterte sie. Sie ist die Erste, die Véro umarmt und sagt, ich bin untröstlich. Dann müssen sie es Xavier mitteilen. »Scheiße, der Alte, nein! Der wird uns vielleicht fehlen. Aber er war doch gar nicht so alt …« An solchen Bemerkungen lässt sich ablesen, dass wir selbst alt werden, denkt Vernon.

Pamela weiß schon Bescheid, als sie in den Hof kommen. Sie bleibt einen Moment reglos stehen, aber als Sylvie mit den besten Flaschen im Arm aus der Kammer kommt – dem Ort, wo sie alles lagern, was die Leute, die zur *Convergence* da waren, ihnen zurücklassen –, steht sie auf und geht weg. Vernon folgt ihr. Hinter sich hört er die anderen die Flaschen entkorken und auf Charles anstoßen.

Pamela sitzt im Schneidersitz auf der Matratze in ihrem Zimmer. Sie hört *The Hanging Garden* von Cure und isst weiße, dicke Krabbenchips. Vernon wischt automatisch die Krümel ab, die ihr am Kinn hängen. Sie weint nicht und fragt: »Und dein Zahn? Ist er raus?« Er setzt sich neben sie und erzählt von ihrem Besuch in Paris, dem ausgerissenen Baum in den Buttes-Chaumont, Kiko und seinem Champagner, den Menschen in der Stadt, die er trauriger fand als früher. Dann fragt sie in nüchternem Ton: »Und die Witwe wollte uns kennenlernen?« Da dreht ihr Vernon den Kopf zu, bewegt nur den Hals und hört ein paar Wirbel knacken, als wären sie eingerostet. »Charles war Millionär. Er hat im Lotto gewonnen. Er hat uns die Hälfte der Kohle vermacht. Das heißt, wenn die Witwe sie rausrückt. Ich weiß nicht, was ich davon halten soll.« Sie kaut weiter, ohne den Blick von ihm abzuwenden – es dauert eine Weile, bis sie erfasst, was er gerade gesagt hat.

»Im Lotto? Und er hat uns nichts gesagt?«

»Ich glaube, er hat mit niemandem gesprochen. Eine Million oder zwei, keine Ahnung.«

»Hast du deswegen die Witwe hergeschleppt? Hattest du Angst, dass sie sich mit dem Kies davonmacht?«

»Nein. Sie hat darauf bestanden.«

»Aber es steht in seinem Testament, dass er uns das Geld geben will?«

»Er hat einen Brief hinterlassen. Nur einen Brief.«

»Die alte Vettel. Niemals gibt sie uns unseren Anteil. Es war richtig, dass du sie mitgebracht hast.«

Pamela beugt sich zu Vernon herüber, legt eine Hand an seinen Hals und liebkost mit den Fingerspitzen ganz sanft seinen Nacken, dann küsst sie ihn auf die Schläfe, und er hat Zeit, ihren Duft wahrzunehmen, ein Hauch von gerösteter Mandel, als sie ihm ins Ohr flüstert: »Charles würde dich nicht gern in dieser Stimmung sehen. Hast du es den anderen gesagt?« – »Das mache ich jetzt.« – »Bist du traurig?« – »Er war ein Freund.«

Er sagt nicht, was er denkt. Er denkt, dass niemand stabil ist. Nichts. Keine Gruppe. Dass diese Erkenntnis die schlimmste ist. Dass wir nur Sklaven der Situation sind, sie niemals beherrschen.

Am Tag der Abreise ist Stéphanie immer gestresst. Sie weiß, dass alles klappen wird und dass sie keinen Grund hat, sich fertigzumachen. Aber sie wird von einer unsichtbaren Macht gequält, die die absurdesten Ideen total plausibel aussehen lässt. Sie will nicht mehr wegfahren, es war ein Fehler, dass sie sich auf den Plan der Freundinnen eingelassen hat, die Aussicht, ihre Wohnung zu verlassen, verstört sie, sie ist nicht fertig, sie muss noch Koffer packen und die Tickets ausdrucken, ihr ganzes Leben ist eine einzige Katastrophe, sie muss übermenschliche Kräfte aufbringen, um sich zu beruhigen und daran zu denken, dass Selbstmord nicht die einzige Lösung ist. Du nimmst dir nicht das Leben, weil du ein paar Tage nach Barcelona fährst. Auch wenn du fliegen und an den Pass für den Kleinen denken musst, machst du nicht Schluss, nur weil du einen Wochenendtrip unternimmst.

In der Küche brummt die Waschmaschine. Die eben noch tiefgefrorenen Bohnen brodeln und ein schriller Alarm aus fünf Noten erinnert sie daran, dass sie den Topf vom Feuer nehmen muss. Es ist warm, kein Windhauch kommt durch die offenen Fenster, sie erstickt. Die Liste der Sachen, die sie erledigen muss, bevor sie losfährt, wird immer länger, und gegen jede Vernunft ertrinkt sie in ihrer Angst.

Wenn Lucas nicht wäre, würde sie alles absagen. Sie würde eine SMS schicken, »Hab höllischen Durchfall und komm nicht vom Klo weg, wie schade!« Alle würden verstehen, dass man mit der Scheißerei nicht aus der Wohnung kommt. Sie wäre so erleichtert, wenn sie absagen könnte. Die Flugtickets waren lächerlich billig, darum macht sie sich keinen Kopf. Aber Lucas freut sich wie ein Schneekönig. Ihren Sohn zu enttäuschen wäre auch nicht das Schlimmste – er wird noch sein Leben lang enttäuscht werden, da kann er sich auch gleich dran gewöhnen –, aber sie fürchtet, dass sein Vater ein Riesentheater machen würde. Und wenn Max sie fertigmachen will, ist er zu allem fähig.

Beim Kauf der Tickets hatte die Stimme der Vernunft sie gewarnt – pass auf, das machst du immer, du lässt dich auf Sachen ein, die für die anderen ganz leicht sind, aber megakompliziert für dich –, aber sie hat nicht darauf gehört. Sie ist bipolar. Die Diagnose hat sie sich selbst mithilfe des Internets gestellt. In der euphorischen Phase ist sie unfähig, an die zu denken, die sie in ihrer anderen Phase sein wird – ein von Angst zerfressenes kleines Mädchen.

Sie saßen zu viert in Sylvies kleiner Zweizimmerwohnung, hatten Weißwein gebechert, die Karaoke-DVD aufgelegt und *Papa Don't Preach* gesungen, ein Klassiker an solchen Abenden. Stéphanie hatte das Mikro für *Bitch*

Better Have My Money an sich gerissen. Sie liebt Karaoke. Dann klingelte der Nachbar an der Wechselsprechanlage und bat sie, den Ton leiser zu drehen. Er behauptete, er hätte schon an die Wohnungstür geklopft, aber sie hatten nichts gehört. Damit war der Abend versaut.

Pénélope war drei Tage zuvor operiert worden, ihre Eileiter waren voller Polypen. Das hatte man bei einer Routineuntersuchung festgestellt, Patrice und sie wollen ein Kind. Nun hatte sie drei winzige Löcher im Unterleib, durch die die Roboterarme eingedrungen waren. Sie trug graue Jogginghosen und einen violetten Kaschmirpullover, hatte ihre Haare zusammengebunden, den Mantel übergeworfen und ein Taxi genommen, obwohl sie keine Kohle hat und weit draußen wohnt, aber sie hielt es zu Hause nicht mehr aus. Diese Viererabende sind ein Ritual, seitdem sie sich bei der *Convergence* von Bussang kennengelernt haben.

Sie trafen sich wie immer am Mittwochabend. Pénélope trank Bier und erklärte jedes Mal, »Das ist das letzte.« Sie hatte Angst, nicht schwanger werden zu können, und musste unbedingt mit jemandem reden. »Patrices Sperma braucht echte Wikingerpower, es ist ein brutaler Gewalttrip bis zu den Eizellen: Meine Eierstöcke sind das totale Labyrinth.«

Stéphanie hatte Mühe zu begreifen, was genau ihr die Ärzte gesagt hatten. Bei jedem Gespräch erzählte Pénélope etwas anderes. Marie-Ange und Sylvie beruhigten sie – in ihrem Alter und mit den modernen Hilfsmitteln gibt es immer einen Weg, die kleinen Spermatozoen in den richtigen Hafen zu lotsen. Stéphanie sprach aus, was sie dachte: »Und wenn es nicht klappt, ehrlich, du musst wirklich nicht Mama sein, um dich wohlzufühlen im Leben … Das ist auch kein Zuckerschlecken, glaub mir.«

Stéphanie liebt ihren Sohn. Der Junge ist voller Lebenslust, hat jede Menge Freunde und gibt sich in der Schule große Mühe. Er ist schmutzig wie ein Schweinchen, aber abgesehen davon ist er ein guter Junge, da hat sie Glück. Trotzdem. Wenn sie noch einmal entscheiden könnte, hätte sie kein Kind. Wenn sie abwägt, was es sie kostet und was es ihr einbringt, ist das Ergebnis eindeutig. Schon für dich allein jeden Monat die Rechnungen zu bezahlen, ist nicht ohne, aber wenn du noch ein Kind draufschlägst, ist es die Katastrophe. Seit er in der Pubertät ist, ist sie der reinste Neinsageautomat. Nein zum Tablet, nein zum Smartphone, nein zum Maître-Gims-Konzert, nein zum Barça-T-Shirt … Hält er sie für eine Gelddruckmaschine, oder was? Sie sieht, wie sich ihre kinderlosen Freundinnen ein schönes Leben machen. Sonntags ausschlafen, ausgehen, wann sie wollen, und wenn sie den ganzen Tag in Pantoffeln Gilmore Girls sehen und Primavera-Erdbeeren mampfen, ist das einzig und allein ihre Sache. Wenn du ein Balg hast, musst du jeden Tag Gemüse schälen, das es dann sowieso nicht mag, ihm hinterherräumen, Hausaufgaben kontrollieren, mit den Lehrern sprechen, Wäsche waschen, bügeln, es zum Fußballtraining chauffieren … Lucas ist vierzehn. Er leert einen Kühlschrank am Tag. Hat ständig Hunger. Was willst du machen? Er wächst so schnell, dass sie ein Vermögen für Schuhe ausgibt. Sie kann ihn doch nicht ausschimpfen, wenn sie zu klein werden, obwohl sie noch nicht abgetreten sind. Der Junge wächst in alle Richtungen. Seit ein paar Jahren weiß sie morgens nie, wie er aussieht, wenn er zum Frühstück kommt. Mal wächst die Nase – paff! –, er hatte ein Engelsgesicht, und plötzlich ist er Quasimodo. Dann ist es die Akne … Was willst du machen? Du siehst das Desaster, die weißen Eiterpusteln, also schlachtest du das Sparschwein für den Hautarzt, und wenn der Salben verschreibt, die mehr kosten als die Faltencremes von La Prairie, bezahlst du sie. Dann kommt der Zahnarzt und verkündet, deinem Knirps würden die Zähne kreuz und quer wachsen, er brauche Brackets. Dieser Schwachsinn kostet ein Vermögen, aber alle Kids haben welche. Du wirst ihn doch nicht mit kreuz und quer stehenden Stummeln rumlaufen lassen, nur weil du die Waschmaschine erneuern musstest, die nicht mehr geschleudert hat. Dann braucht er eine Brille. Du verhandelst über das Gestell, aber du wirst doch nicht wollen, dass dein Junge von allen ausgelacht wird, weil er eine Armenbrille trägt? Also wird geblecht. Und selbst hast du dir seit 1997 keine neuen Schuhe mehr gekauft. Aber gut, rufst du halt deine Bank an und bittest um einen Kredit. Ob du Geld hast oder nicht, die Rechnung ist dieselbe. Neuerdings ändert sich seine Stimme. Sie erkennt ihn nicht, wenn er anruft. Sie muss sich beherrschen, um nicht rauszuplatzen, wenn er redet. Das ist wirklich kein leichtes Alter.

Sie arbeitet in einem Zentrum für Drogenentwöhnung nach gerichtlicher Anordnung. Wenn sich jemand mit Drogen schnappen lässt und der Richter ihm einen Pflichtentzug aufs Auge drückt, landet er in ihrem Büro. Da geht es bunt durcheinander, vom Bürgersöhnchen, das sich beim Schnüffeln hat erwischen lassen, bis zum großmäuligen Dealer, der es geschafft hat, als normaler Konsument durchzugehen. Aber nein, sie kann nicht zwei Stunden länger im Büro bleiben, weil es einen Notfall gibt, nein, sie hat keine Zeit, mit dem Therapeutenteam essen zu gehen, und nein, sie kann sich nicht um eine Leitungsstelle bewerben, für die man Dienstreisen oder Überstunden machen müsste. Niemand hat je bei einer Beförderung an sie gedacht. Alleinerziehende Mutter, jeder weiß, was das heißt. Es sei denn, du wohnst direkt neben deinen Eltern und kannst dein Kind ständig bei ihnen abgeben. Was bei ihr nicht der Fall ist. Von dem Tag an, wo sie Mutter wurde, stand es fest – kein Vorankommen. Wenn sie mit anderen darüber spricht, gibt es immer eine Mutter, die behauptet, das gehe durchaus und sei nur eine Frage der Organisation. Alles Quatsch. Stéphanie ist sehr organisiert. Aber ein Kind ist mindestens ein 20-Stunden-Job zusätzlich, da ist nichts zu wollen. Sie kann sich schließlich nicht so organisieren, dass sie gar nicht mehr schläft.

Als sie sich einmal richtig ausgekotzt hat, hat Marie-Ange sie entsetzt angestarrt. Von wegen Mutterschaft sei heilig, das einzige Glück der Frau. Sie hat gut reden, hat ja einen Kerl zu Hause. Xavier arbeitet nicht. Apropos Männer … ich möchte mal sehn, wie du dich verliebst, wenn du ein Gör am Hals hast. Du vögelst, wenn das Kind in der Schule ist? Aber wenn der Mann arbeitet – dann vögelst du halt nicht. Außerdem kann Lucas die Männer, mit denen sie schläft, nicht leiden. Und sie kann nicht behaupten, dass sei, weil er sie ganz für sich allein haben will. Er würde sich freuen, wenn sie jemanden fände. Er hat einfach einen besseren Blick – immer bringt sie Versager nach Hause. Und bei einem Interessenkonflikt zwischen dem Mann, der dir gefällt, und deinem Sohn wirst du nicht deinen Sohn rausschmeißen. Sie ist überzeugt, dass sie ohne Kind jemanden gefunden hätte. Die Mädels waren entsetzt, als sie das gesagt hat. Dabei ist sie einfach nur ehrlich. Okay: Du bist nie mehr allein. Eben: Du bist nie mehr allein. Marie-Ange und Sylvie starrten sie an und sagten, du bist eine Rabenmutter, du solltest dich schämen. Sie denkt gar nicht dran. Außerdem ist sie daran gewöhnt. Stattdessen hat sie noch eins draufgesetzt. Sie hat Pénélope gefragt: »Bist du glücklich mit deinem Freund? Ja? Dann musst du dir sagen, dass alles, was du an dem Leben mit ihm magst, vorbei sein wird, sobald du ein Gör hast. Die Familie ist das Ende der Paarbeziehung.« Danach hat sie lieber aufgehört, weil Marie-Ange sie angesehen hat, als wollte sie sie erwürgen. Die anderen Frauen können bei dem Thema nicht ehrlich sein. Mutterschaft ist wie Genitalverstümmelung – die Frauen fühlen sich verpflichtet, dafür zu sorgen, dass es auch allen anderen angetan wird.

Sie hat aufgehört, die entscheidende Botschaft war angekommen. Trotzdem war die Stimmung verdorben, deshalb ist sie zurückgerudert und hat die Freundinnen zum Lachen gebracht. Sie hat sich über Lucas' neue Manie ausgelassen, immer und überall zu wichsen. Die Mädels waren schockiert, aber haben gekichert. Es stimmt. Seit einem Jahr muss sie jeden Tag sein Bett neu beziehen. Sie kauft Kleenex-Schachteln und verteilt sie überall in der Wohnung, sonst wischt er sich irgendwo ab. Der Arme muss ganz erschöpft sein. Sie betritt sein Zimmer nie mehr, ohne vorher anzuklopfen. Manchmal, wenn er nach einer etwas heißeren Szene im Fernsehen zehn Minuten auf dem Klo bleibt, zieht sie ihn auf. Sie überwacht sein Telefon, um sicher zu sein, dass er keine gemeinen SMS von Kindern aus seiner Schule bekommt – sie hat Angst, dass er gemobbt wird. Das ist ihr Horror. Lucas ist ein netter Junge, unfähig, sich zu verteidigen, weder mit den Fäusten noch mit Worten. Deshalb guckt sie nach. Sie hat Angst, dass ihn ein Idiot bei irgendwelchem Blödsinn filmt und dann die ganze Schule über ihn lacht. Deswegen weiß sie, was er für Filme sieht. Seine Google-Chronik ist eine Porno-Enzyklopädie. Sein Vater sagt, sie solle nicht in seinen Sachen stöbern, das sei ein Übergriff in seine Privatsphäre. Sie habe keine Ahnung, was die Pubertät für einen Jungen bedeute.

Nur wenn er singt, ist sie sicher, dass er sich keinen runterholt – beides gleichzeitig kann er nicht. Lucas singt falsch. Und wie viele Lieder gibt es auf der Welt? Mindestens vier Milliarden! Aber er singt die *Marseillaise*, denkt sich Überleitungen aus, mit »padam, padam«, ungefähr so wie die Addams Family, und macht mit Maître Gims weiter.

Mit der Wichserei ihres Sohns hatte sie die Stimmung gerettet. Marie-Ange weinte vor Lachen. »Aber warum singt er die *Marseillaise*?« – »Wegen des 7. Januar. Seitdem ist er Patriot. Nach den Attentaten kam er superstolz nach Hause und erzählte mir, er habe die Schweigeminute durchgehalten, ohne sich zu rühren. Ich habe gesagt, hoffentlich erwartest du nicht, dass ich dir dazu gratuliere? Wobei, was da in seinem Collège für Monster rumlaufen … Die machen dir echt Angst. Einmal, da war er noch in der Grundschule, spielte er mit zwei Klassenkameraden in seinem Zimmer, und plötzlich hörte ich ihn brüllen: ›Ich warne dich, ich bin so stark wie Mohamed

Merah‹, wie er auch ›Ich bin der Papst‹ oder ›Batman‹ hätte sagen können. Ich bin in sein Zimmer gestürzt und habe gefragt, ›Was hast du eben gesagt?‹, und da wiederholt mein Sohn den Schwachsinn auch noch, ganz ruhig, lächelnd und mit sich zufrieden: ›Ich bin so stark wie Mohamed Merah.‹ Das hatte er in der Schule gelernt. Er war völlig überrascht, dass ich mich aufrege. Den habe ich gründlich zusammengefaltet, ich kann dir sagen, der hat schnell begriffen, dass er ein Problem hat. Und die beiden anderen waren genauso wie mein Sohn. Ihren Gesichtern habe ich angesehen, dass sie so was ganz sicher auch nicht zu Hause gehört haben.« Seitdem holt sie ihren Sohn jedes Mal, wenn sie Latifa Ibn Ziaten im Fernsehen sieht, und setzt ihn vor den Bildschirm. Danach fragt sie »Findest du den Verrückten, der ihren Sohn getötet hat, immer noch stark?« Und das hat sie jetzt davon: Ihr Sohn singt beim Zähneputzen die *Marseillaise*. Da sehnt sie sich fast nach Maître Gims. Aber gut, solange er singt, wichst er nicht.

An dem Punkt ihrer Geschichte verging Marie-Ange das Lachen, und sie fragte: »Gibt es viel Gesindel in der Schule deines Sohns? Hast du nie daran gedacht, ihn in eine Privatschule zu schicken?« Stéphanie schüttelte den Kopf. »Bei mir geht man in laizistische Schulen. Ich habe eh kein Geld, um eine Schule zu bezahlen, aber selbst wenn ich stinkreich wäre, würde mein Junge an keine Privatschule gehen. Und wenn du dir einbildest, dass deine Tochter weniger hirngeschädigt wird, nur weil du sie zu Notre-Dame-ich-weiß-nicht-was schickst – Irrtum, meine Liebe. Sie wird *Mein Kampf* im Original zitieren, das macht dich auch nicht glücklich. Wir hätten keine

Kinder kriegen sollen, unsere Zeit ist zu mies. Wir landen immer wieder am selben Punkt.«

Marie-Ange hat ihr nicht das letzte Wort gelassen: »Ich sehe das anders, gerade darum ist es so wichtig, dass Leute wie wir Kinder kriegen – weil wir sie anders erziehen und weil die Welt gut erzogene Kinder braucht.« Stéphanie hat nichts mehr gesagt. Marie-Anges Mann ist ein Kryptofascho, und sie hat nicht das Gefühl, dass es ihrer Zeit an solchen Gestalten fehlt, im Gegenteil. Sie hat Pénélope gesagt, was sie zu sagen hat – man kann nie wissen, vielleicht hört sie sogar darauf. Mutterschaft sind zwanzig Jahre Knast. Da liegt der eigentliche Unterschied zwischen Männern und Frauen.

Max wollte unbedingt ein Kind. Er hatte die Idee. Bekommen hat sie es. Und jetzt ist er halt Vater, wenn es ihm passt. Letztendlich etwas weniger als jedes zweite Wochenende. Beim Unterhalt ist es dasselbe: Er zahlt, wenn er kann. Und sein ganzer Hofstaat gratuliert ihm: »Irre, wie du dich um deinen Jungen kümmerst.« Einmal im Monat geht er mit ihm zu einem Boxkampf, einem Konzert oder nach Disneyland, wenn ein Kollege sie umsonst reinlässt, der gerade da arbeitet, um seine Mindeststundenzahl fürs Arbeitsamt zu schaffen. Wenn du Max fragst, wie es um seine Vaterschaft steht, sagt er: »Ich kümmere mich.« Aber wenn sich eine Frau so um ihre Kinder kümmern würde wie Max um seinen Sohn, hätte sie rund um die Uhr die Mütterpolizei an der Backe. Und diese verfluchte Polizei hat ihre Leute überall.

Pénélope hat das Thema gewechselt. »Morgen soll es schon wieder regnen, ehrlich, das Wetter kotzt mich an«, und Marie-Ange konterte mit »Ich hätte total Lust auf ein

Wochenende in Barcelona«. Sylvie sagte, »Wisst ihr, dass die Tickets nicht mal dreißig Euro kosten, wenn man sie lange genug im Voraus bucht?«, und Stéphanie ließ sich anstecken. »Seit Jahren will ich da hin. Die Schwester von Max wohnt da, sie hat einen Sohn in Lucas' Alter und lädt ihn ständig ein, mit ihnen ins Camp Nou zu gehen, aber ich finde, er ist noch nicht clever genug, um allein zu fliegen … ich hätte Angst, der ist zu verpeilt und landet in Bamako.«

So ist sie in den Scheiß reingerutscht. Die Mädels haben nach Flugpreisen geguckt und ihre Kalender aufgeklappt, um einen Termin zu finden, der allen passt. Und Stéphanie hat einfach mitgemacht, ohne auf die leise Stimme der Vernunft zu hören.

Sie schwebten noch in einer warmen Blase, es war wie eine Fortsetzung der *Convergence*. Stéphanie war zufällig dorthin geraten. Sie hat mit Olivier Mittag gegessen, den sie vor zwanzig Jahren in Angers kennengelernt hatte, als sie noch Studentin war und kein Konzert von den Thugs, Cashah Club oder Cut The Navel String verpasste. Er hing damals mit den Leuten vom Black & Noir Label rum und war ein bisschen in sie verliebt. Eine Abendfreundschaft, ein Flirt, aus dem nie etwas wurde, der sich in der Zeit hätte auflösen und verschwinden sollen. Aber als sie nach Paris zog, liefen sie sich im Cantada wieder über den Weg. Olivier arbeitete für Radical Production, und er verstand sich mit Max, den sie gerade kennengelernt hatte. Olivier war inzwischen glücklicher Familienvater, aber im Unterschied zu vielen Ex-Verehrern, die kein Wort mehr mit ihr geredet hatten, als sie nicht mehr in ihrer Lebensplanung vorkam, war er weiter sehr nett. Seitdem essen sie regelmäßig zusammen, ohne die geringste Anzüglichkeit, was Stéphanie leidtut. Einmal hat Olivier lange von den Subutex-*Convergences* erzählt und Stéphanie hat sich beim Zuhören ziemlich gelangweilt. Für sie fühlte es sich ein bisschen wie Midlife-Crisis an, eine höchst merkwürdige Verwirrung, zurück zu Ecstasy und Rave im Schlamm. Sie dachte, das ist doch bescheuert, anstatt deine Joints zu rauchen, kannst du besser deine Frau mit mir betrügen … Olivier war zur nächsten *Convergence* eingeladen und freute sich wie ein kleiner Junge. Er erklärte ihr, dass die Auswahl sehr streng sei, weil die Organisatoren keine Lust hätten, eine Masse von vierhundert Ausgeflippten zu organisieren. »Das würde die Magie zerstören.« Klar, wir leben in der Ära der VIPs, manche dürfen rein und genießen das vor allem, weil die anderen draußen bleiben. Aber dann verkündete er plötzlich: »Ich fahre heute Abend mit dem Auto los, kommst du mit? Ich darf einen Begleiter mitbringen. Außerdem hast du einen Führerschein. Wir wechseln uns ab. Bist du dabei?« Das kam so plötzlich und war so abgefahren, dass Stéphanie keine Zeit hatte, Angst zu kriegen. Ohne Übergang waren sie von der Atmosphäre eines Erwachsenenessens in längst vergessenes Jugendchaos gestürzt; sie ging nur kurz nach Hause, um zwei T-Shirts und einen Slip einzupacken, während er einen leichten Joint »für die Fahrt« drehte; zwischen ihnen herrschte eine völlig grundlose, angenehme Aufgeregtheit, die lächerliche Komplizenschaft, die so ein überstürzter Aufbruch erzeugt.

Sie war berauscht von der Freiheit, der Leichtigkeit, das war so lange her und sie hatte es völlig vergessen. Wenn er ihr eine Nacht zum Nachdenken gelassen hätte, hätte sie es sich anders überlegt – die Vorstellung, die halbe Nacht zu fahren, um irgendwo auf einem Feld zu tanzen, wäre ihr völlig absurd vorgekommen. Aber da waren sie schon unterwegs. Sie ließ ihr Telefon zu Hause, wie er es verlangt hatte. In der ersten Stunde hatte es sie geängstigt – wenn Lucas irgendwas passiere, könne man sie nicht erreichen und so weiter. Aber Olivier beruhigte sie. »Wir haben das halbe Leben ohne unser Telefon verbracht, das gehört zu den Spielregeln – es werden keine Fotos gemacht, niemand surft im Internet. Das ist wichtig.« Sie schnauzte ihn an: »Entschuldige, dass ich meinen Sohn für wichtig halte«, aber er zuckte nur mit den Schultern. »Ich habe auch Kinder. Achtundvierzig Stunden kann er dich nicht erreichen. Erinnerst du dich, dass wir groß geworden sind, ohne dass uns unsere Eltern alle zwei Stunden angerufen haben, und dass wir das gar nicht so schlimm fanden?« Sie entgegnete nichts. Er machte sie wütend. Aber als er die Bee Gees aufdrehte, vergaß sie alles und begann mitzusingen. Gar nicht so einfach, zu schmollen, wenn man *Stayin' Alive* hört.

Sie waren die ganze Nacht unterwegs. Stiegen auf Curtis Mayfield um. Olivier kaufte an einer Tankstelle dunkle Schokolade. Zehn Tafeln. Er erklärte ihr, dass jeder Teilnehmer etwas »für die Gemeinschaft« zurücklasse, was er wolle. Er sagte, Schokolade ist gut, viel Magnesium und leicht zu lagern. Dann hielten sie an und schliefen im Auto ein paar Stunden, sie war ein bisschen enttäuscht, dass er nicht den Arm um ihre Schulter legte und dass sie nicht auf diese komische *Convergence* pfiffen, um im Hotel über Geopolitik zu diskutieren, aber sie war zu erledigt, um ihren Frust festzuhalten.

Am Vormittag kamen sie in der Stadt an, die Sonne schien. Olivier sah müde aus, das machte ihn älter und sie fand, es stehe ihm gut. Er stellte das Auto in ein Parkhaus und sie liefen zum Bahnhofsplatz.

Dort mussten sie auf die »Shuttles« warten, drei rostige Kleinwagen, die ständig hin- und herfuhren. Das zog sich hin, weil schon viele Leute da waren. Sie saßen auf dem Straßenpflaster und stopften sich mit Croissants voll. Stéphanie fragte sich, wie lange sie nicht mehr auf dem Boden gesessen und nichts getan hatte. Es war lustig. Irgendwas entwickelte sich. Kindliche Freude. Die Teilnehmer erkannten einander, lächelten sich zu. Stéphanie hatte in den Neunzigern ein paar Raves mitgemacht. Das war eine schöne Erinnerung. Damals stand sie auf MDMA. Heute nimmt sie nichts mehr. Die Kopfschmerzen danach sind zu heftig. Wie bei allen neuen Drogen hat es eine Weile gedauert, bis man begriffen hat, wie gefährlich sie sind. MDMA macht depressiv. Das Gegenteil von der unmittelbaren Wirkung. Ein fieser Bumerang.

Als sie den Ort der *Convergence* erreichten, war sie nicht überrascht von dem großen Terrain, auf dem Zelte aufgebaut wurden; alle waren entspannt und froh, da zu sein. Sie erkannte diese Stimmung. Du brauchst etwas Zeit, um eine Menge wahrzunehmen. Am Anfang siehst du nur, dass es viele sind. Allmählich nimmt der Blick Details wahr. Es waren überwiegend Weiße, aber nicht so einheitlich wie bei einem Technofestival oder einem Rockkonzert. Altersmäßig ziemlich gemischt. Viele waren in ihrem Alter, aber es gab auch Junge und sogar Alte – Personen, die nicht mehr gut laufen konnten, die am Arm geführt und beim Hinsetzen gestützt wurden. Etwas mehr

Frauen als Männer, was Stéphanie sofort stresste – ein Weiberding ist bestimmt nicht genial. Wenn es genial ist, sind die Kerle da – QED.

Als Ausgleich gab es zum Glück ein paar besonders schöne männliche Exemplare, sogar sensationelle – ein junger Schwarzer mit faszinierendem Blick, dessen Bauchmuskeln sich mit umwerfender Präzision wölbten, beeindruckte sie genug, um ihr das Gefühl zu geben, im richtigen Moment am richtigen Ort zu sein.

Stéphanie erkannte einen alten Rockkritiker, den sie schon lange nicht mehr gesehen hatte, sie begrüßten sich. Er spazierte mit glänzenden Boots und einem maßgeschneiderten Cabanmantel über die Wiese, kahl, aber gepflegt. Der Alte erzählte ihr was von Chemtrails und zeigte ihr die Spuren am Himmel, es überraschte sie, dass ein Mann wie er solchen Theorien anhing. Sie fragte, »Glaubst du wirklich, dass man uns nur aus Spaß vergiftet und dass man es offen am Himmel macht, ohne auch nur zu versuchen, es zu verbergen, wo es doch so einfach wäre, uns was ins Wasser zu kippen?«, und der Journalist antwortete, »Das ist ja gerade das Infame, jetzt verstecken sie sich nicht mal mehr. Und was sollen wir schon machen?«

Sie spazierte weiter herum, während Olivier unter einer Eiche schlief. Sie traf zwei Punker um die vierzig, der eine hatte grellgelbe Spikes, der andere einen roten Iro mit schwarzem Haaransatz, beide ziemlich runtergekommen. Kakijacke, vergammelte Turnschuhe, alte Tattoos mit verblichener Tinte. Bei ihrem Anblick dachte sie, typische Hundepunks. Als sie näher kam, knutschten die beiden inbrünstig. Plötzlich fand sie das Duo weniger typisch.

Es gab keinen Getränkestand. Es wurde nichts verkauft, weder Alkohol noch Würstchen oder T-Shirts. Das und das Fehlen des Telefons, nach dem sie immer noch alle paar Minuten automatisch in ihrer Jackentasche suchte, kam ihr irgendwie unheimlich vor. Wie soll man die Zeit totschlagen, wenn man weder trinken noch etwas zu essen kaufen oder seine Timeline checken kann? Die Leute nahmen die Anweisungen so ernst, dass Stéphanie sich fragte, ob sie vielleicht bei einer Sekte gelandet war. Kein einziges Selfie, keine SMS, die jemand heimlich schrieb … Sie brauchte eine Weile, ehe sie benennen konnte, was sie in dieser Atmosphäre vor dem Event am meisten verwirrte: die Freundlichkeit. Und mit der Freundlichkeit kommt die Unschuld: Freundlich sein heißt zu glauben, dass alles gut laufen wird. Unbekannte lächelten sich an. Leute unterhielten sich, ohne sich zu kennen, wie zurückversetzt in die Kindheit, wie im Ferienlager. In dieser Gemeinschaftsatmosphäre lag etwas Altmodisches, das an die Festivals der Siebziger erinnerte.

Sie begegnete Patrice, den sie aus ihrer Zeit mit Max kannte und nie wiedergesehen hatte. Er hatte sie immer geil gemacht. Sehr sogar. Und er hatte sich nicht sehr verändert. Er stellte ihr seine Freundin Pénélope vor, die Stéphanie mit einem Blick einordnete: zu jung und zu zufrieden mit sich. Keine Chance, ihr den Typen wegzuschnappen. Eh schon egal, also freundete sie sich mit ihr an. Pénélope kannte sich im Camp nicht aus. Sie trafen sich wieder, als sie beide »Für kleine Mädchen« suchten – Trockenklos am Ende des Camps, passend zur Umgebung. Die Trockenklos waren erstaunlich sauber – man wurde nicht vom Ekel gepackt, wenn man sich hineinwagte. Alle waren so verantwortungsvoll und diszipliniert, dass niemand neben den Sand gepinkelt hatte. Allmählich wurde sie ganz besoffen von so viel Ordnung.

Pénélope erzählte ihr, dass sie schon im letzten Monat im Camp gewesen war. »Wenn nur sechs oder sieben Leute da sind, ist es eine ganz andere Atmosphäre.« – »Aber was treiben sie hier? Ich begreife das alles nicht. Spielen sie Karten? Züchten sie Schafe? Worum geht's hier?«

Pénélope konnte es ihr nicht genau erklären. »Sie sind wie Arbeitslose. Sie reden, kochen, reparieren eine Kiste … Das ist vor allem Patrices Trip. Er kennt sie schon lange. Für ihn sind die *Convergences* magisch. Er hat mich überredet, mitzukommen, weil er meint, es ist wie eine Levitation. Man muss es erleben.« Stéphanie fürchtete allmählich, es würde so werden, wie wenn dir alle sagen, ein Film sei genial, und wenn du ihn siehst, bist du, gemessen an dem Zirkus, den alle gemacht haben, ziemlich enttäuscht.

Marie-Ange und Sylvie lagen im Schutz eines knallgelben Sonnenschirms auf einem violetten Pareo mit großen indischen Elefanten. Pénélope stellte ihnen Stéphanie vor, die sich zu ihnen setzte, weil sie niemanden sonst kannte. Um sie herum versammelten sich Leute zu irgendwelchen Gruppen – sie versuchte nicht herauszufinden, was sie taten, das interessierte sie nicht. Diskussionsgruppen – nein danke. Gruppenhypnose – absolut nichts für sie. Olivier war verschwunden, sonst hätte sie ihn zusammengestaucht: Was ist das hier eigentlich? Sylvie wollte sich auch an nichts beteiligen. Stéphanie hörte den ganzen Nachmittag zu, wie sie vom Leben im Camp erzählte.

Sylvie kann vier Stunden am Stück reden, ohne auch nur auf den Gedanken zu kommen, dich zu fragen, was du so im Leben machst. Und eigentlich hat es da angefangen, die seltsame Lethargie der Vertraulichkeit – an dem Nachmittag, den sie auf der Wiese mit den drei Frauen verbrachte, die sie soeben kennengelernt hatte. Es war wie ein Stück Kindheit zwischen ihnen – diese verflixte Sanftheit, die Art, sich anzusehen, Witze zu machen.

Als es dunkel wurde, machte niemand Licht. Die Frauen schwatzten weiter. Es war nicht dunkel genug, um zu stolpern oder sich zu stoßen, aber man musste schon aufpassen, um einen Gesichtsausdruck, eine Schwingung der Stimme, eine Bewegung wahrzunehmen.

Langsam versammelte sich die Menge in der riesigen Halle einer ehemaligen Druckerei, wo die … Zeremonie stattfinden sollte. Der riesige Raum war in Dunkelheit getaucht. Stéphanie trennte sich von den anderen. Da man nicht genau sah, was die einen oder anderen taten, war es weniger peinlich als sonst, allein zu sein – sie musste sich nicht fragen, was die anderen davon hielten, sie hatte keine Angst, dass Olivier sie von Weitem sah und sich sagte, »Die Arme, total kontaktgestört«, oder dass ein Unbekannter urteilte: »Sie ist nicht mehr hübsch genug, deswegen interessiert sie niemanden und sitzt allein in ihrer Ecke.« Sie musste auf ihrer Decke nur ein bisschen an die Wand rutschen, und schon verschwand sie. Sie dachte an Thiéfaine, *»la solitude n'est plus une maladie honteuse«*, und ihr Plan für den Abend hieß Augen schließen und einschlafen – vor der Rückfahrt morgen ein paar Stunden Schlaf nachholen. Sie glaubte ebenso wenig an die Magie dieser Zusammenkunft wie an den Chemtrail des Rockkritikers, den sie von Weitem erkannte und der sich wie ein berauschter alter Derwisch langsam um sich selbst drehte. Aus den Boxen, die in unregelmäßigen Abständen entlang der Wände aufgestellt waren, erhoben sich weiche, sehr seltsame Technotöne, Wellen, die mal ihre Wirbelsäule, mal ihre Kehle oder den Bauch reizten. Ein Mikro ging von Hand zu Hand, die Leute hatten kleine Gedichte oder kurze politische Manifeste vorbereitet. Sie achtete nicht auf die Worte. Sie war Olivier nicht böse, sie hierhergeschleppt zu haben, denn die Reise tat ihr gut, sie hatte das Gefühl, seit Tagen unterwegs zu sein. Aber sie begriff nicht, dass er eine ganze Nacht fuhr, um zum Rauschen von Booten oder dem Knacken der Erde pubertäre Gedichte zu hören. Sie nickte ein. Später erkannte sie die ersten Takte von *Roadhouse Blues*. Dann erinnert sie sich an nichts mehr, bis sie richtig munter wurde. Die Stimme von Grace Jones dröhnte durch das Gebäude. Die Mitte der Halle hatte sich gefüllt, die Gestalten bewegten sich dicht beieinander, einige langsam, andere eng umschlungen oder in Kreisen umeinander. Und da sah sie – nicht mit der Klarheit einer durch LSD oder Pilze ausgelösten Halluzination, aber trotzdem so, dass sie später nicht sagen konnte, ich habe geträumt, denn die Illusion dauerte lange genug, um sie mit ganzem Bewusstsein zu erfassen –, da sah sie um die Körper Lichtwellen wabern und nahm Energiebänder wahr, die sich spannten und von einer Person zur anderen wogten. Sie ist ein rationaler Mensch. Sie hätte nie geglaubt, sie würde ohne Drogeneinfluss sehen, wie farbige Bänder Menschen miteinander verbinden.

Sie mag nicht, dass man ihr die Karten legt, sie glaubt weder ans Jenseits noch daran, dass man jemanden verfluchen kann. Aber sie hat gesehen, wie sich in der Dunkelheit Dinge abzeichneten, die nicht existierten. Und am meisten irritiert sie bis heute, dass sie nicht überlegt oder beschlossen hatte aufzustehen – sie stand einfach da, die Handflächen nach oben gestreckt, ein debiles Lächeln auf den Lippen festgeklebt, und tanzte. Und sie berührte niemanden, sie streifte keine anderen Körper, aber sie kannte das Gefühl – es war ein Orgasmus. Es hatte nicht das Geringste mit Sex zu tun, und trotzdem war es der unglaublichste Fick, den sie jemals erlebt hat.

Der Tag brach an und sie tanzte immer noch. Gleichzeitig mit den anderen befreite sie sich ganz langsam aus der Trance. Sie ging zu Olivier, lächelte ihn an und stellte zweihundert Kilometer später, während sie nach Paris zurückrasten, weil sie am nächsten Tag arbeiten mussten, fest, dass das Lächeln nicht von ihren Lippen gewichen war. Dieser Zustand sanfter, ganz spezieller Euphorie hatte sie noch ein paar Tage lang eingehüllt. Und als Pénélope ihr vorschlug, mit zu Sylvie zu kommen, hatte sie sofort zugesagt.

Die Waschmaschine piepst, Stéphanie legt die Zeitung weg und steht auf, sie gehorcht dem Haus. Seinem zeitfressenden Anspruch, unterhalten zu werden. Sie füllt die Schüssel mit feuchter Wäsche und trägt sie in ihr Zimmer, um sie neben dem Fenster aufzuhängen. Die Reise ängstigt sie auch, weil sie zum ersten Mal seit der Trennung mit Max, dem Vater ihres Sohnes, wegfährt.

Nach der Rückkehr von der *Convergence* war sie noch nicht ganz bei sich, als Max Lucas zurückbrachte. Ihr Ex, der ein feines Gespür hat, sagte, »Du hast am Wochenende jemanden getroffen!« Sie erzählte von der eigenartigen Spritztour mit Olivier. Max hörte ihr zu und verzog das Gesicht. »Was ist das denn für ein New-Age-Ding? Ehrlich, Schatz, glaubst du nicht, es ist höchste Zeit, dass du was aus deinem Leben machst?« Er ließ kaum eine Gelegenheit aus, ihr zu verstehen zu geben, dass er ihre Arbeit für erbärmlich hielt, dass sie sich zusammenreißen, ein neues Leben anfangen, ein neues Kind bekommen müsse, weil bei einer Frau die Uhr tickt, und so weiter. Max hat das Talent, dich fertigzumachen, damit er dich dann im gleichen Atemzug trösten kann – beides beherrscht er perfekt.

Zwei Wochen später kam er wieder, um Lucas abzuholen, und sie erzählte ihm von dem Wochenende in Barcelona. »Rate mal, mit wem ich fahre? Erinnerst du dich an Xavier? Ich fahre mit ihm. Also, mit seiner Frau, und er kommt auch mit. Und die andere ist die Freundin von Patrice – erinnerst du dich an Patrice? Aber er kommt nicht mit, er arbeitet.« Und völlig unerwartet verkündete Max: »Ich würde zu gern mitkommen. Ich finde, es wäre gut für Lucas, wenn er uns manchmal zu zweit sieht. Es ist schon so lange her, dass wir uns getrennt haben, ich glaube nicht, dass er sich Illusionen macht … Er soll merken, dass sich seine Eltern nah genug stehen, um gern etwas Zeit miteinander zu verbringen. Meinst du nicht, dass ihm das guttun würde? Zu sehen, dass unter Erwachsenen noch andere Beziehungen möglich sind als die klassische Familie?«

Sie wollte nicht, dass er mitfuhr. Das war eine absurde Idee. Beängstigend. Aber Max ist nicht der Typ, den das kümmert, wenn du Nein sagst. Jedes Mal, wenn sie im Internet einen Artikel über narzisstische Störungen liest, denkt sie an den Vater ihres Sohns. Jemand, der am Ende immer das bekommt, was er will.

Narzisstische Störung … Das beschreibt genau sein Verhalten, aber das sagt nichts über ihn. Max ist brillant. Er ist lustig, gebildet, originell, intelligent und scharfzüngig. Er bemächtigt sich jedes beliebigen Themas und drückt es durch sein ganz spezielles Raster, entblößt es unter einem neuen, stichhaltigen Blickwinkel. Er sieht die Welt von oben oder schräg – nie so, wie man es erwartet. Stéphanie verdankt ihm viel. Sie hat sich durch ihn entwickelt. Max war anspruchsvoll und großzügig. Als er sie kennenlernte, hat er an sie geglaubt, er hat sie getragen, getrieben, ermutigt. Dann hat er aufgegeben. Sie hat ihn enttäuscht. Er blieb zärtlich, aber distanziert. Wie zu jemandem, der dich mächtig langweilt, der dir nicht mehr das Wasser reichen kann. Sie war ihm nicht gewachsen. Das hat sie zerstört.

Es ist ja nicht so, dass die Liebe blind macht. Man sieht, was passiert. Man merkt, dass man sich reinlegen lässt. Man durchschaut es ganz genau. Und trotzdem bleibt man. Das ist das Unerklärliche. Stéphanie kann nicht sagen: Eines schönen Morgens habe ich die Augen aufgemacht und begriffen, dass er mich misshandelt, da habe ich beschlossen zu gehen. Alles war bereits da. Die sechshundertfünfzig Anzeichen dafür, dass der Mann Gift für sie war, hat sie nicht verdrängt. Aber Liebe hat nichts mit Produktivität zu tun – man sagt sich nicht, ich mach Schluss, das bringt mir nichts mehr. Die Frau von Max zu sein war wichtiger, als glücklich zu sein. Weil er wunderbar war. Du bleibst nicht bei einem »narzisstisch Gestörten«, weil er Kälte und Hitze abwechselt und dich aus dem Gleichgewicht bringt. Du bleibst, weil er brillanter ist als alle Männer, die du davor getroffen hast, und als alle Männer, die du danach treffen wirst. Du bleibst, weil du weißt, dass du Glück hast, von dieser Intelligenz, dieser Kraft zu profitieren. Du bleibst, weil du weißt, dass du dich nach so einem Mann immer ein bisschen langweilen wirst. Sie hat viel verloren mit Max. Er hat sie betrogen, belogen, gedemütigt, ihr eingeredet, sie sei nur Mittelmaß … und trotzdem war es das wert.

Lucas ist nicht gerade an die Decke gesprungen bei der Aussicht, dass sein Vater sie nach Barcelona begleitet, er fand die Aussicht, seine Eltern zusammen zu erleben, sogar ziemlich schräg. Also hat Max Versprechungen gemacht – die Achterbahn von PortAventura, den Versuch, Tickets für ein Spiel zu bekommen … Versprechen, die er nicht halten würde. So ist er. Wenn er dir sagt, »Wir werden ein super Wochenende verbringen«, ist er ehrlich. Ist er überzeugend. Dann zieht er sich zurück, und weil er sich schuldig fühlt, dass er seine Versprechen bricht, wird er aggressiv und sucht Rechtfertigungen. Aber Lucas ist zu jung, um seinem Vater zu misstrauen. Er hat sich reinlegen lassen.

Beim Wäscheaufhängen hört sie Radio. Ein Bericht über den Fischkutter, der in der Nacht vom 18. zum 19. April vor der libyschen Küste gesunken ist. Die Rede ist von achthundert Toten. Achtundzwanzig Überlebenden. Sie sagen Syrien, Eritrea, Somalia, Libyen. Die Kartografie des Terrors. In ihr Drogenzentrum kommen manchmal auch Flüchtlinge. Sie lassen sich mit Crack anfüttern. Die Stimmen der Experten, die über den Schiffbruch reden, zittern nicht. Man gewöhnt sich an alles. Erst vor Kurzem hatte sie einen Jungen von kaum zwanzig Jahren in ihrem Büro, der nach seiner Ankunft im Gefängnis Französisch gelernt hat. Er hat vom Massaker an seinen Eltern erzählt. Vom Geld für die Überfahrt. Sie war hilflos. Es überraschte sie, dass er so schnell Französisch gelernt hatte. Ihn interessiert nur der Stempel. Nicht der Entzug. Sie kann nichts für ihn tun. Man gewöhnt sich an alles, klar. Aber man erinnert sich trotzdem an eine Zeit, wo man noch behauptete, das menschliche Leben habe einen Wert.

Stéphanie hat die Grünpflanze auf dem winzigen Balkon mit einer großen Dosis Dünger gedopt. Das Ding ist ein richtiger Busch geworden und trägt jede Menge rosa Blüten. Allerdings viel blasser als im letzten Jahr.

Kann ihm vielleicht mal jemand erklären, warum die Bekleidungshersteller Etiketten nähen, die genau in der Taille kratzen? Als würden sie ausführliche Studien anstellen, um das Material zu finden, das die Haut am meisten reizt. Wenn du das Ding mit einer kleinen Schere so nah wie möglich am Stoff abschneidest und dir mächtig Mühe dabei gibst, kratzt es immer noch. Xavier würde gern mal den Drecksack treffen, der sich einen Spaß daraus macht, ihn damit zu quälen, und ihm alle Knochen brechen, mal sehn, ob er dann immer noch solchen Spaß daran hätte, den Leuten, die seine Klamotten kaufen, das Leben zu vermiesen.

Er musste das erstbeste T-Shirt kaufen, weil er nicht ordentlich gepackt hat. Wer erwartet schon, dass es in Barcelona im Frühling so warm ist? Wollpulli und Jeansjacke, das ja, aber nicht diese Affenhitze. Also ist er heute früh um zehn durch eine Fußgängerzone im Zentrum geirrt. Eigentlich war er nicht orientierungslos: Die Markenläden sind hier die gleichen wie vor seiner Haustür. Überall derselbe Mist, egal, wo du bist. Nur dass du hier einen Fußgängerführerschein brauchst, um voranzukommen, ohne dass dich die Touris überrennen. Sie werden in Herden durch die Straßen getrieben, du wartest zehn Minuten, ehe du über die Promenade kommst. Deutsche, Chinesen, Russen – und nur Hässliche! Vielleicht treffen die Regierungen eine Auswahl ihrer unansehnlichsten Bürger, bevor sie sie auf Barcelona loslassen. Am Schlimmsten sind natürlich die Franzosen. Wen wundert's? Lauter, arroganter, aggressiver als alle anderen Touristen. Er kommt bestimmt nicht so bald wieder. Es kotzt ihn an, zu dieser Horde von Parasiten zu gehören.

Xavier wartet mit seiner Hündin draußen, während Marie-Ange und die Kleine in einem kleinen von Pakistanis geführten Supermarkt einkaufen. Er beobachtet die Leute, die drinnen reglos vor Wänden von Butter und Sahne stehen. Sie lesen aufmerksam. Wenn man sie vor Tolstois gesammelte Werke setzt, entziffern sie keine Zeile, aber wenn es darum geht, einen Liter Milch zu kaufen, sind sie voll konzentriert. Wahrscheinlich auch, weil es zwischen den Kühlregalen angenehm ist. So ein Schwachsinn, im Frühling in so eine Stadt zu kommen. Bei dieser Höllenhitze. Xavier hasst die Sonne. Er ist bedient.

Marie-Ange hat es sich in den Kopf gesetzt, in der Wohnung zu kochen, die Pénélope und Sylvie gemietet haben. Vorhin saßen alle unter einem großen Sonnenschirm auf der Caféterrasse, und Xavier hatte schon den frittierten Fisch auf der Karte entdeckt, den er bestellen würde, als die Damen plötzlich beschlossen, gesund zu essen. Sie haben Angst zuzunehmen. Stimmt schon, hier machen sie wirklich alles mit viel Öl. Aber sie müssten nur jeden Morgen eine halbe Stunde joggen, und sie würden kein

Gramm zunehmen. Stattdessen wurde eine Dreiviertelstunde palavert, um zu klären, wer was besorgt, um sein Gericht zu kochen – und jetzt wartet er vor dem Laden, dass es erledigt wird.

Das dauert garantiert drei Stunden, bis sie einen Brokkoli und zwölf Eier gekauft hat. Er kennt seine Frau. Sie liest das Etikett auf jedem Produkt und ist sogar imstande, Spanisch zu lernen, nur um den Verkäufer zu nerven. Er krepiert inzwischen vor Hitze, auch die Hündin lässt die Zunge raushängen. Xavier berührt immer wieder den Asphalt, um sich zu überzeugen, dass sie sich nicht die Fußballen verbrennt. Hier gibt es jede Menge Hunde. Wie die das wohl aushalten? Sein Pudel sucht den Schatten wie eine verlorene Seele.

Er hasst die Hitze, weil sie einen aufweicht. Aber sie verursacht auch schwerwiegende Stilprobleme: lächerliche Hüte, unmögliche Brillen, zu kurze Shorts, widerliche Latschen. Das ist der Ringelpietz des Grotesken, ein *cut up* von allem, was die Menschheit an Abstoßendem hervorbringt. Um ihn herum bewegt sich eine Horde von Gehirnamputierten, sturzbesoffenen Halbwüchsigen, fetten Frauen in Pareos, Kindern, die für Fotos posieren, die ihre schwachsinnigen Eltern aufnehmen, Fettklößen, die sich mit buntem Eis vollstopfen … Und das Absurdeste neuerdings: Tourismus auf Rädern. Sie mieten Fahrräder, Roller, Bollerwagen, Longboards, egal was, Hauptsache, es rollt, und dann zieht es mit seligem Lächeln vorbei und überfährt um ein Haar alles, was ihm in den Weg kommt …

In letzter Zeit beklagt sich Xaviers Frau immer öfter, dass er sich über alles aufregt. Was will sie denn? Guck dir den Dreck doch an? Soll ich da auch noch applaudieren?

Er wird sich doch nicht hinsetzen, die Vorbeigehenden betrachten und denken, sie sind sauber, das ist gut, oder sie bringen niemanden um, das ist nett von ihnen. Ein wohlwollender Blick auf die Welt, das ist Fun-Level Zero.

Er hasst die Luxusjachten, die sich auf der anderen Seite der Avenida im Hafen aneinanderreihen. Sie kotzen ihn an, er verabscheut sie mit genüsslicher Inbrunst. Als er klein war, spazierten Leute aus seinen Verhältnissen an den Jachthäfen entlang und bewunderten die Boote der Reichen. Das war die Verheißung von Reisen, von Ferne, von wahrem Luxus. Heute bleiben die Armen nicht mehr stehen. Sie kriegen den Reichtum en passant in die Fresse geknallt – sie schlucken ihn, er trifft sie wie ein Uppercut. Wie willst du da träumen? Tonnenweise Dreck, alles die gleichen Plastikklopper. Die einzige Qualität dieser Kuhscheiße ist, dass alle wissen, was sie kostet. Wer sein Geld für so ein Teil ausgibt, braucht sofort ein psychiatrisches Gutachten. Der Ruhm des einen Prozents. Alles die gleichen Jachten, eine neben der anderen. Nur die Größe unterscheidet sie. Mit der Größe sagen sie dem Nachbarn, »Sieh her, ich habe mehr Kohle als du.« Es gibt nur eine einzige Flagge auf all diesen Booten. Die Flagge derer, die keine Steuern bezahlen, Offshore-Konten haben, schmuggeln, über dem Gesetz stehen. Die Flagge des einen Prozents und seiner Höflinge. Die Eigentümer sind in verschiedenen Ländern geboren, sind Chinesen, Araber oder Russen, aber sie fahren alle unter derselben Flagge. Die Sprache der Banken ist eine Metasprache. Sie hat den Platz des universellen Neusprech eingenommen. Im Vergleich dazu war das göttliche Gesetz nur Kokolores, Gestümper, jeder konnte durch seine Maschen entwischen.

Das Gesetz der Banken ist etwas anderes. Dem entkommt keiner.

Wo sind diese gottverdammten Terroristen, wenn man sie braucht? Könnten sie nicht herkommen und das Ganze in die Luft jagen – am Fließband, wie bei einem Feuerwerk? Wenn es noch eines letzten Beweises für den Schwachsinn und die totale Nutzlosigkeit dieser Krieger der Apokalypse bedurfte, da ist er: Sie verbreiten Angst und Schrecken, sind aber unfähig, das anzugreifen, was wirklich zum Kotzen ist. Wenn sie hier auftauchen und alles zerfetzen würden, wäre Xavier sicher nicht der Einzige, der sich sagen würde: Irgendwie kann man das auch verstehen … Sogar Leute wie er müssten dann zugeben, dass eine Idee, ein Konzept, ein Plan dahintersteckt.

Vor den Booten sitzen vier Schwarze mit riesigen Lidl-Tüten zwischen den Beinen auf einem Mäuerchen. Sie unterhalten sich nicht. Sie warten darauf, dass die Polizisten weitergehen, um ihre Laken auszubreiten und ihren Kram zu verkaufen. Falsche Nikes, falsche Chanel-Taschen. Die armen Kerle sehen nicht gerade fröhlich aus. Keiner soll ihm einreden, sie wären nicht besser zu Hause geblieben. Was verdient so ein Verkäufer falscher Adidas? Wie viel überweist er am Monatsende an seine Familie? Keine Ahnung … Gestern hat sich Marie-Ange am Strand von einer Chinesin die Füße massieren lassen, die war total groggy davon, den ganzen Tag durch den Sand zu krabbeln. Da hat er sich dieselbe Frage gestellt – wie viel schickt sie am Monatsende nach Hause?

Eins will diesen Linken einfach nicht in den Kopf: Er traut sich zu denken, diesen Ausländern würde es zu Hause besser gehen, eben weil er durchaus begreift, dass es ihnen hier dreckig geht, so dreckig, dass es nicht mehr menschlich ist und nicht ermutigt werden sollte. Das Elend in Länder zu verlagern, die selbst den Bach runtergehen, ist absurd. Das ist kein angenehmer Gedanke, aber es springt ins Auge.

Diese Linken sind die Pest bei den *Convergences*. Diese Fressen kleiner Abteilungschefs, die nie mit der Arbeit der Kassiererinnen zufrieden sind. Sie regen sich auf, wenn jemand wie er ausspricht, dass Christen und Muslime nicht gut zusammenleben können. Mischen sie sich vielleicht? Sie sehen doch die Wirklichkeit in ihrer wunderbaren Gegenseitigkeit: Keiner kann den anderen riechen. Keiner hat Lust, mit dem anderen zusammenzuleben. Es stimmt nicht, dass die Kulturen sich in harmonischem Strahlen vereinen und überall fröhliche Mischlingsbabys herumkrabbeln. Man sieht doch mit bloßem Auge, dass das so nicht läuft. Aber davon wollen sie nichts hören. Sie stecken in ihrer Benetton-Werbung aus den Achtzigern fest und lassen nicht davon ab. Wobei, wenn man ihnen zuhört – und das muss er wohl oder übel, weil sie das Maul keine Sekunde halten können –, wird einem ganz schnell klar, dass alles nur eine Frage der Etikettierung ist. Meistens haben sie selbst auch nur einen Gedanken im Kopf: die Parameter anpassen, mit denen sie ihre Feinde definieren. Die, mit denen sie nicht reden wollen, die, die sie nicht respektieren wollen, die, die gefährlich oder schuldig sind. Die, denen sie nicht zuhören wollen. Sie wollen auch nur Krieg. Aber sie wollen nicht dieselben Gegner abschlachten. Der Unterschied ist nicht ohne, nur für die Waffenproduzenten geht die Geschichte immer gut aus. Die Jachtbesitzer müssen sich keine Sorgen machen.

Alle wollen ihre Waffen kaufen. Die Linken wollen einfach nicht einsehen, dass Moslems und Christen nicht lange friedlich nebeneinander leben können, ohne sich die Fresse einzuschlagen. Sie verlangen andere Feinde. Dabei sind sich alle in dem Grundsatz einig, die Unreinen, die Unsauberen auszuschließen, nicht zu Wort kommen lassen. Eine Kategorie der zum Massaker Freigegebenen zu definieren. Die Grenzen bewegen sich, aber das Spiel der Zöllner bleibt dasselbe. Es heißt: Du bleibst draußen. Ich will dich nicht bei mir. Die einzige Variable ist, wen man ins Lager steckt. Wer gefoltert und gekillt werden darf. Wer es verdient, ausgeschlossen zu werden. Manche wollen nicht mit den Arbeitgebern zusammenleben, bei anderen sind es die Kameruner, wieder andere ertragen keine Machos mehr oder keine Zigeuner, manche verfolgen den Antisemitismus in den eigenen Reihen oder den als Ehemann getarnten Kinderschänder – aber alle waschen weißer. Alle sind auf der Seite der Reinheit. Das Einzige, was uns interessiert, ist die Legitimierung der Gewalt. Es muss für die gute Sache sein. Denn wir wollen zwar Blut an den Händen haben, aber trotzdem ein gutes Gewissen. Das ist der einzige Unterschied zwischen einem Soziopathen und einem politischen Aktivisten – dem Soziopathen ist es scheißegal, ob er auf der Seite der Gerechten ist. Er tötet, ohne lange zu fackeln, also ohne sich damit abzugeben, sein Opfer vorher zum Monster zu machen. Die Aktivisten machen es politisch korrekt: Erst die Propaganda, dann das Massaker.

Letztendlich wollen doch alle unter sich bleiben. Sich nur mit Leuten umgeben, die so sind wie sie. Keine Fremden. Was eine Gruppe am besten zusammenschweißt, ist und bleibt der gemeinsame Feind. Xavier ist nicht blöd. Alle Geldsäcke in Frankreich reden so wie er, und ganz sicher nicht, weil sie plötzlich von aufrichtigem Patriotismus gepackt sind. Sie sind vielmehr daran interessiert, dass die kleinen Leute sich eher für Bio-Franzosen und Opfer der großen Moschee halten als für arme Arbeiter, die von dem einen Prozent ausgebeutet werden. Er glaubt nicht an den großen Austausch. Die Idee stammt nicht zufällig von einem Schwulen. Männer, die mit heterosexuellen Frauen leben, wissen es: Die weißen Frauen haben begriffen, dass sie sich fortpflanzen müssen. Er muss sich nur Marie-Ange ansehen – sie braucht unbedingt ein zweites. Es ist nicht für ihren persönlichen Komfort, eigentlich geht es ihnen wunderbar. Sondern weil sie es weiß. Es wird einen Krieg geben, und wer keine kleinen Soldaten produziert hat, um ihn zu führen, hat ihn von vornherein verloren. Also brüten sie eins nach dem anderen aus.

Das Problem ist nicht die Geburtenrate. Das Problem ist die Kirche in Frankreich. Wenn die christliche Religion auf sich achten würde, wären die Araber längst übergetreten und würden vor Ostern fasten und nicht im Ramadan. Das Erkalten der christlichen Inbrunst ist ein viel realeres Problem als der Besuch der Moscheen. Xavier ist nicht blöd. Er durchschaut das Ganze. Vor fünfzig Jahren hätte die Kirche in jede Satellitenstadt eine Kirche bauen und ihre besten Priester hinschicken müssen. Dass sie ein paar Chorkinder befingern, wäre kein Problem gewesen, wenn sie nur begriffen hätten, was ihre Aufgabe ist. Den Bedürftigsten zu helfen. Das Terrain zu besetzen. Stattdessen haben sich die bescheuerten Christen in den Reichenvierteln zusammengeschart, um die Messe auf Latein zu feiern. Wie erklärst du dir, dass es in Seine-Saint-Denis keine Pfadfinder gibt? In der Basilika von Saint-Denis triffst du nur Touristen. Sogar die Afrikaner wechseln die Religion. Das muss man erst mal schaffen.

Wenn Sélim erzählt, wie es ist, die eigene Tochter um sechs Uhr früh aufstehen zu sehen, weil sie ihre rituellen Waschungen machen muss, bevor sie für das Gebet ihr Kopftuch umbindet, ein Mädchen, das noch drei Monate, bevor es dem Islam verfallen ist, Avril Lavigne und Miley Cyrus hörte, dann zerreißt es ihm das Herz. Seiner Tochter könnte das auch passieren. Er hört immer mehr solche Geschichten. Kleine Mädchen ohne Probleme, und eines Tages verlieben sie sich in der Schule in irgendeinen Karim und peng … Schluss mit Haribo – da soll Schweinefett drin sein –, McDo – das Frittenöl ist verseucht –, mit der Vinaigrette – wegen des Alkohols im Essig – und dem Lipgloss – weil sich ein anständiges Mädchen nicht schminkt. Die Kleine von Sélim hat ihren Imam sogar gefragt, ob sie weiter Sushi essen dürfe. Wegen des Essigs im Reis. Zum Glück für sie hat der Imam Ja gesagt, die japanische Küche ist kein Problem für den Islam. Wenn seiner Tochter so was passieren würde … Aber was willst du machen? Xavier redet oft mit Sélim darüber, und er kann zwar das Maul aufreißen und behaupten, er würde die Kleine einsperren, aber da macht er es sich ein bisschen zu einfach. Wenn er Sélim zuhört, denkt er wieder an seinen Bruder und sagt, das ist nicht so schlimm, wie wenn sie auf Heroin wäre. Fünf Gebete am Tag oder fünf Shots – die Religion ist weniger schädlich. Die Dealer sind dieselben. Du kannst sicher sein, dass die Kinder von denen, die in den Achtzigern Heroin verkauften, heutzutage mit Bart rumlaufen.

Deswegen kümmert er sich bei der Kleinen hartnäckig um die Religion. Wenn er am Wochenende in Paris ist, kommt es nicht infrage, dass sie eine Sonntagsmesse verpassen. Er hat sie beim Katechismusunterricht angemeldet. Man kann von den Kindern schließlich nicht verlangen, nur noch an die Spiritualität von Samsung zu glauben.

Im Camp spricht er mit Leuten, die sehr anders sind als er. Das verändert ihn. Aber es wäre ziemlich übertrieben, wenn er das Gesindel nicht mehr verfluchen dürfte, wo immer er es trifft. Viele mögen ihn nicht. Er mag sie auch nicht. Wo ist das Problem? Hass belebt. Man muss nur zu Twitter gehen, um zu begreifen, dass alle scharf darauf sind. Sich in die Fresse hauen, sich beleidigen, das kitzelt im Bauch. Das harmonisiert die Chakren, wie die Hippies im Camp sagen würden … die Linken sind nämlich nicht die einzigen Witzbolde, die auftauchen, es gibt auch Druiden jeder Art. Eine unglaubliche Konzentration von Schwachsinn! Etwas für jeden Geschmack. Militante Fettbäuche, rote Lesben, griesgrämige Anarchisten, Punker-Professoren, politische Nutten, Machotransen, Anhänger der Überzeugung, dass es eine andere Stufe der Realität gibt und Türen, um sie zu erreichen, und so weiter.

Schluss mit dem Rassismus? Warum eigentlich! Der kommt von der Angst vor dem anderen, davon, dass man ihn schlecht kennt? Welcher Blödmann hat sich das denn ausgedacht! Sicher ein Staatsbeamter. Auf jeden Fall jemand, der keinen blassen Schimmer davon hat, was er erzählt. Der Hass ist Kontakt. Man kann nur jemanden von ganzem Herzen hassen, mit dem man ständig zu tun hat. Gab es in Frankreich schon mal rassistische Demonstrationen gegen die Peruaner? Niemals. Es gibt hier nicht genug davon. Wir pfeifen auf die Peruaner, wir kennen sie nicht. Wo ist der wütende Pariser, dem sich die Eingeweide verknoten, wenn er einen Südamerikaner sieht? Während die Muslime … Der einzige Schatten auf dem Bild ist, dass jetzt alle mitmachen. Die Weißen maßen sich das Recht an, die Araber zu demütigen. Das haben sie immer getan. Echt krass ist nur, dass es heute auch andersrum läuft. Dass die Kanaken irgendwo auftauchen und uns terrorisieren. Keine angenehme Vorstellung, wenn du weiß bist. Schließlich bist du es nicht gewohnt. Und außerdem, wie kannst du dich dann noch überlegen fühlen? Wenn uns Leute auf der Nase rumtanzen, die wir jahrhundertelang in Schach gehalten haben; ist doch klar, dass wir die Krise kriegen?

Die Leute im Camp wollen das alles nicht begreifen. Sobald er sagt, ich bin Rassist, starren ihn alle an wie den letzten Vollpfosten. Er ist nicht bescheuert: Natürlich ist Sélim gebildeter und kann sich besser ausdrücken als die meisten Le-Pen-Wähler, gar keine Frage. Aber er ist die Ausnahme, die die Regel bestätigt. Das Grundproblem ist, dass mein Wert als Weißer in deinem Minderwert als Kameltreiber liegt. Mein Mehrwert ist dein Prekariat. Meine weiße Haut genieße ich nur, wenn ihr zu Tausenden ertrinkt und niemand sich darum schert. Das ist nichts Persönliches. Deswegen hat jeder Rassist einen afrikanischen

Freund. Wir sind ja nicht blöd. Wir wissen, dass es immer Ausnahmen gibt.

Sie sagen ihm, du bist bescheuert, Rassist zu sein, diese Geschichte führt uns in eine Sackgasse, das wird der absolute Albtraum. Kann schon sein, aber vorläufig amüsiere ich mich gut. Während er vor dem Laden auf seine Frau wartet, entspannt es ihn, auf hundert Meter Entfernung die Kids auszumachen, die keine Spanier aus dem Süden, sondern Araber aus Frankreich auf Wochenendbesuch sind. Tut mir echt leid für die Schöngeister: Man erkennt sie hundert Meilen gegen den Wind. Sie müssen immer für Chaos sorgen. Und es tut ihm gut, sie aus ganzer Seele zu verabscheuen. Das beschäftigt ihn. Klar, er ist schon zu alt, um sich an der Aussicht eines bevorstehenden Krieges aufzugeilen. Auch wenn er seine ganze Männlichkeit aufbietet, das ist nicht das, was er für seine Tochter erträumt. Er sah sie eher im Ausland studieren und sich dann in seiner Nähe niederlassen, wenn sie in das Alter kommt, eine Familie zu gründen. Es wird nicht so laufen wie geplant. Darin zumindest sind sich alle einig.

Manchmal fragt er sich, ob er nicht irgendwie auch daran glaubt. Wenn Marie-Ange ihn fragt, was ihn so an dem Camp interessiert, witzelt er, dass andere Golf spielen, warum soll er da nicht ab und zu am Wochenende mit Freunden tanzen? Er mimt immer den Obercoolen. Schließlich hat er keine Lust, in flagranti beim Träumen ertappt zu werden. Also spielt er alles runter. Sagt, dass die Leute im Camp Freunde sind. Dass es ihn entspannt, zu zelten und fern der Stadt frische Luft zu tanken. Aber ganz tief in ihm drin bahnt sich ein kleiner Gedanke seinen Weg. Sie erleben etwas Außergewöhnliches. Über den *Convergences* liegt eine Magie, die auch ihr Gemeinschaftsleben prägt. Sie sind eine sehr spezielle Gruppe von Individuen, die eigentlich nichts miteinander zu schaffen haben und sich doch instinktiv immer wieder verständigen können. Und in einem Winkel seines Kopfes, in einer Ecke, von der er niemandem erzählt, spürt Xavier, dass er womöglich eines Tages seiner Tochter sagen kann, wir haben andere Möglichkeiten ausprobiert. Zwischenräume. Sie sind möglich. Wir haben einen Ort für dich vorbereitet, an dem du anders leben kannst.

Er beobachtet einen Penner, der auf der Seite auf einer Bank liegt und inmitten der Touristenmenge schnarcht. Ungefähr so alt wie er. Xavier denkt an Laurent. Der Penner von den Buttes-Chaumont gehörte ganz am Anfang, als Pamela und die Hyäne beschlossen hatten, ihre Mietverträge zu kündigen und auf ihre früheren Leben zu verzichten, zu den Stammgästen des Camps. Laurent hatte keine Wohnung, die Entscheidung war nicht schwer. Er hat sich gut integriert, wie Olga, die auch obdachlos war. Dann fuhr er immer öfter zu dem besetzten Gelände in Notre-Dame-des-Landes, er wurde politisch. Das war echt anstrengend. Die Leute beklagen sich, dass Xavier nervt, aber Laurent behandelte wahrlich niemanden mit Samthandschuhen. Er war auch ein Rassist, aber auf dem Abstellgleis. Er hatte die Armenreflexe, zu jeder Lüge bereit, Hauptsache, man lässt ihn in Ruhe. Trotzdem war er da, und jedes Mal, wenn er ins Camp kam, ackerte er wie ein Verrückter, kümmerte sich um die Hunde und kochte gern. Zwar machte er überall zu viel Zwiebel dran, aber er gehörte einfach dazu. Er hat auch den Ausdruck *mobile Unterkünfte* mitgebracht. Xavier gefiel es überhaupt nicht, dass er immer wieder das besetzte Gelände besuchte, das waren für ihn alles Hundepunks, und Laurent war so leicht zu beeinflussen. Jedes Mal, wenn er von dort zurückkam, musste man drei Stunden mit ihm reden, um seine Gedanken halbwegs geradezubiegen. Und eines Tages war er verschwunden. Émilie hat ihn zufällig wiedergefunden. Er lag unter der Hochbahn an der Place Stalingrad auf einem Lüftungsgitter. Zerstört vom Alkohol. Als sie mit ihm reden wollte, beschimpfte er sie aufs Übelste. Er wolle nicht zu ihnen zurückkommen. Er hasse sie alle. Sie haben nie rausbekommen, was bei seiner letzten Reise passiert ist. Aber die Erlösung war zu viel für ihn. Danach ist Olga ausgestiegen. Sie ist zwar im Camp geblieben. Aber es ging ihr nicht mehr besser, fast so, als wäre sie solidarisch mit ihm. Xavier versteht sich gut mit ihr. Wegen der Hunde. Sie sind sich in nichts einig, aber das ist völlig unwichtig, denn wenn es darum geht, die Meute zu füttern, ist es piepegal, ob man politisch übereinstimmt oder nicht. Da merkst du, dass es nicht das Wichtigste ist, was du denkst. Das Wichtigste ist, zu wissen, ob du etwas zu zweit machen kannst, ohne dass es dich in den Fingern zuckt, dem anderen die Fresse einzuschlagen. Olga und er können miteinander. Von dem Tag an, wo Laurent mitten auf der Straße gebrüllt hat, er wolle nichts mehr mit den Pfeifen im Camp zu schaffen haben, hat sich Olga verändert. Xavier versteht sie. Das haben sie gemeinsam: gewisse Vorbehalte gegen Gutmenschentum.

Und sie tun beide gut daran, auf der Hut zu bleiben. Er versucht, nicht daran zu denken, aber seit dem letzten Besuch im Camp liegt ihm ein unangenehmes Gefühl auf der Seele. Irgendwas stimmt nicht. Vernon war vom Zahnarzt zurückgekommen und hatte diese unsägliche Witwe mitgebracht. Die Neuigkeit verbreitete sich schnell – Charles ist tot – und jeder arrangierte sich auf seine Weise mit dem Verlust. Am Abend sagte Vernon, »Wir müssen reden«, und alle versammelten sich am Tisch. Etwas war im Gange. Sonst sagt man nicht »wir müssen reden«. Das sagt man vor einer Trennung. Stattdessen kam die Ankündigung der Erbschaft. Das heißt einer möglichen, einer versprochenen Erbschaft. Denn bis heute liegt kein Geld auf dem Tisch.

Vernon hätte der Erbe sein müssen. Das ist logisch, er ist der Chef. Auch wenn er nicht dafür gemacht ist. Oder gerade weil er nicht dafür gemacht ist, weil dieser Haufen von Verstrahlten keinen echten Leader ertragen würde. Sie brauchen genau diesen schrägen Typen auf der Brücke; so kann jeder in Ruhe seinen eigenen Schwachsinn entfalten, ohne sich eingeengt zu fühlen. Das verträgt sich mehr schlecht als recht, aber bisher hat es geklappt.

Sofort gab es eine Kakofonie von Schwachsinn. Olga wollte Wohnwagen kaufen, damit sie endgültig wie Zigeuner aussehen. Sylvie faselte von einem Bauernhof mit Äckern, den sie wieder auf Vordermann bringen würden. Xavier dachte gleich, typisch Frau Gräfin, so was will immer auf einen Traktor kraxeln. Patrice träumte von einem Sabbatical, er sagte, wenn wir sparen, können wir alle zusammen eine Weltreise machen, wir nehmen uns ein Jahr frei und organisieren eine *Convergence* in den Anden … die Vorstellung, seine Söhne ein Jahr lang nicht zu sehen, schien ihn nicht zu stören. Vernon sagte, Charles hätte sich gewünscht, dass sie den Zombiefilm produzieren, von dem er so oft mit den ausgeflippten Mädchen geredet hatte, die er so liebte. Er sah Xavier an, dachte wohl, er werde die Filmidee unterstützen, weil es eine Gelegenheit für ihn sei, das Drehbuch zu schreiben. Keine Chance. Nackte Zombies, die die Welt verschlingen? Vielen Dank. Er ist keine zwanzig mehr. Und er hat bestimmt nicht vor, mit diesen Mädchen zu arbeiten, die alle vom Porno oder vom Strich kommen. Er hat so schon Mühe genug, seine Monogamie durchzuhalten. Daniel, der gerade angekommen war, verstand gar nicht, warum sie sich die Köpfe zerbrachen: Sie würden alles in die Musikanlage stecken. Das war schließlich ihr Ding: Musik. Die Hyäne sprach als Letzte, sie wartete, bis man sie nach ihrer Meinung fragte, um zu verkünden: »Wir sollten dem Beispiel des Alten folgen: Alles auf ein Konto packen und es vergessen. Es kommt immer ein Moment, wo man es wirklich braucht. Aber im Moment geht es uns doch gut, wie wir sind. Ich wüsste nicht, warum wir irgendwas ändern sollten.« Patrice schloss sich sofort ihrer Meinung an. Es gab etwas Hin und Her. Sie legte nach: »Niemand weiß, wo wir sind. Nur wenige wissen, was wir machen. Das ist wichtig. Wenn wir anfangen, Geld auszugeben, sind wir wieder am Ausgangspunkt, und wir wissen alle, wie das ist mit dem Geld: Es gibt nie genug. Also werden wir in zwei Monaten nur ein Thema haben: Wo kriegen wir mehr.« Pamela rieb sich die Schläfen, man sah, dass es ihr Angst machte. »Keine Sozialversicherung zu haben ist auch nicht in Stein gemeißelt … wir können uns weiterentwickeln. Das wird niemandem schaden.« Dann meldete sich Olga, die immer noch an ihre Wohnwagen dachte. »Wir haben eh schon Stress, den Laden am Laufen zu halten, ohne dass alle möglichen Idioten uns erklären wollen, was wir zu tun haben und wie und in welcher Reihenfolge, wenn sich jetzt noch rumspricht, dass wir ein paar Hunderttausend Euro haben, sind wir am Arsch. Ich schlage vor, alles in einer Woche auszugeben. Wir eröffnen ein Konto und halten die Witwe fest, bis sie unseren Teil rausrückt. Und drei, zwei, eins hauen wir alles auf den Kopf. Da haben wir wenigstens Spaß.« Olga hatte die Witwe gebändigt, und die beiden bildeten ein Furcht einflößendes Duo. Sie fingen an, sich ein Aufnahmezentrum für Flüchtlinge zusammen mit einem Hundezwinger auszumalen. Xavier konnte sich die Bemerkung nicht verkneifen: »Bist du verrückt oder was, die Syrer werden deine Hunde im Handumdrehen auffressen. Da bricht gleich der Krieg aus.« Olga zögerte kurz, wusste nicht, ob er das ernst meint oder nicht, dann lachte sie dröhnend. »Das Schlimmste ist, dass du recht hast! Die Jungs haben die Hölle hinter sich, es wird schwierig ihnen klarzumachen, dass sie nett zu den Hündchen sein sollen.«

Allgemeines Chaos. Jeder saß in seiner Ecke und fütterte seine Obsession. Niemand regte sich auf, weil niemand zuhörte, was die anderen erzählten. Das war nicht mehr die normale Stimmung im Camp. Es war die Stimmung einer beliebigen Gruppe aus Individuen, die nichts miteinander zu tun haben.

Marie-Ange kommt mit zwei riesigen Beuteln aus dem Laden. Die Kleine hat einen knallroten Lutscher im Mund. Sie isst zu viel Süßes. Er sagt nichts, gibt der Kleinen die Leine und nimmt die beiden Beutel. Es ist schon fast zwei. Und sie werden nicht so bald essen. O Mann, wie er diese

Wochenenden mit Freunden hasst! Aber er nimmt sich zusammen. Lässt sich nichts anmerken. Sagt sich, dass es bald vorbei ist.

Marie-Ange kommt ihm auch entgegen. Sie richtet es so ein, dass sie sich um die Kleine kümmern kann, wenn er ins Camp fährt. Sie macht sich gern über ihn, sein Zelt und seine Raves lustig, aber ohne ihn zu verletzen. Ein wohlwollender Krieg. Sie sagt, dass sie nicht begreift, was er mit diesen Kaspern zu schaffen hat, aber merkt, dass es ihm guttut. »Manche Leute zahlen jede Woche hundert Euro pro Sitzung, damit es ihnen besser geht, du brauchst nur ein bisschen Geld für den Bus, da wollen wir uns nicht beklagen.« Er weiß es zu schätzen, dass sie etwas akzeptieren kann, ohne es zu begreifen. O Mann, ihre Freundlichkeit füreinander ist so armselig! Sie hat die Liebe ersetzt. Übrig bleibt der Respekt, der Wunsch, der andere möge sich wohlfühlen. Zärtlichkeit. Das ist nicht so abstoßend wie der Hass. Aber auch weniger intensiv. Sie trauern beide um die Zeit, wo sie sich wirklich liebten und daran glaubten.

Xavier bleibt treu. Das ist nicht selbstverständlich. Manchmal empfindet er ein kaum kontrollierbares Verlangen. Woanders. Bei den *Convergences* hört er zu, wenn sich junge Leute über polyamouröse Beziehungen unterhalten. Er spitzt die Ohren. Scheidungskinder, die auf keinen Fall die Geschichte ihrer Eltern wiederholen wollen. Also überlegen sie, wie sich Lust und dauerhafte Beziehungen in Einklang bringen lassen. Das ist eine Idee der Linken. Sie funktioniert nur auf dem Papier.

Xavier bleibt treu, aber er hat seine Frau seit über einem Jahr nicht mehr angefasst. Er ist ihrem Pakt treu – gemeinsame Wohnung, Aufmerksamkeit am Morgen,

Plauderei nach dem Abendessen. Er ist der Struktur von Eltern treu, die ihre Tochter umsorgen. Aber er weiß, dass es so auf die Dauer nicht gut gehen kann, und das versetzt ihn in Panik.

Vernon legt die Weiber reihenweise um, und Xavier fragt sich, ob ihm das Spaß machen würde. Der Kerl lässt nichts aus. Die arrogante Sportliche, die italienische Prinzessin, die aussah wie ein Haute-Couture-Mannequin, die kleine zarte Blonde, so sanft, dass es schon einfältig wirkte, aber wunderhübsch, die Androgyne mit rasiertem Schädel, wulstigen Lippen und großen hellen Augen, die niemals lächelte, die Venezolanerin, lang und dünn wie eine Miss Monde, die die ganze Nacht von Chávez schwärmte, wenn man sie ließ … eine folgte auf die andere, ohne je Theater zu machen. Mit der Letzten dauert es schon etwas länger. Die Frauen wundern sich, dass sie nicht so toll aussieht. Aber die Männer ahnen, was Vernon an ihr findet: Die Kleine ist der Frieden. Er wäre auch glücklich mit so einer Frau an seiner Seite. Scheiße.

Sie kommen in die Wohnung am Hafen. Die Frauen besetzen die Küche. Die Kleine wird ungefragt mitgenommen, und Xavier hofft, dass sich seine Tochter, wenn sie groß ist, nicht verpflichtet fühlt, den ganzen Tag zu kochen.

Er macht sich ein Bier auf, schaut auf die Straße und wartet, dass sie fertig werden. Sie schwatzen und schälen und albern rum, eine legt Marianne Faithfull auf, sie singen falsch, während sie irgendein Gemüsezeug zubereiten, das bestimmt zwei Stunden braucht, bis es essbar ist. Er beobachtet, wie die Touristen auf der Straße mit ihren Stadtplänen herumlaufen. Dann kommt Stéphanie mit Max, ihrem Ex, sie schwärmen vom schönen Wetter und den Palmen. Sie waren am Strand und verteilen überall Sand. Wenigstens sind sie mit Flaschen und Chips beladen, das tröstet Xavier ein bisschen – wenn er Marie-Ange sagt, er gehe runter, um Bier zu kaufen, guckt sie betreten, wie immer, wenn er zu viel pichelt und sie Angst hat, dass er vor ihren Freunden eine Show abzieht. Er freut sich, dass sie die richtigen Chips gekauft haben, die gewellten, die er am liebsten hat. Er spürt, dass Max seinen Blick sucht. Seit sie angekommen sind, möchte er sich gern mit ihm verbrüdern. Na bitte: Er lässt Stéphanie in die Küche rennen und setzt sich neben ihn. Dabei sieht man doch, dass Xavier keine Lust hat, sich zu unterhalten. Er will essen. Sie sollen fertig werden. Aber Max ist das egal, er erzählt ihm von dem Ärger mit dem Mann, der ihnen die Wohnung vermietet und mit dem er sich per Mail den ganzen Tag zofft. »Gestern habe ich das Fenster aufgemacht, um zu lüften, als wir rausgegangen sind, die Wohnung ist superfeucht, und was finde ich, als wir abends nach Hause kommen? Eine Nachricht, wir sollen das nicht noch mal machen, noch dazu grauenhaft übersetzt. Wenn der Typ kein Französisch kann, warum schreibt er mir dann auf Französisch? Spreche ich vielleicht Spanisch mit ihm? Nein, als ich gestern die Nachricht gelesen habe, habe ich ihm keineswegs auf Spanisch gesagt, was ich davon halte, sondern auf Französisch, und ich schwöre dir, er hat mich verstanden, und heute wird er das Fenster in meinem Zimmer offen lassen. Das Arschloch nimmt pro Nacht hundertfünfzig Euro für die beiden Zimmer, und da darf ich kein Fenster aufmachen?«

Xavier begreift nicht, warum Max seine Ex begleitet. Das Thema interessiert Marie-Ange brennend. Sie liebt es, ihm abends alles über die Beziehungen der anderen zu erzählen. Xavier hat das Gefühl, dass sie auf diesem Umweg ihre eigenen Probleme zur Sprache bringt. Gestern Abend konnte sie gar nicht aufhören: »Glaubst du, er will sich wieder ranmachen? Sie haben Lucas zu seinem Cousin gebracht, also machen sie es nicht wegen ihm. Das ist doch komisch, oder? Ich glaube nicht, dass sie scharf darauf ist. Oder sie kann sich gut tarnen. Wer weiß?« Xavier wollte schlafen, aber er musste ihr zum dritten Mal alles erzählen, was er über Max weiß. Er kennt ihn nicht persönlich. Aber im Rockbusiness kennt jeder Max' Ruf. Er war der Manager von Alex Bleach. Der historische, wie McLaren, Kim Fowley oder Marsu … derjenige, der aus dem kleinen Sänger einen Star gemacht hat. Er war auch ein legendärer Gauner. Eine schillernde Gestalt, der Xavier immer aus dem Weg gegangen ist. Es hat ihn überrascht, dass Stéphanie ihren Freundinnen nicht vom einstigen Ruhm des Vaters ihres Sohnes erzählt hat. Das war allerdings Anfang der Neunziger. Stéphanie ist nicht die Schnellste, aber sie will immer die Aufmerksamkeit auf sich ziehen und sie ist laut, das nervt ihn.

Xavier sucht keinen Kontakt zu Max. Gestern hat der das Gespräch auf die *Convergences* gebracht und keinen Hehl daraus gemacht, dass er gern eingeladen werden möchte, aber Xavier ist ausgewichen. Solche Leute wollen sie weiß Gott nicht im Camp haben. Zwielichtige, verlogene, großspurige Manager, keine Spur vertrauenswürdig – nein danke. Lieber spielt er den Autisten, schlürft sein Bier und sieht aus dem Fenster. Er folgt mit dem Blick einer Gruppe von Mädchen, sie sehen jung aus, schubsen sich gegenseitig mit dem Ellbogen und lachen zu laut. Einige tragen extrem kurze Shorts und hohe Absätze, sie haben endlose Beine, schmale Hüften und große Brüste. Wie die Figuren eines Porno-Mangas, zu viel Bein, zu kleiner Hintern, Riesentitten. Sie haben ihre Telefone in der Hand, wie früher ihre Kippen – sobald eine von ihnen ein Foto macht, ziehen sie alle Grimassen, wie es die Mädchen heutzutage machen – Schmollmund, Wangen eingesogen und Finger zum V gestreckt. Max beobachtet sie auch:

»Bist du beeindruckt von den Süßen da unten? Mich erinnern sie an Majoretten. Erinnerst du dich noch an Majoretten? Hast du dich nie gefragt, warum sie dir in den Sexshops Handschellen und Krankenschwesterkittel verkaufen, aber nie das Kostüm einer Majorette?«

Mathilde bombardiert ihn mit SMS. Sie ist wütend, weil er mit der Mutter seines Sohnes weggefahren ist und sie nicht eingeladen hat mitzukommen. Sie ist zu jung, um das zu begreifen. Max hat versucht, es ihr ganz ruhig und freundlich zu erklären. Aber sie will nichts hören. Er mag es ganz gern, wenn sie eifersüchtig ist. Wenn sie sich selbst kleinmacht und heult wie eine zickige Göre, die nicht bekommt, was sie will. Sie beklagt sich, dass sie keine Ferien hat, dass sie Barcelona sehen will und dass es in Paris grau ist, schickt zehn weinende Emoticons. Und als sie merkt, dass er nicht nachgibt, dass er nicht schreibt, Liebling, ich kaufe dir ein Flugticket, komm her, legt sie nach und schimpft, sie sei sicher, dass er noch mit seiner Alten schläft, dass er sie ihr vorzieht, dass er pervers ist, und einen Haufen anderen Blödsinn, den sie sich im Laufe des Wochenendes ausdenkt. Er hat sein Telefon auf lautlos gestellt. Es kann ihr nichts schaden, sich ein bisschen zu quälen. Das verbindet. Die paar Tage allein in ihrer kleinen Wohnung, wo sie sich fertigmacht, weil sie nicht weiß, ob er sie betrügt, wo sie sich die Karten legt und ihre Freundinnen anruft, werden sie noch fester an ihn fesseln als alle Geschenke, die er ihr hätte machen können. Er weiß, dass sie sich die ganze Nacht lang mit albernen Nachrichten lächerlich machen wird. Und es wird auch etwas zwischen ihnen zerstören. Er wird noch mehr von dem Respekt verlieren, den er ihr bisher entgegenbrachte. Das ist schade. Aber er muss dieses Wochenende einfach in Barcelona verbringen. Er konnte es ihr nicht näher erklären, aber er musste kommen. Pech für sie, wenn sie nicht einsieht, dass ein Mann in seinem Alter etwas Autonomie braucht.

Mathilde sieht reizend aus. Etwas zu kurze Beine und etwas zu starke Nase – er hat ihr schon eine Operation vorgeschlagen, aber sie hat Angst, dass es wehtut. Sie hat großen Ehrgeiz. Aber ihr fehlt das Entscheidende, der Biss. Sie ist zu verwöhnt und glaubt, man könne es schaffen, ohne sich wehzutun. Er hat sie sehr gern. Aber er braucht etwas Luft. Sie wohnt in einer winzigen Wohnung hinter der Place Pereire, in einem toten Viertel, weit ab vom Schuss. Deswegen ist sie ständig bei ihm. Am Anfang war es nicht so. Da war sie unabhängiger. Es war auch gar nicht so einfach, sie rumzukriegen. Bei jeder Geschichte ist es die gleiche Kurve: Erst kämpft er um eine Frau, und wenn sie nachgibt, schämt er sich für sie.

Er fand es besser, als sie den kleinen Job hatte – sie sah sich für das Marktforschungsinstitut CSA Fernsehprogramme an und kreuzte auf Formularen an, ob genug Araber und Frauen vorkamen. Das hat sie eine ganze Weile gemacht, dann wurde sie entlassen, die Zeit für einen befristeten Vertrag war abgelaufen, sie hätten ihr einen unbefristeten geben müssen. Als sie ihm erzählte, dass sie den Job los sei und jetzt Sängerin werden wolle, brach es Max fast das Herz. Er wusste, dass es jetzt nur noch bergab gehen würde. Schließlich ist er zwanzig Jahre älter als sie. Er kennt sich aus in der Szene. Deswegen ist sie ja mit ihm zusammen. Sie hat sich eingeredet, verliebt zu sein, weil sie keine Lust hat, sich die Wahrheit einzugestehen – wenn ein hübsches Ding wie sie mit einem Alten wie ihm schläft, steckt immer etwas dahinter. Was sie interessiert, sind seine Kontakte. Er würde ihr gern helfen. Aber sie hat nicht genug Talent.

Sie gefällt ihm immer noch sehr. Aber sie erstickt ihn. Alles an ihr ist so durchsichtig. Sie glaubt, wenn es ein Problem gäbe, würde er es ihr sagen. Diese Zutraulichkeit ärgert ihn, aber sie gefällt ihm auch. Ihr Vertrauen in ihn. Sie ist so unschuldig, und ihre großen hellen Augen himmeln ihn an. Er stinkt aus dem Maul. Das stört sie nicht. Ihr Lächeln ist oscarwürdig. Sie sagt zu ihm, »Du bist schön.« Er weiß, dass er hässlich ist. Es rührt ihn, dass sie sich die Mühe macht zu lügen. Wie könnte er ihr glauben? Bei seiner Fresse. Verquollen, alt, verdorben. Aber er platzt fast vor Dankbarkeit, wenn sie ihre grünen Augen auf ihn richtet, dieses einzigartige Grün, das ihn so beeindruckt. Er würde sie gern um die Erlaubnis bitten, sie zu fesseln, ihr einen Knebel in den Mund zu stecken und sie auf dem abgewetzten Teppich in der Mitte des Wohnzimmers mit Füßen zu treten, aber er traut sich nicht. Natürlich wird sie Nein sagen. Sie ist nicht sehr begabt für den Sex. Es fällt ihr schwer, sich hinzugeben. Aber sie ist auch nicht verkopft. Er wünscht sich, dass sie sich mal richtig gehen lässt. Er hat noch nicht oft ein Mädchen getroffen, das den Sex so rationiert. Auch davon hat er allmählich genug. Man kann nicht die ganze Zeit betteln. Bei ihr wird alles streng dosiert.

Max würde sich gern einreden, dass er etwas mit ihr vorhat, dass er eine große Sängerin aus ihr machen wird. Sie hat eine hübsche Stimme. Es sieht süß aus, wie sie sich bewegt. Ihre Lieder sind nicht umwerfend. Sie ist ein Kind ihrer Zeit. Sie weiß nicht, wie sie ein Lied anfangen soll. Sie kann nicht schreiben, aber sie möchte keine fremden Texte singen, weil sie die Tantiemen kassieren will. An ihrem Computer bastelt sie kleine harmlose Reimchen zusammen. Ihr fehlt das Nötigste. Sie hat weder das Talent noch das Mentale für eine große Künstlerin. Sie glaubt, man müsse nur ein bisschen mit den Beinchen zappeln und am Mikro lutschen, und schon sei man Beyoncé.

Max hat schon bessere Zeiten erlebt. Alex war ein Bühnentier, damals, als er ihn managte. Während der Konzerte mischte er sich unters Publikum und brüllte zwischen den Stücken vor Begeisterung. Er stieß lange, irre Schreie aus, und das war keine Folklore, es war aufrichtig: Er war verrückt nach seinem Sänger. Ein Talent erkennt man auf Anhieb, wenn man es hört. Er sehnt sich so nach der Zeit damals zurück.

Wenn Mathilde versucht, die Nutte zu mimen, fehlt ihr das Lasterhafte. Sie ist nicht mal vulgär. Nur brav. Scannt die gerade angesagten Bewegungen und imitiert sie. Und sie ist dickköpfig. Naiv und stur. Max möchte sie überzeugen, Songs zu covern. *Bébé Vampire* von Lio, das könnte was für sie sein. Diese erste großartige Platte ist längst vergessen. Vielleicht eines der besten französischen Chansons. Mathilde möchte, dass er ihr hilft, weigert sich aber, seinen Ratschlägen zu folgen.

Das Publikum hat sich verändert. Was war das damals für ein Ding! Aufgeheizte, wilde, begeisterte Kids. Nach dem Konzert fix und fertig, groggy. Für ein Konzert braucht man immer zwei. Alex war gut, weil er ein gutes Publikum hatte. Er hatte eine fantastische Fangemeinde. Max hatte durchaus seinen Anteil daran, er kümmerte sich um die Kids. Politisch, aber nicht prüde, immer hellhörig, was es an heißer Musik gab, auf der Suche nach der neuen Scheibe, die sie umhaut. Man musste sie nur sehen, wenn sie nach einem Gig backstage warteten, dass Alex vorbeikam und sie begrüßte.

Mit Mathilde ist es schwieriger. Ihre potenziellen Fans sind fünfzehnjährige Mädchen, unschuldige Zynikerinnen, für einen Mann seines Alters kaum zu erfassen. Ein flüchtiges und anspruchsvolles Publikum, stolz auf die eigene Kulturlosigkeit. Für einen Künstler ist es keine Kleinigkeit, aus der Youtube-Welle aufzutauchen. Er hat ein paar Hundert Euro investiert, um Tausende Likes und Followers zu kaufen und dem kleinen Clip, den sie gemacht hat, etwas Auftrieb zu geben. Das machen sie angeblich in Bangladesch, manuell. Was für ein Elend! Aber es reicht nicht, um einen Künstler abheben zu lassen. Das wäre zu einfach. Er hat auch ein paar Artikel untergebracht, die Mathildes Erfolg im Netz priesen – ein paar Pressekontakte sind noch übrig –, aber er hat es nicht geschafft, einen Hype auszulösen. Kein Wunder: Um den Erfolg zu pushen, muss man erst mal etwas zu verkaufen haben.

Die Chemie zwischen ihm und Alex, das hat sich nie mehr wiederholt. Sie hatten alle Karten in der Hand und ihre Verbindung war ein Wunder. Sie haben Punkte gemacht. Himmelherrgott, wie sie abgeräumt haben! Und geblufft, wenn es sein musste. Max hatte das große Maul, die guten Ideen, eine Vision des Ganzen, ein echt gutes Feeling mit den Produzenten, Journalisten, Bookern … und Alex hatte die Schönheit, die Stimme, die Texte, den Auftritt. Ungespielte Respektlosigkeit – der Junge war gefährdet. Er hatte Lust auf Erfolg, er hätte sich die Hand abgeschlagen, um das Stadion von Bercy zu füllen. Aber seine Herkunft zu verraten ist nicht leicht, und er hasste sich für seinen Triumph. Diese Spannung machte alles, was er tat, interessant. Sieben Jahre gemeinsamer Aufstieg – alle Türen öffneten sich. Dann hat Max, der alles gegeben hatte, allmählich ein bisschen abgebaut. Hat kleine Fehler gemacht. Dem Manager verzeiht man nichts. Dem Künstler alles. Vom Manager verlangt man beim kleinsten Irrtum seinen Kopf.

Max hat sich ein paar finanzielle Unfeinheiten geleistet. Er will sich gar nicht verteidigen. Er gibt alles zu. Er hat sich die Bank-PIN des Sängers besorgt und ein paar unbedeutende Überweisungen auf sein Konto vorgenommen, ohne jemandem etwas zu sagen. Nicht der Rede wert. Aber Alex machte ein Riesentheater. In seinem paranoiden Delirium vergaß er allerdings ein paar Kleinigkeiten, die für seinen Manager gesprochen hätten. Zum Beispiel, dass Max sich selbst unterbezahlte und am Hungertuch nagte, dass er einfach nicht von dem leben konnte, was ihm ihre Partnerschaft einbrachte. Nicht in Paris. Bei dem Lebenswandel, den er zwangsläufig führen musste. Max hatte den Fehler gemacht, sich in den Verträgen, die er selbst geschrieben hatte, keine anständige Beteiligung zu sichern. Er bekam Peanuts. Er ackerte sich tot. Ein anderer hätte sich mehr geleistet, als hier und da ein paar Tausend Euro vom Konto seines Schützlings abzuzweigen.

Er hat nie, nie etwas unterzeichnet, was das Image des Sängers befleckt hätte, auch wenn es ihm selbst genutzt hätte. Niemals. Immer war ihm die Karriere des Jungen über alles gegangen. Und in dem Moment, wo Alex ihn vor die Tür gesetzt hat, war er erledigt. Er hat zwar den Schwung genutzt und noch ein paar Platten rausgebracht, die sich gut verkauften – aber bald lief die Maschine leer. So ein Aufriss wegen ein paar Überweisungen. Das kann ihm keiner erzählen! Alex suchte einen Vorwand, um seinen alten Manager loszuwerden und sich an eine Agentur zu verkaufen. Auf Empfehlung seiner Plattenfirma. Der Schwachkopf hat nicht begriffen, dass alle Max verabscheuten, weil er zu gut arbeitete und sie daran hinderte, den Star auszusaugen. Sie wollten ihn loswerden. Er war hart, loyal und anspruchsvoll. Ein Visionär. Aber Alex ist seinen Feinden auf den Leim gegangen.

Der Manager ist der Architekt eines Kunstwerks, unter dem nie sein Name steht. Bei der Konstruktion eines Sängers sind die Lieder und ihr Interpret nur ein Element – das Rohmaterial. Die Künstler wissen das. Und es macht sie wütend. Natürlich kann der Manager nichts machen, wenn er keine guten Lieder hat. Aber ohne seine Ordnung, die Koordination aller Elemente und die Energie, mit der er das Schicksal zwingt, etwas zu erschaffen, passiert nichts. Was er für Alex getan hat, geht weit über das Normale hinaus. Und heute taucht er in den Biografien nur als kleiner Betrüger auf. Ein Niemand, der von seinem Freund, dem Künstler, profitiert hätte. Und Alex hat nie versucht, noch mal mit ihm zu reden. Hat ihn im

Regen stehen lassen. Hat ihn nie angerufen, um zu sagen, dass es ihm leidtut.

Diese Geschichte interessiert Mathilde nicht. Dabei sollte sie wissen, dass man den Aufstieg der anderen studieren muss, um die Mechanismen des eigenen zu erfinden und nicht in dieselben Fallen zu tappen. Für sie ist Alex nur ein altmodischer, längst vergessener Sänger. Weit jenseits ihrer Aufmerksamkeitsspanne.

In ihrem Beisein nimmt Max nichts. Auch deswegen muss er ab und zu frei atmen können. Er kann sich kaum zwei Minuten beherrschen ... Wenn sie in Paris sind, wartet er ungeduldig, bis sie eine Verabredung hat, er winkt ihr noch vom Balkon, um sicher zu sein, dass sie ins Taxi steigt. Kaum knallt die Autotür zu, ruft er schon Vince, seinen Dealer, an und bereitet, während er auf ihn wartet, das Natron und die Pfeife vor. Eine kleine Crackpfeife, nur einmal, um Druck abzulassen. Das ist irgendwie auch ihre Schuld, dass er Drogen nimmt, sobald sich eine Gelegenheit bietet – sie merkt einfach nicht, dass sie ihn erstickt. Zum Glück hat sie keine Schlüssel. Wenn sie unglücklicherweise früher als geplant kommt, rennt er ins Treppenhaus und schickt den Fahrstuhl in die 20. Etage, bevor er ihr an der Sprechanlage aufmacht. Er weiß, dass sie jetzt gut fünf Minuten warten muss, bis der Fahrstuhl wieder im Erdgeschoss ist – genug Zeit, sein Zeug zu verstecken. Manchmal ist sie wie ein kleines Mädchen. Ahnt nichts Böses, wenn sie ihn auf allen vieren im Wohnzimmer rumkriechen sieht, wo er ein runtergefallenes Korn sucht. Das ist eine Crackraucher-Macke. Er weiß, dass ihm kein Korn hinter das Sofa gefallen ist. Aber er kann nicht anders. Und Mathilde geht in dem Glauben ins Bett, er suche seine Kontaktlinse.

Er will nicht in ihrem Beisein rauchen. Crack ist wie das Heroin in den Achtzigern – die Tabudroge par excellence. Er findet den Erwachsenentrip super. Aber Mathilde würde es nicht begreifen. Oder sie würde probieren wollen, und er ist kein Arschloch, er will sie nicht anfixen.

Wegen Ecstasy hat er ihr echt Stress gemacht. Als sie sich kennenlernten, schluckte sie zu viel von dem Zeug. Ihr war nicht klar, dass sie es nicht mehr kontrollierte. Wenn sie ausging, musste sie »sich hochbringen«. Sie ruinierte ihre Gesundheit. Und wenn sie erst mal high war, küsste sie jeden, der ihr über den Weg lief. So hat er sie kennengelernt. Sie hing an seinem Hals, bevor sie auch nur seinen Namen wusste. Er hat sie gedrängt, aufzuhören. Damit es keine Diskussionen gibt, nimmt er sein Zeug, wenn sie nicht da ist. Das ist sein Ausgleich. Sein kleines Privatvergnügen. Eigentlich mag er es gar nicht mehr. Aber sobald sie ihm den Rücken zudreht, bereitet er die Pfeife vor. Das ist das Wesen der harten Droge: Man denkt an nichts anderes, aber sobald man sie nimmt, merkt man, dass es nicht das ist, was man wollte. Man sucht immer das Gefühl des ersten Mals, die Erinnerung an eine Offenbarung. Die nie wiederkommt. Aber man fängt immer wieder an.

Er versteht sich gut mit seinem Dealer. Sie kennen sich schon ewig. Vince muss ein Spitzel sein. Er fährt per Fahrrad durch ganz Paris, sein Rucksack vollgestopft mit allen vorstellbaren Drogen. Seit Jahren. Ohne je Probleme zu haben. Jedes Jahr ist er ein paar Monate unterwegs, nimmt alle Musikfestivals und die Skisaison mit. Vor Kurzem hat er sich in den Kopf gesetzt, mit dem Dealen aufzuhören und einen Neustart hinzulegen. Er sagt, er wolle umschulen. Er behauptet auch, er habe seinen Konsum unter Kontrolle und lege Geld beiseite. Aber er nimmt immer noch mehr, als er verkauft. Sein neuestes Projekt ist eine Firma für kontaktloses Bezahlen. Er hat sich mit jemandem zusammengetan, wahrscheinlich ein Kunde, der irgendwas entwickelt hat. Wie eine Apple Watch, nur kleiner und eleganter. Du lädst sie mit deinem Smartphone auf. Vince ist überzeugt, dass er die Uhr und die App für Festivals verkaufen könnte. Du bekommst dein Armband und brauchst kein Bargeld mehr. Max hört ihm widerwillig zu. Manche Leute haben einfach kein Händchen fürs Geschäft. Was sollen die Leute mit einem Armband anfangen, das wie eine Apple Watch ist, nur weniger gut, wenn sie sich auch eine Apple Watch kaufen können? Warum soll man bei allem, was bei einem Festival zu verbessern wäre, ausgerechnet das aussuchen, was für keinen ein Problem ist? Wenn du keine Geldkarte hast, könntest du vielleicht ein Armband gebrauchen, um damit zu bezahlen, weil es praktischer ist als Bargeld, aber wenn du keine Geldkarte hast, heißt das, du hast keine Kohle, also brauchst du auch kein Armband. Und selbst wenn Vince beweisen könnte, dass seine Idee Sinn macht – wie will er die Festivalmacher davon überzeugen, Tausende digitale Wegwerfarmbänder zu produzieren? Das macht eben keinen Sinn. Typische Überlegungen eines Crack Head: Die Neuronen knallen gegeneinander, ohne eine einzige kohärente Idee zu produzieren. Max sagt nichts dazu. Warum soll er seine Spucke an den Versuch verschwenden, einen Süchtigen zur Vernunft zu bringen, der sich morgen an kein Wort mehr erinnert? Der Stoff imprägniert das Gehirn. Nichts dringt mehr ins Gedächtnis ein. Nichts beeinflusst den Lauf der Gedanken. Deswegen ist Burroughs' Theorie so zutreffend: Die Süchtigen bleiben immer in dem Alter stehen, in dem sie mit der Droge angefangen haben. Jedes Mal, wenn Vince mit seiner Idee des kontaktlosen Bezahlens anfängt, erzählt ihm Max eine Erinnerung. Vom Festival des Vieilles Charrues, von den Transmusicales, den Eurockéennes … er war überall dabei, in seiner Zeit mit Bleach.

Als sie sich das letzte Mal gesehen haben, hat ihm Vince von diesem schrägen Konzert erzählt. Irgendwo in den Vogesen, eine Art Free Party mit Shuttle, der dich dreißig Gehminuten vom Ort des Geschehens abholt. Vince war mit einem Kumpel dort, der ihn eingeladen hatte. Er wollte verkaufen. Man hatte ihn zwar gewarnt, dass es kein guter Spot für so was sei, aber er hatte den Rucksack voll Speed und PMA, er glaubte nicht an das Konzept der drogenfreien Partys. »Ich war ganz sicher. Hab noch nie einen Rave erlebt, wo die Leute keine Drogen wollten. Ein Meeting ohne Drogen, das gibt es nicht. Höchstens vielleicht der Welttag der Jugend, aber selbst da … ich bin sicher, wenn du gutes Zeug hast, vertickst du es auch bei den Pfadfindern. Aber als ich da war – düsterste Einsamkeit! Niemand wollte was kaufen. Ich habe das Zeug angeboten wie Sauerbier. Die Leute waren auch nicht aggressiv, hatten einfach keinen Bock drauf. Ihr Mantra hieß: ›Ohne hebt man viel besser ab.‹ So einen Schwachsinn hatte ich noch nie gehört. Es waren keine Massen, aber doch an die hundert. Nach dem langen Anmarsch wollte ich nicht mitten in der Nacht wieder abzischen. Sie haben seltsame Klänge abgespielt, nicht unangenehm. Und sich überall auf den Boden gepackt, wie beim Yogakurs. Kein Licht. Ich kam mir vor wie im Kindergarten, wo wir alle Mittagsschlaf machen mussten. War das bei dir auch so? Das weißt du nicht mehr? Ich habe den Mittagsschlaf gehasst, als ich klein war. Ich wollte nie schlafen. Also leg ich mich auch hin, was soll ich machen. Plötzlich sagen sie Gedichte auf. Ich hab echt Schiss gekriegt und wollte selbst schon ein Para nehmen, aber dann dachte ich, in der Umgebung würde ich sicher einen schlechten Trip haben … Ich habe gewartet, dass es aufhört, die Synth Pads und die bescheuerten Verse. Dann haben sie ringsum angefangen zu tanzen, ganz weich, nicht schön. Echt trist. Aber eine Stunde später, so in etwa, ich weiß nicht genau, wie viel Zeit vergangen ist, ich war irgendwie abwesend … Ich erinnere mich nicht mal, dass ich aufgestanden bin und beschlossen habe mitzumachen … Jedenfalls, als ich wieder zu Bewusstsein komme, tanze ich. Wie ich noch nie getanzt habe. Meine Zehen tanzen, meine Haare tanzen, meine Nasenflügel tanzen … Connected. Ich habe kein anderes Wort dafür. Nicht total stoned, wie nach Pilzen, aber so ähnlich … Lichter steigen aus meinen Handflächen auf und schlingen sich um die Lichter der anderen. Am nächsten Tage habe ich mit Leuten darüber gesprochen, sie halten es für so was wie kollektive Hypnose. Du hast das Gefühl, ganz normal drauf zu sein, aber du hörst das Geräusch des Blutes, das dreißig Meter entfernt ins Herz einer Frau strömt. Ich schwör's dir.

Als es hell wurde, hab ich immer noch getanzt, ich hatte keine Pause gemacht, außer zum Pinkeln ab und zu, aber selbst das … Und alle um mich rum waren genauso drauf.

Sogar als die Musik aufgehört hat, war ich noch im Kopf der anderen, unter ihrer Haut, in ihrem Bauch, in jeder Note, in jedem Instrument, ich habe sogar die Stille gehört, die die Noten erzeugen. Das war einfach zu fett. Sie haben irgendwas entdeckt. Sie mischen was in den Sound. Keine Frage. Und beim Abschied: Woodstock, Mann. Küsschen, Umarmung, ein Haufen Plüschtiere, das waren wir. Der DJ war über Durchschnitt, er hat die unerwartetsten Stücke aufgelegt, und sie passten – aber wenn ich mich an seine Playlist erinnere, okay, ein gutes Set, aber kein Grund für so eine Ekstase. Subutex, sagt dir das was? Die Leute da beten ihn an. Gutes Feeling. Gutes Gesicht, der Mann, eine Kreuzung aus Bruno Mars und Keith Richard. So was hab ich noch nie erlebt. Du wirst sagen, mein Glück, sonst wär ich arbeitslos. Kannst du dir das vorstellen? Zugedröhnt ohne Drogen? Schlimmer noch: Du dröhnst dich zu und das Beste ist das Runterkommen! Das ist keine Konkurrenz mehr, das ist echt ein anderes Konzept. Ich würde es gern noch mal erleben, aber man muss eingeladen sein, und der Kumpel, der mich mitgenommen hat, ist abgetaucht. Eine Klangdroge, gibt's so was? Wir werden es erleben. Sie mixen Wellen, die den Kortex verändern, und du merkst nichts – das ist in den Wellen versteckt. Oder sie verbreiten ein Gas, etwas in der Luft. Aber bei einem Gas würdest du heftiger runterkommen. Irgendwann verkaufen sie das, ich sag's dir – USB-Sticks mit einem Mix. Und die passenden Boxen.«

Max ließ ihn labern. Solange Vince nicht auf Reisen war, rauchten sie seine Körner. Er glaubte kein Wort von seiner Geschichte eines Raves, bei dem niemand etwas nimmt.

Die Erklärung war einfach: Vince schluckt so viel, dass er von irgendwas einen Flashback hatte. Als er den Namen Subutex erwähnte, hat Max allerdings aufgehorcht. Er erinnert sich an den Plattenverkäufer. Alex hat sich gern mit Losern umgeben. Vernon war sein Kumpel. So einer, der sich dranhängt, um einen *Access All Areas* zu haben, obwohl er nicht so aussieht, als würde er Backstage das Niveau heben. Max erinnert sich auch an Subutex, weil vor ein oder zwei Jahren eine hübsche Lesbe, schon etwas verlebt, absolut sein Typ, bei ihm aufgetaucht ist, die Subutex suchte. Lustig, dass ihm ihr Name gleich eingefallen ist. Sie nannte sich die Hyäne. Die hätte er gern mal flachgelegt. Er war immer scharf auf Lesben. Einmal hat er sich zwei Mädchen ins Bett gepackt, die sich vor seinen Augen gestreichelt haben. Aber nie zwei echte Lesben. Mit Umschnalldildo, Fisting und den richtig dreckigen Sachen. Das ist ein Traum, den er hegt und pflegt. Er hat öfter an die Hyäne gedacht. Hat sich ausgemalt, wie sie zusammen ausgehen und ein Mädchen auswählen, die Lesbe verführt sie und gibt sie an ihn ab, in seinen Fantasien wird die Hyäne seine Hündin, die die Beute apportiert. Erst macht sie sie vor seinen Augen heiß, vögelt die Kleine, und er ergötzt sich an dem Schauspiel, dann gibt er ein Zeichen, ein einziges, den Befehl, ihm den Arsch der Kleinen zu präsentieren oder ihren Mund. Es gibt Variationen, aber das Ende ist immer gleich: großartig!

Max hätte das sicher längst vergessen, hätte ihm nicht Stéphanie ein paar Wochen später dieselbe Geschichte erzählt. Als er an einem Sonntag Lucas nach Hause brachte, war er mit hochgegangen, um sie einen japanischen

Whisky kosten zu lassen, den man ihm geschenkt hatte – und den er nicht mit Mathilde trinken wollte, die immer mehr hinterkippt, als sie verträgt. Stéphanie strahlte wie eine Frau, die gründlich gebürstet wurde. Er fragte sie aus. Bei ihr muss man immer aufpassen – sie bringt es fertig, sich mit einem wegen zehn Vergewaltigungen Vorbestraften einzulassen, ohne zu sehen, was daran gefährlich sein soll.

Es hat eine Weile gedauert, bis sie sich nach der Trennung wieder verstanden haben. Wegen des Kleinen haben sie sich beide Mühe gegeben, und mit der Zeit ist es besser geworden. Stéphanie hat eine Menge Probleme, sie ist instabil, unattraktiv, das geborene Opfer, voller Ticks und Ängste … aber sie ist die Mutter seines Sohnes. Er lässt sie nicht hängen. Das Schwierigste, wenn man sich trennt, ist die Überzeugung, dass der andere nicht glücklich werden kann. Max sieht genau, dass sie ohne ihn aufgeschmissen ist. Sie wäre so gern wieder mit ihm zusammen. Aber das geht nicht. Zu spät. Es tut ihm wirklich leid. Für sie. Wenn er Lucas nach Hause bringt, geht er oft mit hoch, um ein bisschen Konversation zu machen. Sie ist so einsam.

An dem Abend hat er sie ausgequetscht. »Was hast du gemacht, dass du an einem Sonntagabend so zufrieden aussiehst?« Als sie anfing, von der genialen Nacht zu erzählen, die sie tanzend mitten in der Natur verbracht hatte, spitzte er die Ohren. Sie hat weiß Gott viele Macken. Aber Drogen nimmt sie nicht. Sie beschrieb ihm die gleiche Szenerie wie Vince: eine unglaubliche Gruppenerfahrung, die Dunkelheit, das Gefühl, in den Körper der Gruppe einzudringen und so weiter. Er hat ihr natürlich nicht gesagt, dass sein Dealer ihm schon davon erzählt hat. Wenn du Stéphanie sagst, dass dich etwas interessiert, wird sie dafür sorgen, dass du nicht rankommst. Sie ist immer noch in ihn verliebt. Wie auch nicht, schließlich hat sie nie einen anderen Mann von seinem Format getroffen. Deshalb grollt sie ihm, und er traut ihr nicht richtig.

Als sie von dem Wochenende in Barcelona anfing und ihn fragte, ob er sich an Xavier erinnert – nein, er erinnert sich nicht an die Namenlosen, die in den Neunzigern dieselben Konzerte besuchten wie er –, wurde ihm aus ihrer Erzählung klar, dass dieser Xavier zu den Organisatoren dieser merkwürdigen Nächte gehört. Da hat er die Gelegenheit beim Schopfe gepackt. Instinktiv. »Barcelona?«, hat er gefragt. »Wie wär's, wenn ich mitkomme? Es würde uns guttun, etwas Zeit miteinander zu verbringen, oder?«

Xavier ist nicht sehr entgegenkommend. Er behandelt Max von oben herab. Dabei isst er wie ein Schwein, über den Teller gebeugt, mit fettigen Fingern, und sieht sehr französisch aus, dörfliche Inzucht. Kartoffelnase, dünne Haare, schlechte Zähne. Max ist so ein Anblick zuwider.

Er hat über alles Mögliche geredet, um ihn zu gewinnen. Hat geduldig alle Konversationsthemen ausgegraben, die diesen fetten mürrischen Bullen aus der Reserve locken könnten. Und nach ein paar Bier hatte er ihn: Xavier hat verkündet, er habe lange an einem Biopic über Drieu la Rochelle gearbeitet, aber jetzt plane er einen Film über Bernanos. Und Max hat gesagt, »Ich liebe sein *Tagebuch eines Landpfarrers.*« Natürlich hat er es nie gelesen und auch keine Ahnung, worum es darin geht – er kennt Bernanos nur wegen Pialet und dem Skandal in Cannes, dem »Dann liebe ich euch auch nicht«. Aber von da an wurde der Fiesling zugänglicher. Er hatte so einen Drang, von seinem Zeug zu erzählen, dass man ihm nur zuhören musste, um ihm das Gefühl zu geben, er habe einen Freund gefunden.

Am Abend hat er ihn in einen riesigen Klub außerhalb des Zentrums geschleppt, wo eine DJ namens Black Madonna der Menge einheizte. »Ein Abend unter Männern.« Xavier war besoffen, er war heilfroh, dem Weibergeschwätz zu entgehen. Nachdem sie eine Weile in dem überfüllten Saal rumgestanden hatten, besorgte Max ein bisschen Speed und sie gingen zur Toilette – eine kleine *line* ist gut für die Freundschaft. Xavier hörte gar nicht mehr auf zu labern. Auf dem Dach rauchten sie eine Zigarette. »Wie in New York«, verkündete der Schwachkopf, der wahrscheinlich noch nie im Leben in New York war. Sie sprachen über Bob Dylan, den sie gleichermaßen verabscheuten. Aber wann immer Max ihn auf die *Convergences* zu lenken suchte, wich der Dreckskerl aus.

Aber dann ist ein Wunder geschehen. Die Nacht war schwarz, Neumond. Sie standen auf dem Dach in orangerotem Licht. Und Max wollte schon aufgeben. Plötzlich sind Xaviers Gesichtszüge entgleist. Er hat zu einem Grüppchen junger Mädchen gestarrt. Kleine, niedliche Gänschen, tätowiert, witzig und laut. Eine von ihnen hat Xavier angesehen. Max hat sein Telefon rausgeholt. Er dachte, der Sack wolle die Kleine anmachen, und wollte nicht stören.

Eine Ameise läuft im Zickzack über die weiße Heftseite. Pamela hat Mühe, sich zu konzentrieren. Sie beobachtet die Blätter, die sich im Licht bewegen. Vor ein paar Tagen hat sie diesen vergessenen Holztisch neben dem Haus entdeckt. Wacklig und mit einer dichten grünen Moosschicht bedeckt, aber noch stabil. Jésus hat ihr geholfen, ihn hundert Meter nach unten an den Waldrand zu tragen. Da sitzt sie jetzt mit ihren Heften und kaltem, sehr bitterem Kaffee in einer schwarzen Tasse, auf der in Silberbuchstaben »Star Wars« steht. Vor ihr gleicht ein Baum dem anderen, eng gepflanzt, so weit das Auge reicht. Man muss nach oben schauen, um Licht zu finden. Sie hat zu viele Horrorfilme gesehen. Sie weiß, was Mädchen passiert, die allein an so einem Ort sitzen. Bei jedem Geräusch zuckt sie zusammen und fragt sich, wo es herkommt.

Immer häufiger hat sie das Bedürfnis, sich abzusondern. Sich nicht mehr um Konflikte und ihre möglichen Folgen zu kümmern. Die Gruppe ist für sie wie eine Mähne, die man jeden Morgen frisieren muss, um die Knoten aufzudröseln, die sich während der Nacht allein durch Berührung und Reibung gebildet haben. Immerzu ist sie damit beschäftigt, Leuten zuzuhören und zu vermeiden, dass kleine Kabbeleien ausarten. Dafür hat sie ein Händchen. Das hat ihr bisher im Camp so gut gefallen: Sie hat ihren Platz gefunden, sie weiß, was sie zu tun hat. Alle reden von Magie, Magie der *Convergences*, Magie der Nächte und des Tanzes, Magie des Gruppengefühls. Aber hinter der Magie steckt auch ein praktisches, schwieriges Unternehmen. Das Wirken hinter den Kulissen, hochgekrempelte Ärmel und Knochenarbeit. Frauenarbeit. Unsichtbar und unverzichtbar. Nie belohnt. Pamela misstraut den Feministinnen, aber irgendetwas bleibt von deren langen Reden doch bei ihr hängen. Am Anfang hat ihr das gefallen. Aber auch davon hat sie allmählich genug. Zu viel Lärm in ihren Gedanken. Wie im dunklen Wald: Geräusche, deren Ursprung sie nicht identifizieren kann.

Von Weitem hört sie die beiden Mädchen aus Bordeaux, die früher als üblich gekommen sind, als hätten sie etwas gerochen. Zwei kleine Reichentöchter von seltener Dummheit, von nichts eine Ahnung, aber total von sich eingenommen. Heute früh meinte die eine: »Ich glaube, ich bin überzuckert, ich bin grad total deprimiert.« Wahrscheinlich hatte sie ein halbes Croissant gegessen. Sie sind besessen von ihrem Gewicht. Reden nur von Ernährung. Zucker, Fett. Bio. Gluten. Sie weigern sich, mit den anderen zu essen. Wenn sie Pamela ein Stück Brot essen sehen, gucken sie genauso entsetzt, als würde sie sich beim Frühstück fingern. Wo kommen solche Gänse nur her? Wie fängt man sich so einen Klassenkomplex ein? Pamela hat keine Ahnung. Ihre Mutter war ein total verrücktes Huhn, sie hielt es nie länger als ein Jahr in einer Wohnung aus.

Pamela hat sie nie arbeiten sehen. Als sie mit dem Porno anfing, dachte sie, sie hätte eine vernünftige Strategie gefunden, sich besser zu integrieren als ihre Mutter. Aber es hat nicht lange angehalten. Deswegen war sie so erleichtert, nachdem sie ihre Wohnung leer geräumt, die Schlüssel abgegeben und das Weite gesucht hatte. Jeden Monat Rechnungen zu bezahlen überfordert sie. Sie begreift einfach nicht, wie es die anderen machen.

Das letzte Jahr ist vergangen, ohne dass sie es gemerkt hat. Sie ist in dem Rhythmus aufgegangen. Einen Ort für das Camp ausfindig machen, sich dort niederlassen, die *Convergence* vorbereiten, die Leute empfangen, alles sauber machen, einpacken und wieder von vorn. Sie hört Tuxedomoon, *Bombay Tension,* auf einem roten Discman. Diese CD-Geräte gab es vor ihrer Zeit. Aber irgendjemand hat das Teil hiergelassen. Sie hört Nomads, the Saints, And Also the Trees. Gruppen, die sie nicht kannte und an die sie sich langsam rantastet. Sie hat sich gut mit dem schmächtigen, nervösen Jungen vertragen, der ihr seine CD-Sammlung dagelassen hat. Er trug einen engen schwarzen Teddymantel und ebenfalls schwarze, nagelneue hohe Converse. Zwei Stunden lang hat er ihr von London in den Achtzigern erzählt, als er in King's Cross in einem Restaurant arbeitete. Er war angespannt, weil es im Camp nichts zu trinken gab. Er suchte Bier und Pamela gab ihm ein paar Dosen, um ihn zu beruhigen. Viele Neuankömmlinge geraten bei der Vorstellung, nicht zu trinken, in Panik. Man gewöhnt sich schnell daran. Die *Convergences* verwandeln die Menschen.

Charles' Tod hat alles verändert. Seine Erbschaft hat alles verändert. Diese Summe. Ein Bruch. Ein Looping. Die Gegenbewegung zu den *Convergences*: Destabilisierung, nicht hin zum Besseren. Sicher nicht hin zur Harmonie. Und das war erst der Anfang.

Pamelas Fantasie ist losgerast, bevor sie überhaupt begriffen hatte, was geschah. Verbesserungen, Logistik, Komfort, Zeitgewinn … Und als die Hyäne vorschlug, das Geld nicht anzurühren, hat sie sich gesträubt.

Sie war schon seit einigen Wochen ständig müde. Jésus sagte, »Ruh dich aus, hör auf, den braven Soldaten zu spielen.« Daniel sagte, »Ich gebe dir meine Schlüssel, du bleibst zwei Wochen in Paris – ich kann bei einer Freundin wohnen. Du brauchst einen Tapetenwechsel.« Vernon sagte, »Nimm das Auto und fahr mit Jésus ans Meer. Du hast doch alle Kontakte, es gibt bestimmt ein Haus in der Bretagne, wo ihr zehn Tage bleiben könnt. Wir kommen schon klar.« Sylvie sagte nichts, aber sobald sie ins Camp kam, presste sie ihr als Erstes einen Orangensaft. Alle geben ihr zu verstehen, dass sie Erholung braucht. Aber Pamela hört nicht darauf. Sie weiß nicht, wie der Laden laufen soll, wenn sie sich nicht mehr darum kümmert.

Sie verändert sich. Die Verwaltung der Kammer zum Beispiel hat ihr immer Spaß gemacht. In jedem Camp gibt es einen Ort, wo die Teilnehmer lassen, was sie spenden wollen. Das gehört dazu. Davon leben sie. Und haben neue Socken und T-Shirts für die nächsten hundert Jahre. In der Kammer gibt es alles. Eine Daunendecke, einen faustgroßen rosa Quarz, Himalajasalz, Batterien, eine Schachtel Dafalgan, Konservenbüchsen, eine Flasche Mezcal, Kerzen, Schokolade, eine Schere, einen Füllfederhalter, eine

Harmonika, eine Miniaturjungfrau von Guadalupe … Pamela sortiert, verpackt, zählt. Sie hat ein kindliches Vergnügen daran, diese Vorräte zu verwalten. Als Laurent noch ins Camp kam, machten sie zusammen Inventur. Als dürften nur sie beide die Höhle von Ali Baba betreten. Er krempelte die Ärmel hoch, machte eine Flasche Wein auf, dann klemmte er sich einen kleinen Bleistift hinters Ohr und notierte alles, was Pamela in die Kartons packte. Er hatte sich nie richtig auf die *Convergences* eingelassen – im Dunkeln tanzen war nicht sein Ding. Aber man hatte das Gefühl, er fühle sich wohl mit ihnen. Er sprach laut. Er trank zu viel. Er machte Witze gegenüber den Frauen, die nicht immer lustig waren. Aber er hatte Pamela nie angerührt, wenn sie zu zweit in ihrem oft ziemlich kleinen Lager waren. Der Grobian, der gern die Hand nach dem Hintern eines Mädchens ausstreckte, das er nicht kannte, hatte sich ihr gegenüber nie die geringste unangemessene Geste herausgenommen. Er fehlt ihr. Es hat sie aufgewühlt, dass er weggegangen ist. Was haben sie über die Stapel Sardinenbüchsen gelacht, die Charles anschleppte. Laurent ist nicht mehr da, um sich mit ihr um das Lager zu kümmern. Jetzt herrscht sie allein über ihre Schätze. Das ist nicht mehr lustig. Sie könnte jemanden bitten, sich darum zu kümmern. Egal wen, es ist nicht kompliziert. Olga würde es bestens machen. Ihre Obsession ist die Verwaltung von Chips und Erdnüssen. Jemand hat ihr erzählt, dass Erdnüsse zur Familie der Bohnen gehörten und sehr gesund seien. Am Tag der *Convergence* stellt sie sich neben die Tür zum Lager und empfiehlt allen, die etwas abgeben, beim nächsten Mal an Erdnüsse zu denken. »Der Nährwert ist extrem hoch!«

Als Vernon die Summe genannt hat, die Charles ihnen hinterlassen wollte, bekam Pamela Lust, in den nächsten Supermarkt zu gehen. Sie hätte nie geahnt, dass sich ihr als Erstes diese Vision aufdrängt: ein voller Einkaufswagen. Kein ausgefallenes, absurdes Zeug – einfach Sachen, die sie selbst ausgewählt und gekauft hätte. Plötzlich ist ihr bewusst geworden, dass sie nicht mehr nach Herzenslust eingekauft hat, seit sie mit dem Porno aufgehört hat. Auf einmal fehlt es ihr. Sie hat Lust, in der Stadt zu sein, fernzusehen, ein hübsches Kleid anzuziehen. Ein zweites Auto zu kaufen. Damit sie nicht bei jeder *Convergence* Autos auftreiben müssen, um die Teilnehmer herzubringen, und beim Umzug zusehen müssen, wie sie den Inhalt des Lagers und alles andere verstaut kriegen. Sich nicht mehr den Kopf zerbrechen müssen, wie die Decken und Kissen, die ganzen Taschen mitkommen. Einen kleinen Lieferwagen, der auch als Shuttle geeignet wäre, um die Leute wieder zum Bahnhof zu bringen. Der die diversen Erledigungen erleichtern würde. Die ewigen Diskussionen abkürzen. Ein zweites Auto, ehrlich, das ist das Mindeste. Und eine neue Anlage, damit sie nicht mehr von den Mädchen aus Bordeaux abhängig sind. Sie machen einen guten Job beim Abmixen. Aber man könnte auf sie verzichten.

Als die Hyäne sagte: »Lasst uns das Geld ablehnen«, hat es sich für Pamela angefühlt wie eine Ohrfeige. Vor aller Welt. Sie müsste begreifen, dass ihre Reaktion in keinem Verhältnis zu dem Vorgefallenen stand. Sie weiß, dass niemand sie demütigen wollte. Niemand hat gegen sie gesprochen. Und trotzdem hat sie sich angegriffen gefühlt. Verraten. Sie wusste, dass sie spinnt. Trotzdem hat es ihr die Kehle zugeschnürt, ihr Herz rasen lassen und ihr die Tränen in die Augen getrieben – dabei wusste sie nicht mal, ob vor Wut, Traurigkeit oder Angst. Vernon hat sie nicht verteidigt. Niemand hat gesagt, was sie erwartete: »Pamela reißt sich hier am meisten den Arsch auf, damit der Laden läuft. Deshalb soll sie entscheiden.« Die Frage, was die einzelnen Stimmen in der Gruppe zählen, hatte sich nie gestellt. Der größte Streit hatte sich bisher um den Speiseplan gedreht. Das war erträglich. Der Hungrigste siegte. Wenn er Kartoffeln wollte, kochten sie Kartoffeln. Wenn Pamela und Jésus auf Erkundungstour fuhren – Orte besichtigten, die man ihnen für das nächste Camp empfohlen hatte –, widersetzte sich niemand ihrer Entscheidung. Die Diskussion fand wie immer im Dunkeln statt. In der Schwärze der Nacht spürst du die Präsenz des Nachbarn deutlicher. Sie nahm Vernon nicht wahr – als hätte er sich zurückgezogen. Meistens verströmte er eine Leichtigkeit, konnte sich mühelos auf jeden einstellen, als hätte er empfindliche Antennen. Doch am Abend der Erbschaftsdiskussion war er weit weg. Schließlich hatte sie sich geräuspert und »Das bewegt mich alles zu sehr, ich hau mich hin, gute Nacht« gesagt, aber niemand ließ sich davon täuschen. Sie fühlte sich nicht so wie sonst. Sie sah rot.

Sie war zu Jésus gegangen, der mit Mariana das Gras rauchte, das sie aus Paris mitgebracht hatte. Sie hörten *Jardin d'hiver* und sangen mit Luz Casal. Die Véro saß bei ihnen wie ein Kerl, Beine gespreizt, Ellbogen auf den Knien. Pamela war sicher, ein böses Grinsen auf ihren Lippen zu sehen, als sie kam. Als wüsste sie Bescheid. Als freute sie sich. Und zum ersten Mal seit langer Zeit fragte sich Pamela, wo ihr Platz war. Sie hatte keine Lust, den Arm um die Taille ihres Freundes zu legen – er war mit Vernons Mädchen beschäftigt. Sie hatte ihnen nichts zu sagen. Wortlos ging sie ins Bett und fühlte sich, als trüge sie einen Stein um den Hals.

Am nächsten Tag stand Pamela auf und dachte, sie hätte sich erholt. Dann hörte sie, wie sich Xavier beim Frühstück über eine Idee ausließ, die ihm gerade gekommen war: Spenden an Altrocker – Leute, die ihr Leben lang gekämpft haben, Tourneen, Platten, Interviews, die ein Publikum hatten, aber nie den Jackpot geknackt haben und mit sechzig nicht wissen, wie sie über die Runden kommen sollen, und deshalb immer weiter auftreten müssen. Xavier war ganz begeistert von seiner Idee. Er würde eine Liste alter Musiker aufstellen, die nicht genug verdient hätten, und ihnen Geld geben. An ihrem kaum zu beherrschenden Bedürfnis, ihm mit einem Tritt den Kiefer zu brechen, merkte Pamela, dass es ihr nicht besser ging.

Die Hyäne setzte sich neben sie. »Du bist gestern so plötzlich gegangen, Pamela. Was ich gesagt habe, hat sich nicht gegen dich gerichtet, glaub mir. Was ich sagen wollte, war … es geht uns im Moment gut, so wie es ist. Und es ist so zerbrechlich. Wir müssen schützen, was wir aufgebaut haben.« Aber dann hatte sich Lydia eingemischt. Sie hatte geraucht. Es war elf Uhr morgens und sie war schon bekifft, ihre Stimme belegt, ihre Augen erloschen. Leer. »Wir sind alle zu poetisch … lass den Geldregen niedergehen! Warum leisten wir uns nicht alle zehn Tage in einem Luxushotel und werfen die Kohle des Alten auf sein Wohl aus dem Fenster.« – »Weil wir ein Gehirn haben«, erwiderte Pamela und stand auf. Lydia war nicht sauer, sie lachte. »Charles wäre einverstanden, glaubt ihr nicht?«

Vernon verteidigte seine Idee, den Film zu machen, von dem Charles immer mit den »Pornostars« geredet hatte, Mädchen, die drei Videos gedreht und sich auf Facebook selbst zu Stars ernannt hatten. Den Zombiefilm. Niemand hatte das Projekt je ernst genommen. Es war nur lustig gewesen, wenn jede ihr Zombiebild vorgespielt hatte. Wenn du den Mädchen vom Porno sagst, sie sollen Grimassen ziehen, wild rumschreien und zappeln, öffnest du die Büchse der Pandora: Da hast du Hochbegabte des Schwachsinns vor der Nase.

Pamela war bereit zu verhandeln: ein zweites Auto und vom Rest halt den Film. Wenn Charles das wirklich vorhatte. Xavier bremste sie. »Ihr habt keine Ahnung, was das für eine Aktion ist. Wir verschwenden unsere ganze Energie damit. Und ihr begreift nicht, was das kostet – mit ein paar Hunderttausend, wenn wir sie kriegen, macht ihr nicht mal einen Kurzfilm.«

An der Gereiztheit, die jede Äußerung in ihr auslöste, merkte Pamela, dass sie den Boden unter den Füßen verlor. Normalerweise ist sie nicht so. Warum würde sie sonst hier leben? Alte Geister holten sie ein, die sie seit einiger Zeit aus den Augen verloren hatte. Vernon spülte seine Kaffeetasse aus und winkte sie zu sich: »Mach dir nicht solche Gedanken wegen dieser Erbschaftsgeschichte. Wart erst mal ab. Wir wissen nicht mal, ob wir wirklich was kriegen.«

»Hat Véro was gesagt?«

»Nein, aber sie grübelt mächtig. Ich verstehe sie: Nach dem Gesetz steht alles ihr zu.«

Und dann hat sich die Véro davongemacht. Am selben Abend. Ohne ein Wort der Erklärung. Den ganzen Nachmittag hatte sie sich mit Jésus und Olga mit Zubrowka betrunken. Als Pamela sie kichernd und von ihren Trinkkumpanen gestützt – damit sie nicht jedes Mal, wenn sie pinkeln ging, alle Zelte umriss – vorbeitorkeln sah, dachte Pamela noch, Vernon habe unrecht, sie werde sich eingewöhnen. Sie hatte sogar gedacht, hoffentlich will sie nicht ganz hierbleiben, weil sie sich mit ihr nicht wohlfühlte. Ihre Trauer war voller Bosheit. Dabei machte der Alkohol sie lustig, sie schnappte sich jeden, der vorbeikam, um ihn mit Küssen und Liebeserklärungen zu überschütten. Das war zu viel. Sie musste immer im Zentrum der Aufmerksamkeit stehen. Sogar ihre Fröhlichkeit war aggressiv.

Beim Abendessen war sie nirgends zu finden. Zuerst dachten alle, sie liege in irgendeiner Ecke, um ihren Rausch auszuschlafen. Aber Xavier durchsuchte das ganze Camp – auch ihre Tasche und ihr Koffer waren verschwunden. Sie war wohl zu Fuß losgezogen. Oder hatte irgendwo ein Telefon versteckt, um ein Taxi zu rufen.

Sie sprachen nicht darüber. Es war fast so, als schämten sich alle, wie Pamela, für die Gedanken, die ihnen in den letzten Tagen durch den Kopf gegangen waren. Es fühlte sich an wie ein kollektiver Kater. Niemand hatte gut geschlafen. Sie brauchten Zeit, um zu begreifen, dass sie sich ganz umsonst aufgeregt hatten.

Die beiden Mädchen haben zwei Tage gewartet, bis sie den Laden aufgemischt haben. Sie nutzten die Abwesenheit von der Hyäne und Olga, die mit einem kranken Hund in die Stadt gefahren waren. Wenn sie da gewesen wären, wäre es anders gelaufen. Pamela weiß es. Sie hat versagt. Sie ist das schwache Glied in der Kette.

Die Mädchen saßen auf der Terrasse und putzten Salat, Pamela hatte sich gerade einen Kaffee gekocht. Sie warfen sich einen kurzen Blick zu, dann legte die eine los:

»Kannst du dir vorstellen, dass sich Vernon mit der Véro abgesprochen hat, dass sie abhaut und er das Geld allein einsteckt? Alle fragen sich das, aber niemand traut sich, es auszusprechen.«

»Wer ist denn ›alle‹?«

»Wir wollen nicht petzen. Wir glauben es sowieso nicht. Warum sollte Vernon so was machen?«

Pamela hätte sie ignorieren sollen. Aber sie hat sich zu ihnen gesetzt und ein Messer genommen, um ihnen zu helfen. Das Schlimmste ist, dass sie in dem Moment dachte, sie müsse sie beruhigen.

»Wie kommt ihr nur auf die Idee? Das passt so gar nicht zu Vernon.«

»So eine Summe verändert den Menschen.«

»Und warum wäre er dann geblieben? Glaubt ihr, er sackt eine halbe Million ein und bleibt dann bei den Freunden, die er beschissen hat?«

Sie haben nur mit den Schultern gezuckt und unbekümmert weitergeredet.

»Keine Ahnung. Bis das Geld auf seinem Konto ist … Außerdem erspart er sich so alle Diskussionen und denkt, da er nicht abgehauen ist, wird ihn auch niemand verdächtigen. Wohlgemerkt, ich glaube gar nichts: Ich erzähle nur, was man sich so sagt …«

Sie weiß genau, warum die Mädchen gegen Vernon hetzen. Nachdem sie monatelang Alex' Aufnahmen studiert, abgemischt und bearbeitet haben, meinen sie, dass das ganze Geheimnis der *Convergences* in diesen Tönen liegt. Dass Vernon nur ein mittelmäßiger DJ ist, ein alter, völlig unbedeutender Kauz, der die Naivität der Gruppe ausnutzt. Sie sind überzeugt, dass jeder ihn ersetzen könnte, und halten es für Schwachsinn, dass sich die *Convergences* um einen Mann drehen, den sie für einen Schlaffi halten. Nicht männlich genug. Zu passiv.

Die Mädchen sind zum Angriff übergegangen, weil sie hoffen, dass die Gruppe Risse bekommt. Sie wollen Bleachs Bänder selbst einsetzen. Sie haben schon versucht, Kiko zu überreden, die Bande von Losern mit ihrem bescheuerten Guru loszuwerden, um den nächsten Gang einzulegen. Aber da sind sie an den Falschen geraten: Kiko ist Vernons größter Fan. Sie geben sich nicht geschlagen. Sie wollen die Idee der *Convergences* für sich nutzen. Sie wollen das mythische Ereignis, ohne den bescheuerten DJ am Hals zu haben.

Pamela wusste das alles. Sie hat den Salat gemacht, ohne das Lächeln verschwinden zu lassen, sie war überzeugt, dass diese albernen Manöver ihr nichts anhaben können. Sie täuschte sich. Seither kreiste dieser Gedanke ständig in ihrem Kopf. Und wenn doch? Wenn sich Vernon doch mit der Véro abgesprochen hat?

Nichts unterscheidet einen Tag wie jeden anderen von einem Tag, an dem alles aus den Fugen gerät. Pamela blickt auf die Stunden vor dem Ereignis zurück. Sie sucht vergeblich nach einem Element, das sie besser verstehen lässt, was geschehen ist. Am meisten erschüttert sie, dass alles so normal aussah. Nur dass das Gift des Verdachts sie zerfraß.

Sie hat Vernon geholt. Er rechnete nicht damit. Er saß da mit seinem Kopfhörer und seiner kleinen Tasche mit Batterien, dem Ladegerät und der Sammlung abgelegter iPods – die Leute lieben es, ihm ihre alten iPods mit ihrer Lieblingsmusik zu überlassen. Er notierte in einem kleinen Heft die Stücke, die ihn interessierten. Mariana lag neben ihm auf dem Bauch und las einen Roman von Zadie Smith. Pamela hat ihn geholt. »Wir kochen Tee, wir haben was zu besprechen, kommst du?«

Angeblich wollte sie die Situation klären. Wir denken uns tugendhafte Motive aus, die wir wie eine Maske vor uns her tragen – um nicht die Gemeinheit zuzugeben, die uns treibt. Jésus hatte sie gewarnt: »Du kannst den Leuten nicht diese absurde Möglichkeit einreden. Sprich allein mit ihm, er wird dich überzeugen, dass es Schwachsinn ist.« Aber Pamela hatte nicht auf ihn gehört. »Nein, er muss sich vor allen von dem Verdacht reinwaschen, sonst reden sie noch wochenlang hinter seinem Rücken darüber.«

Eigentlich, aber das begriff sie erst, nachdem diese unsägliche Szene stattgefunden hatte, eigentlich wollte sie sich rächen. Vernon hatte sie nicht unterstützt, als sie über die Erbschaft diskutierten. Sie wollte ihn verletzen. Auge um Auge.

Vernon hat nichts geahnt. Er hat sich die Frage angehört, hat begriffen, dass sie schon seit einer Weile darüber sprachen. Er hat nicht sofort geantwortet. Er ist langsam. Man weiß nie, ob es daran liegt, dass er nicht sehr helle ist, oder ob er zu schlau ist, um gleich loszuschlagen. Er war verletzt. Pamela schämte sich, ihn in diese Situation gebracht zu haben, als sie sah, wie sich sein Blick veränderte. So kannte sie ihn nicht, sie hatte ihn nie in Schwierigkeiten erlebt, obwohl sie schon so lange zusammenlebten. Er fragte in übertrieben ruhigem Ton, »Du holst mich her, damit ich dir vor allen anderen sage, dass ich mich nicht hinter eurem Rücken mit der Véro abgesprochen habe? Ist das dein Ernst?« Dann stand er auf, ohne auf ihre Frage zu antworten, ohne einen Blick für irgendwen.

Das Schweigen ist ein Element des Camps. Das Schweigen von Leuten, die nicht reden müssen, wenn sie zusammen sind. Aber das Schweigen, das nun folgte, hatte es noch nie gegeben. Nicht mal die beiden Mädchen wagten es zu brechen. Allen war bewusst, dass etwas geschehen war, etwas sehr Schlimmes. Angefangen bei Pamela, die daran gedacht hat, Vernon in seine Ecke zu folgen, um mit ihm zu reden, und es nicht getan hat. Man kann nicht Scheiße bauen und gleich danach behaupten, dass man es bedauert.

Sie ist weggegangen. Von Weitem hört sie gezwungenes Lachen, wie wenn sich Paare in der Öffentlichkeit umarmen, um zu zeigen, dass es ihnen gut geht. Jemand ruft ihren Namen, es ist Lydia. Auch an ihrer Stimme erkennt sie, dass etwas faul ist. Jede Aktion hat ihre Folgen. Seit sie Vernons Blick nach dieser unseligen Demütigung gesehen hat, weiß sie, dass er nicht mehr so tun kann, als wäre nichts geschehen.

Vernon reist mit einem fremden Pass. Er hat seine Papiere schon lange verloren und wird sie sich bestimmt nicht mehr neu machen lassen, da ihm alle dafür notwendigen Urkunden fehlen. Wenn er jetzt ins Flugzeug steigt, heißt er Nicolas Nil. Der Besitzer war bei einer *Convergence*, er hat gesagt, ich liebe deinen Sound, und als sie zwei Minuten später über Techno Raves in der Wüste sprachen und Vernon sagte, das muss toll sein, aber ich komm nicht über die Grenze, ich werde nie sehen, wie das ist, hat Nicolas angeboten, ihm seinen Pass zu borgen. Der Mann war extrem intensiv, und obwohl Vernon das Angebot abgelehnt hat, weil er es übertrieben fand, war am nächsten Tag der Pass da und der Besitzer abgereist. Er hinterließ eine Nachricht, erklärte, dass der Pass eh irgendwann abgelaufen sei und er sich einen neuen machen lassen werde, wenn er ihn brauche, bis dahin »Enjoy«. Es ist nicht das erste Mal, dass die umwerfende Großzügigkeit von Unbekannten am Morgen nach der *Convergence* Vernon überrumpelt.

Sie sehen sich nicht ähnlich. Nicolas ist korpulent, fünf Jahre jünger als Vernon und schielt mit einem Auge. Aber seine Augen sind hell, er ist weiß und trug, als er das Passbild gemacht hat, einen Kinnbart, deswegen sieht man vor allem seinen Blick und merkt nicht, dass er schielt. Irgendwie könnte das auch Vernon sein, der inzwischen eine strenge Diät gemacht hat. Als er den Pass zum ersten Mal vorzeigen musste, hat er gezittert, aber der Polizist hat nicht mal mit der Wimper gezuckt.

Vernon folgt Mariana durch den Flughafen. Er ergötzt sich immer daran, wie sie sich bewegt, sehr aufrecht, alle Sonden ausgefahren. Ihr Blick ist ein Scanner, sie hat einen übermenschlichen Orientierungssinn und wird nicht mal langsamer, um im Vorbeigehen ihren Flug auf den Monitoren zu erspähen. Dabei hat sie heute Nacht nicht viel geschlafen, eigentlich müsste sie jammern, schlurfen und nicht mehr wissen, wie sie heißt. Aber sie hüpft sehr sicher vom Schalter zur Rolltreppe, sichtlich froh, hier zu sein. Sie liebt es zu reisen, zu fliegen, neue Städte zu entdecken, mit Unbekannten zu reden. Endlich hat sie ihr Smartphone wieder, und Vernon ist fasziniert, was sie mit ihren Apps alles anstellt – Mariana findet in Minutenschnelle in jeder Stadt der Welt das richtige Restaurant, einen Parkplatz in Berlin oder eine Wohnung für eine Nacht. Sie hat sogar eine App, um zu erfahren, was der beste Platz im Flugzeug ist. Sie kann dir jederzeit den Standort der Internationalen Raumstation nennen. Das braucht man zwar nicht unbedingt, aber es lenkt Vernon ab, und jetzt, wo er sie mit ihrem Telefon leben sieht, versteht er besser, wie sie gelitten hat, als sie es im Camp abgeben musste.

In der endlosen Schlange vor der Sicherheitskontrolle stehen sie hinter einem Mann, der einen Schnurrbart wie

José Bové hat. Vernon stupst Mariana mit dem Ellbogen an. »Glaubst du, so ein Schnurrbart würde mir stehen?« Sie rümpft die Nase. »Ich hasse es, Männer mit Schnurrbart zu küssen« – »Hattest du viele davon?« – »Einer hat gereicht. Das kratzt.« Vernon ist ziemlich durch, er hat gestern zu viel getrunken. Er hat sich gelangweilt. Zwar hat er sein Glas im Laufe des Abends nur drei-, viermal gefüllt, aber sein Magen ist es nicht mehr gewohnt, oder er brütet etwas aus. Er ist mit dickem Kopf aufgewacht. Wie jeden Morgen brauchte er ein paar Sekunden, um sich zu erinnern, dass er nicht mehr bei den anderen ist. Sein Geist weigert sich – will glauben, es sei nur ein schlechter Traum. Alles werde wieder in Ordnung kommen. Hotelzimmer. Geräumig. Dicke bordeauxrote Vorhänge. Jeden Morgen muss er einsehen, dass es wahr ist. Er ist abgehauen. Aus einer Laune heraus, einem Impuls, von dem er gern glauben würde, dass er spontan war. Er dachte, sie würden ihn zurückhalten, würden ihn nicht gehen lassen. Das war alles so irreal. Er spürte nichts, rechnete selbst nicht damit, dass er tun würde, was er getan hat. Pamela hatte ihn gerufen, hatte ihn gefragt, ob er gelogen habe. Er spürte, wie sich der Boden unter seinen Füßen auftat. Es ist verrückt, wie zerbrechlich das Vertrauen ist. Menschen, mit denen er so viel geteilt hat – und es genügte ein einziger Satz, damit er spürte, dass es vorbei war. Sein Platz war nicht mehr bei ihnen.

Er war in sein Zimmer zurückgegangen. Hatte Mariana nichts gesagt. Er schämte sich für das, was passiert war. Schämte sich für die anderen. Er hörte Syl Johnson und dachte nach. Dann legte er Mariana die Hand auf die Schulter, »Ich habe Lust abzuhauen«, und während er es sagte, begriff er, dass er es dachte. Sie hat ihm den Kopf zugewandt und mit einer komischen Grimasse gefragt: »Was ist passiert?« Aber Vernon konnte nicht formulieren, was er dachte. Eine kleine Reiberei, etwas Durcheinander. Schließlich hatte es schon andere Krisenmomente gegeben in den zwei Jahren mit dieser zusammengewürfelten Familie. Aber er schaffte es nicht mal, ihr die Szene zu schildern, die sich abgespielt hatte.

Es ging nicht um Ehre. Es ging nicht um Überdruss. Er hat Mariana angelogen, hat gelächelt und den Unbekümmerten gespielt, »keine Ahnung, das muss an unserem Paristrip liegen. Kommst du mit?«, und sie hatte sich auf das Bett gekniet und gelacht: »Ich gehe dahin, wo du hingehst, aber wo gehst du hin?« Weg. Er brach auf. Es war ein Anfall von Wahnsinn. Er hatte keine Lust, sich mit den anderen auszusprechen oder zu warten, dass es sich legte. Er spürte, dass der Moment gekommen war, seine Sachen zu packen und sich aus dem Staub zu machen. So einfach. In dem Moment jedenfalls war es glasklar.

Er hat Bauchschmerzen und lässt eine Gruppe aggressiver Russen vorbei, die nach den Plastikwannen greifen, weil er beim Ausziehen seiner Jacke trödelt. Mariana seufzt. Es regt sie auf, wenn jemand sich vordrängelt – eine Frage des Prinzips. Er lächelt sie an.

Gestern waren sie bis drei Uhr früh bei einer kleinen Blondine. Sie sah aus wie eine Amerikanerin in den Serien der Achtziger – winzige Nase, durchsichtige Haut und sanfte Stimme, nicht richtig erwachsen. Sie hatte alle eingeladen, nach Vernons letztem Set bei ihr weiterzufeiern, und hat ihnen ihr Herz ausgeschüttet. »Ich würde Frankreich gern verlassen, hier gibt es keine Perspektive für die Jugend, aber ich kann nicht, wegen meiner Kinder.« Sie war Kassiererin und erzählte von den Rückenschmerzen wegen der schweren Wasserkästen. Die Leute würden immer aggressiver, sie habe die Nase voll davon, immer den Frust abzukriegen. Dann hat sie eine Flasche unglaublich guten Rum rausgeholt, der in der Kehle brannte und den Körper wärmte. Ihre Wohnung war fast leer. Alles war neu. Sie hatte sich gerade von ihrem Freund getrennt, der nicht der Vater ihrer Kinder war. Als Vernon die Familie auf einem Foto im Flur sah, begriff er, dass sie mindestens dreißig sein musste, obwohl sie so jung aussah: Ihre Kinder waren schon Teenager. Sie kokettierte den ganzen Abend mit ihm. Ihre Hartnäckigkeit gefiel Vernon. Er ließ sie reden. Mariana unterhielt sich in der Küche mit irgendwelchen Männern. Sie ist nicht eifersüchtig, sie sagt, »ich bin die Beste, aber nicht die Einzige«, und Vernon versteht, dass sie auch nicht vorhat, allzu treu zu sein. Er hat zu viel Rum getrunken und ist getorkelt, als sie durch das um diese Zeit menschenleere Montpellier ins Hotel zurückgegangen sind. Die Absätze seiner Stiefel knallten auf das Pflaster.

Vorhin beim Aufwachen war er allein. Mariana war rausgegangen, um zu joggen. Das macht sie immer. Sie ist morgens gern für sich. Er auch. Es gibt viele Punkte, in denen sie sich einig sind, ohne etwas erklären zu müssen. Es war halb elf und er hatte Hunger – gestern Abend hatte er nichts gegessen. Er suchte nach den Frühstückszeiten des Hotels, sein Kopf brummte, es überforderte ihn, das Blatt zu finden, auf dem es stand – wochentags bis zehn

Uhr, und er dachte, ich rufe an, ich lasse was aufs Zimmer kommen, vielleicht kann man noch bestellen, aber dann brauchte er Zeit, um die Nummer der Rezeption zu finden, das Telefon war nicht angeschlossen und die Buchse unauffindbar. Keine Chance. Zu spät. Also hat er die Vorhänge aufgemacht und auf den Innenhof des Hotels geguckt. Nicht sehr aufregend. Er hat geduscht – und als er seine Socken anziehen wollte, hat ihn die Verzweiflung gepackt, weil er merkte, dass sie nach altem Tier stanken. Hoffentlich riecht sein Nachbar im Flugzeug nichts. Er hat nicht viel Wechselwäsche. Im Camp hat er alles gleich gewaschen und wieder angezogen. Auf Tournee ist das nicht so einfach. Wenn man das eine Tournee nennen kann.

Sie sind losgefahren, und Mariana hat erst begriffen, dass es endgültig war, als sie im Bus nach Paris saßen. Die Heizung war voll aufgedreht, der Fahrer sagte, sie sei kaputt, man könne sie nicht drosseln. Dann nahm Mariana alles in die Hand. Sie sagte dem holländischen Paar ab, das in dieser Woche ihre Wohnung mieten wollte, und sie fuhren zu ihr. Vernon setzte sich mit ihrem Tablet auf dem Schoß vor den Fernseher und sagte drei Tage kein Wort, ganz in Beschlag genommen von den Artikeln und dem Blödsinn, den er sah. Inzwischen legte Mariana sich mächtig ins Zeug und machte eine Reihe von DJ-Jobs klar, die so dicht aufeinanderfolgten, dass er sich keine Sorgen machen musste, weil er keine eigene Bleibe hatte. Sie sagt, alle hätten von Vernon Subutex gehört, es sei ganz einfach, ihn zu vermitteln. Ihr Eifer hat etwas Beunruhigendes, aber Vernon hat schnell begriffen, dass sie genau weiß, was sie tut. Sie kennt viel mehr Leute, als er gedacht hat.

Er sagt sich immer wieder, dass es eine gute Idee war, das Camp zu verlassen und auf Abenteuertour zu gehen. Er sagt sich, dass man nicht einrosten darf. Dass der Komfort der Feind der Wachheit ist. Er denkt an Olga, die fassungslos war, als sie vom Besuch beim Tierarzt zurückkam und ihn mit seiner Tasche sah, bereit zum Aufbruch, »aber zur nächsten *Convergence* bist du wieder da?«, und er hatte die Schultern gezuckt. »Ihr findet einen Ersatz für mich. Wir wissen alle, dass ich ersetzbar bin. Viel Glück.«

Das war das Ende. Er hat sich nicht die Zeit genommen, sich von allen zu verabschieden. Jésus hat sie zum Busbahnhof gebracht. Er hat geweint. Vernon nicht. Er hatte keine Lust zu weinen. Er musste weg. Er fragt sich immer noch warum. Irgendwas ist zerbrochen. Oder er ist endgültig verrückt geworden. Denn seit er weg ist, hat er sich noch keinen Tag wohlgefühlt. Mariana ist ihm gefolgt, ohne es zu begreifen. »Warum hast du nicht einfach gesagt, du fährst für ein paar Tage weg?« Als er sich antworten hörte, »Ich musste raus aus meiner Komfortzone«, hat er sich gefragt, was mit ihm los ist.

Seither lässt er sich führen. Mariana ist ein genialer Manager. Sie organisiert ihr Leben mit einem Talent, das er ihr nie zugetraut hätte. Wenn sie irgendwo zwei Tage frei haben, sucht sie über Airbnb eine Wohnung, dann laufen sie durch unbekannte Städte und stopfen sich mit Pizza und Fernsehserien voll. Sie vögeln nicht oft. Er hat keine Lust auf Sex. Ihm schwirren so viele einzelne Erinnerungen durch den Kopf, dass ihm die reale Gegenwart wie zeitversetzt vorkommt. Alles geht vorbei, sagt er sich, und eigentlich ist alles unwichtig.

Von einem Bahnhof zum nächsten Flugplatz reist er mit

seinen Gespenstern. Man kann Fotos wegwerfen, Gegenstände zurücklassen, alte Kleidungsstücke verlieren – aber seine Leben von gestern mischen sich trotzdem in die Gegenwart, er spürt, wie seine Wurzeln ächzen, sie wollen sich nicht ausreißen lassen. Sie zittern, ineinander verwoben, dem Bewusstsein verborgen. Seine Vergangenheit wird zur Last. Wenn er seine Situation Punkt für Punkt betrachtet, läuft alles. Er bekommt gute Honorare. Er wird gut aufgenommen. Er sieht was von der Welt. Mariana wacht über ihn, und er mag sein Leben mit ihr. Aber er blutet aus toten Geschichten, presst kleine, geliebte Leichen an seinen Leib, er ist untröstlich. Er fühlt sich einfach unvollständig.

Im Nachhinein begreift er, dass seine Entscheidung schon vor Charles' Tod und Véros Verrat gefallen war. Er steht vor dieser Eindeutigkeit, »ich musste es tun«, ohne zu wissen, woher sie kommt. Die Abwesenheit ist so schmerzhaft, dass sie ein schwarzes Loch im Innern seines Bewusstseins bildet, einen Spalt, in dem alles verschwindet. Es fällt ihm schwer zu glauben, dass er fortan ein Leben ohne dieses Feuer führen wird. Aber er musste es tun. Schon vor dem Ärger. Wenn er mit dem Messer in der Wunde wühlen will, hört er Miossec, *Je m'en vais bien avant l'heure je m'en vais bien avant de te trahir**, ohne dass sein Körper verblutet. Seit er weg ist, gibt es viele Lieder, die er nicht mehr hören kann, ohne das Gefühl zu haben, dass es ihn zerreißt. Er ist voller Bedauern, aber er wird nicht zurückgehen.

* Ich gehe viel zu früh, ich gehe lange, bevor ich dich verrate.

Gestern bei der hübschen Blondine hat ein Roadie gesagt, »Ich kann nicht mehr in den Lastwagen steigen.« Seit ein paar Monaten arbeitet er nicht mehr. Er schafft es nicht. Stellt sich zu viele Fragen. Während er seinen Rum trank, erzählte er: »Ich habe eine Tochter. Ich möchte sie sehen. Ich kann nicht mehr meine Sachen packen und losfahren. Ich kann nicht mehr den ganzen Tag im Truck verbringen. Wenn früh um zehn die Fahrertür zuknallt, fühle ich mich wie im Gefängnis. Früher hat es mir Spaß gemacht, in der Tankstelle was zu klauen. Jetzt will ich nicht mal mehr reingehen, um zu pinkeln. Ausladen, Equipment hochschleppen, backstage zusammenbrechen. Ich kann kein Ibis-Hotel mehr sehen. Ich habe von diesem Leben geträumt, ich habe es geliebt, ich habe es genossen. Und eines Tages konnte ich nicht mehr losfahren. Ich will nur noch mit meiner Tochter zu Hause sein.« Vernon hätte ihn gern umarmt. Den ganzen Tag tut er so, als ginge es ihm gut, als hätte er keine Sorgen, alles easy. Aber die Heftigkeit seiner Gefühle erschüttert ihn. Und irgendwas, was er sich nicht erklären kann, hindert ihn daran, Kontakt zu den Leuten im Camp aufzunehmen und zu fragen – wo seid ihr? Irgendwo hat er gelesen, dass man im Kontakt mit den Angehörigen der eigenen Gruppe ein besonderes Oxytocin entwickelt. Er weiß, dass es stimmt: Er ist chemisch unterversorgt.

Das grelle Flughafenlicht quält ihn. In der Schlange vor der Sicherheitskontrolle geht es nur langsam voran. Hinter ihm strecken sich Hände aus, um nach den weißen Schalen zu greifen. Manche sind es nicht gewohnt, sich in einer Menge zu bewegen. Andere schlängeln sich durch, sind schon in Socken und öffnen mit einer Hand den Gürtel, die Bordkarte zwischen den Zähnen. Man stellt absurde Fragen, »Haben Sie Shampoo oder Zahnpasta?«, auf die jeder ganz ernsthaft antwortet – nein, natürlich nicht, geradezu empört, »Sehe ich so aus, als würde ich mit einer Flasche Eau de Cologne reisen?«, während Neulinge und die Frauen, die unbelehrbar daran glauben, dass man ihre Tasche heute nicht durch den Scanner schieben wird, hektisch in ihren Sachen wühlen und die Lotion suchen, die sie bei der Kontrolle lassen müssen, obwohl man dasselbe Produkt ein paar Meter weiter kaufen kann, bevor man ins Flugzeug steigt. Die Absurdität der Situation ist so augenfällig, dass sie niemanden schockiert. Hier wird man dressiert. Das Wort »performativ« kommt Vernon in den Sinn, er hat es öfter im Camp gehört, es kennzeichnet eine bestimmte soziale Schicht, die es benutzt. Performativ. Als er vor der Lichtschranke seinen schweren schwarzen Ledergürtel ablegt und sich dann auf den Tisch stützt, um die alten roten Stiefel zu öffnen, fühlt er sich, als beraube man ihn seiner Rüstung – als unterziehe man ihn einem besonderen Ritual. Performativ. Man lässt ihn mit den anderen Passagieren auf Socken weitergehen, alle werden derselben Demütigung unterworfen. Der Kontrolleur zeigt auf ein Gepäckstück und fordert den Besitzer auf, ihm zu folgen, um der ordnungsgemäßen Zerlegung beizuwohnen. Auf den kleinen Kontrollmonitoren sieht man die Koffer wie offene Körper, darin merkwürdige Formen mit schwarzen oder orangenen Umrissen. Die Sicherheit ist bei alldem nur Beiwerk. Jeder weiß, dass man sie nie garantieren kann. Was zählt, ist die Disziplin. Dass man lernt, auch der unsinnigsten Anweisung zu gehorchen, ohne zu diskutieren.

Vernon setzt sich auf den Boden, um sich wieder die Schuhe anzuziehen, nirgendwo ist ein Stuhl frei. Die Wartesäle sind voll. Mehrere Flüge haben Verspätung, die Passagiere, die schon vor mehreren Stunden hätten abfliegen sollen, quetschen sich auf engstem Raum zusammen. Plötzlich kommt ein Sonnenstrahl in die Halle. Hinter der Glaswand dreht sich ein Flugzeug auf der Suche nach seinem Platz um sich selbst. Mariana holt Schokolade aus ihrer Tasche und jammert, weil es im Terminal keinen Raucherraum gibt.

Sie haben ein volles Programm für die nächsten Wochen. Heute fliegen sie nach Liverpool, wo Vernon auf dem Dach eines leer stehenden Supermarktes auflegen wird. Er hat Playlists für Dutzende Abende im Voraus. Im Camp hat er so viele vorbereitet. Außerhalb seines gewohnten Umfelds sorgt er allerdings nicht für großes Aufsehen. Er leert auch nicht die Tanzfläche, aber die Leute, die seine Mikrolegende nicht kennen, fragen sich, was der Opa da macht, und werfen Ecstasy ein, während sie auf die richtige Technoparty warten.

Im Flugzeug sitzt Vernon trotz der App SeatGuru unbequem. Seine Beine sind zu lang, die Knie bohren sich in den Sitz vor ihm. Ein Kind weint. Ein paar Reihen weiter sieht Vernon den Mann mit dem schönen Schnurrbart, der ein Sudoku auf der letzten Seite einer Zeitschrift macht. Seine Hände sind behaart. Mariana testet die Snapchat-Filter des Tages und zeigt ihm ihren Kopf mit Katzenohren.

Er denkt an Pamela. In Gedanken führt er Gespräche mit ihr, die ganze Tage dauern. Manchmal erwischt ihn Mariana, wenn sie aus der Dusche kommt, dabei, dass er mit sich selbst redet. Er erklärt Pamela, was passiert ist, ohne tatsächlich Kontakt zu ihr aufzunehmen. Wie konnte ein so feinfühliger und aufmerksamer Mensch wie sie ernsthaft glauben, dass er seine Freunde betrügt, um sich das Erbe des Alten unter den Nagel zu reißen? Ein Teil von ihm glaubt immer noch, dass es ein Intermezzo ist. Dass alles wieder in Ordnung kommt. Dass sie es schaffen werden, diese Episode zu vergessen und ihr früheres Leben wieder aufzunehmen.

An dem Tag, an dem es passiert ist, war um drei Uhr morgens ein Gewitter losgegangen, und Vernon hatte die weißen apokalyptischen Blitze beobachtet, die den Himmel zerrissen – ohne zu ahnen, dass sie irgendetwas ankündigten. Weil er nicht wieder einschlafen konnte, hörte er die erste Platte von Velvet – vielleicht war auch das, sagte er sich hinterher, ein Vorzeichen der Katastrophe. Wenn man Lou Reed als Botschafter des Schicksals ansieht, ahnt man, dass er keine fröhlichen Nachrichten bringt.

Die Energien waren getrübt. Pamela ging es nicht gut. Sie erträgt es nicht, dass man sie verrät. Und sie hat sich verraten gefühlt, als die Véro abgehauen ist. Pamela erträgt es nicht, dass man sie im Stich lässt. Und sie hat sich im Stich gelassen gefühlt, als Vernon kein großes Theater deswegen gemacht hat. Er versucht zu begreifen, jeden Tag. Jeder hat auf seine Art reagiert. Instinktiv. Intelligenz ist nur dafür gut, hinterher die getroffenen Entscheidungen zu rechtfertigen. Du benutzt sie, um dir eine plausible Geschichte zurechtzulegen.

Du tust so, als hättest du den Durchblick, würdest alles begreifen. Aber die Wahrheit ist, dass du reagierst, ohne nachzudenken. Das ist alles.

»Bist du sicher, dass du nicht besser Turnschuhe anziehen solltest?«

Emilie schließt gerade den Riemen ihrer hohen Absatzschuhe. Sie hält inne und sieht Sylvie erstaunt an. Man sieht doch, wie gut sie ihr stehen. Sie braucht ein paar Sekunden, um den Sinn der Frage zu erfassen. Dann bläst sie die Backen auf und erklärt:

»Wenn wir rennen müssen, ziehe ich sie aus.«

Sie richtet sich auf, greift nach ihrem Mantel, überlegt es sich anders:

»Okay, hol den Fahrstuhl, ich komme gleich. Du machst mich ganz paranoid. Ich ziehe die Nikes an.«

»Ich habe seit dem 13. keine Absatzschuhe mehr angezogen. Abgesehen von Ferien am Meer, wenn ich Tongs trage, bin ich noch nie so viel mit flachen Schuhen rumgelaufen. Ich habe Angst, dass mein Rücken die Veränderung nicht mitmacht, er ist so gar nicht daran gewöhnt … aber sobald ich meinen Schuhschrank aufmache, denk ich ans Bataclan und nehme die Turnschuhe. Diese Arschlöcher! Ich hätte nie gedacht, dass ich so leicht auf das verzichten kann, was den Kern meines Looks ausmachte.«

»Du nervst! Jetzt hatte ich einmal nicht daran gedacht, und ich liebe diese Schuhe, damit habe ich einen Hintern wie die Lopez.«

Sylvie verzichtet auf ein »Übertreib mal nicht«. Emilie hat einen dicken Hintern, so viel steht fest, aber selbst auf 12-cm-Absätzen denkt niemand an Jennifer Lopez. Vor ihnen ist jemand im Fahrstuhl gefahren, der nach Schweiß und fettigen Haaren roch. Sie verziehen das Gesicht, als sie die Tür schließen und sich in der winzigen Kabine aneinanderdrücken. Emilie hält sich die Nase zu, Sylvie setzt ihre Überlegungen fort:

»Natürlich ist es wenig wahrscheinlich, dass sie kaum drei Wochen nach dem Bataclan das Bercy angreifen ...«

»Es heißt nicht mehr Bercy, weißt du das?«

»Wer ändert denn den Namen von einem Ding, das jeder kennt? Ein Depp.«

»Die werden uns zehnmal durchsuchen, bevor wir reinkommen. Stell dir vor, sie töten Madonna!«

Auf der Straße herrscht beißende Kälte, typisch für die Vorweihnachtszeit in Paris, und sie versenken die Hände tief in den Taschen, als sie zur Metro gehen. Sie reden von nichts anderem. Seit drei Wochen reden alle von nichts anderem. In gewisser Hinsicht kommt es Sylvie ganz gelegen: Ohne die Attentate hat Emilie kein anderes Thema als ihre Beziehung. Sie hat vor drei Monaten einen Mann kennengelernt. Er sieht aus wie ein großer Chef und muss seit Jahren Notstand haben, dass er sich so eine sucht, aber Emilie ist verliebt. Und dreht allmählich durch. Sie kann zehnmal dieselbe Geschichte erzählen. Es gibt solche Leute, da hast du das Gefühl, du absolvierst dein Sanitäterdiplom.

In einem Schaufenster sieht Sylvie ihr Spiegelbild. Es ist garantiert das erste Mal im Leben, dass sie in Turnschuhen zu einem Konzert geht. Als sie jung war, trug sie gern flache Converse, ohne Strümpfe, mit nackten Knöcheln – à la Birkin. Aber den Lolita-Look hat sie vor Ewigkeiten abgelegt. Sie findet ihr Bild erbärmlich. Als wären ihre Beine abgeschnitten. Sie kann alles in Pumps machen – durch das Laub einen Hügel hinunterrennen, auf vereistem Pflaster laufen, durch Unrat staksen oder Treppen runterspringen – in ihr steckt der Geist von Tina Turner. Alles eine Frage der Übung. Ihre Beine sind an die hohen Schuhe gewöhnt, ihr Knöchel wackelt nicht, ihr Blick erfasst die geringste Gefahr Meter im Voraus, Lüftungsgitter, Pflastersteine, rutschiger Boden. Nichts macht ihr Angst. Bis auf diese Hurensöhne von Fundamentalisten. Sie haben gewonnen. Jetzt braucht sie das Gefühl, rennen zu können, um sich aus dem Haus zu trauen. Schließlich ist das alles kein Witz. Wie alle Pariser hat sie Angst, drei Wochen danach. Wenigstens sind ihre weißen Fila superschick!

Emilie ist schon wieder bei ihren Geschichten. Sie hat im Camp jemanden getroffen, der eine Bassistin suchte. Sie war die Richtige. Zum hundertsten Mal erzählt sie, dass sie bei der ersten Probe fast geheult hätte, so glücklich war sie, die Atmosphäre von damals wiederzufinden. Aber am Abend vor dem ersten Auftritt, der im Petit Bain stattfinden sollte, entschuldigte sich ihr Freund, ich kann nicht kommen, ich habe ein Geschäftsessen, und als sie nachbohrte, sagte er ganz freundlich: »Das ist lächerlich in deinem Alter. Ich habe keine Lust, dich zu sehen und grotesk zu finden.« Als ihr Emilie die Geschichte die ersten zwei-, dreimal erzählt hat, hat Sylvie versucht, ihr taktvoll zu vermitteln, was sie dachte: Der Typ ist das Letzte. Mach dir keinen Kopf. Du bist auf einen Vollidioten reingefallen. Kein Wunder. Die Welt ist voll davon. Aber Emilie hat fünfzehn Jahre darauf gewartet, einen anständigen Freund aufzureißen – wobei, anständig, alles relativ, sagen wir, er mag sie gern –, deswegen weigert sie sich, es zu kapieren. In zwei Wochen wird sie irgendeinen Grund erfinden, mit der Band aufzuhören, dann gibt es keine unangenehmen Diskussionen mehr.

Auf dem Metrobahnsteig holt Sylvie ihr Smartphone raus und unterbricht sie: »Wollen wir ein Selfie machen?« Sie stellt den Korrekturfilter auf zehn und hebt die Hand, um ihre beiden Gesichter einzufangen. Sie weiß, welcher Winkel ihr gut steht, ihre Wangen eingefallen und ihre Lippen üppig aussehen lässt. Hinter ihnen steht ein Mädchen, das sie abfällig anstarrt, von wegen zwei alte Schachteln, echt armselig, wie die für ein Foto rumkokettieren. Aber das ist ihr scheißegal. Ihr Instagram-Account ist voller Fotos von ihr, die nicht das Geringste mit ihrem wahren Gesicht zu tun haben, und wenn das kleine Scheusal sich einbildet, sie macht ihr ein schlechtes Gewissen, weil sie Spaß hat … werd du mal so alt wie ich, Kindchen, dann wirst du sehen, wie du auf Filter stehst.

Als Max ihr eine Nachricht auf die Mailbox gesprochen und ihr zwei Karten für das Madonnakonzert angeboten hat, sind Sylvie ganz unterschiedliche Gedanken durch den Kopf geschossen – die Überraschung, dass er an sie denkt, die Freude, ausgehen und Emilie etwas Cooles zum Geburtstag schenken zu können, obwohl sie keinen Cent hat und jedes Geschenk ein Problem ist, die Aufregung, Madonna im Konzert zu sehen und sich an das letzte Mal zu erinnern – die Rührung über die Erkenntnis, wie sehr sich seitdem alles in ihrem Leben verändert hat und wie entsetzlich ihr das frühere Leben fehlt … Und es sieht fast so aus, als sei auch das wenige, was ihr bleibt, zum Untergang verurteilt. Das Camp war der letzte Ort, an den sie sich klammern konnte. Und auch das ist verschwunden. Aber als Max vor Wochen die Nachricht hinterlassen hat, über die sie sich so freut, hätte sie sich keine Sekunde lang vorgestellt, dass sie am Tag des Konzerts mit dem Gefühl in die Stadt fahren würden, einen Akt des Widerstands zu leisten …

Am Abend des 13. November hatte sie den Fernseher angemacht. Sie zappte zerstreut, eigentlich wartete sie, dass »Ce soir ou jamais« anfing, um zu sehen, wer die Gäste sind. Olga, die umständehalber ihre Mitbewohnerin geworden ist, war nicht zu Hause. Sylvie hat es nicht gleich verstanden. Am Anfang sah es aus wie ein Bandenkrieg. Und der Name des Restaurants, das sie eigentlich gut kennt, sagte ihr erst mal nichts. Am Anfang. Eher aus Langeweile schaltete sie France Info ein. An die folgenden Stunden wird sie sich ihr Leben lang erinnern. Wegen der Einsamkeit. Dabei hat sie viele Nachrichten bekommen. Man fragte sich gegenseitig – wo bist du, ist alles in Ordnung? Xavier meldete sich, dann Patrice, dann Olga, die sich ein Telefon geborgt hatte und in einer Kneipe hinter der Place de la République festsaß, als Nächster Daniel, dessen Kumpel auf dem Dach des Bataclan war, und Sélim, dessen Studentin im Petit Cambodge kellnerte und der nicht wusste, ob sie an dem Abend arbeitete. Sylvie hatte das Telefon auf dem Schoß, schickte SMS, hing an ihrem Newsfeed auf Facebook, ließ den Fernseher laufen, schaltete zwischendurch das Radio ein und fing an zu weinen. Plötzlich wurde ihr bewusst, dass es am nächsten Tag keine Busfahrt ins Camp geben würde, wo sie sich alles von der Seele reden könnte. Die Tränen, die über ihre Wangen flossen, hatten fast etwas Tröstliches.

Sie wartete darauf, dass Lancelot auf ihre Nachrichten antwortete, und ihre wachsende Angst wurde von dem Mantra »Es kann nicht sein, dass er zu den Opfern gehört« keineswegs gemildert.

Er verbrachte das Wochenende in der Normandie, aber das wusste sie nicht. Er war im Kino, und es dauerte eine Weile, bis er sich meldete. Dann machte er sich Sorgen um sie, geh nicht raus, niemand weiß, was passiert, und zum Abschied schrieb er, ich hab dich lieb. Darüber freute sie sich und weinte noch mehr. Sie schluchzte voller Leidenschaft – irgendwie wegen allem auf einmal. Wegen Lancelot, der ihr eine nette Nachricht schickte, obwohl er in letzter Zeit immer sauer auf sie war. Sie weiß genau, was los ist – weil sie umgezogen ist und er es nicht erträgt, sie in dieser erbärmlichen Zweizimmerwohnung zu sehen. Allein, alt, aufgeschmissen. Das ist zu kompliziert. Da ist er lieber sauer. Sie tun sich gegenseitig weh. Sie merkt, dass er traurig ist. Nichts läuft so, wie er es will. Weder mit seinem Studium noch mit seiner Freundin und seinen Kumpels. Sie sagt ihm jedes Mal, wenn sie ihn sieht – also nicht so oft – das geht vorbei, das ist nur eine Phase. Aber sie weiß nicht, ob das stimmt. Sie sieht, was für ein Erwachsener er wird. Sie weiß nicht, ob der Mann ein schönes Leben vor sich hat. Es bringt sie um, zu sehen, dass ihr Kind nicht für das Glück begabt ist. Deswegen weinte sie noch mehr, während sie die liebevollen SMS ihres Sohnes las.

Im absoluten Tränenrausch hatte sie Liebesbotschaften an alle Leute geschickt, die sie im Camp kennengelernt hatte und deren Nummern sie besaß. An alle. Und je mehr sie weinte, desto mehr liebte sie sie. Alle, verdammt, alle! Erst als sie wieder zu sich kam, hörte sie die Zahl der Opfer. Da hatte sie keine Tränen mehr. Der Chat ihrer WhatsApp-Gruppe ging bis zum Morgen weiter. Olga saß immer noch in der Kneipe fest. Die Polizei hatte das Viertel abgesperrt. Olga erzählte, dass die Jungs um sie herum weinten und dass sie versuchte, sie aufzurichten. Zum ersten Mal in jener Nacht hatte Sylvie gelächelt. Sie stellte sich junge Männer vor, die von Olga getröstet wurden, und dieses Bild lenkte sie etwas ab. Wenn man nicht daran gewöhnt ist, können die Gedankengänge der Riesin ziemlich verwirrend sein – eine Art semantisches Erdbeben.

Sylvie gehörte zu den wenigen, die am nächsten Tag aus dem Haus gingen. Es war wie ein 15. August ohne Sonne. Die Stadt war erloschen. Zermalmt. Der Schmerz war spürbar, spannte sich von Haus zu Haus. Aber jedem Menschen, den man traf, konnte man zulächeln. Das war so bewegend, dass sie sich nicht lange draußen rumtrieb – sie musste nach Hause, um zu weinen. Sonst sucht sie eine Kirche, wenn sie unterwegs ist und plötzlich so mutlos, dass ihr die Tränen in die Augen steigen. Das ist der einzige Ort in der Stadt, wo man sich hinsetzen und weinen kann, ohne dass es jemanden stört. Es ist auch der einzige Ort, wo eine Frau längere Zeit allein sitzen kann, ohne dass ein verquerer Kerl sich in den Kopf setzt, sie zu einem Gespräch zu animieren. Aber an jenem Samstag fehlte Sylvie der Mut, in der Kirche zu weinen.

Als sie nach Hause kam, stieß sie auf Olga, die in ihrem quietschrosa Bademantel aussah wie Barbapapa. Sie hatte gerade geduscht. Obwohl sie die ganze Nacht nicht geschlafen hatte, explodierte sie förmlich vor Energie. Heftig gestikulierend beschimpfte sie Xavier am Telefon: »Bist du bescheuert oder was? Die Leute waren noch nicht raus aus dem Konzertsaal, da hast du auf deiner Facebookseite schon ›padamalgam‹ geschrieben! Übernimmst du jetzt schon die Schlagwörter der Rassisten? Ich konnte dich nicht sofort anrufen, weil ich den Leuten in der Kneipe, wo ich festsaß, keine Angst machen wollte. Aber ich bin ausgeflippt, dass du schon so weit runtergekommen bist. Hast du kein Herz oder kein Gehirn? ›Padamalgam‹, was soll das denn heißen, du Versager! Was willst du nicht vermischen, du Niete? Was passiert in deinem Idiotenschädel, wenn du solchen Schwachsinn absonderst? Willst du alle Flüchtlinge umlegen? Gab es nicht so schon genug Tote? Ist deine Quote noch nicht erfüllt, du Wichser? Haben wir noch nicht genug Trauer, genug Verzweiflung, musst du noch einen Eimer Nazisoße drüberkippen? Herrgott, Xavier, kauf dir endlich ein bisschen Verstand, jeder wird dir bestätigen, wie nötig du den hast.« Nachdem sie ihn ausgiebig beschimpft hatte und ohne ihm Gelegenheit zu geben, ein einziges Wort zu sagen, beendete sie das Gespräch völlig unerwartet mit »Bis heute Abend, ja klar, bis heute Abend«, und als sie auflegte, fragte sie Sylvie: »Ist es okay, wenn wir uns heute Abend alle hier bei dir treffen? Ausnahmsweise … Wir müssen uns einfach sehen, findest du nicht?« Sylvie riss die Augen auf,

»Was meinst du mit alle? Die Wohnung ist zu klein, Olga! Wem hast du noch gesagt, er soll vorbeikommen?« Sie hatte alle eingeladen. Das ganze Camp. Jetzt starrte sie Sylvie mit ehrlich erstaunten Augen an – sie sah keinen Zusammenhang zwischen der Größe der Räume und der Unmöglichkeit, darin zwanzig Leute zu empfangen. »Sie kommen doch nicht, um gemütlich zu sitzen. Sie kommen, damit wir zusammen sind … weil das Unglück zu groß ist. Es reicht! Bist du sauer, weil ich noch zehn anderen gesagt habe, sie sollen vorbeikommen, ohne dich vorher zu fragen? Ich bin total durch, ich habe eine abartige Nacht hinter mir, ich habe mich um die Leute gekümmert wie ein Sanitäter. Frankreich ist nicht bereit für den Krieg, das sage ich dir!«

Sylvie war erst mal sauer. Aber letztendlich war es eine gute Idee. Olga hatte recht – sie mussten ganz dicht beieinander sein.

Sie hatte noch nie Gäste zu sich eingeladen. Aus Scham. Weil es eine kleine, langweilige Wohnung ist, ohne jeden Charme und mit niedriger Decke. Weil sie alle Möbel reingequetscht hat, die reinpassten. Weil die Straße hässlich und tot ist und es im Hausflur nach Gemüsesuppe riecht, dem berüchtigten Armenessen. Weil der Dealer im Sechsten das Haustürschloss blockiert und die Süchtigen in den Fahrstuhl pinkeln. Sie hat Olga Unterschlupf gewährt, die das Sofa in Beschlag genommen hat. Sie weiß, dass Olga nichts von alldem merkt. Sie ist daran gewöhnt. Für sie ist diese ganze Scheiße das normale Leben.

Sylvie machte Crêpes, und die Umstände waren so schlimm, dass sie sogar von dem Nutella kostete, das Xavier mitgebracht hatte. Mein Gott, wie lange hatte sie nicht mehr so viele Kalorien auf einmal in den Mund gesteckt! Seit ihre Menopause angefangen hat, ist es eigentlich ganz einfach: Sie hat aufgehört, sich zu ernähren. Komischerweise fühlt sie sich nicht schlapp. Ihre Freundinnen erzählen, dass Frauen ab fünfzig nur noch fünfhundert oder sechshundert Kalorien brauchen, um sich wohlzufühlen. Sie weiß nicht, ob das stimmt. Obwohl sie sich auf anorektische Diät gesetzt hat, nimmt sie kein Gramm ab. Sie kann es sich nicht leisten zuzunehmen. Ihr fehlt das Budget, um ihre Garderobe zu erneuern.

Gegen acht sagte Pamela, »Machen wir das Licht aus?«, und dann saßen sie da, nicht ganz so wie früher, aber trotzdem kehrte etwas von ihrer Vertrautheit zurück. Der Mond am Himmel war gerade im ersten Viertel, eine schmale Sichel in der Dunkelheit. Patrice fragte, »Hat jemand was von Vernon gehört?«, weil alle an ihn dachten und keiner sich traute, ihn zu erwähnen. Aber er blieb verschwunden. Das war der schönste Abend, den sie erlebt hat, seit sich das Camp aufgelöst hatte.

Sie trifft dieselben Leute wie früher, aber sie lädt sie nicht mehr zu sich ein. Sie lügt. Sie sagt, dass sie umgezogen ist, weil ihr im Haus seit Lancelots Auszug die Decke auf den Kopf fiel. Dass es zu groß war und völlig überflüssig, dass sie ihr Leben ändern wollte und dass sie ihr neues Viertel liebt. Sie erzählt, dass sie eine reizende kleine Zweizimmerwohnung gefunden hat, gleich über dem Marais. Sie wohnt hinter der Avenue Parmentier. Sie hat ihren Freundinnen gesagt, ich lade euch bald mal ein, aber ich bin noch nicht fertig mit der Inneneinrichtung. Ein sozialer Abstieg ist in den Augen ihrer Freunde ohne jeden Reiz.

Sie hat es früher genauso empfunden. Aber sie amüsiert sich nicht mehr so gut, wenn sie die alten Freunde trifft.

Die Gespräche haben sich nicht geändert. Nur ihr Ohr hört jetzt anders. Bemerkungen, die sie früher kaum wahrgenommen hätte, stören sie jetzt. Irgendwer am Tisch erzählt von einem Hinterwäldler in dem Dorf, wo er sein Ferienhaus hat, der von der Stütze lebt, anstatt arbeiten zu gehen. Von einem Sozialbetrüger, Faulpelz, Schmarotzer – jeder ihrer reichen Freunde kennt so einen. Ein klassisches Beispiel. Er dreht Däumchen und kassiert dafür tausendfünfhundert Euro im Monat. Er ist ein Verschwender. Es ist noch keine zwei Jahre her, da konnte Sylvie auch mit ihrem Armen aufwarten, dem Mann ihrer Putzfrau, der seit Jahren zu Hause saß und keinen Finger rührte, aber alle Tricks kannte, um Kohle vom Staat abzuzocken. Inzwischen hat sie keine Putzfrau mehr, und seit sie selbst alle Schritte unternehmen musste, um Sozialhilfe und andere Zuschüsse zu erhalten, auf die sie ein Anrecht hat, ist sie nie auf die legendären Beträge gekommen, von denen die Reichen beim Abendessen erzählen. Sie ist nicht mehr verschwenderisch, seit jede Rechnung ein Schlag ins Kontor ist. Sie traut sich nicht, auf den Tisch zu schlagen und zu sagen, Herrgott, hört endlich auf, solchen Schwachsinn zu erzählen, versucht ihr mal, Geld vom Staat zu bekommen, geht mal zu euren Armen, euren Faulpelzen … probiert selbst aus, wie einfach es ist, mit weniger als tausend Euro im Monat zurande zu kommen. Aber sie schweigt. Sie, die immer so ein großes Maul hatte, entdeckt die Scham. Auch, weil sie diese Leute so gut kennt: Die Wirklichkeit berührt sie nicht. Wichtig ist nur, was sie sich erzählen, unter sich, bei einer guten Flasche Wein. Sie war genauso. Teil dieser Kaviarlinken. Die den Armen misstraut, die sie gern mag, aber ich durchschaue euch, mir könnt ihr nichts vormachen. Bist du nett, bist du der Depp. Sie fand auch, dass man nichts anderes machen kann, als sie zu dressieren. Weil diese Armen wie undankbare Hunde sind. Sie beißen die Hand, die sie so schön gestreichelt hat. Schlecht erzogen. Daran sind die Reichen schuld. Sie waren zu großzügig.

Sylvie hat immer gedacht, eine wie sie könne nie so tief fallen, dass sie Sozialhilfe beantragen müsse. Nicht aus Bosheit, nicht mal aus Verachtung. Sie war überzeugt, sie sei zu schlau. Ohne sich wirklich klarzumachen, dass sie damit unterstellte, die anderen hätten sich nur ein bisschen Mühe geben müssen. Als verdankte sie die schöne Wohnung, den Einkauf im Bon Marché, die Taxifahrten und die gute Schule für den Kleinen einer Leistung, die sie erbracht hatte.

Als sie alles verloren hat, ist eine tonnenschwere Bleiplatte auf ihr Leben niedergegangen und hat nicht viel übrig gelassen. Sie hat einen Job gesucht, hat an alle Türen geklopft, hat Briefe geschrieben, Vorschläge gemacht, wollte Kartenabreißerin, Rechercheurin, Toilettenfrau, Übersetzerin, Assistentin, Verkäuferin, Aushilfskraft sein – aber sie hätte genauso gut ihre Kräfte schonen, im Bett bleiben, sich am Hintern kratzen und an die Decke starren können, denn sie hat nicht den kleinsten Job gefunden. Weder Teilzeit noch schwarz noch als Babysitter. Nichts. Seither sieht sie ihresgleichen mit anderen Augen. Die anderen haben sich nicht verändert. Nur Sylvie hat ihre Meinung revidiert. Eine so fest verankerte Meinung, dass sie nie darüber nachgedacht hatte. Bevor sie selbst die

Erfahrung des sozialen Abstiegs machte, war sie überzeugt gewesen, dass Vernon, Lydia, Xavier, Patrice und die anderen reizend, aber nicht sehr clever seien. Dass es ihnen an Biss fehle. Dass sie nicht richtig suchen würden. Nein, sie nahm es ihnen kein bisschen übel, aber eine Stimme in ihr hielt tatsächlich an dem Glauben fest, dass sie es wohl verdiente, wenn das Leben für sie einfacher war. Manchmal sagte sie zwar, »Ich weiß, dass ich privilegiert bin«, aber eigentlich empfand sie es gar nicht so. Um ehrlich zu sein, hätte sie ergänzen müssen, »Auch wenn ich zusehen müsste, wie ich zurechtkomme, würde ich es immer schaffen, nichts von diesen Privilegien zu verlieren.« Sie identifizierte sich mit dem Komfort. Der Leichtigkeit. Eins kann man wohl sagen: Das Leben hat ihr nachdrücklich bewiesen, dass sie da gründlich falsch lag.

Ihre eigene Flugbahn verlief parallel zur Entwicklung ihres Landes: In nur einem Jahr ist ihre Welt zusammengebrochen. Angefangen hatte es mit Lancelots Auszug. Dann hatte ihr Exmann ihr unumwunden mitgeteilt, er werde fortan keinen Cent mehr für sie zahlen. Nach dem Gesetz war das in Ordnung. Sie hatte nur nicht damit gerechnet. Sie hatte es immer für selbstverständlich gehalten, dass er sich um sie kümmert, solange sie es braucht. Als garantierte ein ungeschriebener Vertrag, ein höheres Einverständnis, dass er nie die Taktlosigkeit begehen würde, sie fallen zu lassen. Sie hatte seinen Sohn großgezogen. Sie hatte gute Arbeit geleistet. Sie war seine erste Ehefrau. Für immer. Aber auf dem Ohr war er taub. Er führte die Krise, die Steuern, das harte Leben an. Keinen Cent mehr, und das von einem Tag auf den anderen. Sylvie erzählte ihrer Mutter, was passiert war. Sie fragte, ob sie einen Teil ihrer Erbschaft als vorzeitiges Erbe haben könne. Nur einen kleinen Teil, als Überbrückung und um Erbschaftssteuern zu sparen. Bis sie eine dauerhafte Lösung gefunden hätte. Sie rechnete mit zwanzig- oder dreißigtausend Euro, mit denen sie sehr sparsam umgehen würde. Aber ihre Mutter reagierte völlig unverständlich, stammelte herum, versprach, sie werde sehen, was sie tun könne, und setzte sie geradezu vor die Tür. Am nächsten Morgen kam sie ins Krankenhaus. Im Nachhinein ist Sylvie mit Entsetzen klar geworden, dass der Schlaganfall wohl mit ihrer Bitte zu tun hatte. Daran gibt es kaum einen Zweifel. Drei Tage später war ihre Mutter tot.

Seit ihrem Tod liegt Sylvie jede Nacht schweißnass im Bett. Das ist paradoxerweise geradezu angenehm. Sie hat das Gefühl, sich von ihren Ängsten zu reinigen. Praktisch ist es allerdings nicht – manchmal muss sie mitten in der Nacht aufstehen, um die Laken zu wechseln. Sie musste sich um alles kümmern. Unglaublich, wie viel Papierkram so ein Tod erfordert. Ihr Vater ist fast neunzig, er war nicht mehr imstande, irgendetwas zu erledigen. Ihr Bruder war ihr natürlich keine Hilfe, er lebt in Australien und kam nur ganz kurz zur Beisetzung. Also ließ sie sich am kleinen Sekretär im Wohnzimmer nieder, wo sie immer ihre Mutter hatte sitzen und die Buchhaltung machen sehen, denn sie verwaltete das Familienvermögen mit großer Sorgfalt. Zumindest sagte man das immer in der Familie. Zuerst dachte Sylvie, sie selbst sei zu dumm. So viele Bankkonten! Sie begriff nicht, wozu der ganze Aufwand von Buchungen gut war. Amüsiert, aber auch ein bisschen verblüfft, ja gerührt von der Verwaltungssucht ihrer Mutter, sah sie den ersten revolvierenden Kredit als kleine Verrücktheit an. Beim zweiten fragte sie sich, was sie wohl geritten habe. Aber je weiter sie die Papiere auseinanderklamüserte, Ordner öffnete und in die Buchführung ihrer Mutter eindrang, desto deutlicher wurde die ganze Konstruktion in ihrer erschreckenden Maßlosigkeit: ein irrsinniges Gestrüpp, ein Wirrwarr von Krediten, mit denen andere Kredite zurückgezahlt wurden, um weitere Kredite zu bedienen. Mehrere Tage verbrachte Sylvie damit, die Finanzen zu entschlüsseln, und war zunehmend entsetzt vom Ausmaß der Katastrophe. Ihre Mutter, die ernste, ja strenge Frau, diese Bürgerdame, die immer genau auf die Grenzen zwischen dem, was sich gehört, und dem, was *bedauerlich* ist, bedacht war, war ein Genie der Abzocke. Und ihr Vater hatte im Rausch des Fernet-Branca, mit dem er seine Beruhigungsmittel schluckte, keine Ahnung. Sylvie sah sich in der luxuriösen Wohnung um, sah in dem fürstlichen Dekor das glückliche Paar vor sich, das ihre Eltern gewesen waren. Sie ging alle Konten durch. Es fehlten Hunderttausende Euro. Alles für die Fassade. Sylvie kannte auch andere Familiengeheimnisse, die diese Wohnung nie verließen – etwa die schwere Hand ihres Vaters, wenn er zu viel getrunken hatte. Bei anderen hätte man von häuslicher Gewalt gesprochen, bei ihnen hieß es »Er hat einen starken Charakter.« Ihre Mutter stieß sich die Schläfe an Türen, bekam Zweige ins Auge, stürzte auf der Treppe. Aber alles war gut. Die Fassade blieb erhalten. Als Sylvie nun in das unglaubliche Labyrinth von Schulden eintauchte, das ihre Mutter geduldig geschaffen hatte, wurde ihr klar, dass außer dieser Fassade nichts gezählt hatte. Und das alles, um nicht den Porsche Cayenne zu verkaufen oder das Abonnement im Sporting Club zu kündigen, den ihr Vater seit Jahren nicht mehr besuchte. Sylvie zerbrach sich vergeblich den Kopf, sie war nicht imstande, das Werk ihrer Mutter fortzusetzen. Es war zu komplex. Sie rief ihren Bruder an, der sagte, ich kann jetzt nicht schon wieder kommen, verkauf alles. Er war enttäuscht, hatte er doch auch mit einem anständigen Erbe gerechnet. Sylvie nahm all ihren Mut zusammen und erzählte ihrem Vater, was los war. Er beschimpfte sie als Lügnerin und Verrückte. Aber als ein paar Wochen später die ersten offiziellen Bescheide der Gerichtsvollzieher ins Haus flatterten, rief er sie wieder an. Sie kam zurück, verkaufte das Auto und die Möbel, meldete die Überschuldung beim Gericht.

Ihr Vater sah sie an wie eine Kanalratte. Er war überzeugt, dass sie sein Geld gestohlen hatte. Dabei musste er Bescheid wissen. Sylvie konnte sich nicht vorstellen, dass er nicht gemerkt hatte, wie viel Geld sie seit zwanzig Jahren ausgaben, ohne etwas einzunehmen. Sogar die Reichen verstehen so eine einfache Rechnung. Sie brachte ihn in den Süden zu seiner Schwester in Avignon. Seither hat sie nichts mehr von ihm gehört.

Sylvie und Emilie kommen zum Eingang des Bercy, dort warten wenig Leute für so ein Konzert. Ein Wachmann von faszinierender Schönheit erklärt den Ankömmlingen, dass sich nicht zu viele Personen an einer Stelle versammeln sollen, sie wären eine zu leichte Zielscheibe für eine Salve – dabei zeigt er auf eine Ecke und beschwört ein Auto herauf, das bremst, um ein Gemetzel anzurichten –, deshalb sollen alle den Hintereingang nehmen.

Ohne sich abzusprechen, bleiben Emilie und Sylvie neben dem Wachmann stehen und hören sich immer wieder seine Erklärung an. Er ist nicht nur außergewöhnlich gut gebaut, sondern spricht auch supergut und mit bezaubernder Freundlichkeit. Schließlich fallen ihm die beiden Frauen auf, und er bittet sie, den anderen zu folgen.

»Echt mal, wo haben sie den denn aufgetrieben? Hast du gesehen, wie geil der ist?«

»Können wir ihn nicht noch irgendwas fragen?«

»Keine Idee.«

»Wenn Madonna ihn im Vorbeifahren sieht, nimmt sie ihn mit backstage, das kann ich dir versprechen.«

Ein paar Meter weiter schwenken Männer in neongelben Westen Taschenlampen und brüllen herum, um die Menge zu lenken. Sie sind schon ganz heiser. Paris ist nicht wie sonst. Die Menschen haben ihre Arroganz verloren. Sie folgen den Anweisungen, ohne zu meckern. Sie müssen lange laufen. Niemand beklagt sich. Man könnte sie auch auffordern auf den Ellbogen einmal um das Arrondissement zu robben; kein Pariser würde protestieren.

Sie laufen am Park hinter dem Stadion entlang und stellen sich in die Schlange. Jeder denkt wahrscheinlich dasselbe. Ist der Graben neben dem Weg tief genug, um sich darin zu verstecken? Wie lange dauert es, einen Scharfschützen zu überwältigen, der auf dem Balkon über der Menge steht?

Max schickt eine SMS, er ist da und sucht sie. Sylvie hat Angst, ihn wiederzusehen. Als er ihr die Karten geschenkt hat, hat sie sich gefragt, ob er sie anmacht. Sie hat keine Lust, mit ihm zu schlafen. Aber die Vorstellung, dass er bei ihrem Anblick denkt, eigentlich ist sie doch ganz schön alt geworden, ist ihr auch nicht recht. Max war nie eine Schönheit. Meistens altern die Hässlichen besser. Er sah zwar nicht gut aus, aber er war ein Weiberheld. Als sie mit Alex zusammen war, hat er sie angemacht. Und sie hat sich verführen lassen. Das war so ein Typ, für den man sich irgendwie schämt, wenn man jung ist, weil er kein bisschen sexy ist. Aber er war überzeugend. Vorher hatte er nie ein unangebrachtes Wort gesagt, sie hatte ihm nicht misstraut, sah ihn überhaupt nicht als möglichen Lustspender an. Dann waren sie einmal die Treppen des Elysée Montmartre hochgegangen, es dauerte Stunden, weil jeder Max kannte und ihm etwas zu sagen hatte, aber als sie sich hinter der Bühne trennten, flüsterte er ihr ins Ohr: »Ich sollte nicht daran denken, aber dein Geruch macht mich so was von geil. Ich könnte dich auf der Stelle ficken.« Sylvie fand das absolut widerlich und deplatziert. Aber auch total erregend. Dass er sich das traute. In einem unbekümmert frechen Ton, mit seiner tiefen, sicheren Stimme. Und am selben Abend, während Alex' zweitem Lied, blies sie ihm einen auf dem Klo, während er an ihren Haaren riss und sie anspornte. Noch mehr als zwanzig Jahre später wird ihr ganz schlecht bei der Erinnerung. Es war bei dem einen Mal geblieben und sie hatten nicht mehr darüber gesprochen. Aber er begegnete ihr immer mit besonderer, angenehmer Aufmerksamkeit. Und als Alex sie verlassen hatte, war er einer der wenigen von Alex' Gefolge gewesen, der sich um sie sorgte. Max hat nie wieder so einen Star unter seine Fittiche genommen. Er ist im Musikbusiness geblieben und schlägt sich irgendwie durch.

Sylvie hat gehört, dass er sich manchmal um die Karriere junger Sänger kümmert, die an Fernseh-Talentshows teilgenommen haben. Sie hatten sich aus den Augen verloren. Aber dann ist Max auf die unglaublichste Art und Weise wieder aufgetaucht – in Barcelona, wo sie ein Wochenende mit Marie-Ange, Xavier, Pénélope und Stéphanie verbrachte, die zufällig die Ex von Max war. Sie hatten verabredet, bei Gelegenheit etwas trinken zu gehen. Und dann hatte er angerufen und ihr die beiden Karten angeboten, die er organisiert hatte.

Sie erkennt ihn schon von Weitem. An seinem Schritt, der immer schon ein bisschen auffällig war – als würde er nach vorn fallen. Aber vor allem an den Farben. Was für ein beschissener Geschmack! Er trägt eine glänzende Weste, mauve mit Silberkragen. Ein Grauen. Max wollte immer schon Dandy sein. Aber er hat keine Ahnung von den Codes. Seine Klamotten sind zu klein und schnüren ihn ein wie ein Wurstdarm. Sie begrüßen sich, Sylvie stellt Emilie vor, sie plaudern zwei Minuten über den unglaublichen Zufall ihres Wiedersehens. Die Schlange kommt langsam voran, es ist kalt. Und nach fünf Minuten sind sie beim Thema – den Attentaten. Der Terror hat die Körper ergriffen wie die Hand eines Marionettenspielers. Nur dass Max keine Spur von Angst erkennen lässt. Im Gegenteil, die Situation scheint ihm zu gefallen, ihn geradezu aufzuputschen. Er ist ein Pirat, ein Gauner – der Typ Mann, der imstande ist, aus den chaotischsten Situationen Profit zu schlagen. Und Sylvie weiß genug über seine Vergangenheit, um sicher zu sein, dass er nicht spielt. Max ist nie verweichlicht oder verbürgerlicht. Er ist der aggressive und asoziale Punk geblieben, dem Gewalt keine

Angst macht, weil sie sein bevorzugter Lebensraum ist. Er fühlt sich in dieser Atmosphäre allgemeiner Verstörung wie ein Fisch im Wasser. Er macht sich eine Zigarette an und antwortet Emilie, die ihn fragt, wie lange er Sylvie schon kennt, mit einem Lachen. »Ich sag dir kein Datum, das würde uns beide zu alt machen … aber sie war schon ziemlich scharf.« Er sieht Sylvie an. »Du hast dich nicht sehr verändert, hast genau das zugelegt, was nötig ist, um fast noch heißer zu sein als damals.« Dann nimmt er ihren Arm, als führte er sie zum Ball. Sie lächelt ihn an und versucht zu verbergen, wie glücklich sie ist, dass er mit ihr flirtet. Die Komplimente, die er ihr ins Ohr flüstert, wirken auf sie wie ein duftender Whirlpool – sie massieren und entspannen. Schon lange hat sie niemand mehr so umworben. Dankbar drückt sie sich an ihn.

Max spricht von Alex. Er sagt, wie sehr es ihm in solchen harten Momenten fehlt, mit ihm zu sprechen. Sylvie sieht, dass Emilie die Nase rümpft, als sie erzählt, dass sie bei den *Convergences* die Bänder von Alex eingesetzt haben. Aber Max legt ihr die Hand auf den Rücken, eine elegante, entspannte Geste. Sie hat Lust auf seine Aufmerksamkeit. Und sie redet, bis ihr schwindlig wird. Sie merkt schon, dass sie Sachen erzählt, die er nicht zu wissen braucht. Aber sie hat Lust zu erklären, was das Camp war. Weil es das Einzige in ihrem Leben ist, das kein Mitleid weckt. Sie ist wie ein sprudelnder Hahn und sie bringt ihn zum Lachen, sie interessiert ihn.

»You're either the butcher or you are the cattle.«

Knienden Männern, die Hände im Rücken gefesselt, werden, einem nach dem anderen, die Kehlen durchgeschnitten. Dopalet fragt sich ganz ernsthaft: Ist es ein besserer Tod, wenn dir ein Kannibale mit dem Messer die Kehle durchschneidet oder wenn deine Eingeweide von einer Horde Zombies gefressen werden? Er stellt sein Laptop auf den Küchentisch und taut in der Mikrowelle eine Reispfanne auf. Ohne den Bildschirm aus den Augen zu lassen, öffnet er eine Flasche Coca-Cola zero und gießt sie in das Glas mit Eiswürfeln. Das sind so die Fragen, die *Walking Dead* aufwirft, aufgeschlitzt oder ausgeweidet? Man muss schon mächtig masochistisch sein, um sich so viel Horror zuzumuten – die Serie besteht aus einer Aneinanderreihung von Momenten unerträglicher Spannung und Lawinen von Hämoglobin und Gedärmen, dazwischen debile metaphysische Dialoge, geschrieben von einem Nerd, der sich wahrscheinlich sein Leben lang von Donuts und Comics ernährt hat, ohne je seine Kammer zu verlassen. Aber *Walking Dead* fasziniert Dopalet.

Er sieht die Serie zum zweiten Mal. Sobald er denkt, »Na bitte, ich gewöhne mich daran, ich habe nicht mehr solche Angst wie am Anfang«, wirft ihn eine brutale Szene in die Verfassung des verstörten Kindes zurück und er presst ebenso beglückt wie angewidert die Zähne aufeinander.

Er ist heute nicht ins Büro gegangen. Gestern auch nicht. Er hat seine Assistentin angerufen und gesagt, er habe Hexenschuss, der Arzt habe ihn angewiesen, sich ein paar Tage nicht zu bewegen. Die einfachsten Dinge werden zum Problem. Er fühlt sich nur noch zu Hause wohl und hat immer größere Mühe auszugehen. Er braucht Hilfe, aber er weiß nicht, an wen er sich noch wenden kann. Alle seine Therapeuten haben ihn enttäuscht, er hat keine Lust, sie anzurufen. Er ist buchstäblich zerfressen von Angst bei der bloßen Vorstellung, seinen Posteingang zu öffnen. Wenn er es schafft, sich zu überwinden, leitet er alle Mails an seine Mitarbeiter weiter – er verkündet, er müsse lernen zu delegieren. Aber er kann nicht mehr direkt antworten. Er löscht seine Mailbox, ohne die Nachrichten abzuhören. Ein kleiner Fingerwisch nach links auf dem Telefon, und schon ist sie leer.

Als er noch ins Büro ging, wahrte er den Schein. Er öffnete die Tür, und ein automatisches Lächeln trat auf seine Lippen. Niemand ahnte, wie verzweifelt er war. Er ließ sich nichts anmerken, plauderte ein bisschen hier, ein bisschen da, dann schloss er sich in seinem Büro ein und gab Anweisung, ihn nicht zu stören. Stundenlang sah er auf Youtube alte Videos von McEnroe an, mit Kopfhörer, damit hinter der Tür niemand merkte, dass der Chef durchhängt, am Ende ist. Das ist er seinen Leuten schuldig: die Illusion, dass jemand den Laden lenkt. Am Nachmittag tauchte er auf und erfand Termine, um seinen vorzeitigen Abgang zu rechtfertigen. Er weiß genau, dass es so nicht weitergeht. Aber er wird sich doch keinen Analytiker im Internet suchen! Und er hat auch keine Lust, einen Freund anzurufen und nach einer Empfehlung zu fragen. Er hat keine Freunde. Alle, die er kennt, wären nur allzu froh, zu erfahren, dass er absäuft.

Ein Zombie verschlingt die Eingeweide seines Opfers, dessen Gebrüll die Küche füllt und sich mit dem grauenvollen Knurren der Streuner mischt. Glänzend und bluttriefend ergießen sich die Gedärme auf dem Boden. Das ist die Geschichte deines Lebens. Ein Moment der Unachtsamkeit, und der Feind sitzt auf dir – reißt dir die Haut mit den Zähnen ab, verschlingt dich roh, weidet sich an deinem Todeskampf. Millionen Zuschauer der Serie erkennen sich in dieser Situation wieder – du kannst dich nicht ausruhen, du kannst nie aufhören. Die Gefahr lauert überall. Das ist Tatsache. Es gibt keine Zuflucht und nur seltene Ruhepausen. Das Draußen ist ein Albtraum. Du darfst nie schwach werden, sonst umzingeln sie dich und zerreißen dich bei lebendigem Leib, um deine Innereien zu fressen. Die Serie wurde vielleicht von einem bescheuerten Yankee geschrieben, aber ihre Botschaft ist universell: Töte, bevor du getötet wirst! Wenn deine Hand zittert, wenn du zögerst, bist du tot. Es gibt keine guten Gefühle. Du bist der Schlächter oder die Kuh. Es gibt keinen Platz für Subtilität. Überleben heißt, bereit sein zu töten.

Solange Dopalet nicht aus dem Haus geht, fühlt er sich gar nicht so schlecht. Er langweilt sich nicht. Jogginghosen, erster Kaffee, eine Folge. Er ist geradezu hypnotisiert, hält die Gedanken an das echte Leben – die unangenehmen Dinge – auf Abstand, konzentriert sich auf die Geschichte der Serienhelden. Natürlich hat ihm die Assistentin nicht geglaubt, als er sagte, er könne sich nicht rühren. Sie wollte Meetings per Skype organisieren und Unterlagen mailen. Er hat alles abgelehnt. Hat sich verteidigt. Die Leute im Büro ändern ihr Verhalten. Ihm ist schon klar, dass sie sich hinter seinem Rücken das Maul zerreißen, weil er sich merkwürdig benimmt. Zum Glück ist fast Weihnachten. Da können sie ihn doch wohl mal zwei Minuten in Frieden lassen.

In diesem Jahr wird er seine Tochter nicht mehr sehen. Sie fährt zur Familie ihrer Mutter. Er wird die Zeit nutzen, um sich auszuruhen und wieder auf die Beine zu kommen. In ein paar Tagen geht es ihm besser. Morgen geht er joggen. Jeden Tag oder fast jeden fährt er ein bisschen auf dem Ergometer und guckt dabei eine Folge. Er wird erst seinen Körper wieder in Form bringen. Der Geist folgt dann. Er muss seinen Coach anrufen. Den hat er vor Monaten abbestellt.

Er würde gern eine Serie produzieren. Er mag die Gemeinschaftsarbeit. Du machst dich mit einer Gruppe von Menschen in einem bestimmten Rhythmus auf den Weg. Das ist wie ein Wasserhahn. Es fließt. Man lässt dich nicht im Stich. Niemand sagt, du sollst erst mal nachdenken. Man kümmert sich um dich. Man lässt dich nicht fallen.

In seiner Jugend war es ganz anders. Jungs wie er gingen in die Cinemathek. Nach Filmen von Kurosawa, Pasolini, Wenders hörten sie sich stundenlang beim Reden zu. Dopalet tat so, als könne er folgen. Er war nie ein Intellektueller. Jeden Monat las er die *Cahiers du Cinéma*, ohne zu begreifen, was da stand. Er übernahm die Sprache, die Formulierungen, lernte die Namen auswendig, damit niemand ahnte, dass er bei den Gesprächen nicht mitkam. Heutzutage zerbrechen sich die jungen Leute viel weniger den Kopf. Wenn sie die Nase voll davon haben, ihre Zeit an der Spielkonsole zu verbringen und Leute abzuknallen, sehen sie extrem brutale Serien. Niemand tut so, als wäre er ein Intellektueller. Das ist vorbei. Recht haben sie. Was hat uns das ganze Gehirnschmalz gebracht?

Dopalet würde sich freuen, wenn ihm jemand eine gute Serienidee brächte. Aber die Franzosen sind Lahmärsche. Manchmal schickt ihm jemand einen guten Pitch, er trifft die Drehbuchautoren in seinem Büro, sie ziehen eine Riesenschau ab, er ist angetan, sagt okay, fangt an zu schreiben. Und sechs Monate später hat er einen Julie-Lescaut-Verschnitt auf dem Schreibtisch. Egal, was sie ihm am Anfang versprechen, es endet immer so. Julie Lescaut mit einer alten Kalaschnikow in den Kulissen. Das ist Serie auf Französisch. Er träumt davon, sich für die Produktion eines guten Projekts einzusetzen. Wenn man ihm die Lust zurückgeben würde, wäre alles anders. Er würde sich ins Zeug legen. Vergäße die Angst, die Attentate, die Enttäuschungen, den Verrat. Er wäre imstande, Berge zu versetzen. Wenn man ihm seine Lust zurückgeben würde. Wenn ihm jemand ein gutes Projekt brächte.

Kinofilme, wie er sie bisher produziert hat, sind out. Leute wie er sind schon auf dem Altenteil. Er merkt es wenigstens. Genau das ist *Walking Dead*: Die Welt teilt sich in zwei Kategorien. Die einen begreifen, dass Krieg herrscht, die anderen klammern sich an ihr früheres Leben.

Viele Leute in seinem Milieu glauben hartnäckig, dass alles so weitergeht, wie immer. Aber das ist vorbei. Er bekommt kein Geld mehr, um seine Filme zu machen. Dabei geht er keine unüberlegten Risiken ein – vom Autorenfilm, den kleinen, komplizierten Filmen, den ehrgeizigen Projekten, die niemanden ins Kino locken, hat er sich schon lange verabschiedet. Er legt es nicht darauf an, die nächste Goldene Palme zu produzieren. Er denkt an Verkaufszahlen. Er denkt an Promicasting, Komödie, Familienfilm. Aber das reicht nicht.

Warum sollten die Leute aus dem Haus gehen, um einen französischen Film im Kino zu sehen? Sie bleiben zu Hause. Sie haben alles, was sie brauchen, im Internet. Er macht es genauso. Er streamt. Man hat ja keine Wahl: Er wird doch nicht sechs Monate warten, um die nächste Folge zu sehen, nur weil es so lange dauert, bis die Verträge geschlossen sind! Er geht auf eine Streaming-Site und sieht gratis, was die offiziellen Websites nicht anbieten. Netflix sieht er nur, weil Antoine ihm seinen Code gegeben hat. Eine Website, die verhindert, dass du deine Serien per Beamer siehst! Der Unterschied zwischen ihm und den anderen ist, dass er sich nicht einredet, alles werde gut. Alles wird immer schlimmer.

Er startet die nächste Folge. Manchmal macht er Listen. Wen stellen die Untoten in dieser Serie dar? Migranten? Aidskranke? Arbeitslose? Arme? Die Erinnerungen? Die Toten, die man nicht vergessen hat? Die Opfer früherer Genozide? Oder er macht eine Liste aller Zufluchtsorte in dieser Serie. Gefängnis, Bauernhof, Autobahn, militärisches Forschungszentrum, Krankenhaus, Supermarkt, Schlachthof. Die Listen sind zu nichts gut. Aber Dopalet weiß, dass man so arbeitet. Indem man ein gelungenes Projekt analysiert, es auseinandernimmt. Und an dem Tag, wo ihm jemand die richtige Idee bringt, ist er bereit. Dann greift er an. Vielleicht ist *Walking Dead* nur eine gottverdammte Allegorie für das jüdische Volk, das von Moses aus Ägypten geführt wird. Er müsste eine Liste der Feinde aufstellen, mit denen die Gruppe der Überlebenden zu tun hat. Denn in der Serie kommt die gefährlichste Bedrohung natürlich nicht von den Untoten. Die Grausamsten sind andere Menschengruppen. Die Untoten gehen noch: Sie sind langsam, haben nichts im Kopf. Er würde sich gern mit irgendwem darüber austauschen. Noch nie war er so allein.

Einen so bescheuerten Führer wie den der Gruppe von Überlebenden in dieser Serie hat er noch nie erlebt. Das kommt gut an. Genauso ist es heute. Ungefähr zwanzig Leute, jeder hat seine Fähigkeiten, seine Intelligenz, seine Stärken. Und dann wählen sie den Dümmsten zum Anführer. Gut beobachtet. Wie in der französischen Politik. Mit aller verfügbaren Kraft immer den Unfähigsten aussuchen.

Manchmal weiß er nicht, ob er sich mehr mit den Menschen oder mit den Untoten identifiziert. Er ist auch nur noch ein zitterndes, monströses Etwas, das die Kiefer im Leeren klappern lässt und an einem Hunger leidet, der sich mit nichts stillen lässt.

Laurie kommt heute Abend nicht. So wenig wie gestern und vorgestern. Er muss die Beziehung mit ihr endlich klären. Aber wenn er sie abschüttelt, hat er überhaupt niemanden mehr um sich. Laurie besucht den Abendkurs der

Kunsthochschule. Danach trinkt sie oft noch ein Glas Wein im 9. Arrondissement, dem neuen Inviertel. Sie hängt die halbe Nacht mit den Freundinnen rum, die sie dort kennengelernt hat. Sagt sie. Wer weiß, was sie wirklich anstellt. Vielleicht hat sie einen anderen. Laurie ist eine Lügnerin. Bei wichtigen Sachen wie bei Kleinigkeiten. Als er sie kennengelernt hat, dachte er, er müsse sie nur beruhigen, damit sie zuverlässiger wird. Schon verrückt, was du dir alles einredest, wenn du nicht zugeben willst, dass jemand, der dir gefällt, ein Aas ist. Du denkst dir eine Menge Schwachsinn aus, um dich zu überzeugen, dass du das schon hinkriegst. Aber das funktioniert nie. Jemand, der Stuss redet, ist jemand, der schon x-mal Gelegenheit hatte, sich zu bessern, aber nicht die geringste Absicht hat, es zu tun. Laurie ist ein kleines Dreckstück, das ihn manipuliert. Vor ein paar Tagen hat er ihr Tagebuch gelesen. »Ich weiß nicht, warum ich so viel Zeit damit verbringe, nett zu Leuten zu sein, obwohl mir klar ist, dass man ihnen pausenlos in die Fresse hauen sollte. Ich weiß nicht, warum ich mir so viel Gedanken darum mache, was dieser bescheuerte Fettsack denkt.« Draußen regnete es ohne Pause, senkrecht, als hätte jemand ein graues Laken vor seinem Fenster aufgespannt. Er stand in der Diele und war fassungslos. Nie hätte er von ihr so viel Brutalität erwartet. Seitenweise Hass, Hass auf ihn. Rindvieh, alter Schwachkopf, Opa, Hirni, Wichser, Karpfen auf dem Trockenen … Von außen ist Laurie ganz niedlich. Ein süßes kleines Mädchen – sie hat eine hübsche, etwas heisere Stimme und liebt es, gekrault zu werden. Dopalet hatte Angst, sie zu verletzen. Er traute sich nicht, ihr zu sagen, dass er oft an seine Frau denkt. Er hatte Angst, dass sie sich zu sehr an ihn bindet.

An dem Abend war er gut drauf. Er dachte, allmählich fühle ich mich wohl in der neuen Wohnung und in diesem Viertel. Er war voll positiver Gefühle – er dachte an Laurie und sagte sich, wir müssen der Geschichte etwas Zeit lassen. Ich habe Glück, dass ich so ein liebes Mädchen gefunden habe.

Laurie hatte ihre Sporttasche vergessen, die sie für Krav Maga und Aquacycling braucht. Der Reißverschluss war offen. Er hat nicht gestöbert. Das ist nicht seine Art. Aber er sah das blaue Clairefontaine-Heft. Es hat ihn gerührt, dass sie noch ein Notizheft hat. Er hat darin geblättert. Zuerst ist ihm aufgefallen, dass er ihre Handschrift nicht kannte. Heutzutage kann man monatelang mit jemandem zusammen sein, ohne zu wissen, ob seine Schrift rund, schräg, unleserlich oder geschwungen ist. Lauries Schrift hat ihn überrascht. Es war die einer älteren, reiferen Frau. Er hat ein paar Zeilen gelesen, einfach so. Er hätte nie gedacht, dass sie Tagebuch führt. Er dachte, dass sie darin ihre Diät notiert oder den Titel eines Liedes, die Adresse eines Friseurs oder den Namen einer Masseuse. »Er fragt mich nicht nach meiner Meinung, er fickt mich auch, wenn ich keine Lust habe und an die Decke starre, ohne mich zu rühren, das alte Schwein stört es nicht, er besteigt mich trotzdem, gerade so, als wär ich tot, er wichst in meiner Möse, scheißegal, wenn ich das nicht mag. Warum muss ich auch mit Tattergreisen rummachen?« Er hat nicht gleich begriffen, dass diese Schmutzlawine ausschließlich ihm galt. Zuerst dachte er, sie hätte einen Text von jemand anderem abgeschrieben. Vielleicht für ein Vorsprechen. Eine Rolle. Irgendwas Komisches. Das konnte nicht von ihr sein. Ihr kleiner, zarter Mund, ihre schlanken Finger, ihr entzückender Po. Die kleine Laurie, so weiblich, so strahlend, deren Haupteigenschaft die Sanftheit war. Sie passt nicht zu diesen Worten. Angewidert legte er das Heft zurück. Nach ein paar Minuten ging er wieder an die Tasche, holte es heraus und setzte sich hin, um es gründlich zu lesen. Es war die Chronik eines täglichen Hasses und der Geschenke, die er ihr machte. Das Schlimmste, schrieb sie, sei der Sex mit ihm. Zugegeben, sie hatte nie große Begeisterung dabei gezeigt. Aber die Frauen sind nun mal so, bis auf die, die ein Problem haben, das muss man halt akzeptieren. Es gibt eine Asymmetrie – eine Frage der Hormone, nicht schwer zu begreifen. Die Männer stehen auf Sex und die Frauen wollen Liebe. Er hatte sich schon überlegt, ob Laurie frigide sei. Aber er hätte sich nie vorstellen können, dass sie ihn hasst, weil er gern mit ihr schläft. Er las alles, was sie über ihn geschrieben hatte. Der Regen draußen hatte aufgehört, und eine höhnische Nachmittagssonne erfüllte das Wohnzimmer. Dann packte er das Heft sorgfältig an seinen Platz zurück und legte Gould auf, das Intermezzo von Brahms. Er wollte sich innerlich reinigen.

Zu Laurie hat er nichts gesagt. Er lässt sie seltener kommen. Bald wird er sie bitten, seine Adresse und seine Telefonnummer zu vergessen. Ohne das Heft zu erwähnen. Wieder ist ein Funken Freude in ihm erloschen. Bis dahin hatte er gar nicht begriffen, wie gut sie ihm tat. Was für ein Schlamassel!

Er dachte, sie mag seine Tätowierung. Sie hat nur Hohn und Spott und schreibt von »seinem Rücken eines Sonntags-Yakuza, dieser Proll!«. Drauf geschissen! Ihm gefällt sein neuer Rücken. Das passt irgendwie. Mehrmals am Tag geht er ins Badezimmer und betrachtet mithilfe von zwei Spiegeln das vollendete Werk. Es ist wunderbar. Jetzt, wo er sicher ist, seinen Tätowierer nie mehr wiederzusehen, empfindet er fast Dankbarkeit für ihn. Eine schöne Arbeit. Bei den letzten beiden Sitzungen hat er die Schatten und die Details ausgeführt, und Dopalet hat gesehen, wie das Motiv auftauchte, Tiefe bekam. Existierte. Er liebt die Zeichnung, die seinen Rücken bedeckt. Sie ist ein mächtiger Schild. Ein Mann, der ertragen kann, was er ertragen hat, um sich eine zweite Haut wie diese zu leisten, ist kein totaler Loser. Er betrachtet das Tattoo im Spiegel und denkt, dass er wieder auf die Beine kommt. Dass es bald wieder bergauf geht. Die ursprüngliche Inschrift hat er vergessen. Sie ist vergraben, verdeckt. Er gewöhnt sich an die Vorstellung, dass dieser beängstigende und mächtige Körper seiner ist. Er wird wieder in die Schwimmhalle gehen, wird wieder seine Bahnen ziehen, um seinen Bauch loszuwerden.

Er ist wieder rund wie eine Kugel. Schlimmer als vor der Diät. Seine Leidenschaft für die Michel-Desserts hat ihn reingerissen. Jeden Abend frisst er einen Eimer Mousse au Chocolat, während er seine Serien sieht. Dazu kommt noch diverser Kram, den er tagsüber runterschlingt. Jeder schützt sich, wie er kann. Er hat Fett zwischen sich und die Welt gepackt.

Er möchte eine Pause zwischen zwei Folgen machen. Aber er will weder das Radio einschalten noch den Fernseher. Was die Nachrichtensender auskotzen, macht dich krank vor Angst. Seit den Attentaten im November erträgt er das einfach nicht mehr. Er ist wie betäubt und denkt oft an den Artikel, den er über Hunde gelesen hat. »*Learned helplessness.*« Man sperrt sie in einen Käfig, den man auf den Boden knallt. Sehr bald versuchen die Hunde nicht mehr auszubrechen, um dem Stoß zuvorzukommen. Oder zu beißen. Sie pressen sich in die Ecke und nehmen alles hin.

Wie alle seine Landsleute hatte er sich noch nicht von *Charlie Hebdo* erholt. Wie soll man da das Bataclan ertragen? Also hört er keine Nachrichten mehr. Er will nichts von Syrien hören. Oder vom Kongo. Von Palästina. Sein Sättigungsgrad an Grausamkeit ist erreicht.

Er kaufte gerade einen Dreikönigskuchen, als er zwei Jungs in der Bäckerei reden hörte, der größere sagte, »Bei Charlie Hebdo gab's eine Schießerei.« Der typische Hipster. Dopalet holte automatisch sein Telefon aus der Tasche. Er dachte an den Verrückten, der in der Redaktion von *Libération* rumgeballert hatte. Aber das war etwas anderes. Er kaufte *Charlie Hebdo* nur selten. Die Nummer mit den Karikaturen, zur Unterstützung, wie alle. Den Nachmittag verbrachte er auf Facebook. Er sah, wie sich die Profilbilder seiner Kontakte eins nach dem anderen schwarz färbten. Wie eine Landschaft, die erlischt. Er rief im Büro an und sagte, ihr könnt alle nach Hause gehen. Er war am 11. Januar bei der Demo. Trotz seiner Ochlophobie hatte er keine Angst in dieser Menge, die nur langsam vorankam. Er war immer noch von dem Überfall in seiner Wohnung emotional zerstört. Seither ist er nicht mehr richtig auf die Beine gekommen. Das Video von der Erschießung der Wachleute, das im Internet verbreitet wurde, wollte er nicht sehen. Er wird sich auch nicht die Videos der Überlebenden des Bataclan ansehen.

Aber diesmal ist Schluss mit der Nachsicht. Du bist die Kuh oder der Schlächter. Egal ob Araber oder Juden, sie sollen endlich lernen, die Schnauze zu halten. Die normalen Menschen wie er stehen unter Schock. Doch das geht vorüber. Das Land wird sich wieder fangen. Sich verteidigen.

In der Nacht des Bataclan war Laurie bei ihm. Das war, bevor er wusste, mit wem er es zu tun hatte. Sie war in Panik. Er hat den Beschützer gespielt. Amélie fehlte ihm. Er traute sich nicht, sie anzurufen. Er hat ihr noch nicht gesagt, dass er eine Freundin hat. Er möchte ihr nicht wehtun. Eine zehn Jahre Jüngere, das würde sie verletzen. Er hat Amélie nichts vorzuwerfen. Sie war beispielhaft. Nach dem Überfall hat sie ihn sehr unterstützt. Sie hat seine Schlaflosigkeit und seine Migräne ertragen. Seine Gewichtszunahme. Sein Ausrasten bei jeder Kleinigkeit. Er brüllte, weil die Internetverbindung nicht funktionierte. Er schnaubte vor Wut, wenn sein Flug Verspätung hatte. Er konnte sich nicht mehr kontrollieren. Er kam sich wie die Nervenkranken im 19. Jahrhundert vor, denen man riet, im Bett zu bleiben und jede Tätigkeit zu vermeiden. Das hätte ihm gefallen – nichts mehr tun müssen, nicht mehr dem geringsten Ärger ausgesetzt sein. Aber er hatte eine Firma und Mitarbeiter, die sich auf ihn verließen. Amélie hat alles ertragen. Dann wurde er ungerecht ihr gegenüber. Sie hat ihn gewarnt, hat gesagt, ich bin die ganze Zeit in Alarmbereitschaft und frage mich, was deinen nächsten Wutanfall auslösen wird, ich kann nicht mehr. Seine schlechte Laune steckte alle in seiner Umgebung an. Er wusste, dass er sich beruhigen musste. Aber er beschimpfte sie als Nutte, wenn sie zu spät von einem Essen mit ihren Freundinnen nach Hause kam, während er zu Hause Trübsal blies. Er machte gehässige Bemerkungen über ihren Akzent im Englischen, wenn sie amerikanische Freunde trafen. An einem Samstag ging sie ins Hammam und er blieb zu Hause, wartete auf sie und fluchte, weil sie ihren bescheuerten Ausflügen das Wochenende opferte, wo sie doch die ganze Woche Zeit hatte zu schwitzen. Er brütete. Schärfte seine Klingen. Und in dem Moment, wo sie es am wenigsten erwartete, öffnete er die Schleuse und brüllte unflätige Beschimpfungen. Am nächsten Tag hat sie gesagt, ich brauche eine Pause. Am Abend vor einer wichtigen Filmpremiere. Obwohl sie wusste, dass er bei der Arbeit bis zum Hals in der Scheiße steckte, dass er ihre Unterstützung brauchte. »Willst du mich verarschen oder was, wer macht hier Pause, wer?« – »Ich kann nicht mehr, ich muss mich wiederfinden, ich muss mich vor dir schützen, ich ertrage deine Probleme, deine Ansprüche, deine Launen nicht mehr. Mein Vater hat mir die Schlüssel für das Haus in Biarritz gegeben, ich fahre morgen Vormittag mit der Kleinen.« Die ganze Nacht hat er gewütet, gebettelt, geheult. Sie ist weggefahren.

Seit dem Überfall geht alles den Bach runter. Auf der Arbeit, im Privatleben, in Frankreich, jenseits der Grenzen – eine Schreckensnachricht folgt der anderen. Die Welt zerfällt. Er hört keine Nachrichten mehr, weder im Radio noch im Fernsehen. Er hört seine Mailbox nicht mehr ab.

Dopalet holt sich ein Stück Bitterschokolade mit Salz und eine Handvoll Mandeln, dann setzt er sich auf das Sofa und will eine neue Folge starten. Der Laptopakku ist leer. Seufzend steht er auf, um das Ladegerät aus der Küche zu holen. Im Vorbeigehen wirft er einen Blick auf sein Smartphone. Öffnet den Posteingang, liest die letzte Mail, ein mutiger Akt. Die Typen aus *Walking Dead* würden sich totlachen über einen Mann, der sich mit fließendem Wasser und einem Kühlschrank voll Essen in seiner Wohnung einschließt und eine Krise kriegt, weil er eine Mail lesen soll.

Der Absender sagt ihm nichts – sicher irgendein kleiner Scheißer, der ihm erzählen will, er habe das Drehbuch des Jahrhunderts geschrieben. Jemand, der keinen Betreff schreibt, das regt ihn schon auf.

»Bleach. Subutex. Céleste und alle anderen ... Wir kennen uns noch nicht, aber ich glaube, ich kann Ihnen Sachen erzählen, die Sie interessieren.«

Verfluchte Scheiße, jedes Mal, wenn er das Gefühl hat, dass es aufwärts geht, haut ihm das Leben in die Fresse und er stürzt wieder ab. Die erste Mail seit Wochen, die er, ohne zu zittern, aufmacht, und was ist es?

Hektisch sucht er den Namen des Absenders – Maxime Chapio – im Internet. Dann muss er sich hinsetzen, um seine Gedanken zu sortieren. Auf der zweiten Seite der Google-Treffer steht es in blauen Buchstaben – der frühere Manager von Bleach. Er wird diesem Hurensohn die Fresse einschlagen. Was wird das? Rache? Eine Drohung? Die Wut brodelt in seinen Adern. In den Händen, den Beinen, der Wampe. Allmählich reicht es mit dem Terror. In jeder Form. Höchste Zeit, sich zu verteidigen. Nachdem er es seit Tagen nicht fertigbringt, auch nur die kleinste Nachricht abzuschicken, antwortet er auf diese Mail sofort. »Was wollen Sie von mir?« Die werden schon sehen, aus welchem Holz er geschnitzt ist. Er hat die Schnauze voll davon, dass alle auf ihm herumtrampeln. Sie denken, er sei am Ende, erledigt, sie hätten ihn alle gemacht. Sie denken, es ist aus mit ihm. Da packt ihn der Wahnsinn. Diesen Kerl lässt er nicht entkommen. Mit welchem Recht? Mit welchem Recht schickt er ihm so eine Mail? Schon ist die Antwort da: »Treffen wir uns, um darüber zu reden?«

Er hat ihn in die Bar des George-V. bestellt. Dort war er nur selten. Das letzte Mal für eine Verabredung mit Sophie Marceau, bestimmt fünf Jahre her, wenn nicht sechs. Sophie Marceau reißt sich schon lange nicht mehr den Arsch auf, um ein Glas Wein mit ihm zu trinken. Er hat nicht mehr das Profil des Produzenten, der sie interessieren könnte. Das kommt wieder. Er hat sich geduscht und rasiert, hat seine alten Armani-Jeans rausgekramt, die er ganz hinten in den Schrank gestopft hatte, überzeugt, nie wieder so dick zu sein, dass er das Ding anziehen würde. Bevor er sein weißes Hemd von Dior Homme angezogen hat, hat er sich umgedreht, soweit es ging, um einen Blick auf das Tattoo zu werfen. Der Drecksack, der ihm die Mail geschickt hat, soll sich bloß vorsehen. Er weiß nicht, dass er es mit einem Tätowierten zu tun hat. Einem Yakuza der Neuzeit. Er wird ihn bei lebendigem Leib verschlingen.

Er ist froh, dass er sich aufgerafft hat. Als er die Bar betritt, merkt er, dass es richtig war. Alles ist gedämpft, die rosa Beleuchtung, der Teppich, die Wandtäfelung. Der spezielle Ton von Pariser Luxushotels. Alles dazu bestimmt, ihn zu beruhigen, ihm Wohlbehagen zu verschaffen. Es funktioniert. Es tut gut, aus dem Haus zu gehen. Er hat es geschafft. Hat sich angezogen und ist losgegangen. Jetzt, wo er ruhiger ist, überlegt er sich, dass ihm der Mann vielleicht gar nichts Böses will.

Der andere kommt zehn Minuten zu spät. Was ist denn das für ein Kauz? Er trägt ein absurdes tailliertes Jackett aus violettem Samt. Dopalet würde sich nie trauen, so was anzuziehen. Er hat die Leute oft beneidet, die sich ein spezielles Outfit leisten. Er findet sie lächerlich, aber er beneidet sie. Sie erschaffen sich eine Persönlichkeit. Das ist was für Künstler. Er kann sich das nicht leisten, schließlich trägt er Verantwortung. Der komische Vogel ist groß, hat ein eckiges Gesicht. Die Sonnenbrille behält er auf. In der Bar des Georges-V. Ganz schön dreist. Dopalet winkt. Das Alter ist schwer zu schätzen. Er könnte ebenso gut schlaffe dreißig wie gut erhaltene fünfzig sein. Luxus ist nicht sein Element, aber er bewegt sich ohne Scheu. Wenn er beeindruckt ist, lässt er es sich nicht anmerken. Sein Händedruck ist fest, sein Körper geschmeidig, er lächelt wie William Dafoe.

Nachdem Dopalet tagelang mit *Walking Dead* zu Hause gesessen hat, beurteilt er den Mann mit dem Auge des Kriegers. Max sieht aus wie einer, der nicht zögern würde, wenn jetzt ein Zombie auftaucht. Er würde ihm eine Klinge in die Kehle jagen. Falls die Untoten angreifen, ist er bestimmt ein guter Partner.

Der Kellner kommt an ihren Tisch, ohne ihnen Zeit zu lassen, zum Thema zu kommen. Max bestellt einen Whisky. Entweder hat er keine Ahnung, was die Getränke hier kosten, oder er geht davon aus, dass Dopalet die Rechnung bezahlt. Der Produzent verschränkt die Arme, um sein Misstrauen kundzutun, lächelt aber, um zu zeigen, dass er das Blatt des anderen sehen will.

»Ihre Mail hat mich verwirrt. Wie rätselhaft!«

»Ich dachte, wir hätten uns gleich verstanden. Sonst hätten wir uns beide nicht die Mühe machen müssen, herzukommen.«

Max dreht den riesigen Ring in Form eines Skorpions an seinem Mittelfinger. Das reizt den Produzenten, ohne dass er sagen könnte weshalb. Haben vielleicht die beiden Gören den Mann geschickt? Offensichtlich hat er sie unterschätzt. Das ist manchmal ein schwacher Punkt bei ihm. Nach dem Überfall war er überzeugt, dass er sie im Nu finden würde, wenn er die besten Profis engagiert. Er hat sich geirrt. Sie rennen immer noch draußen rum, und er hatte genug Zeit, sich einen japanischen Druck in den Rücken zu tätowieren. Der Kerl soll endlich mit der Sprache rausrücken! Max beugt sich vor und dämpft die Stimme:

»Eine unglaubliche Häufung von Zufällen hat mich zu Ihnen geführt. In dieser Phase des Wettstreits würde ich sogar sagen, dass wir uns treffen mussten. Unsere Wege haben sich schon öfter gekreuzt. Irgendwann habe ich begriffen, dass immer Alex Bleach auf die eine oder andere Art im Zentrum dieses Netzes stand.«

»Sie waren einer seiner Manager, wenn Google mich richtig informiert hat.«

»Ich war sein Manager. Der historische.«

»Sehr gut. Und inwiefern geht mich das etwas an?«

»Bleachs Lebensbeichte. Subutex. Céleste. Aïcha. Die Hyäne. Viele Gemeinsamkeiten.«

Er zählt seine Argumente an den Fingern ab, wie man genüsslich die Karten eines Royal Flush hinblättert. Dopalet spürt, dass sich sein Herzrhythmus beschleunigt. Er muss seine Erregung verbergen, das Gespräch in der

Hand behalten. Bloß nicht zeigen, wie verblüfft er ist. Er kostet seinen Whisky, zwingt sich zur Langsamkeit.

»Schöne Serie. Aber was hat die Hyäne mit dem Ganzen zu tun?«

»Sie hatten sie beauftragt, Subutex zu suchen. Damals war sie auch bei mir. Ich erinnere mich gut an sie. Sehr schöne Frau. Ich war überrascht, als ich hörte, dass sie inzwischen zu seinem Anhang gehört.«

Der Adrenalinstoß ist so heftig, dass es wehtut. Es ist, als erwachte er aus einem Koma, tauchte aus dem Nebel auf, der ihn monatelang eingeschlossen hat. Sein Körper jubelt. Vor ihm sitzt der richtige Mann.

»Wissen Sie, wo sie sind?«

»Gehe ich fehl in der Annahme, dass Sie sie suchen?«

»Das kommt darauf an.«

Er blufft. Er ist sicher, dass man es merkt. Seine Aufregung lässt sich nicht mehr verbergen. Er ist in der Rolle des coolen Typen ungefähr so überzeugend, wie wenn Scarlett Johansson zu ihm sagte, ich würde dich gern verwöhnen, und er antworten würde, Moment mal, Puppe, ich schau nach, ob ich Zeit habe. Schon sieht er seinen Gesprächspartner mit anderen Augen. Er wäre gern so einer wie er, imstande, violettes Jackett, Ray Ban und Zuhälterringe zu tragen. Max richtet sich auf, lässt grinsend die Zähne blitzen und fährt mit der Hand durch die Luft:

»Ich nehme an, ein Mann mit Ihrer Schlagkraft hat schon alle Informationen über diese abgefahrene Truppe, die er braucht. Bremsen Sie mich, wenn ich zu überheblich war.«

»Es ist immer gut, etwas zu wagen. Erzählen Sie mir,

was Sie wissen, dann sage ich Ihnen, ob es mich interessiert.«

»Wie ich schon sagte: Es bedurfte einer ganzen Reihe der verrücktesten Zufälle, um bis zu Ihnen zu kommen. Tatsächlich kenne ich mehrere Personen, die um Subutex kreisen … ihn selbst natürlich auch.«

»Die Welt ist klein.«

»Ich habe mich für ihre Geschichte interessiert, aus anderen Gründen. Ich bin sogar so vermessen, zu behaupten, ich könnte Céleste wiederfinden. Jedenfalls weiß ich, in welcher Stadt sie zu suchen ist.«

»Okay. Du interessierst mich.«

Céleste! Sie hat die Nadel geführt. Sie hat ihn gezeichnet. Kein Detektiv hat es geschafft, sie zu orten. Der Mann meint es ernst. Er weiß etwas. Der Produzent gibt dem Kellner ein Zeichen, noch mal das Gleiche. Zwei Whisky. Sie müssen reden. Jetzt beugt er sich zu seinem Gegenüber und senkt die Stimme, damit er ihm entgegenkommen muss, um ihn zu hören.

»Erzähl mir das alles von Anfang an!«

Max legt die Arme um seine Stuhllehne. Dieser Hurensohn hat wirklich ein verführerisches Lächeln. Er antwortet ohne große Umschweife:

»Ich rechne mit einem Honorar, das auf sich warten lässt, ich bin extrem knapp bei Kasse. Glaubst du, du könntest mir aushelfen?«

»Warte, bis der Kellner unsere Gläser vollgemacht hat. Ich glaube, wir haben beide allen Grund zum Anstoßen!«

»Auf unser Treffen!«

»Auf uns!«

Vernon wacht in einem weiß gestrichenen Zimmer mit hoher Decke auf, der Dielenfußboden ist in erbärmlichem Zustand. Es kostet ihn Mühe, sich zu erinnern, in welcher Stadt er ist. Manchmal hat er morgens noch Zeit, sich einen Kaffee zu kochen, bis es ihm eingefallen ist. Die mörderische Kälte bringt ihn auf die Spur. Seine Nasenspitze ist gefroren. Belfast. Seit der Ankunft friert er sich hier den Arsch ab. Neben dem Bett liegt ein Buch auf dem Boden, das er gestern Abend im Wohnzimmer gefunden und mitgenommen hat, um darin zu lesen, weil es auf Französisch ist, aber er ist sofort in das schwarze Loch des Schlafes gestürzt. *The Long Goodbye*, die große schwarze Ausgabe. Es ist zu kalt zum Aufstehen, er sucht sein Telefon und zieht sich die beiden Decken über den Kopf. Max hat ihm eine Nachricht auf Facebook hinterlassen. Er öffnet sie nicht. Ein ungutes Gefühl packt ihn: Gestern Abend war er völlig baff, als Max plötzlich in dem irischen Klub aufgetaucht ist – in einem so völlig anderen Kontext als ihrem normalen. Aber als die Überraschung und die üblichen Freudenbekundungen – unglaublich, was treibst du denn hier, das ist fünfzehn Jahre her, verrückt, dass wir uns hier treffen, Scheiße, ich war so traurig wegen Alex – vorbei waren, packte ihn eine böse Vorahnung, die jetzt wiederkehrt, als er versucht, sich zu konzentrieren.

Er öffnet die Facebook-App, die er benutzt, seit er unterwegs ist. Das ist kein Profil unter seinem Namen, sondern eine Seite, für die alle aus dem Camp das Passwort haben, sie dient ihnen als gemeinsame Chronik – und niemand postet etwas davon öffentlich. Zuerst kommt ein Spruch, »Ich falle nicht tot um, ich verpuffe«, dazu ein Pik As, was soll das denn? Sechs Fotos später hat er verstanden. Der Sänger von Motörhead ist tot. Mit siebzig, Krebs. Er versucht, den Nachruf einer Tageszeitung zu lesen, aber ständig poppt Werbung auf und hindert ihn daran. Er macht das Telefon aus und legt sich auf die Seite. Er denkt an das letzte Konzert von Motörhead, bei dem er war, im November 13 im Zénith. Der Saal voll mit Männern seines Alters. Die Leute sahen aus wie Angestellte im Dienstleistungssektor und verwandelten sich bei den ersten Noten von *Ace of Spade* in Headbanger. Wenn er an Lemmy denkt, sieht er das Foto in superkurzen Jeansshorts vor sich, mit Kippe im Mund und leerem Blick. Lemmy nahm sich selbst nicht ernst. Er hat sich nicht als Persönlichkeit erfunden. Das hatte er nicht nötig. Er hatte die Haltung, er hatte den Sound. Motörhead, das ist wie Ramones oder AC/DC, mehr als eine Band, eine tragende Wand. Ob es dir gefällt oder nicht, das Haus, in dem du wohnst, ruht auf diesem Sound. Vernon hat Motörhead mit den Freunden im Tourbus gehört, wo sie aus voller Kehle mitgrölten. Oder mit Kopfhörern auf der Straße, geschwellte Brust, glücklich, erfüllt von dieser besonderen, ebenso kämpferischen wie fröhlichen Energie. Wenn er den Laden aufmachte, legte er *No Sleep 'til Hammersmith* auf, um den Kopf in Gang zu bringen, und bei den ersten Noten wusste er, dass es ein guter Tag werden würde. Mit der Stimme des Alten hat er sich auch über diverse Trennungen hinweggetröstet. Mit dieser rauen, beruhigenden Stimme, die direkt in den Bauch ging, diesem Gebrüll der Lebenslust. Das ist Musiktherapie, das klopft dir auf den Rücken und sagt »wird schon«.

Vernon denkt an die Leute vom Camp. Er schreibt ihnen nicht. Er hat auf keine Nachricht von ihnen geantwortet. Je länger er wartet, desto schwieriger wird es, wieder aufzutauchen. Er kennt diese Weisheit. Nicht mal in der Nacht des 13. November hat er sich gemeldet. Er war in Wolverhampton, wo er am Vorabend aufgelegt hatte. Er hatte sich hastig bei Facebook eingeloggt, um ihren Status zu kontrollieren. Lydia hatte ihm geschrieben. Sylvie hatte ihm geschrieben. Sélim hatte ihm geschrieben. Vernon war zu verzweifelt, um den Unbekümmerten zu spielen und ihnen ein paar nette Worte zu schicken.

Das Leben, das er führt, ist nicht unangenehm. Er passt sich an. Es gibt viele Stunden Leerlauf, den Rest der Zeit ist er unterwegs, und dieser ziemlich leere Rhythmus gefällt ihm. Er döst, er grübelt, er hört Musik. Es ist so was wie ein gesellschaftlicher Tod, unterbrochen von zwei Stunden am Abend, in denen er ein paar Platten auflegt.

Vernon macht das Telefon wieder an, auf Facebook protestiert eine junge Frau – »alle stellen Gedenkfotos für Lemmy auf ihre Seite, aber keiner erinnert sich daran, dass er Naziobjekte gesammelt hat«. Das Statement ist so wenig stichhaltig, dass nicht mal Trolls sich die Mühe machen zu reagieren. Lemmy war bescheuert. Das gehörte zum Spiel. Er hatte keine sauberen Hände. Motörhead war die Musik der bekennenden Schwachköpfe, derjenigen, die im Unterricht nie die Hand hoben, die nicht nach Punkten strebten, das war der gemeinsame Ruf der Zurückgebliebenen, der Unangepassten, der Unfähigen. Das war Musik, die sagt, ich bin froh, dass ich blöd bin. Lemmy war nichts für die Anständigen. Aber heute wollen die Leute keine speziellen Codes mehr: Alles, was im Schaufenster des Internets auftaucht, muss sofort lesbar sein, ohne dass man mehr braucht als sein bisschen Verstand, um es zu entziffern. Unter diesem Blickwinkel war Lemmy nur ein armer Sexbesessener und Sammler von Militärinsignien.

Vernon hört Stimmen hinter der Tür, die anderen Bewohner sind aufgewacht und frühstücken. Es sind drei DJs und ein paar Musiker – er weiß nicht genau, wie viele in der großen Wohnung übernachten. Mariana macht diese Tour nicht mit. Sie hat in Liverpool einen ausgesprochen hässlichen Typen getroffen – Vollbart und winzige, tief liegende Augen, schmale Lippen und Idiotenfresse. Es kommt oft vor, dass Mariana unterwegs Bekannte trifft – sonst hätte sie nicht so viele Gigs für Vernon klargemacht. Sie hat sich ausgiebig in der Raveszene rumgetrieben, das wird im Verlauf ihrer Reise immer klarer. Als sie sich kennengelernt haben, hat sie ihm erzählt, dass sie eine Menge kleiner Jobs gemacht hat. Sie war eine dieser typischen Dreißigjährigen, die die Krise hervorgebracht hat – man hat das Gefühl, ihr Berufsleben habe noch gar nicht begonnen, dabei sind sie schon seit zehn Jahren auf dem Arbeitsmarkt. Marianas kleine Jobs waren nur dazu da, über die Runden zu kommen, daneben steckt sie genauso tief im Techno wie Vernon früher im Rock. Kein Wunder, dass sie bei einer *Convergence* aufgetaucht ist: Sie war schon durch ganz Europa gereist, um an den unglaublichsten Orten zu tanzen. Sie hat also diesen Mann getroffen und Vernon sah von Weitem, wie sie umeinander herumschlichen. Er begriff, dass etwas zwischen ihnen war, das ihm nicht besonders gefiel. Es ärgerte ihn. Machte ihn traurig. Aber er spürte nicht den vertrauten Stich der Eifersucht. Verlor nicht den Boden unter den Füßen. Das hat ihn überrascht. Er horchte in sich hinein und wartete, aber kein Zweifel: Da war nichts. Als sie an dem Abend ins Hotel zurückkamen, hörte er sich fragen, »Hattest du was mit ihm?«, und Maria sagte Nein, er fragte nach und sie gab es zu. »Das ist eine alte Geschichte. Ich hatte nicht erwartet, ihn wiederzusehen. Er war enttäuscht, dass ich einen anderen habe.« Vernon hat bis zum nächsten Tag gewartet, um sicher zu sein, was er empfindet, aber keine Spur vom irrationalen Feuer der Eifersucht. Vielleicht, weil der Typ so hässlich ist. Er kann sich nicht vorstellen, dass Mariana nicht wie geplant in zwei Tagen zu ihm kommt, wenn die Irlandtournee vorbei ist. Sie haben nicht darüber gesprochen, sie wissen beide, was sie bis dahin macht. Vernon befragt sich, belauscht sich, überrascht sich: nichts. Windstille. Wenn sie ihn endgültig sitzen lässt, ist es vielleicht anders. Allein schon deshalb, weil sie eine geniale Managerin ist und er ohne sie total aufgeschmissen wäre.

Er hat natürlich eine Erklärung für diese Gleichgültigkeit: Viele Frauen wollen ihm für eine Nacht Gesellschaft leisten, und Monogamie war noch nie seine Sache. Das hilft ihm, großzügig zu sein. Seit dem Camp ist er nicht mehr der größte Held außergewöhnlicher Nächte, aber es gibt trotzdem die eine oder andere, die ihm gefällt und die ihn mag.

Gestern hat er in einer Disco aufgelegt, das war nicht so toll. Aber dann kam diese fantastische Asiatin. Wie im Film: Als er merkte, dass sie ihn ansah, hat er erst mal hinter sich geguckt, ob sie wirklich ihn meint. Hinter ihm war niemand. Sie hatte riesige Mandelaugen und einen Körper, den er besser nicht so genau betrachtete, so sehr machte er ihn an. Er hat es gewusst – dabei hat er viel von seiner Intuition verloren, seit er aus dem Camp weg ist, aber bei ihr hat er gewusst, was er auflegen musste – Korn. Das war nicht so klar. Bei so einer Frau, Pantherlook und majestätische Haltung, denkst du nicht sofort an Korn. Sowieso denkt man eher selten an Korn. Aber das war es. Er hat es gespürt. Sie hat getanzt, Herrgott, wie sie getanzt hat. Er war hin und weg. Und überzeugt, dass sie nach dem Set auf ihn warten würde.

Sie war da, an der Bar. Aber Max hat so an ihm geklebt, dass er keinen Schritt auf sie zu machen konnte. Irgendwann war sie verschwunden. Vernon hat sich gefreut, Max zu sehen. Sie sind sich in die Arme gefallen und er wollte gern ein Bier mit ihm trinken. Er konnte ja nicht ahnen, dass er ihn die ganze Nacht nicht mehr loswird. Wenn er an diesen Teil des Abends denkt, erwacht wieder das komische Gefühl im Bauch. Vernon mixt Alex' Wellen nicht in sein Set. Er macht es nicht mehr. Wenn die Leute bekifft sind, bringt es überhaupt nichts. Da muss es irgendeine Interferenz der Substanzen geben, und die Droge dominiert. Wenn man sich einen zwei Meter breiten Flur vorstellt, ist die Droge ein Elefant in der Mitte – der ganze Raum ist schon besetzt, und Bleachs Wellen wirken nicht. Sowieso braucht Vernons seltsame Gabe, die Menschen tanzen zu lassen, wie sie nie getanzt haben, die Gruppe, um sich zu entfalten. Ohne die anderen und ihre Inbrunst ist er einfach ein DJ mit viel Musik auf seinem Stick, der genug Erfahrung hat, um gute Übergänge zu machen. Aber schon beim zweiten Bier hat ihn Max auf Bleachs Töne angesprochen. Er wusste einfach zu viel für einen puren Zufall.

Max war nie ein Guter. Vernon hat sich gewundert, dass er sich so gut an ihn erinnert. Als er Alex managte, war es nicht seine Art, mit jemandem Zeit zu verschwenden, der ihm so wenig nutzen konnte wie ein kleiner Plattenhändler. Vernon wurde in den Logen bestenfalls geduldet, weil Alex darauf bestand. Und in seinem Laden tauchte Max nicht auf. Das war der Typ, der immer weiß, was angesagt ist, was man gerade mögen muss. Aber für Aufrichtigkeit war in seinem musikalischen Geschmack kein Platz.

Viele Leute bewunderten Max, denn er strich seine Rolle so heraus, dass sie am Ende glaubten, der wahre Künstler sei er, nicht sein Sänger. Max redete viel und gut. Trotzkistische Ausbildung. Lambertist. Vernon hat nie begriffen, was das ist. Das Einzige, was er über Trotzkisten weiß, ist, dass sie eine verzwickte Neigung zu radikalen Feministinnen hatten, mit denen sie heiße sexuelle Leidenschaften verbanden, die ihn nachdenklich machten. Und irgendwie neidisch. Max war keine Ausnahme für diese Regel: Sobald er eine Feministin sah, musste er sie vögeln. Beim Rock gab es allerdings nicht viele davon. Aber der Mann hatte einen Sensor – er entdeckte die einzige

Feministin im krachend vollen Bercy. Außerdem war er imstande, über jede beliebige Geschäftspraxis zu schwafeln, die ihm gerade gelegen kam, und sie dir als revolutionären Akt zu verkaufen, so unangreifbar wie ein christliches Dogma. Max verschlang Alex' Gehirn, drehte es um, frittierte es. Er war ihm keineswegs wohlgesonnen und ließ ihn oft schädliche Dummheiten machen. Der Manager war immer der Erste, der den hoch dosierten Trip zum unwiderlegbaren Beweis für die Rebellion des Süchtigen erklärte. In dieser Hinsicht war er ehrlich, das muss man ihm zugestehen: Er war selbst völlig abhängig.

Die Leute hatten zu große Angst vor dem Manager, um ihn zu reizen. Er liebte es, andere zu demütigen. Er schlug mit Sätzen um sich wie andere mit Äxten, und er liebte den Geschmack von Blut. Er sagte nie zu jemandem, ich mag dich nicht wegen deiner dreckigen Fresse. Nein, es ging sofort um politischen Verrat, Verkauf ans Großkapital, kleinbürgerliche Krämerei, was ihn allerdings nicht daran hinderte, auf Kosten des Sängers eine Menge Kies einzusacken. Max lebte auf großem Fuß. Er warf mit Geld um sich. Dabei war er nicht mit einem Silberlöffel im Mund geboren. Er gab sein Geld nicht mit der tugendhaften Sparsamkeit der wirklich Reichen aus.

Schon damals trug er komische Klamotten. Vernon erinnert sich vor allem an schwarz-weiß gestreifte Stretchhosen. Als er gestern in seinem glänzenden Samtjackett aufgetaucht ist, hat Vernon Witze gemacht. Beim dritten Bier wusste er nicht mehr, wie er ihn loswerden sollte. Er warf verzweifelte Blicke zu dem Mädchen, das auf ihn wartete, aber er konnte den Manager nicht unterbrechen, der ihn mit seinem entfesselten Gerede besoffen machte.

Als sie ging, gab er sich geschlagen und folgte Max in eine Bar ganz in der Nähe. Er wollte nichts mehr trinken. Sein Magen ist empfindlich, das ist wohl das Alter. Jedes Mal, wenn Max »pissen« ging, leerte er sein Glas unter dem gleichgültigen und kein bisschen erstaunten Blick des Barkeepers in das Spülbecken hinter dem Tresen.

Max behandelte ihn immer noch wie den kleinen Plattenverkäufer, der er zwanzig Jahre zuvor gewesen war. Er sah nicht mehr sehr fit aus. Mach dir nichts vor – du marinierst nicht ein Leben lang dein Gehirn in Alkohol und harten Drogen, ohne dass ein paar Drähte durchschmoren. Er schwafelte, erklärte, reihte schöne Phrasen aneinander. Er merkte nicht, dass Vernon schon lange begriffen hatte, dass sein Gerede nur eine Richtung hatte: die *Convergences*. Max hatte es sich in den Kopf gesetzt, ihn zu managen. Genauer gesagt, *Convergences* zu organisieren, aber nicht in der Natur, mit zwei Kerzen und einem Megafon, nein, richtig groß. Mit Getränken, Merchandising und Subventionen.

Max sprach von Pamela, Daniel, Sylvie und Xavier wie von alten Bekannten. Er sprach von Alex' Bändern, der kollektiven Hypnose, den Mädchen aus Bordeaux. Er sprach zu viel. Er wusste zu viel. Vernon spielte seine Rolle des ahnungslosen Idioten. Er ließ sich an der Schulter packen, es sei doch bescheuert, sein Talent in erbärmlichen Diskotheken zu verschwenden, wenn er für die *Convergences* geschaffen sei, mit seinen Freunden, die er nicht so fallen lassen dürfe, nicht auf Dauer. Max hatte Großes mit ihnen vor. Er hatte ein Netz, Ideen, eine Vision. Er war zu Whisky übergegangen.

Am Ende lag er auf dem Verdeck eines Autos vor der

Bar, wo er versuchte, die Kippe zum Mund zu führen, Vernon fasste sich in Geduld und ließ ihn labern. Max' Augen fixierten ihn nicht mehr, er artikulierte kaum noch, man verstand nicht mehr, was er stammelte. Aber dann kam der fatale Satz: »Wir könnten sogar einen Film über eure Erfahrungen machen, ich bin mit einem Filmproduzenten befreundet, Dopalet, der Mann ist ganz scharf darauf, wir können ihm verkaufen, was wir wollen, wenn du mitmachst, Bruder, du wirst sehen, ich lass dich die Treppe hochsteigen, in Smoking und allem …« Den Idioten zu spielen, wenn Gefahr drohte, war immer Vernons bevorzugte Strategie gewesen. Also hat er weiter dämlich gegrinst, ohne zu zeigen, dass der Name des Produzenten ihn in Panik versetzte.

»Ich organisiere euch die gewaltigste *Convergence*, die ihr je gesehen habt, ich bin echt gefrustet nach dem, was mir alle erzählen, dass ich das nie erlebt habe … Alex hatte seine genialen Momente, dein Potenzial und seins, damit machen wir Revolution, wir heben die Welt aus den Fugen …«

Das ist nicht harmlos. Irgendwas ist gestern passiert. Max weiß zu viel über sie. Er war nicht zufällig in Irland, um eine lokale Band unter Vertrag zu nehmen. Er ist wegen ihm gekommen. Vernon geht ins Wohnzimmer. Gestern Abend war es dunkel, die großen Fenster mit Blick auf den Park sind ihm nicht aufgefallen. Jetzt ist das Zimmer voller Licht, er ist überwältigt von der Schönheit des Anblicks: Junge Leute sitzen in fast weihevoller Ruhe um einen riesigen sonnenbeschienenen Tisch. Ihre Bewegungen sind anmutig, sie plaudern, ohne die Stimme zu heben. Gut, die American-Apparel-Shirts mit V-Ausschnitt in schreienden Farben sind vielleicht ein bisschen übertrieben, aber trotzdem. Es ist ein schönes Bild. Die Chance, dass Vernon an diesem Tisch persönliche Erinnerungen über Lemmy austauschen kann, ist allerdings gering. Nicht der Stil des Hauses. Diese Kinder denken wahrscheinlich, dass Marshall eine Kopfhörermarke ist.

Tüten mit Brötchen und mehrere Baguettes liegen auf dem Tisch, der schon voller Krümel und Konfitürespuren ist. Vernon sieht sich nach der Kaffeekanne um. Sie ist voll. Er findet keine saubere Tasse. Es gibt kein warmes Wasser, und ihm frieren fast die Finger ab, als er ein herumstehendes Glas abspült. Jemand öffnet die Fenster, und nach einer Minute kann man die Kälte im Raum förmlich mit Händen greifen. Vernon setzt sich, legt sein Telefon vor sich und weicht den Blicken der anderen aus. Für das Badezimmer steht man Schlange, er fragt in seinem schlechten Englisch, ob es da warmes Wasser gibt, der Mann, den er gefragt hat, antwortet lächelnd »I hope so«. Er ist nicht viel älter als er und sieht sympathisch aus. Er gehört zu der Gruppe der T-Shirts mit V-Ausschnitt. Knallgrün. Vernons Englisch ist unverständlich, sein Akzent die Hölle, und er kämpft immer mit Sätzen, die zu kompliziert für ihn sind. Sonst würde er versuchen, mit dem Mann zu reden, dessen Stirn von einer dunklen Strähne verdeckt wird und der der Gitarrist einer Popgruppe sein könnte. Seine großen Kinderaugen über hohen Wangenknochen sehen immer etwas erstaunt aus. Am anderen Ende des Tisches legt ein Mädchen mit rasierten Schläfen einem anderen die Karten. Sie reden leise. Vernon schnuppert an der Tüte mit Milch auf dem Tisch und gießt sie reichlich in seinen Kaffee. Er muss die Hyäne informieren. Max hat den Namen Dopalet fallen lassen. Irgendwas stimmt da nicht. Er erklärt dem sympathischen Mann, »My phone is out of credit and I have to send a text message, may I borrow yours?« Der andere versteht ihn sofort und schiebt sein Telefon über den Tisch. »No problem. By the way, loved your set yesterday. I was high as a kite, you made me travel real far.« Und Vernon, der kein Wort verstanden hat, lächelt. Er sucht in seinen Kontakten die Notfallnummer, um die Hyäne zu erreichen, sie steht unter »Kartoffel«. Er hat sich halb tot gelacht, als er den Codenamen eingegeben hat. Er hat oft gelacht, als er im Camp war. Er ruft nicht von seinem eigenen Telefon an, weil er weiß, dass sie ein Riesentheater deswegen machen würde. Sie ist so was von paranoid. So paranoid, dass es ihn sehr wundern würde, wenn Max' Besuch sie nicht interessiert.

Tränen fließen über Aïchas Wangen, während sie betet, und ihr Selbstmitleid widert sie an. Es war so angenehm, nachzugeben, voller Wonne hat sie dem Laster gefrönt – jetzt weiß sie nicht mal genau, ob sie weint, weil sie vom rechten Weg abgekommen ist. Sie möchte sich selbst bestrafen. Sie wusste nicht, dass man sich selbst so sehr verachten kann. Aber sie kann nicht behaupten, niemand hätte sie gewarnt. Der Dritte zwischen Mann und Frau ist immer Schaitan.

Der Morgen füllt das Zimmer mit grauem Licht. Hinter der Wand, in der Küche, macht sich Faïza zu schaffen. Aïcha hört den kleinen Yanis zwitschern, der vor den anderen aufsteht. Er imitiert die Vögel gut, und niemand weiß, woher er das hat. Er hockt auf seinem Stuhl, tschilpt und wackelt mit dem Kopf. Wenn man ihn fragt, was er da tut, sagt er, er rede mit den Vögeln, die in den Bäumen auf der Straße singen. Er spricht Deutsch, auch wenn man ihn auf Französisch fragt. Ihn mag Aïcha von den drei Söhnen am liebsten. Yanis ist sechs, vor ihm schämt sie sich nicht, stammelnd die Wörter anzuwenden, die er ihr beibringt.

Im Gegenteil, sie bringt ihn zum Lachen, wenn sie versucht, etwas Komplizierteres zu sagen, das ist ein Spiel zwischen ihnen geworden. »Bist du verrückt?«[*], ruft er jedes Mal, wenn das, was sie sagt, unverständlich ist. Das Spiel verlangt, dass sie antwortet, »aber ich kenne dich, du bist eine Kartoffel!«[**], und ihn hochhebt, dann brüllt er vor Lachen.

Sie muss diesen Moment der Ruhe genießen, gleich kommen Abid und Jafa herunter, dann hört man nichts mehr vom Vogelgezwitscher. Abid, der Älteste, ist schon beim Aufwachen wütend, weint und wird knallrot; wenn man seinen Launen nicht nachgibt, rastet er aus und heult noch lauter. Jafa ist fröhlicher, er ist acht und lutscht noch am Schnuller, um einzuschlafen. Mit seinen braunen Locken, den langen Wimpern und dem kleinen Kopf sieht er im Schlaf aus wie ein Engel. Aber wenn er munter wird, verwandelt er sich in einen Dämon: Fahrrad in der Küche, Trampolin auf dem Sofa, Trapez an der Stehlampe …

Aïcha liebt die Gesellschaft der Kinder. Als sie von drei Jungen in der Familie gehört hat, hatte sie Angst, nicht zu wissen, wie sie mit ihnen umgehen soll. Sie spricht Französisch mit ihnen, die Jungen antworten auf Deutsch, das sie nur mühsam lernt. Als sie Jafa zum ersten Mal an einem Gummiband, das er am Schrank befestigt hatte, in der Luft hängen sah, während Abid in die Hose kackte und mit den Füßen stampfte und Yanis seine Playmobilsteine in alle Richtungen warf und dabei den Motor eines Jagdflugzeugs imitierte, dachte sie, ich gehe zurück nach

* i. O. deutsch

** i. O. deutsch

Frankreich, lieber lasse ich mir ein Messer in die Rippen stoßen, mich von einem Auto überfahren oder wegen nichts ins Gefängnis stecken; zu Hause ist es trotzdem besser als mit dieser Meute von Gremlins. Sie wusste nicht mehr, wo ihr der Kopf stand. In den ersten Tagen war ihr einziges Ziel, dass niemand umkam. Und eines Tages sagte Yanis – den sie schon seit einer Weile verdächtigte, ihr fehlendes Deutsch auszunutzen, um seine Brüder zum Lachen zu bringen, indem er sie aufs Gemeinste beschimpfte – »deine fette Fresse«, und sie gab ihm eine Ohrfeige. Sie schämte sich sofort. Ihr Vater hatte sie nie geschlagen. Sie begriff nicht, was in sie gefahren war. Als am Abend die Eltern nach Hause kamen, stürzte sich Yanis zu ihrer großen Überraschung nicht in ihre Arme, um zu petzen; die drei Kinder verrieten nichts. Sie haben nie mehr darüber gesprochen, aber seit dem Tag benimmt sich Yanis anständig. Und sie verliert nicht mehr die Kontrolle. Obwohl es nicht an Gelegenheiten mangelt.

Aïcha verschwindet in ihren Spielen, ihren Mahlzeiten, ihrem Bad, ihrem Kinderlärm. Die drei Jungen nehmen sie ganz in Beschlag und hindern sie daran, allzu viel nachzudenken. Sie hat sie halbwegs gezähmt. Sie lassen sich zappelnd umarmen und schlingen die kleinen Arme um ihren Hals, Aïcha nennt sie Zuckerschnecken, und die Berührung mit ihren Körpern ist Freude und Trost. Sie erkennt die Gesten, mit denen sie den Jungen ihre Zuneigung zeigt, es sind die ihres Vaters. Die sie vergessen hatte. Sie erkennt, wie sehr er sie umsorgt, ermutigt, erzogen hat. In der letzten Zeit war von der Erinnerung an seine Erziehung nur die Überzeugung geblieben, sie sei zu locker gewesen. Heute wird ihr klar, was es für eine

Leistung war, allein eine Tochter großzuziehen, ohne je die Hand gegen sie zu erheben. Ihr Vater war vor allem präsent. Sie fühlte sich geliebt. Sie wurde mit Wohlwollen angeschaut. Er hat immer ihre Fähigkeiten hervorgehoben, ihre Anstrengungen gewürdigt.

Meistens hat Aïcha um diese Zeit schon ihr Zimmer verlassen, um die Kaffeemaschine einzuschalten. Auch da tut sie, was ihr Vater für sie getan hat. Sie weiß, wie angenehm es ist, von köstlichem Kaffeeduft empfangen zu werden. Auch Faïza weiß es zu schätzen. Aber heute hat Aïcha keine Lust auf diese Verstellung. Sie muss weg. Ihre Entscheidung ist gefallen. Auch wenn sie ihr Angst macht. Die Sorge um ihr eigenes Wohlbefinden widert sie an. Sie verachtet ihre heuchlerischen Gewissensbisse. Sie weiß, dass es in Wirklichkeit nicht die Angst vor dem Unbekannten ist, die sie hier festhält. Es ist die Sünde.

Aïcha ist nach der Dopalet-Geschichte hierhergekommen. Ein Bekannter der Hyäne hatte sie in der nächsten Nacht nach Lyon gefahren. Sie stellte keine Fragen. Die Hyäne hatte ihr gesagt, sie müsse untertauchen, sie sei in Gefahr. Wenn sie Glück hätten, werde der Produzent sie nicht anzeigen, weil er keine Lust habe, die Gründe des Überfalls zu offenbaren. Aber er werde versuchen, sich auf andere Weise zu rächen. Aïcha war bereit, vor Gericht für ihre Tat geradezustehen, aber die Hyäne sagte: »Machst du Witze, oder was? Wenn Dopalet einen guten Anwalt hat, klagen sie dich wegen Terrorismus an – du studierst doch Jura, du weißt, was das heißt!« Und das war alles vor den Attentaten.

Aïcha hatte sich gesträubt, sie fürchtete, der Produzent werde sich an ihren Vater halten, die Hyäne hatte sie beruhigt. »Dafür ist Dopalet zu beschränkt. Er wird deiner Familie nichts tun, er will dich bestrafen, glaub mir, ich kenne ihn.« Das war schlimm. Sie würde ein Jahr ihres Studiums verlieren. Sie fand es zwar logisch, dass sie für ihre Tat bezahlte, aber ihr wurde schnell klar, dass es keine Entschuldigung dafür gab, Céleste in ihre Geschichte hineingezogen zu haben. Auch da hatte die Hyäne sie beruhigt – mach dir keinen Kopf, das ist bald vorbei, dann seht ihr euch wieder. Ihr müsst nur für ein paar Monate untertauchen. Aïcha sollte einige Zeit als Au-pair-Mädchen zu einer Familie nach Deutschland gehen. Sie versprach der Hyäne, nichts unter ihrer richtigen Identität zu unternehmen. Weder Führerschein noch Fitnessstudio, kein offizieller Job, Stipendienantrag oder Einschreiben an einer Universität. Und vor allem keine sozialen Netzwerke, auch kein Telefonabo. Sie sollte verschwinden. Den Pass ließ sie bei ihrem Vater.

Am Busbahnhof in Lyon bezahlte sie ihre Fahrkarte nach Berlin bar. Während der Fahrt nahm sie das Kopftuch ab, um nicht aufzufallen. Es war eine lange Busfahrt. Sie hatte keine Angst vor dem, was sie erwartete. In Berlin holte sie ein Mann ab, der ihr vorkam wie ein Geheimagent, nicht, weil sowieso alles wie im Film war, sondern weil er sie ganz mechanisch und unbeteiligt mit Informationen überhäufte. Er war vielleicht dreißig, und obwohl er distanziert blieb, spürte sie bei ihm ein Bedauern, als er von Paris sprach, daraus schloss sie, dass er auch hier untergetaucht war und lieber zu Hause geblieben wäre. Inzwischen hat sie viele Ausländer getroffen, die in Deutschland arbeiten, und hat ihr Bild korrigiert – alle wären lieber in ihrem Heimatland geblieben. Niemand zieht nach Frankfurt, weil das Klima so angenehm, die Stadt so schön und das Leben so aufregend ist. Am wenigsten für Ausländer. Es ist eine hässliche Stadt und die Deutschen sind ätzend. Niemand hat Lust, bei ihnen zu leben. Aber man muss halt essen.

Der Mann brachte sie im Taxi zum Bahnhof und drückte ihr eine Fahrkarte nach Frankfurt in die Hand. Dort sollte sie Au-pair bei einer Familie werden, die ein junges Mädchen aus Frankreich suchte, das unbedingt Deutsch lernen wollte, um später Arbeit zu finden, wo es welche gab.

Am Bahnhof in Frankfurt erwartete sie die Mutter der Familie, bei der sie arbeiten würde. Zu Aïchas großer Erleichterung waren es Muslime. Sie würde ihre Gebete sprechen können, ohne das Gefühl zu haben, einen Staatsstreich vorzubereiten. Anders als zu Hause. In Paris hat ihr Vater manchmal geweint, wenn sie ihre Waschungen ausführte. Sie schaute auf die kleine funkelnde Hand der Fatima, die fröhlich am Rückspiegel schaukelte – wie ein Willkommensgruß. Auf der Rückbank lag ein daumenlutschendes Monchichi. Im Auto herrschte Chaos, und Faïza behauptete, das sei wegen der Kinder, dabei ist sie selbst total unordentlich. Sie stapelt und verteilt – ein wahrer Orkan! Wenn das Haus tadellos ist, braucht sie zehn Minuten, um alles auf den Kopf zu stellen, man fragt sich, wie sie das hinkriegt, ganz praktisch, in so kurzer Zeit so viel Zeug auszupacken, denn wenn man ihr zusieht, sieht man sie nie einen Schrank öffnen oder Sachen wild um sich werfen. Sie hat ein Talent fürs Chaos.

Faïza war ihr gleich sympathisch. Sie ist geschwätzig, fröhlich und ein bisschen verdreht – aber eine gläubige und in jeder Hinsicht anständige Frau. Sie beruft sich nicht bei jeder Gelegenheit auf die Religion, um zu beweisen, dass sie den Koran besser gelesen hat als die Nachbarin oder dass sie die reinste Gläubige des Viertels ist. Sie macht kein Theater. Aber sie tut nichts, was haram wäre. Sie stellt ihren Glauben nie zur Schau, sie ist religiös, nicht exhibitionistisch.

Faïza macht keinen Hehl aus ihren Gefühlen: Sie beneidet ihre Nachbarn, sie ist materialistisch, sie mag die Kinder der anderen nicht, und sie versucht nicht, es zu verbergen. Sie behauptet nicht, eine andere zu sein, als sie ist. Sie ist kein Lästermaul, auch wenn sie manchmal boshafte Gedanken hat. Sie ist eine zurückhaltende Frau, die keine Aufmerksamkeit auf sich zieht und nie darauf käme, in einem auch nur entfernt anzüglichen Ton mit einem Mann zu sprechen – alles an ihr ist tadellos, durchdacht, von keuscher und sanfter Weiblichkeit.

Im Auto hat sie keine unangenehme Frage gestellt. Sie ist eine alte Freundin der Hyäne und schuldete ihr einen Gefallen. Sie glaubt, dass Aïcha in Deutschland Arbeit sucht und eine Beschäftigung braucht, um die Sprache zu lernen. Faïza ist nicht neugierig. Sie redet zu viel über sich, um indiskret zu werden. Sie brauchte Hilfe im Haus, wegen der drei Jungs und weil sie ihre Stelle als Pflegerin im Krankenhaus nicht aufgeben wollte, denn ihr Mann war gerade bei Amazon entlassen worden und sie hatten nur noch ihr Einkommen. Sie erzählte das Aïcha nicht, um zu rechtfertigen, dass sie den ganzen Tag für Kost und Logis würde arbeiten müssen – das fand sie ganz normal. Eine Win-win-Situation.

Als Aïcha ihre Tasche im Wohnzimmer abstellte, war sie schockiert. Es war sehr fröhlich, bunt, voll von lustigen

Gegenständen. Aber es war vor allem ein unbeschreiblicher Saustall. Nicht schmutzig – nur das absolute Durcheinander. Ein Frotteehandtuch auf der Lehne eines Stuhls, ein Spielzeugauto auf dem Esstisch, ein Stapel CDs im Flur, eine leere Verpackung im Regal, drei Zeitungen auf dem Kühlschrank … Aïcha dachte an das Heim ihrer Kindheit, in dem ihr Vater für perfekte Ordnung gesorgt hatte. In diesem Moment wurde ihr bewusst, dass sie nie mehr dorthin zurückkehren und sich immer dorthin zurücksehnen würde.

Nach ein paar Tagen rief die Hyäne vormittags auf dem Festnetz an, als würde sie trotz der Entfernung ihren Tagesablauf kennen und wissen, dass sie allein im Haus war; sie nannte weder ihren eigenen Namen noch Aïchas, ich wollte dir sagen, dass hier alles in Ordnung ist, es geht allen gut – und dieses »allen« klang süß in ihren Ohren, es hieß, dass es ihrem Vater gut ging und dass Céleste irgendwie zurande kam. Aïcha hatte großes Heimweh. Oft hörte sie auf dem Computer im Wohnzimmer France Inter oder France Culture – der Klang von zu Hause, die Sender, die ihr Vater immer hörte.

Nach den Attentaten wurde es zunehmend unmöglich, diese Sender zu hören, weil nur noch vom Islam die Rede war. Die französische Elite blätterte im Koran und suchte sich heraus, was ihr passte. Um jeden Preis wollten sie das Wort des Propheten mit dem Blutbad in Zusammenhang bringen, das das Land spaltete. Als hätten die Terroristen den politischen Mord erfunden, als hätten sie ihn auf Geheiß Allahs ausgeführt. Als hätten sich die Unwissenden, die diese Verbrechen begangen hatten, nicht vor allem von Filmen und Spielen aus Hollywood inspirieren lassen. Sollen sie doch die Wurzel der Gewalt da ausreißen, wo sie gewachsen ist, das war bestimmt nicht in ihren Gebeten. Keiner der Mörder war ein gläubiger Muslim. Keiner! Aber das interessierte niemanden bei den Sendern, die ihr Vater hörte. Sie durchwühlten hektisch den Koran, als genügte der Blick eines Europäers, um die Wahrheit darin zu finden. Um seine Gewalttätigkeit zu entlarven. Niemals überprüften sie ihre eigene Propaganda. Dabei war es nicht schwer zu erkennen, dass die Mörder seit dem 11. September immer die Sprache des Westens sprechen: sichtbare, spektakuläre Gewalt. Hollywood hat die Regeln für die Ästhetik des Massakers festgelegt.

Sie fragte sich, was ihr Vater von alldem hielt. Fiel er darauf rein? War er niedergeschlagen? Sie musste das Schweigen ertragen. Sie hatte Vertrauen. Dopalet würde vergessen. Die Reichen haben genug Unterhaltung, sie lenken sich ab. Sie würde zu ihrem Vater zurückkehren. Ihr Studium wieder aufnehmen, vielleicht in England. Solche Gedanken halfen ihr durchzuhalten. Im Laufe der Zeit drückte sie dem Haus ihre Spuren auf. Faïza behandelte sie nicht wie ein Dienstmädchen, sondern eher wie eine jüngere Cousine, die ihnen unter die Arme griff, um sich dafür zu bedanken, dass man sie versorgte. Sie war heilfroh, dass Aïcha da war, und zeigte ihr ihre Dankbarkeit. Wenn sie Kuchen mitbrachte, war immer ein Stück für »die Kleine« dabei. Wie es sich gehörte, hielt Aïcha Abstand zu Walid, dem Vater der Kinder. Der Islam verbietet Nähe zwischen den Geschlechtern. Sie durfte nicht allein mit einem Nicht-Mahram sein. Sie wussten es beide und mussten nicht darüber reden. Sie betrat das Zimmer nicht, wenn sie wusste, dass er allein darin war, er tat dasselbe.

Aïcha aß nicht mit den Eltern, sondern vorher, mit den Kindern. Nur am Wochenende leistete sie ihnen manchmal bei Café und Dessert Gesellschaft. Faïza ist fast pathologisch naschhaft – sie kann stundenlang über Essen reden und bringt es fertig, einen Umweg von dreißig Minuten zu machen, um einen bestimmten Kuchen zu kaufen. Walid war so wortkarg, wie seine Frau geschwätzig, aber er sprach gern über Frankreich. Deshalb wechselten sie ein paar Worte. Sie begegneten sich meistens, wenn sie mit den Kindern in dem kleinen Park vor dem Haus war und er Yanis abholte, um mit ihm Fahrrad zu fahren, oder Jafar, um Ball zu spielen. Walid sagte nichts, aber er ließ sie spüren, dass er durchaus wusste, wie schwierig es ist, drei Jungen unter zehn Jahren zu bändigen. Sie respektierte Walid, er war gläubig und sehr zurückhaltend. Er war nicht sehr gebildet, besaß aber eine mathematische Intelligenz – logisch und schnell. Sie mochte seine Vernunft, seine natürliche Autorität und seine Ruhe. Sie kümmerte sich nicht um ihn. Sie war zu sehr mit ihren eigenen Gedanken beschäftigt, und die drei Jungs beanspruchten ihre ganze Aufmerksamkeit.

Mit Faïza aber freundete sie sich an. Den ganzen Tag muss die Krankenpflegerin auf Deutsch herumstammeln, sie hasst die Sprache und spricht sie schlecht. Abends war sie froh, sich mit Aïcha hinzusetzen und zu schwatzen. Meistens ging Walid dann aus. Er traf im Shisha-Café muslimische Freunde aus Frankreich, Einwanderer wie er, und kam spät zurück. Währenddessen gönnten sich die beiden

Frauen wahre Serienorgien. Nach zwei Folgen wandte sich Faïza an Aïcha – schlafen können wir im nächsten Leben, gucken wir noch eine dritte? Dann nickte Aïcha und ließ sich wieder gegen die Sofalehne sinken. Wenn der Cliffhanger am Ende der dritten Folge zu spannend war, sahen sie sich an und lachten. Wir können doch jetzt nicht aufhören, wir müssen weitergucken, oder? Oft schickte Walid sie ins Bett, wenn er nach Hause kam, »Geht's euch nicht gut, oder was? Wisst ihr, dass ihr euch diesen Blödsinn seit vier Stunden anseht?«, und sie mussten über ihre eigene Dummheit lachen, während sie die unzähligen goldenen Ferrero-Rocher-Folien und die leeren Teetassen vom Couchtisch räumten. Es war ein recht angenehmes Leben. Gerade so monoton und schmerzlich, damit Aïcha sich im Exil fühlte, aber angenehm genug, damit sie nicht verzweifelte. Eines Abends setzte sich Walid zu ihnen. Aber es gab zu viele Liebesszenen in *Game of Thrones*, als dass Aïcha sie mit einem Mann im Zimmer hätte sehen können. Sie stand auf, um das Ehepaar allein zu lassen, aber Faïza protestierte, »Dann gucken wir halt Sherlock Holmes – bleib da.«

Aïcha fühlte sich in dieser familiären Atmosphäre wohl. Für sie, die nie mit ihren Eltern als Paar zusammengelebt hatte, öffnete sich die Tür zu einer unbekannten Welt. Sie kam nicht darauf, dem besonderen Vergnügen zu misstrauen, das ihr diese Abende zu dritt bereiteten. Im Nachhinein begreift sie, dass sie sündhaft ahnungslos war. Aber damals spürte sie das Böse nicht kommen. Sie hat aus Stolz gesündigt. Sie hat gedacht, sie stünde über dem Gesetz.

Tagsüber suchte Walid Arbeit, traf Freunde und verbrachte den Nachmittag in seiner Werkstatt – einem Zimmer, das er sich neben dem der Kinder eingerichtet hatte –, wo er Sachen reparierte, die andere Exilanten ihm gaben. Meistens kaputte Telefone oder Computer. Manchmal reparierte er auch einen Staubsauger, eine Playstation oder eine Küchenmaschine. Einmal brachte er sogar eine Drohne wieder in Gang. Diese kleinen Arbeiten machte er unter der Hand. Oft ging er mit seiner Tasche zu Bekannten, um sich einen Kühlschrank oder eine Waschmaschine anzusehen. Bevor er losfuhr, studierte er das Modell im Internet und merkte sich die Schwachstellen. Er war geschickt. Und nicht sparsam mit seiner Zeit. Stundenlang suchte er im Internet, um die passende Anleitung, die richtige Montagebeschreibung oder das für die Reparatur nötige Programm zu finden. Faïza erzählte Aïcha, dass er nach der Entlassung von Amazon eine harte Zeit durchgemacht hatte. Er war dort Teamleiter gewesen und hätte gern einen neuen Job mit der gleichen Verantwortung gefunden, aber man bot ihm nur Stellen als Lagerist mit lächerlichem Lohn an. Hier und da Geräte zu reparieren brachte ihm mehr ein. Wenn er guter Laune war, füllte er das Haus mit strahlender Fröhlichkeit, spielte mit seinen Söhnen und scherzte mit seiner Frau. Dann wieder war er mürrisch und verdarb allen die Laune, ohne ein Wort zu sagen. Er konnte nichts dafür – es war einfach so, dass seine Stimmung sich in der ganzen Wohnung ausbreitete. Aïcha achtete nicht darauf – es ging sie nichts an.

Es fiel ihr auch nicht schwer, sich auf ihre Aufgaben zu konzentrieren: Sie hatte keine Minute für sich. Sie stand mit Kindersocken in der Hand auf, brach nach dem Abendessen mit den Armen voll schmutziger Handtücher zusammen und hatte tagsüber keine Zeit, Luft zu holen, um auch nur einen Kaffee zu trinken. Nur beim Einkauf am Vormittag gönnte sie sich manchmal zehn Minuten, um am Main entlangzulaufen. Sie ist schon immer gern gelaufen. Von diesen Spaziergängen erzählte sie niemandem.

Jeden Tag hörte sie ein bisschen Deutsch und dachte sich, wenn ich schon da bin, kann ich auch die Sprache lernen, schließlich ist das hier ein reiches Land, und vielleicht ist es zu irgendetwas gut. Wenn sie allein im Haus arbeitete, ausfegte oder Wäsche zusammenlegte, hörte sie auf Youtube einen Deutschkurs und wiederholte halblaut die Wendungen, die sie behalten wollte. Sie hatte auf der Straße ein Exemplar von *Der kleine Prinz* auf Deutsch gefunden, als hätte das Buch sie erwartet. Sie las darin und stellte fest, dass sie manche Passagen im Original fast wortwörtlich im Kopf hatte, weil ihr Vater ihr so oft die Schallplatte von Gérard Philipe vorgespielt hatte, als sie klein war. Ihre erste linguistische Ekstase erlebte sie, als sie es in dem kleinen Lebensmittelladen an der Ecke schaffte, nach leicht verdaulicher Milch zu fragen, der junge türkische Verkäufer auf Anhieb wusste, was sie meinte, und sie seine Antwort verstand. Abgesehen von dem Geplapper mit Yanis waren das die ersten Worte, die sie in der neuen Sprache mit jemandem wechselte.

Aber dann war das Böse geschehen. Schaitan ist geduldig. Er nähert sich ohne Hast. Wenn sie versucht, sich zu erinnern, das erste Samenkorn der Sünde zu finden, das sich in ihre Gedanken geschlichen hatte, erscheint der Tag des Spaziergangs als Anfang vom Ende.

Aïcha ahnte, dass es nicht ganz richtig war, allein am Mainufer entlangzulaufen, sonst hätte sie es nicht so sorgfältig vermieden, ihren Gasteltern davon zu erzählen. Trotzdem gönnte sie sich diesen kleinen Freiraum, weil sie das Haus sonst nie verließ und sich sagte, sie brauche frische Luft.

An jenem Tag war es besonders mild und die Luft angenehm, obwohl der Himmel wie immer grau war. Das Ufer war von Bäumen bestanden. Sie träumte vor sich hin. Plötzlich kam ihr Walid auf dem Weg entgegen. Er hielt inne, als er sie erkannte und fragte mehr überrascht als streng: »Was machst du denn hier?« Sie spürte, wie sich ihre Wangen vor Scham röteten, aber sie sagte die Wahrheit. »Ich wollte ein bisschen laufen.« Walid seufzte, ohne seinen Unmut zu verbergen. »Ich möchte nicht, dass du dich auf der Straße herumtreibst. Wenn dich Leute sehen, die wissen, dass du bei uns arbeitest, denken sie sich ihren Teil.« Sie hatte keine Zeit zu antworten, weil in diesem Augenblick ein Donnerschlag ertönte und ein heftiger Gewitterregen niederging. Sie ging weiter, aber Walid rief sie mit einem lauten Schnalzen zurück. Er hatte seine Miene der schlechten Tage und schnauzte sie an: »Stell dich unter, du wirst nicht bei diesem Regen nach Hause gehen.« Mit gesenktem Kopf wartete sie neben ihm unter einer Brücke. »Das hast du jetzt davon, du zwingst uns, hier zu stehen.« Sie bekam es mit der Angst. Walid rauchte eine Zigarette nach der anderen, ohne ein Wort zu sagen. Dabei passierte etwas mit ihm, es war, als würde jemand einen Schalter umlegen, denn als er nach minutenlangem

Schweigen wieder das Wort ergriff, klang er eher belustigt. »Sag mal, was fällt dir ein, dich allein hier rumzutreiben? Hast du nichts zu tun oder was? Das wundert mich sehr, Aïcha. Ich hätte nicht erwartet, dass du uns hintergehst. Das ist keine nette Ecke hier, es gibt Dealer, Süchtige, Exhibitionisten, hast du nicht gemerkt, wer sich hier alles rumtreibt?« Sie entschuldigte sich. Nein, ihr war nicht bewusst, dass es ein schlechtes Viertel war. Der Regen ließ nach. Walid schnipste seine Kippe weg und sagte, es sei nicht nötig, Faïza davon zu erzählen, sie würde es nicht verstehen. »Ich will dich hier nicht mehr rumrennen sehen. Ist das klar?« Als er sich zu ihr umdrehte, um zu sehen, ob sie nickte, merkte er, dass sie beinahe weinte, und hatte Mitleid. »Fang jetzt nicht auch noch an zu heulen. Ich sag doch bloß, dass das keine Touristengegend ist, du kannst woanders spazieren gehen ... Nimm die Kinder mit, sie müssen auch mehr an die Luft. Ich bin nicht wütend, keine Angst ... schließlich habe ich dich nicht in der Bar getroffen, wo du mit Männern Alkohol getrunken und die Nutte gespielt hast, ich sage nur, dass dir nicht klar ist, wo du dich rumtreibst, das ist normal, du kennst die Stadt nicht.« Er begleitete sie noch ein Stück. Das war Aïcha unangenehm, aber sie fühlte sich auch nicht stark genug, ihn darauf hinzuweisen, dass es nicht in Ordnung war, wenn sie nebeneinanderher gingen. Am Ende zeigte er ihr den Weg. »Ich gehe da lang, du findest nach Hause, ja? ... Du bist so anders als die Mädchen, die ich kenne, du kommst aus einer ganz anderen Familie. Ich weiß nie, wie ich mit dir reden soll ... Aber ich wollte dich nicht verletzen.« Sie vermied es, ihm ins Gesicht zu sehen, aber sie sah seine Hände – den Knochen an seinem Handgelenk, die Handfläche, die langen Finger, und das verwirrte sie, also starrte sie aufs Wasser. Er lachte. »Bei dir weiß man nie, was du im Kopf hast. Hopp, beeil dich, ab nach Hause.«

Er ging die Böschung hinauf, drehte sich nach ein paar Schritten um und machte ihr Zeichen, sie solle sich beeilen. Als sie ihn davongehen sah, dachte sie zum ersten Mal, dass er ihr gefiel. Und Aïcha, die nie leichtfertig, nie frivol gewesen war, empfing diesen Gedanken, als sei er ihr vertraut. Als könne sie damit spielen, ohne sich vorzusehen, ohne sich zu verbrennen. Aber wenn sie heute überlegt, wann alles angefangen hat, dann war es da. Seine Hände, als er ihr sagte, sie sei anders als die anderen Mädchen. Sein Atem neben ihr. Seine Größe. Sein Geruch. Und seine Gestalt auf der Böschung, als er ihr winkte.

Nach dieser zwiespältigen Begegnung stellte sie keinen Zusammenhang zu der seltsamen Fröhlichkeit her, die sie und Walid ergriffen hatte. Plötzlich war alles in Licht getaucht. Ein angenehmes Gefühl, wie ein sanfter Wind in ihrem Nacken. Da konnte sie noch behaupten, es sei einfach gute Laune. Man macht sich weniger Gedanken darüber, was einen in gute Laune versetzt, als darüber, was einen ärgert. Am nächsten Tag war ihr nicht bewusst, wie sehr sie sich freute, Walid in der oberen Etage herumlaufen zu hören. Sie begriff nicht gleich, woher die Fähigkeit kam, jede seiner Bewegungen aus dem Augenwinkel wahrzunehmen, während sie sich um andere Dinge kümmerte, woher das Vergnügen, seine Stimme zu hören, und das Erschauern, wenn sie seine Gestalt am Parktor erkannte. Dieser Rausch seiner bloßen Gegenwart kam ihr normal vor: Sie arbeitete bei ihm, sie hütete seine Kinder und räumte sein Haus auf, es war nichts Besonderes, redete sie sich ein, dass er ihr angenehm war.

Sie war von ihrer Aufrichtigkeit überzeugt. Und so ist sie abgestürzt: unerschrocken, ohne jeden Zweifel. Es war ein mächtiger, entschlossener und süßer Ruf. Der Ruf der Freude und des Lichts. Ein Rausch, genau das ist es. Sie könnte es nicht anders beschreiben.

Nun folgte eins aufs andere. An einem Abend kam Walid in den Park, um Jafa abzuholen. Er ließ sich etwas mehr Zeit als sonst, und während er die Sachen des Kleinen zusammensuchte, schaute er Aïcha, die mit Yanis spielte, nachdenklich an. Dann erstrahlte ein Lächeln in seinem Gesicht, und sie sah seine weißen Zähne blitzen, auch wenn sie tat, als würde sie woandershin sehen. Er sagte, »Wir sind sehr froh, dass du da bist«, bevor er ging. Nicht dieser Satz hätte sie alarmieren müssen, sondern die Freude, die sie empfand.

Ein anderer Tag, früher Nachmittag. Erstickende Hitze, der graue, verhangene Himmel noch niedriger als sonst, man konnte kaum atmen. Aïcha putzte die Fenster im Wohnzimmer und hatte sich in den Kopf gesetzt, sie müssten wirklich tadellos sein – sie hatte mehrere Tutorials auf Facebook gesehen, denn bisher waren jedes Mal, wenn sie Fenster putzte, Spuren geblieben. Weil es so drückend war, hatte sie ihre Bluse ausgezogen und arbeitete im T-Shirt, sie war ganz auf ihre Tätigkeit konzentriert und ganz und gar nicht davon überzeugt, dass Zeitungspapier wirklich eine gute Lösung sei. Die Wohnzimmerfenster gehen zu einer breiten Straße hinaus, der Staub kommt von den Autos, aber es gibt kein Gegenüber. Deshalb dachte sie nicht daran, ihre nackten Arme vor Blicken zu schützen. Sie kämpfte gegen den Drang, sich mit einem großen Glas Wasser in einen Sessel fallen zu lassen, und hörte eine TED-Konferenz auf Youtube, so laut, dass sie alles verstehen konnte, während sie sich auf ihrem Hocker abmühte.

Walid klingelte immer, bevor er das Haus betrat, um ihr Zeit zu geben, die Gemeinschaftsräume zu verlassen. Aber an diesem Tag ertönte seine Stimme plötzlich dicht hinter ihr, ohne dass sie ihn hatte kommen hören. »Ich bin zwar kein Fensterputzer, aber deine Technik, wie soll ich sagen … Meinst du nicht, dass du sie eher noch schmutziger machst?« Er lachte. Die Überraschung brachte sie aus dem Gleichgewicht, sie schwankte, er machte einen Schritt nach vorn, streckte den Arm aus und amüsierte sich, wie sie mit den Armen fuchtelte, um nicht zu fallen. Sie berührten sich nicht. Aber dieser Schritt nach vorn, der kurze Blickwechsel, die sorglose Vertraulichkeit. Als er das Zimmer verließ, kicherte Aïcha immer noch vor sich hin. Wie eine Idiotin. Sie hatte noch Zeit gehabt, seinen Mund zu sehen. Und als sie daran dachte, drohte ihre Brust zu explodieren. Der Umriss seines Mundes, seine Wölbung, seine dunkle Farbe, die sichtbare Zartheit. Diesmal wusste sie, dass etwas faul war. Aber sie begnügte sich damit, das Bild aus ihrem Bewusstsein zu verscheuchen. Sie warf das Zeitungspapier weg und putzte die Fenster wie üblich mit Seife und einem Tuch.

All die winzigen Erinnerungen, deren Gewicht sie nicht im rechten Moment erkennen wollte … Aber die Gefühle, die sie wachsen ließ, waren nicht mehr zu zähmen.

Walid blieb entspannt. An einem anderen Tag war sie in der Küche. Er klopfte, kam herein, ohne ihre Antwort abzuwarten, und macht sich einen Kaffee. Sie wusch das Frühstücksgeschirr ab und spürte den Männerblick in ihrem Rücken. Verlegen zog sie das Kopftuch um ihr Gesicht zurecht, und sie hörte an seiner Stimme, dass er lächelte. »Schon gut, du bist schön, hör auf, dich zurechtzumachen, keine Sorge. Du bist sehr schön so«, sie drehte sich überrascht und gekränkt zu ihm um, aber er war ganz entspannt. Er tat, als würde er das Böse nicht sehen. Als wüsste er nicht, dass man sich niemals daran erfreuen darf, den Blick auf eine Frau zu richten, die nicht die eigene ist. Sie hätte protestieren müssen, aber sie hat weiter abgewaschen und gewartet, dass er die Küche verließ.

Walid ist fast vierzig. Er hat zu einer Zeit in Frankreich gelebt, als sich die Muslime kaum um die Religion kümmerten. Zu einer Zeit, als man ihnen alles genommen hatte – ihre Geschichte, ihre Kultur, ihren Gott. Sie waren nicht gut genug, um echte Franzosen zu werden, aber sie sollten sich auch nicht für Araber halten. Sie sollten unsichtbar bleiben. In diesem No Man's Land ist er aufgewachsen. Er hat drei Schwestern – das weiß Aïcha von Faïza. Er hatte sich also sicher nichts Böses gedacht, als er in die Küche kam, obwohl sie allein war. Jedenfalls hat Aïcha sich das eingeredet.

Und als sie ein paar Tage später in der kleinen, fensterlosen Kammer bügelte, kam Walid Punkt elf Uhr – sie hatte gerade auf die Uhr des alten Radioweckers geschaut, der auf dem weißen Plastikregal mit den Putzmitteln steht –

herein, wieder mit einer Kaffeetasse in der Hand, als würde es jetzt zu einer Gewohnheit, sie während einer Arbeitspause zu suchen, um zwei Minuten zu plaudern. Er schob den Stapel zerknitterter Hemden zur Seite, um sich ihr gegenüber auf den kleinen roten Hocker zu setzen. Er klimperte mit dem Löffel am Glasrand. Nachdem er einen Moment geschwiegen hatte, sagte er, »Ich kann heute nicht arbeiten, ich kann mich nicht konzentrieren.« Wenn sie die Szene von außen gesehen hätte, hätte sie gewusst, was zu tun wäre. Ohne jeden Zweifel. Sie hätte die Kammer verlassen und Walid darauf hinweisen müssen, dass er es an Respekt fehlen lasse, was ihr unangenehm sei. Aber sie hat nicht reagiert, wie es richtig gewesen wäre. Sie dachte, es sei verletzend, ihn zur Ordnung zu rufen. Und vielleicht ganz fehl am Platze – er hätte vielleicht gelacht und gesagt, was stellst du dir denn vor? Ungehörig? Du bildest dir doch nicht ein, dass ich dir hinterherlaufe? Ich nehme dich nicht mal als Frau wahr. Beruhige dich.

Sie stammelte, »Manche Tage sind schwieriger als andere«, und Walid lächelte. »Ich sehe dir gern beim Bügeln zu. Das ist entspannend. Es erinnert mich an meine Mutter, sie war ständig dabei, irgendetwas zu bügeln. Während ich meine Hausaufgaben machte, hörte ich das Geräusch, weißt du, das Pff.« Er stieß ein leises Pfeifen aus, das ein Bügeleisen nachahmte, und Aïcha starrte auf den Bettbezug mit den blauen Blumenmotiven, den sie seit zwei Minuten bügelte. Er fragte: »Hat deine Mutter auch gebügelt?«, und Aïcha hatte das Gefühl, sie müsse ihm eine ehrliche Antwort geben. »Nein, das erinnert mich an meinen Vater. Er bügelte seine Hemden, tadellos – besser als in der Reinigung.« – »Was war denn bei euch los? Und was hat deine Mutter inzwischen gemacht, sich in der Bar rumgetrieben oder was?« Aïcha spürte, dass sie zu viel gesagt hatte, und erklärte, um das Gespräch zu beenden, »Meine Mutter ist gestorben, als ich klein war.« Walid entschuldigte sich für seine Indiskretion und ging hinaus. Tränen strömten ihr über die Wangen, als sie ihren Vater vor sich sah, wie er das Bügelbrett mit einem kurzen Schlag aufklappte, den er bestens beherrschte. An jenem Tag dachte sie noch lange und sehnsüchtiger als sonst an ihren Vater. Es war eine süße, angenehme Traurigkeit, ein Schmerz, dem sie sich gern hingab. Sie dachte an den Kummer, von ihren Lieben getrennt zu sein, um sich nicht mit dem auseinanderzusetzen, was gerade geschah. Gut möglich, dass man sich darauf vorbereitet, das Nicht-wieder-Gutzumachende zu tun, während man sein Bewusstsein so organisiert, dass man nicht weiß, was man ausbrütet. Nichts in ihrem Netz religiöser Überzeugungen fühlte sich beeinträchtigt oder besorgt. Nichts im Lauf ihrer Gedanken schreckte sie auf. Hätte man sie nach ihren Seelenregungen gefragt, hätte sie ganz aufrichtig geantwortet, ich denke an meinen armen Vater. Und das erschüttert sie im Nachhinein am meisten: wie geschickt sie sich mit ihrem Gewissen arrangiert hat, um nichts kommen zu sehen. Auch wenn sie sich das Gegenteil einredete, wartete sie von diesem Tag an darauf, dass Walid mit seinem Kaffee vorbeikam, um ein paar Worte mit ihr zu wechseln.

Er kam erst ein paar Tage später wieder. Sie putzte einen Berg grüne Bohnen, um einen Salat zu machen. Er kommentierte einen Brandanschlag auf ein Flüchtlingsheim, vor dem sich anschließend eine größere Menge ganz normaler Deutscher versammelt hatte, um vor Freude zu singen. Walids Gesichtszüge verhärteten sich, als er davon sprach, und Aïcha dachte, das sei nicht der richtige Moment, um ihm zu sagen, er dürfe sich nicht in die Küche setzen, wenn sie allein dort sei. Zehn Mal hatte sie die Möglichkeit, sich korrekt zu verhalten. Zehn Mal hat sie sich falsch entschieden.

Sie hörte ihm gern zu. Dabei war er kein brillanter Redner. Wenn sie seine Darlegungen mit denen der Studenten in Paris verglich, fand sie sie sogar ziemlich grobschlächtig. Ihr gefiel weniger, was er sagte, als der Ton. Die wohlwollende Selbstsicherheit. Und das Lächeln, das über allem lag, was er sagte.

Bevor er nach seinem Kommentar zum brennenden Flüchtlingsheim wieder in seine Werkstatt ging, sagte er mit seltsamer, sanfter, aber irgendwie angespannter Stimme, »Ich mag deine Bewegungen und wie du die Dinge erledigst.« Da hat sie wenigstens protestiert. »Es gehört sich nicht, dass du das sagst.« Sie war bestürzt über die Gefahr, die er seelenruhig in die Küche gebracht hatte. Er goss den Rest Kaffee in die Spüle und entschuldigte sich. »Du hast recht. Ich weiß nicht, warum ich das gesagt habe. Entschuldige. Ich gehe arbeiten.« Und wieder argumentierte eine Stimme in ihr, du bildest dir etwas ein, das ist überhaupt nicht so, wie du denkst, das ist unmöglich, alles ist gut. Obwohl alles zusammenbrach, betäubte sie weiter ihre eigene Schlechtigkeit.

Aber Walid kam noch einmal zurück, wohl ermutigt durch ihr Schweigen, das in seinen Augen Zustimmung bedeutete, und sagte, »Aïcha, hör auf zu schwindeln. Du weißt genau, was mich ablenkt«, und dann, »Ich denke an dich, ich bin auf der anderen Seite der Wand und denke die ganze Zeit an dich.« Sie stand da, reglos, fassungslos, das Messer in einer Hand, eine Bohne in der anderen.

Sie hörte, wie die Haustür zuschlug. Sie dachte, er lasse ihr Zeit, ihre Sachen zusammenzusammeln und zu verschwinden. Nach dem, was er eben gesagt hatte, blieb ihr keine Wahl. Stattdessen rannte sie in ihr Zimmer, um den Kopf in das Kissen zu drücken, wie in den alten Filmen, von denen sie zu viele gesehen hat. Noch etwas Zeit gewinnen, indem man stundenlang sein Schicksal beweint. Faïza kam mit den Jungen aus dem Schwimmbad. Aïcha verbarg ihre geröteten Augen hinter mechanischen Gesten, schon wieder traf sie die falsche Entscheidung, redete sich ein, jemand müsse sich schließlich um die Kinder kümmern, sie könne nicht einfach so verschwinden. An dem Abend sah sie nicht mit Faïza fern. Sie schwor sich, am nächsten Tag fortzugehen. Unterwegs würde sie zusehen, dass sie die Hyäne erreichte. Sie erzählte sich Märchen. Und am nächsten Tag redete sie sich ein, er würde nicht mehr mit ihr sprechen, weil auch er wusste, dass er zu weit gegangen war, und er es sicher zutiefst bereute.

Aber der Verstand des Mannes unterwirft sich dem Verlangen. Als er sah, dass sie unter seinem Dach blieb, schloss er mit Fug und Recht daraus, dass sie ihn in Versuchung führte. Den ganzen nächsten Tag war er unterwegs, auch den übernächsten, er beschäftigte sich irgendwo, von morgens bis abends. Und Aïcha blieb.

Als sie am dritten Tag im kleinen Bügelzimmer die Wäsche zusammenlegte, hörte sie ihn die Treppe heraufkommen. Sie geriet in Panik. Sie legte sich trockene Worte zurecht und wusste doch, dass sie unrecht getan hatte, dass sie hätte fortgehen müssen. Als er hereinkam, roch sie es. Er stank nach Alkohol. In seinen Augen war ein irrer Glanz, eine Traurigkeit, die sie nicht kannte. Wortlos wollte sie die Kammer verlassen, aber er hielt sie am Arm fest. Sie versuchte sich loszumachen, aber er war stärker, als sie erwartet hatte, und überwand ihren Widerstand ohne Mühe. Er sagte, »Was uns geschieht, ist so schön, das kann nichts Böses sein«, er zwang sie, ihm das Gesicht zuzuwenden, und sah ihr tief in die Augen. Sie entdeckte ein unbekanntes Gefühl, das ihr bald vertraut werden sollte und das sie mit unvorstellbarer Macht überwältigte. Es beginnt in den Knien, es verbreitet sich im Rücken, an den Ellbogen und in der Kehle – seine Stirn legte sich an ihre und sie hatte keine Kraft mehr. Vorher hätte sie fliehen müssen. Als sie so dicht vor ihm stand, konnte sie nichts mehr machen. Eine solche Lust hatte sie noch nie verspürt. Kein Ton kam aus ihrem Mund. Sie war unterworfen. Sie ergab sich.

Er legte die Hände auf ihre Hüften, sie spürte seine Wimpern an ihrer Haut. Ihr Gewissen war eine kleine haltlose Gestalt, die weit, ganz weit weg mit den Armen fuchtelte und nicht mehr zu hören war. Als kippte eine Pappfassade langsam nach hinten und dahinter würde die Wahrheit sichtbar. Die Pappfassade war ihre Würde, ihr Anstand, ihr Ernst, ihre Kaltblütigkeit. Die Wahrheit war, dass er ihr mehr gefiel, als sie es je für möglich gehalten hatte. Kein einziger Millimeter ihres Körpers schrie nicht nach seiner Berührung.

Sie standen minutenlang reglos voreinander, er hatte die Hände hinter ihrem Rücken verschränkt, sie schmiegte sich an seine Brust. »Ich weiß nicht, was du mit mir machst, Aïcha, das habe ich noch nie erlebt, du machst mich verrückt, ich träume von dir, ich wache auf und denke an dich, ich suche dich immer und überall, ich habe das noch nie erlebt, wir können uns nicht wehren, die Lust ist zu groß.«

Sie riss sich mit übermenschlicher Anstrengung aus seiner Umarmung los, sagte, das ist unmöglich, Walid, und floh. Sie wusste, dass der begangene Verstoß gegen das Gesetz ebenso schlimm war wie die Unzucht selbst. Und dann spielte sie sich selbst Theater vor, meine Tugend ist verloren, diesmal muss ich wirklich fort, aber vorher muss ich die Hyäne erreichen, was soll ich bis dahin tun, ich werde meine Koffer packen, aber was soll ich Faïza erzählen, und sie nahm sich vor, aus dem Fenster zu springen, wenn sie seinen Schritt hören würde – lieber sterben, als in der Sünde versinken. Sie hatte mit einem Mann Lust verspürt, der nicht ihr Mann war. Praktisch hatte sie soeben ihre Unschuld verloren – unter den erbärmlichsten Bedingungen. Dann kümmerte sie sich um die Kinder, als sei nichts passiert. Sie fühlte sich leer, beschmutzt, zerstört. Aber sie tat alles, was sie zu tun hatte. Und am Abend sagte Faïza: »Walid war bei einem Chibani, jemand hat ihn verhext, ich glaube, die Nachbarn haben uns mit dem bösen Blick belegt, aber er hat den vergifteten Kuchen ausgespuckt, jetzt geht es ihm viel besser. Ich bin so froh.«

Mehrere Tage lang würdigte er sie keines Blicks. Sie war erleichtert. Sie konnte die Sünde nicht auslöschen. Aber alles würde wieder in Ordnung kommen. Er hatte sich

Hilfe gesucht, er war geheilt. Alles ließ sich erklären: Es war ein Anfall von Wahnsinn gewesen, das Werk des Teufels. Aïcha war natürlich für ihr Handeln verantwortlich. Sie betete mit der Inbrunst der Sünderin. Sie verdrückte sich, sobald sie seinen Schritt hörte, ging mit den Kindern in ein anderes Zimmer. Sie schämte sich zu sehr, um ihm zu begegnen, schämte sich für sich.

Aber dann ging Faïza mit den Kindern in den Zirkus. Aïcha machte ein paar Besorgungen. Plötzlich tauchte er an der Straßenecke auf. Als sie ihn sah, packte sie die Wut, sie dachte, er wartet auf mich, und machte kehrt. Walid holte sie ein. Sie starrte auf den Boden, sagte, »Ich möchte nicht, dass du mit mir sprichst«, und er schwieg. Sein Ellbogen berührte ihren. Sie wandte den Kopf ab. Er lächelte. Und wieder kam der Wahnsinn über sie. Verschwand die Stimme der Vernunft in der Ferne – drang nicht mehr in ihr Bewusstsein. An der Straßenecke küsste er sie. An der Straßenecke. Auf den Mund.

Es war ihr erster Kuss. Sie war nicht so eine. Sie hatte die Frauen stets verurteilt, die ihre Sinne nicht beherrschen können. Und nun gab sie selbst bei der ersten Gelegenheit nach, obendrein mit einer Inbrunst, die sie sich nie zugetraut hätte. Sie kannte diesen Körper nicht wieder – so ungestüm, besessen. Er nahm sie bei der Hand und sie stiegen in sein Auto. Aïcha spürte die Scham. Aber sie war viel schwächer als das Verlangen, das sie lenkte. In einem Auto am Ende einer Sackgasse Unzucht zu treiben – es gab nichts, was entwürdigender gewesen wäre. Sie dachte nicht daran. Es tat ihr nicht weh beim ersten Mal. Wohl, weil sie ihn zu sehr begehrte. Weder das Lenkrad störte sie noch mögliche Zeugen noch die Enge des Fahrzeugs.

Dann gingen sie zurück zu seiner Frau und seinen Kindern. Und sie tat das Gleiche wie jeden Tag.

Als alle schliefen, zog sie ihr Nachthemd aus, öffnete die Fenster vor der eisigen Dunkelheit, verharrte reglos, aufrecht vor der Nacht, die Haut brannte von Kälte, und sie betete darum, am nächsten Tag zu sterben. Sie wusste alles. Ihre Feigheit. Ihre Lügen. Sie flehte mit leiser Stimme zu Allah, ihr das Leben zu nehmen, sie zu erlösen.

Sie bekam nur heftiges Fieber, das sie einen Tag lang ans Bett fesselte. Dann nahm sie die Arbeit wieder auf. Sie wartete. Er war ein Befehl. In ihr war eine Faust gewachsen, die sich an ihn klammerte – ein starrer Griff, den nichts lösen konnte. Sie wartete, dass er sie ansah. Dass er sie zu sich befahl. Sie wollte ihn noch einmal. Sie war die Tochter ihrer Mutter. So etwas vererbt sich. Die Sünde, die Lüge, die Schamlosigkeit. Als sie eines Abends aus dem Park kam, sah sie sich im Spiegel in der Diele, während sie im Rucksack des Kleinsten seinen Plastiktraktor suchte: Wie sehr sie sich verändert hatte! Normalerweise schaute Aïcha sich nicht an. Sie war weder eitel noch eingebildet, ihr Bild war ihr gleichgültig. Aber an jenem Abend sah sie sich im Spiegel und stand fassungslos vor einer Fremden. Sie hatte abgenommen, ihr Blick war schärfer, darin strahlten Dreistigkeit und Stolz, was für ein Paradox! Sie errötete über ihren eigenen Gedanken – du wirst schön. Die Stimme des Teufels, der ihr Dummheiten ins Ohr sagte.

Nachts schluchzte, flehte sie, drehte das Kopfkissen hin und her, starrte mit großen Augen ins Dunkel, fasste Entschlüsse, die nur so lange hielten, bis er auftauchte und sie zu sich winkte, worauf sie mit dem immer gleichen Gehorsam reagierte.

Walid war lieb zu ihr. Sie sprachen nicht über das, was passierte. Sie wären gern imstande gewesen, Ordnung in ihr Treiben zu bringen. Aber sobald die Kinder aus dem Haus waren, führte er sie in sein Auto und alles begann von Neuem. Die Scheiben beschlugen, und je öfter sie es taten, desto mehr gefiel es ihr. Sie kannte Bewegungen, die ihr von irgendwo zuflogen, unvorstellbare Zärtlichkeiten. Sie war eine Hure. Walid hatte Mühe zu glauben, dass er der Erste war. Sie tat ihm so leid. Er sagte es ohne Grausamkeit. Er tat etwas Schlechtes – aber wenn die Gesellschaft, in der sie lebten, ihre Codes respektieren würde, könnte er sie als Zweitfrau nehmen; unter diesem Blickwinkel waren seine Gefühle rein, so sagte er – und dass er sich wünschte, es wäre möglich. Er würde gern Kinder von ihr haben und leben, wie sie es taten, aber ohne Lügen, sie würde Faïza zur Hand gehen, wie sie es bereits tat. Seine Frau war zu verwestlicht, um die Vorstellung einer Zweitfrau unter ihrem Dach zu ertragen. Er beging eine Sünde, daran bestand kein Zweifel, aber eine Sünde, die unter anderen Umständen keine gewesen wäre. Er raubte nicht die Frau eines anderen. Und er berührte keine Ungläubige.

Aïcha dagegen war völlig verloren. Sie schaute einen Mann an, der ihr ganz und gar verboten war. Sie gab sich der Unzucht hin und empfand Lust dabei. Und zum ersten Mal verstand sie, wie wörtlich der Ausdruck »Ich bin verrückt nach ihm« zu verstehen war. Sie war verrückt nach diesem Mann. In seiner Umarmung verlor sie alles. Wenn sie ehrlich zu sich selbst gewesen wäre, hätte sie verstanden, dass sie Gott lästerte. Aber ein Teil von ihr beharrte darauf, dass diese Liebe zu rein war, als dass Allah nicht ihr Zeuge sein könne.

Sie ging Faïza aus dem Weg. Das fiel ihr nicht auf, weil sie neuerdings Nachtdienste machen musste. Bis zu dem Tag, wo alles zerbrach. Eines Abends, als Faïza keinen Dienst hatte, klopfte sie abends an Aïchas Tür – ich muss noch mal weg, passt du auf die Kinder auf? Sie waren schon im Bett. Aïcha setzte sich ins Wohnzimmer, um zu hören, wenn einer der Jungen aufwachte. Sie sah fern, inzwischen verstand sie schon gut Deutsch. Als Faïza ihr Auto in die Garage stellte, räumte sie den Couchtisch auf und wollte nur noch sagen, ich bin schon fast eingeschlafen, ich gehe gleich ins Bett. Aber Faïza schluchzte und Aïcha zögerte. Sie fühlte sich unbehaglich. Sie hatte Angst vor dem Satz: Ich weiß alles, ich bringe dich um. Vielleicht hoffte sie auch darauf.

Faïza konnte kaum sprechen, so sehr weinte sie, aber sie bat zwischen zwei Schluchzern, »Kannst du uns einen Verveine-Tee machen? Bitte bleib noch ein bisschen, ich muss mit jemandem reden«, und Aïcha fragte dümmlich, »Stimmt was nicht?«, worauf ihr Faïza einen bitterbösen Blick zuwarf. »Überhaupt nichts stimmt, das sieht man doch wohl!«

Dann setzten sie sich in die Küche, legten die Hände um die heißen Teetassen und Faïza sagte: »Es geht wieder los, ich dachte, es ist vorbei … ich bin ihm gefolgt. Er ist bei ihr. Ich wusste es. Seit Wochen geht das schon. Ich bin ihm hinterhergefahren. Sie wohnt direkt über dem Arbeitsamt. Sein Auto steht vor ihrer Tür. Er versucht nicht mal, sich zu verstecken. Als er wieder angefangen hat zu trinken, war mir klar, dass alles wieder losgeht. Aber weil er beim Chibani gewesen ist – ich glaube nicht an solche Sachen, aber psychologisch, du weißt schon … Jedenfalls dachte ich, er würde wieder zur Vernunft kommen. Wir haben drei Kinder. Was soll ich denn machen, allein mit drei Kindern … und diese französische Nutte macht für ihn die Beine breit – sie schläft mit jedem, ich hoffe, dass er mir nicht als Krönung noch irgendwelche Schweinereien anschleppt. Bei den Französinnen sind sie anders als bei uns. Sie wissen, dass da die Tür immer offen steht, warum sollen sie sich zurückhalten …«

Und Stück für Stück hat Aïcha begriffen. Walid hat etwas mit einer anderen Frau. Einer Französin, die bei Amazon arbeitet. Er war nicht entlassen worden, sondern hatte gekündigt. Er hatte zwischen seiner Frau und dieser Nutte gewählt. Denn sie ist eine Nutte, eine Frau, die trinkt und ausgeht und Männer trifft, die verführerische Kleider trägt, sich an den Männern reibt und an nichts glaubt. Walid hatte seine Frau und seine Kinder gewählt. Er hatte sich von ihr ferngehalten. Aber dann ist er rückfällig geworden. Hat sie wiedergesehen. Faïza erwähnte, sie wohne am Fluss. Genau da hatte Aïcha ihn am Tag des Gewitters getroffen. In Gedanken ging sie zurück, erinnerte sich an seinen Ärger und verstand die Begegnung nun anders. Er hatte seine Geliebte besucht und fürchtete, Aïcha könne seiner Frau davon erzählen. Und ein weiteres Mal hat Aïcha gespürt, wie ihre Welt zusammenstürzt. Als wäre die Wirklichkeit nur eine Pappkulisse, ein Vorhang, der herabfällt, der an nichts mehr hängt. Sie hatte Allah gebeten, sie zu bestrafen. Er hat ihren Wunsch über alle Erwartungen erfüllt.

Sie hat gesagt, »Das verstehe ich nicht, Walid ist ein guter Muslim, warum sollte er so etwas tun.« Und Faïza hat böse gelacht, »Nur, weil du den Ramadan mitmachst, bist du noch lange kein guter Muslim. Er raucht, er trinkt, er treibt es mit Nutten … nein, er ist nicht sehr gläubig. Aber alle Männer sind so, wenn irgendwo eine Nutte wie die für sie die Beine breit macht, werden sie schwach. Sie können sich nicht zurückhalten. Das Gehirn ist schwächer als der Trieb. Glaubst du, ich sollte auch fremdgehen?« Aïcha hat die Hand auf Faïzas gelegt. »Er liebt dich. Das sieht man. Ihr seid ein wunderbares Paar. Ohne dich wäre er verloren.« – »Was soll ich dann tun?« – »Beten. Du musst beten, dass er zurückkommt. Dich um deine Kinder kümmern. Und schöne Ferien vorbereiten – ihr solltet zu fünft wegfahren, euch so schöne Ferien machen, dass er nach der Rückkehr nie mehr an sie denkt.«

Sie wartet, bis das Haus leer ist, und schickt eine Nachricht an Walid, dass sie sich nicht um die Kinder kümmern kann. Dann schließt sie die Tür und wirft den Schlüssel in den Briefkasten. In diesem Moment klingelt ihr Telefon. Es ist die Hyäne, die sie noch nie auf ihrem Mobiltelefon angerufen hat. »Wir haben Probleme. Du musst sofort deine Sachen packen. Dann wartest du am Bahnhof auf mich. Ich bin unterwegs nach Frankfurt, nicht mehr sehr weit, ich hole dich ab. Ich habe schon Faïza Bescheid gesagt, habe ihr erzählt, dass ich einen tollen Job für dich habe, den du heute noch antreten musst. Nachher erkläre ich dir alles.«

Drei Stunden später hält das Auto der Hyäne neben ihr. Als Erstes fragt sie: »Weißt du, wo Céleste ist?« – »Nein.

Du hast verlangt, dass wir uns nicht schreiben.« – »Ach ja, Scheiße, du machst ja immer, was man dir sagt. Manchmal ist das ganz gut, aber jetzt hilft es uns nicht weiter – ich habe keine Ahnung, wo sie ist. Und ich muss sie warnen. Ich fürchte, Dopalet hat eure Spur entdeckt. Ich erzähle dir alles. Geht's dir gut? Nein, es geht dir nicht gut, du siehst aus wie bei einer Beerdigung … Es tut mir leid, dass ich dich so plötzlich aus allem rausreißen muss, Aïcha!«

Sie fährt elegant, männlich. Aïcha legt den Kopf ans Fenster. Sie betrachtet die Frau, die jenseits aller Regeln des Anstands lebt. Und zum ersten Mal begreift sie, dass sie ihr ähnlich ist, dass sie sie nicht mehr verurteilen darf.

Im Auto singt David Bowie *I'm a blackstar*, die Hyäne zieht ihre Haare nach hinten und fragt traurig, »Hast du gehört, dass er tot ist? Du bist zu jung, um so was zu hören.« Und Aïcha sieht eine Träne in ihrem Augenwinkel.

Bowie ist gerade drei Tage tot, aber Céleste hat schon so was von die Nase voll von *Let's Dance* und *Starman!* Gestern Abend haben sie *Labyrinthe* gesehen, sie war die Einzige, die es nicht megagenial fand. Hélène, die Französin, mit der sie in der Küche schuftet und die ihr ein Zimmer untervermietet, hat die Sandwichs beim Schmieren mit ihren Tränen durchgeweicht, als sie es gehört hat. Wenn sie morgens anfangen zu arbeiten, verbindet sie ihr Telefon über Bluetooth mit der Bose-Box, dann hören sie den ganzen Tag in der Küche Musik. Céleste hat nie viel Bowie gehört. Jetzt holt sie alles nach.

Sie bügelt das große Laken, das als Leinwand für den Beamer benutzt wird. Sie spannen es mit Gewichten über die Regale. Hält perfekt, aber wenn aus Versehen jemand am Laken zieht und eine Hantel runterfällt und jemandem auf den Kopf knallt, gibt es wahrscheinlich einen Toten. Die ganze Wohnung mieft wie Sau! Die beiden Holländerinnen, die seit einer Woche auf dem Sofa pennen, stehen auf Kriegsfuß mit der Dusche. Sie sind lustig, sie sind freundlich, sie sind hilfsbereit. Aber sie stinken wie

Schakale. Zum Glück qualmen alle die Bude voll, das überdeckt halbwegs den Gestank nach scharfem Schweiß und Fäulnis, der sie umgibt.

Seit einer Stunde steht Céleste am Bügeltisch und hat schon dreimal den Wassertank nachgefüllt. Sie zieht an allen Joints, die rumgehen, und irgendwer dreht immer einen neuen. Bekifft bügeln ist einfach das Größte. Das könnte sie den ganzen Abend machen. Man kann nicht behaupten, dass sie sehr begabt wäre, je hartnäckiger sie sich bemüht, die Falten verschwinden zu lassen, desto mehr macht sie rein. Aber sie gibt sich ehrlich Mühe, weil sie keine Lust mehr hat, immer Filme mit völlig zerknautschten Gesichtern zu sehen.

Ihr tun die Hände weh. Sie hat sich verbrannt, geschnitten, gestoßen. Nie hätte sie gedacht, dass es so anstrengend ist, Sandwiches, Salat und Kroketten zu machen. Als sie im Rosa Bonheur gekellnert hat, haben die Leute in der Küche immer gejammert. Damals dachte sie, das sind Schlappschwänze, die sich interessant machen wollen. Man könnte annehmen, es sei nicht besonders kompliziert, Kartoffeln für die Tortilla zu schneiden, aber der Scheiß verlangt echt Kondition.

An den ersten Tagen hat sie sich übel verbrannt, als sie die tiefgefrorenen Kroketten in das siedende Öl warf. Die anderen haben sie gewarnt, es nicht so zu machen, aber es sollte schnell gehen. Es hat ihren ganzen Unterarm vollgespritzt – ihr erster Gedanke beim Anblick der Wunde war, uff, die Tätowierung ist noch heil. Hélène fragte, ob es wehtut, und als Céleste Nein sagte und eigentlich merke ich gar nichts, verzog sie das Gesicht: Dann ist die Wunde tief. Das hat Céleste sofort daran erinnert, wie alles angefangen hat – wie sie in ihrer Wohnung eine Tasche gepackt hat und die Hyäne unten wartete, um sie wer weiß wohin zu bringen; die Scheiben des Geländewagens waren getönt und sie würde nur aussteigen dürfen, um irgendwo in die Natur zu pinkeln, Raststätten waren tabu, weil es da womöglich Kameras gab. Sie dachte zwar, mach mal halblang, wir haben schließlich nicht die Banque de France ausgeräumt, hat aber nicht diskutiert.

Sie hat gar nicht realisiert, was ihr geschah. Ihr Kopf war leer. Im Auto schwieg sie, redete sich ein, ich krieg das hin. Ich bin kein Weichei, ich heule nicht. Ich steck das weg. So ganz hat sie da noch nicht begriffen, dass es ernst war, dass sie nicht am nächsten Tage nach Hause zurückkehren würde, als sei nichts passiert. Wenn die Wunde tief ist, spürt man den Schmerz nicht sofort.

Sie landete in Spanien in einer winzigen Wohnung mitten in der Pampa, ein paar Kilometer von Saragossa entfernt. Die Hyäne übergab sie einem Freund, der dort wohnte und Französisch sprach – man traut es ihr zwar nicht zu, aber die Frau hat ein Netz, als wär sie bei der Mafia. Das Versteck passt auch gut zur ETA, überlegte sich Céleste als Polizistentochter. Es war ein normales Dorf, ringsum Felder und ein Fluss, groß genug, dass es niemandem auffiel, einer Fremden über den Weg zu laufen, aber so reizlos, dass man keinen Touristen sah. Die Wahrscheinlichkeit, über einen Franzosen zu stolpern, der sie erkennen könnte, war gleich null. Der Freund der Hyäne kam regelmäßig vorbei und füllte ihren Kühlschrank. Céleste war nicht daran gewöhnt, so viel Zeit allein zu verbringen, ohne mit jemandem zu reden. Aber das Schlimmste war der Tod ihrer digitalen Identität. Die

Hyäne hatte ihr verboten, ins Netz zu gehen. Céleste protestierte, »Aber die Leute machen sich Sorgen, wenn ich nichts mehr poste«, und die Hyäne seufzte »Deinen Vater müssen wir benachrichtigen, deine Freunde werden dich schnell vergessen. Sie haben genug Ablenkung.«

Nach zwei elend langen Wochen begriff sie, warum die Leute vor den Zeiten des Internets so viel kreativer waren: Man langweilt sich zu Tode, wenn man nicht mehr online sein darf. Sie hörte den ganzen Tag Mary J. Blige und sang laut mit. Bald kannte sie ihr ganzes Repertoire auswendig. In der übrigen Zeit zeichnete sie. Jedes Mal, wenn Esteban vorbeikam und ihr was zu essen brachte, bat sie ihn, »Ruf die Hyäne an und sag ihr, dass ich es nicht mehr aushalte – ich bin tot, Alter.« Einmal war er weniger distanziert als sonst und versprach ihr, »Du kriegst bald einen Job, unser erster Plan hat leider nicht geklappt.« »Wer bist du eigentlich?« – »Die Hyäne ist eine alte Freundin. Ich hatte auch mal Probleme, da hat sie mir aus der Patsche geholfen.« Mehr bekam Céleste nicht, nur immer neue arschlose Versprechen – es sei nur für kurze Zeit, sie würden sich darum kümmern, dass sie bald wieder unter Leute käme. Und einen bescheuerten Ratschlag: Schneid dir die Haare ab, damit man dich nicht so leicht erkennt. Céleste war zwar bereit, ein paar Monate abzutauchen, aber sie hier in diesem Nest zu vergessen und ihr zu sagen, sie dürfe niemanden sehen, ging entschieden zu weit. Sie blieb noch zwei Tage in der Wohnung. Mary J. Blige war ihre einzige Gefährtin – *Real Love, Family Affair, No More Drama* … Und eines Morgens hat sie vor lauter Verzweiflung den Zwanzigeuroschein genommen, den Esteban ihr dagelassen hatte, und ist zum Friseur gegangen. Dort hat sie Juanito kennengelernt. Er ist zwar Friseur, aber nicht schwul. Er hat einen mexikanischen Totenkopf auf die Hand tätowiert. Sie erklärte ihm mit Zeichen, dass sie einen kurzen Schnitt wolle, und zeigte ihm ein Foto, damit er verstand, was sie meinte. Juanito nickte. Und machte ihr was völlig anderes. Als sie sich mit rasierten Schläfen und kleinem Pony im Spiegel sah, war sie nicht begeistert, aber der Mann gefiel ihr zu gut, als dass sie ihm eine Szene gemacht hätte. Tschüs, Trübsal! Juanito sprach ein paar Worte Französisch, gerade genug, um zu verstehen, dass sie kein Telefon hatte, »Kaputt, kaputt« – das scheint international zu sein. Er lud sie für denselben Abend in die Bar neben seinem Salon ein. Nach zehn Minuten nahm sie ihn mit nach Hause. Da sie nicht dieselbe Sprache sprachen, mussten sie sich ohne Worte verständigen.

Bald kam er jeden Tag nach der Arbeit vorbei und mixte ihnen Gin Tonics. Dazu brachte er große runde Gläser, Eiswürfel und Zimt mit und kippte den Gin mit einem Schwapp ins Glas, um die Blasen platzen zu lassen. Sie war total verknallt und zwangsläufig auf ihn fixiert. Bei ihm war es anders, er hatte nebenbei noch ein eigenes Leben.

Als er ihr erzählte, er werde am nächsten Morgen für ein paar Wochen nach Katalonien fahren, um bei einem Filmdreh zu arbeiten, zögerte Céleste keine Sekunde. Sie bat, nimm mich mit. Da wurde er etwas verlegen: Er hatte eine Freundin, die ihn dort erwartete. Eine feste, von der er nie erzählt hatte. Aber Céleste versteifte sich darauf, sie würde keinen Tag mehr allein in diesem Nest aushalten, und bettelte weiter, nimm mich mit. Sie hatte die Schnauze voll von den Anweisungen der Hyäne.

So ist sie quer durch Spanien gefahren, von West nach

Ost, mit einem Mann, in den sie bis über beide Ohren verliebt war und den sie von der Seite anstarrte, während sie die Tränen unterdrückte, weil sie ihn am Ende der Reise für immer aus den Augen verlieren würde. Er hatte keine Skrupel, sie wie verabredet auf der Plaça de Catalunya abzusetzen und Gas zu geben. Sie hat ihn nicht wiedergesehen.

Man trifft oft aus falschen Gründen die richtige Entscheidung. Sie war überzeugt, Juanito sei zu sehr in sie verliebt, um einfach zu verschwinden, das musste einfach gegenseitig sein, und sie müsse nur warten, dass die Liebe triumphiert und so weiter.

Am Tag ihrer Ankunft in Barcelona hat sie sich mit Nora getroffen, die sie von der Kunsthochschule kennt und die vor ein paar Jahren nach Barcelona gezogen ist. Sie wollte Grafikdesign machen. Stattdessen ist sie Kellnerin. Und Céleste hat beschlossen, sich auch sonst nicht länger um die Spinnerei der Hyäne zu kümmern: Sie hat zwar nicht ihr altes Facebookprofil aktiviert, ist aber unter einer anderen Identität ins Internet gegangen. Wie soll sie sonst Kontakt zu ihren Freunden aufnehmen?

Nora sagte, klar kannst du bei uns bleiben, wir sind zu fünft. Du kannst auf dem Sofa pennen, kein Problem. Dann hat Hélène, die auch Französin ist, erzählt, in meiner Bar suchen sie jemanden für die Küche – alles klar. So hat es angefangen. Dieses Haus ist so cool! In den ersten Tagen hat sie Juanito nachgeheult. Aber lange hat sie nicht gelitten. Alle, die in der Wohnung hausen, sind genial. Das ist ihre Bande. Keiner geht ihr auf die Nerven. Manche mag sie besonders, klar. Sie hat sich ohne jede Mühe in die Truppe eingefügt. Diego ist ein kleiner Schaumschläger, er ist nicht von hier. Er gelt sich die Haare nach hinten wie ein Italiener und steht auf Motorräder und Surfen. Sie verständigen sich auf Englisch, und er behandelt sie wie seine kleine Schwester. Hélène ist älter als die anderen, aber sie hat das geistige Niveau einer Vierzehnjährigen – sie kommt von der Arbeit, kippt kochendes Wasser auf Maggi-Fertignudeln, macht auf ihrem Telefon irgendeine Realityserie an und setzt die Kopfhörer auf. Sie sieht alle Versionen von »The Voice« – die amerikanische, die australische, die englische … Hélène teilt sich das größte Zimmer der Wohnung mit Myriam, einer Türkin, die drei Sprachen spricht und Superdiplome hat, aber keine Aufenthaltsgenehmigung. Sie hat ihr Land verlassen und erzählt, dass es da ganz furchtbar ist. Myriam putzt bei irgendwelchen Leuten, aber Céleste ist aufgefallen, dass sie haufenweise Kohle hat. Es würde sie nicht wundern, wenn das Aufräumen nur der geringste Teil dessen ist, was sie in den Zimmern macht. Karim ist der Jüngste, er hat die räudigste Bude, alle Wände sind rot gestrichen, er will Maler werden – Künstler, nicht Anstreicher –, geht aber selten in die Kunstschule, bei der er eingeschrieben ist, und lässt sich regelmäßig mit Unmengen Rum volllaufen, manchmal kippt er mitten im Satz um und sie müssen ihn ins Bett schleppen. Er ist reizend zu Céleste und hat ihr in einem Geschäft im Stadtzentrum ein Sons-of-Anarchy-Sweatshirt geklaut. Er klaut ständig und wird nie erwischt, geschickt wie ein Ninja. Angela ist Dichterin und spielt Fußball, ihre Füße sind voller Blasen. Tagsüber jobbt sie in einem edlen Klamottenladen für Touristen und abends hat sie entweder Fußballtraining oder sie dreht sich Joints und beugt sich über ihre Hefte. Wenn die Muse sie küsst, schreibt sie zwölf Gedichte in einem Zug. Am nächsten Tag liest sie sie durch und zerreißt die Hälfte wieder. Céleste findet keinen Unterschied zwischen einem guten und einem schlechten Gedicht. Deswegen ist sie auch keine Dichterin. Angela ist mit Pablo zusammen, dem einzigen Reichensöhnchen der Bande, aber er kommt aus Venezuela, und obwohl seine Familie es zu Hause echt dicke hat, ist sein monatliches Stipendium, wenn er es in Euro getauscht hat, auch nicht der große Luxus. Er besucht eine Schule für Webmaster, aber meistens ist er auf XTC, dann macht er ganz vorsichtig den Kühlschrank auf und sagt allen, sie sollen die Schönheit des Lichts bewundern. Wenn er nicht auf Droge ist, sieht er venezolanische Fernsehserien, die ihn depressiv machen, weswegen jemand losgehen und Speed besorgen muss, damit er wieder auf die Beine kommt.

Sie machen ständig Party. Unter ihnen wohnen Russen, die sich ständig prügeln und rumschreien, dann vögeln sie, wobei sie auch schreien, und man muss schon ein geübtes Ohr haben, um zu unterscheiden, wann sie sich verdreschen und wann sie ficken. Auf jeden Fall beklagen sie sich nie über den Lärm, sind selbst zu laut, um die anderen zu hören. Die Nachbarwohnung wird an Touristen untervermietet, und wenn die sich beschweren, kümmert sich keiner darum. Sie können sowieso nicht die Polizei rufen, denn die Vermietung ist illegal.

Es war Célèstes Bestimmung, hier zu landen! Sie hat noch keine Woche auf dem Sofa geschlafen, da verkündete Virgina, die im hintersten Zimmer wohnte, sie habe einen Job in Wien gefunden – und Hélène sagte, du kannst das Zimmer haben, zweihundert Euro, alles inklusive.

In die Wohnung kommen so viele Leute, Freunde der Bewohner und Freunde der Freunde, dass Céleste oft kleine Tattoos machen kann – sie verlangt so wenig, dass es am Ende kaum für die Nadeln, die Tinte und die Handschuhe reicht, aber sie möchte weiter stechen. Sie macht vor allem *Infinities*, das ist so was wie der neue Delfin der Tätowierung. Auch Blumen und Schmetterlinge, weil sie ein Mädchen ist und man erwartet, dass sie das gut kann. Sie hasst Schmetterlinge, aber sie macht keine Zicken. Dreißig Euro hier, fünfzig da, dann noch die Arbeit in der Küche, wo sie regelmäßig aushelfen kann – die Küchenchefin ist eine romantische Lesbe, die auf Französinnen steht.

Sie mag ihr neues Leben. Sie hat daran gedacht, nach Paris zurückzugehen – Scheiß auf den Produzenten! Er hat keine Anzeige erstattet. Sonst wüsste es ihr Vater. Offiziell wohnt sie noch bei ihm, wegen der Steuern. Sie hätten sie sofort dort gesucht. Céleste hält die Hyäne für paranoid. Dieser kleine Wichser von Produzent hat nicht den Arsch in der Hose, jemanden dafür zu bezahlen, dass er ihr die Knochen bricht. Er hat bekommen, was er verdient. Je mehr Zeit vergeht, desto weniger glaubt sie daran, dass sie noch irgendwas riskiert. Aber sie fühlt sich in Barcelona wohler als in Paris. Für Leute ihres Alters gibt es mehr Hilfsjobs. Und die Leute machen sich weniger Gedanken. Hélène will nach Berlin, und Céleste überlegt, ob sie mitgeht.

Sie hat ihrem Vater noch nicht gestanden, wo sie wirklich ist. Aber sie wird ihn nicht ewig anlügen. Sie hat ihm erzählt, dass sie ein Praktikum bei einem Tätowierer in Australien macht. Er war sauer, dass sie sich nicht mal verabschiedet hat. Aber seine Neue ist schwanger und er denkt, dass Céleste damit nicht klarkommt, wahrscheinlich bildet er sich ein, sie sei beleidigt. Und letztendlich passt es ihm ganz gut, wenn sie am anderen Ende der Welt ist. Gar nicht so einfach mit einem neuen Baby in seinem Alter. Céleste ist es völlig wurst, ob sie eine Schwester kriegt oder nicht. Aber er ist überzeugt, dass sie total fertig ist.

Ganz am Anfang hat sie über die Kommentare der Instagram-Seite von Justin Biber noch ein bisschen mit alten Freunden gechattet. Sie dachte, dass man in dem ganzen Blödsinn wohl nicht nach einem Mädchen suchen wird, das komisches Zeug schreibt. Aber weil sie alles verschlüsseln mussten, konnten sie sich auf die Dauer nicht viel erzählen. Dann hat Céleste aufgehört. Sie denkt oft an Aïcha, die es bestimmt nicht in Ordnung finden würde, dass sie einfach ihr Ding macht. Sie ist zu ernsthaft. Wenn du ihr sagst, »Versteck dich«, versteckt sie sich. Céleste nimmt sich mehr Freiheit. Sie hat auch keine Religion am Hals.

Céleste zieht das Laken glatt. Es hat immer noch Falten. Pablo liegt auf einem Kissen auf der Erde und spielt seit Stunden zwanghaft ein bescheuertes Spiel, bei dem ein Ball in seltsamer Schwerelosigkeit Fensterscheiben zerbricht. Sie hat ihm über die Schulter geguckt und ist davon fast seekrank geworden. Hélène sieht sich auf ihrem Telefon Fotos von der Exfrau von David Bowie an, einer ungefähr siebzigjährigen Dame mit zwei Rattenschwänzen. Sie spielt bei so was Ähnlichem wie *Secret Story* mit. Jemand sagt ihr, dass David tot ist und dass sie es niemandem verraten darf, aber sie geht sofort zu einem anderen Mädchen und sagt ihm, dass David tot ist, das Mädchen denkt, dass sie einen David meint, der bei der Sendung mitmacht, und beginnt zu heulen, die Alte glaubt, dass sie David Bowie liebt, aber das Mädchen ist zu jung, um überhaupt zu wissen, wer das war, oder sich auch nur im Geringsten für ihn zu interessieren, deswegen bricht Chaos aus. Herrgott, hoffentlich erholen sie sich hier alle bald mal von seinem Tod!

Céleste achtet auf die Zeit. Gestern hat ihr jemand geschrieben, wegen eines Tattoos. Sie hat sich wieder eine kleine Facebook-Seite gemacht, als neuen Künstlernamen hat sie den Vornamen ihrer Großmutter mütterlicherseits, Blanche, und den Mädchennamen ihrer Mutter, Klint, angenommen. Der Mann will einen Wolf, realistisch. Sie zeichnet keine Tiere und Realismus ist auch nicht ihre Stärke, aber sie hat ihm eine Zeichnung geschickt und er hat »Okay, aber nicht zu groß« geantwortet. Mit »nicht zu groß« haben sie es hier! Eine Frage des Preises, und sie bilden sich ein, dass du ihnen die Sixtinische Kapelle auf den Ringfinger stechen kannst – wo ist das Problem? Für einen Wolf brauchst du die ganze Schulter – was soll das sonst? Das sind doch alles Warmduscher – sie wollen ein Tattoo, aber haben Angst, dass man es sieht. Andererseits, wenn sie sich die Schnauze ihres Wolfs ansieht, ist es vielleicht eine ganz gute Idee, ihn nicht so groß zu machen. Sieht eher aus wie Snoopy unter Acid. Sie war ganz überrascht, dass er einverstanden war. Sie hat gefragt, wie lang sein Arm ist, um den Stencil vorzubereiten, seine Antwort war »zwei iPhone 6«.

Er hat gefragt, ob sie ein Studio hat. Normalerweise tätowiert sie in ihrem Zimmer und macht die Vorhänge zu, damit die Leute von gegenüber sie nicht anzeigen. Man darf nicht zu Hause tätowieren. Und sie müsste es versteuern. Der Kunde ist Franzose. Keine Ahnung, wie er auf ihre Seite gestoßen ist. Er möchte lieber, dass sie zu ihm kommt, weil er so sensibel ist und sich danach ausruhen muss. Sie hat ihn nicht zum Teufel gejagt, denn als sie angekündigt hat, dass es hundert Euro kostet, hat er nicht gezuckt. Sie braucht das Geld. Deswegen hat sie sich in einem Lokal mit ihm verabredet, da kann sie ihn sich erst mal ansehen, bevor sie zu ihm geht. Man kann nie wissen. Hoffentlich ist es keine Anmache. Sie hat kein Foto von sich ins Internet gestellt. Man muss ja nicht übertreiben. Seit ihre Haare rasiert sind, hängen die Kerle weniger an ihrem Hintern. Aber trotzdem. Die Franzosen nerven am meisten. Das sagen alle hier. Alle, die in Bars, Restaurants oder Museen jobben, sagen dasselbe – die französischen Kerle sind die schlimmsten. Die erkennst du auf fünfhundert Meter. Schreien rum und machen überall Stunk. Und hängen sich an die Mädchen. Sogar die Italiener sind weniger lästig. Das ist mal Fakt.

Drei Euro für eine winzige Flasche Wasser bei Paul an der Gare de Lyon, die haben doch eine Macke! Max hat sich geweigert zu bezahlen. Er hat die Papiertüte mit der Flasche und der Packung Canelés zurückgewiesen – zehn Euro, ist das ein Witz oder was?

Die Kassiererin war sauer, als wäre es für sie ein Drama, das Ganze zu stornieren. Die kann ihn mal. Er hat im Internet einen Film gesehen: Der Bahnhof ist voller Ratten, die zwischen den Croissants herumspazieren. Ein Grund mehr, ihr die Kekse in die Fresse zu werfen. Paris ist von Ratten überschwemmt. Sobald du in einem Square im Marais dein Sandwich aus der Hand legst, stürzen sich die Tauben und die Nager darauf, um es zu verschlingen. Kein schöner Anblick.

Er hasst es, im Geschäft einen Aufstand zu machen, sich so aufzuregen. Aber er ist echt fertig mit den Nerven.

Die kleine Céleste hat mächtig was abgekriegt. Er hat noch nie erlebt, dass jemand solche Prügel kassiert. Sie hat's überlebt, wirst du sagen. Aber trotzdem … Max kann auch brutal sein, mit Worten. Er ist gut, wenn es um Rumschreien geht. Er macht den Leuten Angst. Das hat ihm immer gefallen. Aber prügeln ist nicht sein Ding. Sein Sohn hat nie eine Ohrfeige bekommen. Er hat Straßenschlägereien erlebt, war in seiner Jugend bei Demos, hat gesehen, wie die Bullen seine Kumpels mit ihren Knüppeln fertiggemacht haben, und er hat den Blick nicht abgewendet. Er ist weiß Gott keine feige Schwuchtel. Aber gewalttätig ist er nicht.

Sein Plan war, Céleste zu fesseln, sie einzusperren und rumschreien zu lassen, bis Dopalet kommt. Er war sicher, dass er nur mit seiner Lord-Kossity-Stimme drohen müsste, damit sie gehorcht. Und er wollte ihr den Schreck ihres Lebens einjagen. Deswegen die Idee, zwei Hells Angels zu engagieren, die echt beängstigend aussehen und bei denen man nicht lange diskutieren möchte. Sie warten versteckt in dem Haus, in das Max Céleste lockt, und buh!, springen sie hervor, das reicht schon. Das Mädchen ist psychologisch konditioniert. Sie weiß, wie viele Männer da sind und sie bewachen, sie hat Angst, vergewaltigt zu werden, und wird ganz zahm. Das war ein pragmatischer, intelligenter, einfacher Plan. Wenn sie ordentlich gefesselt wäre, würden zwei Ohrfeigen ausreichen und sie würde alles ausspucken, was sie wusste. Dann sollte Dopalet sehen, was er mit ihr anstellen wollte.

Er hat seinen Part tadellos ausgeführt. Dabei hatte er schon ein blödes Gefühl, bevor er Céleste traf, die ihn in der Bar in El Raval erwartete. Deswegen war er sauer, als er sie erkannt hat. Sauer, dass sie gekommen ist. Wie oft muss man den Mädchen erklären, dass sie sich nicht mit Unbekannten an einem öffentlichen Ort verabreden sollen? Wenn sie sich von einem Freund hätte begleiten lassen oder auch nur von ein, zwei Freundinnen, hätte er den Rückzug angetreten. Er hätte sich irgendwas anderes ausdenken müssen. Oder gleich aufgeben. Aber sie kam da einfach angetanzt, ohne Begleitung, ohne Misstrauen – das Mädchen wiegt vielleicht fünfzig Kilo, Größe XS. Und ziemlich appetitlich. Full of shit, aber süßes Ding. Eine richtige Göre. Da er noch nicht wusste, wie das Ganze laufen würde, war er professionell. Er sagte sich, das wird ihr eine Lehre sein. Dopalet hatte ihm von dem Überfall erzählt, das war echt brutal. Es geht doch nicht, dass jemand dich in deiner eigenen Wohnung überfällt und brutal foltert, ohne dass es Folgen hat. Er fühlte sich also nicht wohl in seiner Haut, aber er sagte sich, man muss ihr gründlich den Kopf zurechtrücken. Sie hat es provoziert. Außerdem mag er keine Mädchen, die sich die Haare zu kurz schneiden. Ein bisschen Respekt für die Weiblichkeit, ist das vielleicht zu viel verlangt? Hältst du dich für einen Kerl bei deiner Statur?

Wie oft hört man von Frauen, die von Geisteskranken getötet wurden? Ständig. Vor der Mode der Massaker gab es fast täglich einen neuen Fall von Serienkiller. Wie oft hat sie die Geschichte der Joggerin, Tramperin, Kellnerin gehört, von dem Mädchen, das aus der Metro kommt, das nach Hause kommt, das irgendwas macht – vergewaltigt, verstümmelt, misshandelt? Glaubst du, sie lernt was daraus? Kein Stück. Sie saß da wie eine dumme Gans und wartete auf ihn. Sie wollen es einfach nicht begreifen. Er hat sie eine Viertelstunde vollgequatscht, hat ihr erklärt, warum es ihm zu Hause lieber ist mit dem Tätowieren. Und sie ist mitgegangen. Er machte einen auf Oldie, der noch *in* sein möchte. Er kennt sich aus mit Mädchen, er weiß, was sie beruhigt. Sie ist mitgegangen, und ihm soll keiner erklären, dass sie nicht insgeheim wusste, dass er irgendwas im Schilde führte. Sie wissen es. Und gehen trotzdem mit. Wenn sie sich schützen würden, könnte man sie nicht so leicht missbrauchen. Sie ist mit in das schöne Haus gekommen, über der Stadt, jenseits der Stadtautobahn. In das abgelegene Haus. Selbst wenn sie aus dem Keller entkommen würde, müsste sie fünfhundert Meter laufen, ehe sie auf andere Menschen träfe. In das sorgsam ausgewählte Haus, für das, was sie dort zu tun hatten.

Max bekam es mit der Angst zu tun. Aber er hatte sich Dopalet verpflichtet. Er konnte nicht mehr zurück. Am Ende des Tages musste der Anruf stehen, auf den der Produzent wartete: »Auftrag erfüllt, ich erwarte dich.« Neben den immer willkommenen Geldscheinen, die den Besitzer wechseln würden, dachte Max an die vertrauensvolle Beziehung, die zwischen ihnen entstehen sollte. Verbunden durch dieses geteilte Geheimnis würden sie gemeinsam Großes vollbringen. Max fehlt es nicht an Ideen. Ihm fehlen nur die Mittel.

Er konnte nicht ahnen, dass ihm die Situation so entgleiten würde. Weder so schnell noch so brutal. Er hatte argumentiert, er wolle das Tattoo lieber bei sich machen, weil er Angst habe, danach nicht mehr nach Hause zu kommen. Dopalet hatte ihn gebrieft – nach dem Tätowieren ist einem oft übel. Céleste machte sich über ihn lustig. Wahrscheinlich dachte sie, das ist das erste Mal, er macht sich in die Hosen. Sie beruhigte ihn, »Es geht Ihnen bestimmt nicht so schlecht, dass Sie nicht ins Taxi steigen können.« Aber sie ließ sich überzeugen. Wahrscheinlich brauchte sie das Geld, sie auch. Als er sagte, »Ich zahle lieber das Doppelte und es ist ordentliche Arbeit, als danach einen Wolf zu haben, der nach gar nichts aussieht, aber nur hundert Euro gekostet hat«, hatte er das Gefühl, bei ihr zu punkten.

Als er die Haustür von innen abschloss, zuckte sie zusammen, aber er scherzte noch, »Ich bin ein Schisser, ich habe immer Angst, dass jemand einbricht, während ich zu Hause bin.« Sie lächelte, ohne die Anspielung zu erfassen: Genau das hat sie Dopalet angetan. Sie hat sich bei ihm eingeschlichen und sein Leben in die Luft gejagt. Und schuld daran ist nur ein Missverständnis. Zumindest behauptet Dopalet das. Max kann sich schon vorstellen, dass es etwas komplizierter ist. Aber der Teil der Geschichte geht ihn nichts an. »Ich überwache sie für dich, und du kommst, wann du willst, um ein Wörtchen mit ihr zu reden.« Das hat er ihm versprochen. Dopalet hat ein ordentliches Budget bereitgestellt, um das Ganze in die Tat umzusetzen. Und Max hat seinen Job sauber erledigt. Das Problem kam mit den Hells.

Franck und Thierry sollten nur noch aus der Küche gestürzt kommen, um ihr die Leviten zu lesen. Max hatte an Handschellen gedacht, wegen der psychologischen Wirkung, das würde sie brechen. Sie sollten ihr ein, zwei Ohrfeigen verpassen, sie einsperren und Schluss. Zu dritt war es auch sicherer, dass sie nicht abhaute … Sein Plan war wirklich nicht kompliziert. Er wollte, dass sie gesteht, wo ihre Komplizin Aïcha ist, bevor Dopalet kommt. Damit hätte sich Max die ewige Dankbarkeit des Produzenten verdient, den er später würde lenken können, wie er Lust hatte.

Das Problem war, dass er Franck und Thierry nicht mehr bändigen konnte, nachdem sie einmal losgelegt hatten. Scheiße, die beiden Kerle müssen mächtig Stress mit den Frauen haben, dass sie so übel drauf sind. Sie haben sie förmlich massakriert. Max hat auf sie eingeredet, »Langsam, langsam, sie muss noch reden können, und außerdem soll noch was für den Auftraggeber übrig bleiben.« Aber Franck hat ihn scheel angesehen. »Willst du mir beibringen, wie ich meinen Job mache?« Das ist voll in die Hose gegangen. Was Max an dem Abend gesehen hat, hätte er gern niemals erlebt. Er hatte gesagt, eine kleine Lektion, keine Neuinszenierung von *Beim Sterben ist jeder der Erste*. Aber versuch mal, sie zu bremsen. Erklär mal zwei entfesselten Monstern, dass das nicht zum Vertrag gehört. Juristisch heißt das, wenn sie erwischt werden, ist Max Mitwisser. Von allem. Und Dopalet natürlich auch.

Während sich das abspielte, hatte er Zeit, sich jede Menge Vorwürfe zu machen. Auf jeden Fall war es leichtsinnig gewesen, sich einzubilden, er würde Franck kontrollieren können. Der Mann hat seine Erziehung bei den Hells Angels in Grenoble erhalten. Er musste die Klubfarben abgeben, als er heroinsüchtig wurde. »Die Wahrscheinlichkeit, das jemand jenseits der dreißig auf harten Drogen hängen bleibt, ist minimal, aber mich hat's erwischt – bis dreißig habe ich getrunken und gekokst, aber ich bin nie auf die dunkle Seite der Droge abgetaucht. Und dann habe ich Heroin entdeckt, ich hab's genommen, um vom Koks wegzukommen. Und schon war ich dran.« Das ist die offizielle Version. Aber während die Ereignisse diese höchst unangenehme Wendung nahmen, ist Max noch eingefallen, dass Franck dazu geneigt haben soll, Kinder zu betatschen. Kleine Kinder – keine kleinen frechen Schlampen, eher ganz kleine Mädchen. Max weiß nicht mehr, wer seine Opfer waren. Wenn du auf Zehnjährige stehst, ist es dir vielleicht egal, ob es Mädchen oder Jungen sind. Wenn man sich den Rohling ansieht, fragt man sich, ob es überhaupt einen Unterschied macht.

Franck war nicht seine Idealbesetzung. Normalerweise arbeitet er nicht mit solchen Typen. Er ist alt genug, um zu wissen, dass es Profile gibt, vor denen man sich hüten sollte.

Aber es musste schnell gehen, und Franck war der Einzige in seinem Bekanntenkreis, der eine Menge Leute in Barcelona kennt. Max hatte Céleste innerhalb weniger Tage gefunden. So schwierig es war, Xavier, Sylvie oder Vernon zum Reden zu bringen, so kinderleicht war es, die Kleine aufzuspüren. Max brauchte keine achtundvierzig Stunden, um auf der Seite von Daniel zu entdecken, dass dieser Schwachkopf alle neuen Tattoos einer gewissen Blanche Klint likt. Die Internetgeneration wird sich noch wundern, wie ihr das Ganze auf die Füße fällt – anscheinend haben die Kinder immer noch nicht begriffen, dass man alles sieht, was sie tun, wenn man sich ein bisschen für sie interessiert.

Franck war also der Erste, der ihm eingefallen ist, als klar war, dass es in Barcelona passieren würde. Und er hat auch gleich verkündet: »Ein Haus mit einem abschließbaren Zimmer. Ich habe genau, was du suchst.« Denn Dopalet hat eine bestechende Eigenschaft: Als Produzent weiß er, dass man Geld auf den Tisch packen muss, damit die Sache läuft. Haus mit einem kleinen Keller, schallgedämmt, weil ein früherer Probenraum – kein Problem. Und Handlanger für Max ebenso wenig – mühelos engagiert. Aber da kam Max' nächster Irrtum. Er dachte, dass Franck, der wegen diverser Geschichten genug Zeit bei den Bullen verbracht hat, wissen würde, wie man jemanden zum Sprechen bringt. Fehleinschätzung. Franck und Thierry – das war ein Gemetzel. Sie haben ihn schlichtweg ignoriert.

Und als er sah, dass das Ganze entgleiste und er nichts ausrichten konnte, dachte er noch, dass es nicht leicht ist, ein Mann zu sein. Wenn er ein Mädchen gewesen wäre, hätte er mit den kleinen Fäustchen ins Leere schlagen und hysterische Schreie ausstoßen können, »Hört auf, ihr seid widerlich, Schluss, ihr geht zu weit!«, und jeder hätte das normal gefunden. Vielleicht hätten sie sogar auf ihn gehört, gerührt von seiner Verzweiflung. Aber als echter Kerl kannst du das nicht machen. Entweder musst du es draufhaben, sie mit Körperkraft zu beherrschen und zu beruhigen, um wieder das Alphamännchen zu werden, oder du tust, was er getan hat – den angeödeten, aber blasierten, unbeeindruckten Kerl spielen: »Langsam, langsam, Jungs – sie muss noch reden können.« Obwohl es ihn abstieß, was da ablief, stellte er sich auf ihre Seite. Und als Franck seine Hose aufknöpfte, ist er rausgegangen und hat gewartet, dass es vorbeigeht. Céleste gab kein Geräusch mehr von sich. Sie rührte sich nicht. Sie hatten sie so fertiggemacht, dass sie hoffentlich bewusstlos war. Er hat sich das Schauspiel erspart.

Er hat die Hosen gestrichen voll. Entführung ist schon ziemlich ernst. Aber wenn du die Sache ordentlich durchziehst, wird dich die Kleine nicht anzeigen. Schließlich hat sie selbst einiges auf dem Kerbholz. Das kriegt man hin. Aber bei den Geräuschen aus dem Nebenraum wurde ihm klar, dass es unmöglich sein würde, sie laufen zu lassen. Am meisten fürchtete er sich vor der Reaktion Dopalets, wenn er sehen würde, was sie aus der Kleinen gemacht hatten. Aber Max hatte nicht dem Mumm rüberzugehen und nachzusehen, was die beiden taten. Er hatte Angst vor ihnen. Jeder hätte Angst vor ihnen gehabt.

Als sie sich endlich beruhigt hatten, ging Max zu ihr, um ihr ein Schlafmittel einzuflößen. Seine Hände zitterten. Er wäre außerstande, in einem Schlachthaus zu arbeiten. Zu sensibel. Sie stöhnte, ein Auge war zugeschwollen. Er wischte ihren Körper ein bisschen mit dem Lappen ab, um Blut und Sperma aufzusaugen. Die beiden Kerle hatten eine Flasche Whisky aufgemacht. Max konnte das Mädchen nicht so trösten, wie er es gern getan hätte. Er empfand so viel Mitleid. Auch etwas Abscheu. Aber vor allem Anteilnahme. Er wickelte sie in die Decke, die er für sie gekauft hatte, und bat niemanden um Hilfe, als er sie in den Keller trug. Dort fesselte er sie ans Bett, nur eine Hand. Er konnte nicht riskieren, dass sie entwischte. Was hier passiert war, war zu schlimm.

Die beiden Schwachköpfe schenkten ihm ein Glas ein, sie waren sehr zufrieden mit ihrer Leistung. Max unterdrückte seine Wut und sagte »Ihr seid ganz schön rangegangen«, und Franck blies verächtlich die Wangen auf: »Die hat schon ganz andere Sachen erlebt. Solche Schlampen treiben sich überall rum. Das war nicht der erste Schwanz, den sie im Arsch hatte, keine Sorge«, und Max dachte, der ist wohl der Sohn von Goebbels, so brutal kann man doch nicht sein. Aber er entgegnete nur warnend, »Ich hoffe, der Produzent bezahlt wie vereinbart, das ist nicht das, was er bestellt hat«, und bei Francks Antwort »Das sollte er besser tun« dachte Max erneut, dass er das Ding mächtig vergeigt hatte. Man darf nicht mit Gangstern arbeiten. Wenn sie einen wie Max sehen, riechen sie sofort, dass er nicht zu ihrer Rasse gehört. Sie nehmen ihn nicht ernst. Zu seiner Entlastung muss er sagen, dass er es nicht gewohnt ist, sich die Finger schmutzig zu machen. Was Freiheitsberaubungen angeht, fehlt ihm jegliche Erfahrung. Also hat er sich Hilfe geholt …

Dopalet sprang wie vereinbart ins nächste Flugzeug. Max stellte sich seinen Wutausbruch vor. Er verbrachte den halben Tag auf dem Klo, um zu kacken und sich die Wampe zu halten. Solche Angst hat er seit der Oberschule nicht mehr gehabt, als abends ein großer Kerl vor dem Tor gewartet hatte, um ihn wegen eines blöden Spruchs fertigzumachen.

Die beiden Folterknechte waren in Hochform. Es gibt Leute, die sind für so was wie geschaffen. Wenn du die beiden in die Fremdenlegion steckst, brechen sie bald unter den Medaillen zusammen.

Max legte sich Erklärungen zurecht, um Dopalet zu beruhigen. Er versteht sich gut mit dem Produzenten. Als er ihn zum ersten Mal gesehen hat, dachte er, was ist das denn für ein Arschloch? Als er ihn dann näher kennenlernte, entdeckte er einen neugierigen und vielgereisten Mann. Eine Persönlichkeit, die mit besserer Bekanntschaft gewinnt. Er kannte Geschichten über alle Filmstars und hatte interessante Theorien über Kinoerfolge. Aber das

Einzige, was ihn wirklich interessiert, sind diese bescheuerten Serien.

Max verachtet alle Serien. Natürlich sagt er das seinem neuen Freund nicht. Als sie Telenovelas oder *Dallas* hießen, haben sich alle über die geistlosen Geschichten totgelacht, aber jetzt, wo sie angesagt sind, findet jeder sie genial. Du misshandelst dein Gehirn, wenn du es dreizehn mal sechzig Minuten mit unsäglichem, ideologisch zweifelhaftem Schwachsinn bombardierst. Das ist genauso ungesund, wie morgens, mittags und abends bei McDonald's zu essen. So sind die Zeiten: Die Leute verachten die Intelligenz. Die Welt gehört den Francks und Thierrys, debilen Brutalos, für die Zuschlagen den Gipfel der Persönlichkeitsentwicklung darstellt.

In diesem Punkt war Max Dopalet gegenüber ehrlich: »Ein Mann wie du, der vom Kino kommt, der Truffaut, Pasolini und Bergman liebt, kann doch nicht den ganzen Tag zusehen, wie Zombies Arschlöcher überfallen …« Da hat Dopalet gelacht, er mag es, wenn man ihn ein bisschen schüttelt. Aber reagiert hat er nicht. Er ist wie alle, er gibt sich geschlagen. Leistet keinen Widerstand mehr.

Dopalet hat ihm die Geschichte von Alex' Videos erzählt. Er sucht nicht nur die beiden Mädchen. Er will auch die Aufnahmen finden. Max coacht ihn: »Hör auf, sie mit aller Macht in die Hand kriegen und dich rächen zu wollen und was weiß ich nicht noch alles … am Ende verlierst du alles, was du hast. Wenn du willst, dass sie dir Alex' Kassetten geben und mit niemandem darüber reden, gebe ich dir einen einfachen Rat. Mach sie zu Angestellten. Bezahl die *Convergences*. Gewöhn sie an dein Geld. Dann kannst du verlangen, was du willst, du weißt besser als ich, wie das läuft. Niemand widersteht der Verbürgerlichung. In ihrer Bande sehe ich auf Anhieb mindestens drei, die dir aus der Hand fressen, wenn du sie ordentlich finanzierst, auch wenn sie das Gegenteil schwören. Allmählich kenne ich sie ganz gut. Xavier kaufst du ein Drehbuch ab, und er präsentiert dir die Kassetten auf dem Silbertablett. Sylvie engagierst du als Toilettenfrau und sie tut alles, was du willst. Pamela, die die Stolze spielt, sagst du, dass du eine Rolle in einem richtigen Film für sie hast, dann verrät sie die ganze Bande. Und wenn einer zuckt, beauftragst du die anderen, ihn zum Schweigen zu bringen.«

Mit Célestes Entführung hat Max ganz schön danebengegriffen. Es ist nicht sein Ding, so eine Operation zu organisieren. Aber wenn er das Zusammenspiel in der Gruppe beobachtet, irrt er sich bestimmt nicht. Je mehr er über die *Convergences* erfährt, desto deutlicher wird ihm, dass da eine Menge Geld zu holen ist. Die Leute wollen etwas erleben. Sie wollen Magie. Sie wollen glauben. Sie wollen tanzen. Er ist ganz sicher, dass er weiß, wie er ihnen diesen Traum verkaufen wird.

Aber jetzt, mit der übel zugerichteten Kleinen auf einer Matratze im Keller, sind seine Träume mächtig ins Wanken geraten.

Dann kam Dopalet. »Ist was schiefgelaufen? Du bist ja so weiß wie ein Laken«, begrüßte er Max. Franck grinste. Dopalet musterte ihn argwöhnisch. Max ging vor Dopalet in den Keller. Er beobachtete seine Miene, als er den nackten Körper unter der Decke entdeckte, die Hände gefesselt, das Gesicht von Schlägen entstellt. Thierry war noch ein paarmal zurückgekommen und hatte sich über sie hergemacht. Der Körper war voll getrockneter Wichse. Es war entsetzlich. Max schämte sich, er war nicht mehr imstande zu heulen oder zu kotzen, war jenseits der Traurigkeit. Erstarrt. Aber da – Überraschung: Dopalet sah zufrieden aus. Er blieb auf der Schwelle stehen und grinste, als er mit einer Kopfbewegung »Sie ist es« flüsterte. Franck sagte, »Ein Glück auch«, und Dopalet lachte hinter vorgehaltener Hand, um keinen Lärm zu machen. Er blieb nicht lange da stehen, wollte nicht, dass sie aufwacht und ihn erkennt.

Max dachte, das kann doch nicht wahr sein, er wird uns den Kopf waschen. Er wird sagen, dass davon keine Rede war und so was. Aber nichts. Dopalet ging wieder hoch, und das Einzige, was ihn interessierte, war, ob sie gesagt hatte, wo Aïcha war. Thierry antwortete: »In Deutschland. Aber sie weiß nicht wo. Sie hätte geredet. Ich bin sicher, dass sie gesungen hätte. Das ist keine Zuverlässige.« Max hatte die Arme verschränkt, starrte auf seine Fußspitzen und sagte kein Wort. Er fragte sich, vielleicht bin ich bescheuert, vielleicht bin ich der letzte Idiot des Landes. Denn Dopalet war kein bisschen schockiert. Eher erleichtert.

Er hörte sich Francks Plan an, ohne mit der Wimper zu zucken: ihr ein Gramm Heroin in den Arm spritzen, als hätte sie den Schuss nicht richtig dosiert, warten, bis die Überdosis wirkt, und den Körper irgendwo in Santa Coloma auf die Straße werfen – nach Meinung des Rockers war das der einzige heikle Teil des Plans, weil es weder Zeugen noch Überwachungskameras geben durfte, wenn sie sie entsorgten. Aber das würde er schon hinkriegen. Dann würde man sie mit der Nadel im Arm finden, und die Polizei würde nicht lange suchen: ein Mädchen, das sich an harten Drogen versucht hat und nicht wusste, dass man vorsichtig damit sein muss. Dopalet zuckte erst zusammen, als Franck sagte: »Fünftausend sofort. Und die anderen fünftausend, wenn die Leiche gefunden wurde und der Gerichtsmediziner einen Unfall bescheinigt hat. Wenn beim Entsorgen etwas schiefgeht, werden die fünftausend an meine Frau überwiesen.« Da gab es eine kleine Diskussion. Aber die ganze Angelegenheit, also, die Kleine, nachdem sie sie vergewaltigt und halb tot geschlagen hatten, wirklich umzubringen … Anscheinend war Max der Einzige, dem das gegen den Strich ging. Dopalet muss echt aufhören mit seinen Serien!

Die Hyäne sitzt auf dem Betonrand eines Blumenkastens, den sich ein verkümmerter Strauch mit unzähligen Kippen teilt. Sie wartet auf die Shitdealer. In Aubervilliers arbeiten sie in der Regel erst am Nachmittag und sonnabends kommen sie nicht vor achtzehn Uhr. Der Hof ist leer. Sie hasst dieses Viertel. Wie alle Orte, wo man nur Kerle trifft. Eine Freundin hat ihr die Schlüssel zu ihrem Atelier gegeben, einem riesigen Loft, das die Stadt vermietet. Da wohnt die Hyäne, bis sie weiß, wie es weitergeht.

Sie hat nicht vor, in Paris zu bleiben. Wahrscheinlich war sie zu lange im Camp, das hat sie aufgeweicht. Jeden Tag überquert sie den Périphérique, und jeden Tag wird der Verkehr an der Porte de Pantin von Demonstrationen der Flüchtlinge aufgehalten, die dort hausen. Vom Schicksal misshandelt, dem gleichen Elend unterworfen, sehen ihre Gesichter doch sehr unterschiedlich aus. Eins schüchtern, eins wütend, eins strahlend, eins gefährlich, eins nachdenklich … Man kann sich schlecht vorstellen, wie sie noch vor ein paar Monaten gelebt haben – ging der Kleine, der an die Autofenster klopft und schon ein paar französische Wörter aufgeschnappt hat, zur Schule, sorgten sich Eltern um sein Wohlergehen, ist er in einem hübschen Haus aufgewachsen oder rannte er ohne Schuhe durch ein Elendsviertel? Jetzt bettelt er bei den Autofahrern, die der Verkehr zum Halten zwingt, um Essen oder Geld. Die Hyäne hat ihn schon mehrmals gesehen, er erinnert sie an den Jungen aus *Der Krieg der Knöpfe*. Sie erstickt in dieser Stadt. Die Armut hat sich ausgebreitet, als hätte jemand in den Straßen und U-Bahn-Gängen einen Sack Unglück ausgekippt. Es ist eine verfluchte Installation, die Hauptstadt ist zur Galerie der Grausamkeiten geworden, eine tägliche Demonstration dessen, was der Mensch seinem Nächsten zu verweigern imstande ist. Früher kam sie damit klar, konnte ihrer Wege gehen, sich sagen, das ist hässlich, und es gleich vergessen, an etwas anderes denken. Von sich fernhalten, was sie nicht direkt betraf. Das Leid hat immer zur Landschaft gehört, deshalb war es geradezu überlebenswichtig, sich damit abzufinden. Aber das Ausmaß hat sich verändert. Jetzt hat sie das Gefühl, es wäre giftig, sich daran zu gewöhnen.

Im Camp hatte sie sich aus der normalen Wirklichkeit ausgeklinkt. Sie hätte nie gedacht, dass sie imstande ist, so lange in dieser Gruppe zu bleiben, ja bis über beide Ohren darin zu versinken. Und erst recht nicht, so ein Zugehörigkeitsgefühl zu entwickeln. Es war ein kollektiver Ausstieg. Sie hat sich selten so lange so gut gefühlt, egal wo. Deswegen ist sie auch nicht in den nächsten Zug gesprungen, als Céleste verschwunden ist, um vor Ort zu sehen, was läuft. Antoine berichtete ihr, wenn er seinen Vater besucht hatte. Er sagte, Dopalet erhole sich, er sei mit anderen Dingen beschäftigt, rede nicht mehr von Rache.

Sie glaubte ihm. Sie wollte, dass es stimmt. Sie dachte, das wird schon gut gehen. Sie hatte das Gefühl von Dringlichkeit verloren. Es kam ihr ganz normal vor, Vertrauen zu haben.

Vernons Abreise hat sie kalt erwischt und mit erstaunlicher Brutalität, ein Bruch mit der Atmosphäre, die über ihrem Abenteuer gelegen hatte. Sie fühlte sich bestraft, wie die anderen. Und trotzdem war sie irgendwie einverstanden. Sie hatte auch gespürt, dass sich über ihren Köpfen eine dunkle Wolke, eine noch unbestimmte Gefahr zusammenballte. Es war Zeit.

Sie ist nach Paris gekommen. Hat nach ein paar Anrufen diese Wohnung gefunden. Wie sie die Miete bezahlen soll, weiß sie noch nicht. Lydia ist mit ihr dort eingezogen. Sie arbeitet an dem Buch über Bleach. Sie sagt, sie sei fast fertig, aber das sagt sie schon seit ein paar Monaten. Dann stand Olga mit ihren Koffern vor der Tür. Bei Sylvie sei es so eng, während in Aubervilliers genug Platz für ihre Hunde sei. Die Hyäne schätzt Olgas Anwesenheit. Sie lädt einen auf. Mit unfassbarer Geschmeidigkeit mischen sich bei ihr barbarische Brutalität und kleinmädchenhafte Sanftheit. Außerdem hat sich die Hyäne an die Hunde gewöhnt. An das Parallelleben neben dem der Menschen, an die unerschöpfliche Zärtlichkeit. Dann hat Pamela gefragt, ob sie ihre Sachen für ein paar Tage unterstellen könne, und Jésus ist ihr gefolgt.

Wenn die Hyäne die Tür des Lofts öffnet, hat sie das komische Gefühl, das Camp zu betreten, nur nicht im Freien. Es ist dieselbe Erfahrung, ein wenig verkümmert. Aber etwas Wesentliches – die Art des Zusammenseins – besteht fort.

Ab und zu nimmt sie den Graseinkauf für Lydia – die sagt, sie brauche es, um sich zu konzentrieren – zum Vorwand, um einen Ausflug in den Hof des Häuserblocks zu machen. An den Wänden steht »Gras, Shit«, mit Hinweispfeilen, damit man sich nicht beim Händler irrt.

Sie wartet, steht auf, breitet sorgfältig Tabak auf dem Zigarettenpapier aus, dreht sich eine neue Kippe und lehnt sich an die Säule, sie ist gelb, eine geradezu lächerlich fröhliche Farbe in dieser Umgebung.

Als Vernon sie angerufen und ihr von Max' Besuch erzählt hatte, war sie aus ihrer Betäubung aufgewacht. Sie fand ihre Routine wieder. Allerdings hatte sie nicht den richtigen Reflex: Sie kümmerte sich zuerst um Aïcha. Von ihr wusste sie wenigstens, wo sie zu finden war.

Drei Tage, Paris–Frankfurt–Amsterdam–Paris, ohne Pause am Steuer, ständig Bowie aus den Boxen, wie sein Leben, an das sie sich Etappe für Etappe erinnerte. Die lange Fahrt hat ihr gefallen, mit den Kilometern kann man nicht tricksen, man frisst einen nach dem anderen. Das lässt Zeit zum Nachdenken.

Bei der Rückkehr begann das Konzert der Geständnisse. Zuerst Daniel. »Céleste ist in Barcelona. Ich habe sie schon lange übers Internet wiedergefunden. Ich habe niemandem etwas gesagt, weil ich das Gefühl hatte, es geht ihr gut.« Die Hyäne fragte sich, ob er vielleicht doch ein bisschen debil war. Oder ist es das Testosteron? Wenn es den Verstand schärfen würde, hätte man schon davon gehört. Xavier begriff wenigstens, dass er Mist gebaut hatte, und entschuldigte sich reumütig – er hatte sie in Barcelona gesehen. Während er mit Max zusammen war. Der Hyäne hatte es kurz in den Fingern gezuckt, ihn zu erwürgen. Wenn er ihr das sofort gesagt hätte, wäre sie nicht zuerst zu Aïcha gefahren … Und inzwischen saß Sylvie in der Küche und heulte. Sie hatte alle Fragen beantwortet, die Max ihr gestellt hatte. Sie hatte sich mächtig ins Zeug gelegt, ohne zu ahnen, dass er sie manipulierte.

Und während die Hyäne einen nach dem anderen beichten hörte und begriff, dass sie die falschen Prioritäten gesetzt hatte, dachte sie – genau deswegen ist Vernon weggegangen. Alle Bedingungen für den Niedergang sind vereint. Die Zwietracht ist eine Pflanze, die Zeit braucht, bis sie erblüht, aber die Samen waren gesät und warteten nur darauf, zu keimen. Ihre Reflexe waren gestört. Sie hätten miteinander reden müssen.

Die Jungs aus dem Viertel kommen, die kleinen Dealer. »Suchen Sie etwas, Madame?« Jedes Mal, wenn sie sie trifft, sind sie superhöflich: Es ist noch nicht alles verloren. Wenigstens die kleinen Straßenhändler versuchen noch, ihre Arbeit anständig zu machen.

Sie drückt die Eisentür des Ateliers auf und hört Kikos Stimme, Lydia stürzt ihr entgegen: »Er hat die Bankkonten von Max und Dopalet gehackt, es gibt zwar keine direkten Transaktionen, aber Max hat mit seiner Karte mehrere Flugtickets nach Barcelona bezahlt und Dopalet war zur gleichen Zeit da. Unglaublich, der Geldsack fliegt Vueling. Wenn ich Geld hätte, würde ich nie in deren Maschinen steigen, das kannst du wissen … Weißt du, dass du in einem Billigflieger niemals pinkeln gehen darfst? Das hat mir eine Stewardess erzählt – sie haben zwischen zwei Flügen nicht mal Zeit zum Saubermachen.« Lydia ist nicht immer sehr geradlinig in ihren Gedankengängen. Manchmal fragt sich die Hyäne, wie das Buch wohl aussehen wird, an dem sie schon so lange schreibt – gibt es ein menschliches Gehirn, das dem Gewirr ihres Denkens wird folgen können? So stellt man sich einen Hasen auf Acid vor.

Kiko hat ein Vitamin-D-Röhrchen voller Koks mitgebracht. Ein schönes, großes orangenes Röhrchen. Er lässt den Stöpsel mit dem Daumen aufploppen und strahlt sie an. Dann versichert er Daniel: »Ich nehme heute nur eine Line. Nur eine! Willst du?«, und er hat sie noch nicht gezogen, da hebt er den Kopf und sagt zu Daniel, »Bei der dritten sagst du mir, ich soll aufhören, klar?« Dann schnieft er mit der Kraft eines Stieres, wirft den Kopf nach hinten und fängt sofort an, mit allzu fröhlicher, etwas erschreckender Kopfstimme die ersten Takte von *Everyday* von Buddy Holly zu singen. Er schnipst rhythmisch mit den Fingern, allerdings jedes Mal zu spät.

Daniel beobachtet ihn amüsiert. Er tänzelt von einem Fuß auf den anderen und zuckt mit den Schultern. Seit er ein Mann geworden ist, wird das Tanzen zum Problem. Es nervt ihn, dass alle denken, er sei schwul, deswegen gibt er sich Mühe, wie ein Kerl zu tanzen. Er bewegt weder das Becken noch die Hände. Verschiebt nur die Füße, nach links, nach rechts, vermeidet alles, was anmutig wirken könnte. Kopf erhoben, Rücken steif, Robocop beim Aufwärmen. Er holt sein Telefon aus der Tasche, um etwas zu tun zu haben – für den Männertanz ist er noch nicht bereit. Er lässt alte Fotos auf dem Bildschirm vorbeiziehen. »Ich bin immer wieder überrascht, wie schnell ich mich verändere.« Als er mit dem Testosteron angefangen hat, dachte er, die Armen haben doch kein Leben, wenn sie sich in den Foren über jedes Haar austauschen, das ihnen auf dem Bauch wächst. Jetzt versteht er das besser. Es ist eine ständige Faszination. Seine Gesichtszüge sind härter geworden, die Haare auf dem Kopf werden dünner, auch der Blick hat sich verändert. Vor einem Jahr lag noch eine leichte Unsicherheit darin – als würde er um Erlaubnis bitten. Ein weiblicher Blick. Unsicher, ob man ihn gewähren lässt. Jetzt ist es der Blick eines Besitzers. Eines Mannes, der sich wohlfühlt in seiner Haut, der sich überlegt, was er als Nächstes klarmachen kann. Eines schönen Mannes. Die Frauen behandeln ihn wie ein Schmuckstück. Unbekannte, Passantinnen, Verkäuferinnen oder Kolleginnen, Nachbarinnen, Händlerinnen in seinem Viertel. Sie verhätscheln und umschmeicheln ihn, gratulieren ihm bei jeder Gelegenheit zu seinem Aussehen.

Sélim kommt, das Fahrrad auf der Schulter. Er ist schweißnass. Seit den Attentaten erträgt er die Metro nicht mehr. Sobald er in der Ferne eine Feuerwehrsirene hört, fängt sein Herz an zu rasen. Er geht nicht mehr ins Restaurant. Auch nicht ins Kino. Er fürchtet sich auf dem Uni-Campus. Er hat Angst, wenn er den Karren eines Briefträgers sieht oder wenn ein Rucksack im Mittelgang des Busses steht. So geht es vielen Parisern. Er soll seine Tochter in Athen treffen. Bei der Vorstellung, fliegen zu müssen, gerät er in Panik. Sylvie gibt ihm die Nummer eines Hypnotherapeuten. »Der ist unschlagbar. Du wirst sehen. Echt verrückt.« Kiko schwenkt sein Vitaminröhrchen. »Das hilft bei allem. Willst du probieren? Eine Line, wenn du auf dem Flugplatz bist, dann ist es kinderleicht.«

Xavier erzählt von Köln. Von Hunderten Frauen, die in der Silvesternacht angegriffen wurden. Er sagt, dass er an seine Tochter denke, sie sich in einem Bahnhof vorstelle, wo sie von Männerhänden berührt werde, die sie betatschten wie in einem Höllenzirkus, das Schlimmste sei die Vorstellung dieser anonymen Hände von Männern, die sich zusammengerottet haben, um an Frauenkörper heranzukommen, für die sie keinerlei Respekt haben. Der Gedanke mache ihn wahnsinnig. Die Hyäne hört zum ersten Mal, dass er sich um die Stellung der Frau sorgt. Er ist wütend auf die anderen, weil sie nicht kapieren, was das bedeutet. »Man kann sich die Frage nicht ersparen, wie wir zusammenleben sollen, wenn die, die hier leben wollen, nicht wie wir leben wollen.« Lydia bläst die Wangen auf, als wollte sie eine Kaugummiblase machen: »Soll ich dir sagen, was das eigentlich Schockierende an dieser Silvestergeschichte ist? Dass die Frauen in eine Polizeiwache gegangen sind und Anzeige erstattet haben, weil man ihnen nachts mitten in der Stadt die Hand an den Hintern gelegt hat, und dass die Bullen sie verarscht haben. Erzähl mir nicht, dass du nie zugeguckt hast, wie deine Kumpels auf der Straße Mädchen angemacht haben, und dass du das nicht lustig fandst.« – »Sie haben sie nie angerührt, niemals!«

Die Hyäne setzt sich im Schneidersitz auf eine Sofaecke. Die Wohnung zu finden, in der Céleste gewohnt hat, war nicht schwer. Nachdem ihr Daniel und Xavier erzählt hatten, was sie wussten, musste sie nur den Likes auf der neuen Seite der Tätowiererin folgen, um auf ihre Mitbewohner zu stoßen. Sie hat ihnen eine Nachricht geschrieben und sie haben ihr erzählt, dass Céleste verschwunden ist. Sie wollte bei jemandem ein Tattoo stechen und ist nicht wiedergekommen. Nein, mehr wissen sie nicht. Sie machen sich Sorgen. Aber unternehmen nichts. Scheinen nette Leute zu sein.

Die Hyäne wendet sich an Kiko, »Hallo, Mäzen, finanzierst du mein Ticket nach Barcelona?« Kiko, der es gewohnt ist, dass man sein Geld braucht, schwenkt die Kreditkarte, mit der er sich seine Lines zieht. »Was willst du dort machen?« – »Keine Ahnung. Wenn ich dort bin, muss ich improvisieren.«

Sie lauscht den Gesprächen. Das Zimmer hat sich gefüllt, wie jeden Abend in letzter Zeit. Die Reden rollen und knistern wie ein kleines Feuer, sie hört nur Fragmente, die Wörter sind Wellen, die in regelmäßigen Abständen ihr Bewusstsein umspülen. Quälende Unruhe schnürt ihr den Atem ab. Nina Simone singt *Mr Bojangles* und irgendjemand dreht lauter.

»Ich will nicht, dass sie ihren Mann verlässt, ich will keine Geschichte mit ihr, ich habe sie total gern, sie ist eine Superfrau, aber ich bin nicht verrückt nach ihr, ich kann mit ihr schlafen, klar, aber ich bin nicht verliebt, wir könnten höchstens einen Dreier machen, aber schon der bloße Gedanke daran beweist, dass ich nicht verliebt bin.«

»Wer hat das Zigarettenpapier weggenommen? Ich habe gestern zwei Päckchen gekauft und begreife nicht, warum nichts mehr da ist.«

»Ich war entsetzt, was die Getränke kosten, als sie sagte acht Euro, dachte ich, ich spinne – ich bin die Cafépreise gar nicht mehr gewohnt.«

»Ich habe die Petition gegen TTIP unterschrieben – ich glaube, es gibt schon eine Million Unterschriften, aber unsere Stimmen zählen einen Dreck.«

»Ich habe mich ein bisschen um sie gekümmert und sie hält es für die große Liebe, aber das ist nur, weil ihr Mann sie total vernachlässigt.«

»Zeig mal deine Zigarettenschachtel! Das Foto von Kehlkopfkrebs habe ich noch nie gesehen. Heb es auf, ein Sammlerstück.«

Das Stimmengewirr füllt den Raum. Olga setzt sich neben sie. »Ich möchte mitkommen.« – »Du hast keine Papiere. Und ich weiß nicht mal, wo ich selbst schlafen werde, tut mir leid, aber allein ist es einfacher.« – »Emilie borgt mir ihren Pass.« – »Sie spinnt, du bist ihr überhaupt nicht ähnlich.« Olga seufzt. »Dann fahren wir eben Auto. Ich möchte dich begleiten. Ich kann dir helfen. Wenn man jemandem Angst machen muss, kann ich dir helfen.« – »Liebes, ich möchte dir nicht wehtun, aber ich brauche niemanden, um den Leuten Angst zu machen.«

Da betritt Pamela Kant das Zimmer, und für einen Moment tritt Ruhe ein. Sie ist anders gekleidet als sonst – sie trägt ein scharfes Nuttenkostüm. Schwarze Stiefel bis über die Knie, Superminishorts, kaum größer als ein Slip. Die Hyäne hatte vergessen, was sie für einen tollen Körper hat. Dabei hat sie ihn in letzter Zeit oft gesehen. Aber dieser Aufzug unterstreicht ihre Formen.

Sie ist sich ihrer Wirkung bewusst, dreht sich einmal um sich selbst, streckt die Arme nach oben und strahlt: »Hey, Kids! Ratet mal, für wen ich mich so schön gemacht habe? Ich war bei Max. Ich habe gesagt, dass ich mit Vernon gesprochen habe. Dass mich die Idee einer professionellen *Convergence* interessiert. Er war misstrauisch. Fühlte sich nicht wohl in seiner Haut. Mein siebenter Sinn sagt mir, dass er kein reines Gewissen hat.

Aber wisst ihr was?« Sie streckt die Brust vor, macht einen Kussmund, legt die Hände auf ihre Hüften und lächelt: »Er hat sich entspannt, er dachte, ich meine es ehrlich … oder er hat gar nichts mehr gedacht. Und dann musste er aufs Klo. Sein Telefon hat er liegen lassen!« Sie schwenkt ihr Smartphone, öffnet die Foto-App und gibt es der Hyäne. »Ich habe die GPS-Suchabfragen fotografiert, die er in Barcelona gemacht hat, und wenn wir Glück haben … ist es da«, sagt sie und zeigt auf eine Adresse. Triumphierend fügt sie hinzu, »Ich habe im Taxi hierher bei Google Maps nach den Orten geguckt, an denen er war, und ich glaube, dieses Haus interessiert uns.« Kiko streckt die Hände gen Himmel. »Gesegnet seien die Nutten und ihre Zauberkräfte! Aber wenn er merkt, dass du sein GPS geöffnet hast, während er pinkeln war?« Pamela antwortet, ohne zu lächeln: »Als ich weggegangen bin, hat er ganz sicher nicht als Erstes die Chronik seines Telefons kontrolliert, Süßer.« Olga wiederholt hartnäckig, »Ich möchte mitkommen. Hast du das Auto schon abgegeben? Kiko, mietest du ein Auto für uns? Ich brauche Sonne und Action, ich bleibe nicht allein hier. Xavier, kümmerst du dich bitte um die Hunde?«

Ein Mann schiebt seinen Karren voller Gasflaschen durch die Straßen von Barceloneta und schlägt mit einem Eisenschlüssel gegen das Blech. An den Kreuzungen bleibt er stehen und wartet, dass man ihn von einem Balkon aus hochruft. Windböen blähen die Wäsche, die über den Balkons hängt, lassen katalanische Flaggen und trocknende Pareos flattern. Vögel singen in winzigen Käfigen. Céleste schaut nach oben zu dem bunten Durcheinander von aufgehängten Fahrrädern, Wasserflaschen, wuchernden Pflanzen und Haushaltsgeräten.

Das Merkwürdigste nach alldem ist die Normalität der Dinge. Die Vorstellung, dass das Leben für die anderen weitergegangen ist. Das ist doch nicht logisch. Vernunft, Sprache, Analyse – das nützt alles nichts. Sie erzählen uns doch nur Märchen, wenn sie behaupten, die Dinge hätten ihre Bedeutung, ihr Gewicht, das Leben ruhe auf einer stabilen Basis.

Es ist erst zwei Tage her, aber es gehört schon zu einem anderen Zeitalter. Céleste hat gehört, wie jemand die Tür eingetreten hat, es war ein gewaltiger Lärm. Sie war daran gewöhnt, Geräusche zu hören, die sie nicht identifizieren konnte, aber dieser Krach war zu ohrenbetäubend, das war nicht der zugedröhnte Franck, der Crazy Cavan voll aufdrehte und wie ein besoffener Elefant dazu tanzte. Sie dachte an die Bullen, dachte an ihren Vater. Aber es war Olga, die die Tür ihrer Zelle gesprengt hat, Olga, die rote Riesin. Und das Erste, was Céleste dachte, war, Gott sei Dank, nicht mein Vater. Sie hätte es nicht ertragen, dass er sie in diesem Zustand sähe.

Sie haben sie gefunden. Während der Gefangenschaft gab es Momente der Inbrunst, die ihr halfen weiterzuleben – das konnte nicht ewig dauern, draußen suchte man sie gewiss überall, sie würde nicht so, an ein Bett gefesselt, krepieren, irgendetwas würde passieren. Oder sie würde einen Weg finden, um zu fliehen. Sie putschte sich auf bis zur Ekstase, hatte das Gefühl, etwas stehe unmittelbar bevor – weil es so unerträglich war, würde es aufhören. Und dann gab es andere, erbärmlichere Momente. Jenseits der Tränen versank sie in Abgründen der Verzweiflung – der Schmerz hört niemals auf. Niemand erträgt so finstere Gedanken, ohne ein Stück von sich selbst zu verlieren.

Als sie Olga erkannte, blieb die Angst. Sie dachte, ihr wisst nicht, dass Franck bewaffnet ist! Er ist zu allem imstande! Sie brüllte vor Entsetzen, weil sie zuerst daran dachte, dass sie scheitern würde, und an die Bestrafung, die darauf folgen würde. In diesem Moment fehlte ihr jede Zuversicht. Sie hatte jeglichen Kontakt mit einer Wirklichkeit verloren, in der ihr Kerkermeister nicht in jedem nur vorstellbaren Spiel der Stärkere blieb. Franck, der hereinkommt, wann er will, der tut, was er will, sie, die gehorcht und ihm schmeichelt – Céleste, dressiert, nett, sanft –, zu allem bereit für die Verheißung von einem Stück Brot, zu allem bereit, um den nächsten Schlägen zu entgehen. Das war schon nach wenigen Tagen normal geworden. Sehr schnell hat sie jede Menschlichkeit verloren. Das, was man Würde nennt, wenn man nie täglicher Folter ausgesetzt war. Man macht ein Riesenbrimborium darum, dabei ist es das Erste, was du verlierst.

Olga hat sie in eine Decke gehüllt, die sie aus dem Nebenzimmer geholt hat. Die Riesin hat sie in die Arme genommen, ihr Körper war nicht schwerer als der eines Kindes. Sie war zu schwach, um selbst die Treppe hochzulaufen. Sie war im Delirium – überzeugt, dass sie oben auf die Folterknechte stoßen würden. Olga musste warten, sie wurde nicht müde, ihre Arme zitterten nicht, sie drückte das Mädchen an sich, und Céleste spürte, dass Olgas Körper eine fantastische Wut ausstrahlte, dann stellte sie fest, dass sie selbst wie ein Telefon war, das man auf die Ladestation gestellt hatte – sie lud sich an Olga auf. Sie kam nicht ganz zu sich, das würde noch lange dauern, aber ein bisschen Energie stieg wieder in ihr auf, etwas, das ihr nach langen Minuten die Kraft gab zu sagen, »Ich bin bereit.«

Franck war nicht mehr imstande, sie zu irgendetwas zu zwingen. Das Bild hat sich in ihr Gedächtnis eingegraben: Die Hyäne saß auf seiner Brust und musste sich keine Mühe mehr geben, ihn am Boden zu halten, weil er sich nicht mehr verteidigte; sein Gesicht war der Tür zugewandt und Céleste traf seinen Blick zwischen zwei Ohrfeigen. Er triefte vor Blut. Zuerst hatte sie Mitleid mit ihm. Dann Angst vor dem Moment, wo er aufwachen würde. Erst danach dachte sie daran, zur Tür zu rennen –

endlich war es möglich, dieser Hölle zu entkommen. Das Licht verbrannte ihre Augen. Sie weinte. Sie war schwach. Ein paar Tage hatten gereicht, um sie alle Bezugspunkte verlieren zu lassen. Komfort ist ein zerbrechliches Gut, das begreift man, wenn er explodiert.

Olga ließ sie nicht los. Céleste achtete nicht auf sie, aber sie spürte ihren breiten Körper direkt hinter sich, in Reichweite – ihre Sorge war greifbar. Ganz allmählich wurden die Worte verständlich, die um sie herum gesprochen wurden. Die Hyäne kam aus dem Haus und legte die Hände über die Augen. Céleste fiel auf, dass sie sich gewaschen hatte, nur an den Nägeln war noch eine dünne Blutspur zu sehen. Sie schloss hinter sich die Tür und fragte Olga, »Was machen wir jetzt? Rufen wir die Bullen?«, aber Céleste sagte, »Nein, keine Polizei, nicht jetzt.« Die Hyäne warf einen Blick über die Schulter und sagte, »Sie werden sich schon ums Saubermachen kümmern«, dann setzten sie sich ins Auto wie drei Frauen, die aus dem Café kommen, wo sie ihren Kaffeeklatsch genossen haben. Mit dem einzigen Unterschied, dass Céleste nur mit der dicken Decke bekleidet war, in die Olga sie gehüllt hatte.

Während der Fahrt sagte keiner ein Wort. Céleste schlotterte. Das lag nicht an der Kälte, es war heiß im Auto. Es war die Angst. Die Angst klammerte sich an sie wie eine alte Bekannte. Sie wollte nicht reden. Sie dachte nicht daran zu sagen, ich bin so froh oder danke oder wie habt ihr das gemacht? Und noch weniger, entschuldige – du hast gesagt, ich soll mich verstecken und ich habe nicht auf dich gehört. Etwas in ihr war nicht befreit. Sie sah aus dem Fenster, sie sagte zu sich selbst, du hast so sehr an diesen Moment, an deine Befreiung gedacht. Das ist jetzt!

Siehst du? Aber sie war nicht da, sie fand keinen Anschluss. Die Stadt lag vor ihren Augen, es gelang ihr nicht, sich mit ihr zu verbinden. Kontakt zu den Ereignissen herzustellen. Das hat gedauert. Sie weiß nicht wie lange, aber als sie reden konnte, waren sie schon lange wieder im Hotel. Sie hat Sachen angezogen, die ihr die Hyäne gegeben hat. Sie wollte nicht duschen. Nicht sofort. Sie fühlte sich nicht stark genug zu stehen, nicht stark genug, den Vorhang zuzuziehen und sich zu isolieren. Als sie ein paar Kräfte gesammelt hatte und ein bisschen klarer denken konnte, war ihr erster Satz: »Scheiße, wie die an der Rezeption geguckt haben, als sie uns haben ankommen sehen.« Denn Olga hatte sie wieder getragen, weil sie torkelte, und so kamen sie herein, wie ein hirnamputiertes Hochzeitspaar, die Braut in eine Decke gewickelt. Olga und die Hyäne sahen sich ratlos an, als sie das sagte, aber dann ist die Riesin in das Spiel eingestiegen, »Sie dachten wahrscheinlich, ich hätte eine Sirene aufgefischt«, und darüber hat Céleste gelacht. Seitdem tut sie so, als wäre nichts passiert. Als sie bei ihren früheren Mitbewohnern war, um ihr Zeug einzupacken, hat sie nur gesagt, »Ich hatte Ärger«, und alle haben sie komisch angestarrt. Aber das ist ihr so was von egal. Natürlich hat sie gemerkt, dass sie etwas anderes erwartet haben. Aber das kann sie nicht geben.

Nein, sie will nicht zur Polizei. Und sie will auf keinen Fall ihren Vater informieren. Sie wird auf keinen Fall zum Arzt gehen. Sie klammert sich an belanglose Worte, alltägliche Gesten, sie erträgt nur Banalität. Und als die Hyäne sie gefragt hat, ob sie mit ihnen im Auto nach Paris zurückkehren wolle, hat Céleste gesagt, »O ja, es wird höchste Zeit, Paris hat mir so gefehlt.« Sie will nichts erzählen. Sie ist nicht bereit. Sie schämt sich für das, was ihr passiert ist. Sie will, dass man sie in Ruhe lässt.

Alles ist da, in ihrem Kopf, jede Stunde in dieser Hölle. Die Bierflaschen. Franck konnte ihn nicht lange oben halten. Also nahm er Flaschen. Viele Gegenstände, als Ersatz. Die Pisse in einer Zimmerecke, die Scheiße, die sie selbst aufsammeln musste und sich dann die Hände waschen, damit es nicht zu sehr stank, die sie als Erstes wegmachen musste, wenn er hereinkam. All die Freundlichkeiten, die sie zu Franck gesagt hat, um ihn milde zu stimmen. Das war das Schlimmste, ihre Freundlichkeit. Wie schnell es gegangen ist, sie zu unterwerfen. Davon wird sie niemandem je erzählen, das hat sie sich geschworen. Von der Kollaboration, der sie ihr Leben verdankt. Franck streichelte ihre Wange: »Ich riskiere eine Menge, weil ich sie anlüge, ist dir das klar? Sie denken, du bist tot, aber ich bring's nicht über mich, weil wir beide uns so gut verstehen.«

Ihre Kehle schnürt sich zusammen. Irgendwas kommt nicht raus oder nicht durch. Nicht schwer zu begreifen, was los ist. Ihr Horizont ist daran zerbrochen – an den vier Wänden dieses Kellers. Was dort passiert ist, soll dort bleiben. Er ließ ihr Wasser da, in kleinen Plastikflaschen. Nie etwas zu essen. Sie aß nur, wenn er kam. Es gab weder Tag noch Nacht. Sie wusste nicht, wie lange er wegblieb. Die Hyäne hat ihr gesagt, dass er alle drei Tage kam, sie hat sein Konto gehackt und er hat die Autobahnmaut mit der Karte bezahlt. Er fuhr hin und her zwischen Montpellier, wo er wohnte, und Barcelona, wo er sie gefangen hielt. Das hätte noch lange so gehen können, das Haus, das er gemietet hatte, stand leer, man hätte ihm den Vertrag so oft verlängert, wie er gewollt hätte.

Nein, sie will sich nicht rächen, weder an Dopalet noch an Max. Wenn jemand von Rache spricht, hört sie Bestrafung. Sie will nur, dass man sie in Ruhe lässt.

Sie sieht die Leute um sich herum lächeln. Ihr bescheuertes Glück, sie aufgespürt zu haben. Eines weiß sie genau: Sie wird nie mehr so lächeln wie sie. Sie hat ihre Sorglosigkeit verloren. Sie hat es fertiggebracht, danke zu sagen, auf der Fahrt zurück nach Paris. Danke, dass ihr gekommen seid. Danke, dass ihr euch um mich kümmert. Und Olga hat eine abwehrende Geste in Richtung Fenster gemacht und geknurrt. Sie sind nach Aubervilliers gekommen, Paris war grauer, heruntergekommener, als sie es in Erinnerung hatte. Eine Menge Leute waren da. Sie freuten sich, Céleste zu sehen. Einige erkannte sie, andere waren ihr unbekannt. Sélim, Aïchas Vater, umarmte sie und weinte. Sie drückte sich an ihn, es berührte sie, das Schluchzen in seiner Brust zu spüren, die Tränen, die er vergießen konnte. Dann löste sie sich von ihm, seine Gefühle waren zu schwer. »Habt ihr was zu spachteln da? Ich habe totalen Kohldampf, wir sind den ganzen Tag gefahren, ohne anzuhalten, und ich hasse den Raststättenfraß.« Sie will den Ton vorgeben. So und nur so soll man mit ihr reden. Über Essen, über das Wetter, über Belanglosigkeiten. Nichts anderes.

Bei den Hunden geht es ihr am besten. Sie kann nicht allein mit ihnen rausgehen. Sie hat Angst, dass man ihr einen klaut, dass man ihm Fußtritte verpasst oder ihn mit Steinen bewirft. Und dass sie nicht weiß, wie sie ihn verteidigen soll. Sie hat Angst vor verschlossenen Gesichtern, verborgenen Absichten, vor ihrer eigenen Ohnmacht. Deswegen spielt sie im Loft mit den Hunden. Sie spricht wenig. Früher waren ihr Hunde völlig egal, jetzt sind sie das Wichtigste.

Daniel war da. Er war der Erste, der normal mit ihr gesprochen hat. Keine beängstigende Umarmung, kein inniger Blick. Er hat nur gesagt, »Na ja, alles gut«, mit dem Lächeln, das sie an ihm mag, dem Lächeln eines entspannten Ganoven. Er sieht besser aus, als sie ihn in Erinnerung hatte. Aus seiner Unbekümmertheit schließt sie, dass ihm auch widerliche Sachen passiert sein müssen. Er hat die diskrete Höflichkeit von Leuten, die wissen, dass es das gibt, das Böse. Und wenn es dich trifft, dann trifft es dich, kein Grund, ein Riesentheater darum zu machen.

Stattdessen: »Wann fängst du mit meinem Rücken an? Hast du schon eine Idee? Ich hätte gern ein Schiff. Old school. Ich hoffe, du hast dein Werkzeug mit zurückgebracht?«

Am nächsten Tag hat sie sich hingesetzt, um zu zeichnen, aber das war ein furchtbarer Moment. Eine unerträgliche Beklemmung hat sie gepackt, alle zwei Minuten ist sie aufgesprungen, hat Tee gekocht, hat der Hündin den Ball geworfen, hat die Vorhänge aufgezogen, hat Pamela um Tabak gebeten, hat sich Schokolade geholt. Sie konnte nicht still sitzen. Ihre Hände gehorchten ihr nicht. Ihr Gehirn noch weniger. Sie dachte, sie hätte ihren Strich verloren, auch das sei dort geblieben, hinter ihr, in der Zeit davor – getrennt vom Heute durch eine undurchdringliche Wand.

Sie brauchte eine Woche, bis sie endlich ein Schiff gezeichnet hatte. Es hat ihr fast die Eingeweide zerfetzt. Als Daniel seinen Pullover auszog und sie die beiden Narben der Brustamputation gesehen hat, hat sie den Finger daraufgelegt, magnetisch angezogen, ohne sich zu überlegen, dass es vielleicht unangebracht war. »Irgendwann muss man sie auch überdecken, meinst du nicht?« Daniel hat sich rittlings auf einen Stuhl gesetzt, hat sich über die Lehne gebeugt und geantwortet, »Jetzt kümmern wir uns erst mal um meinen Rücken, Süße.« Er war der Erste, der ihr Spiel mitgespielt hat. Das Es-ist-nichts-passiert-Spiel. Sie hat die Handkante auf seine Haut gelegt und das Pedal bedient. Das Sirren der Nadel hat sie mitgerissen. Zum ersten Mal seit Wochen hat sie sich auf etwas konzentriert, ohne dass die Panik sie überwältigt.

Als Patrice zur Place de la République kommt, trifft er Bébert – um die fünfzig, nettes Gesicht, lange blonde Mähne, die Haaransätze werden schon grau. Schlank wie eine superdünne Frau, aber Macho wie ein Schwergewichtsboxer. Große, goldglänzende Turnschuhe. Hautenge schwarze Hosen. Sieht aus, als käme er direkt aus Ibiza. Sein Disco-Starletto-Look hat nie so richtig zu dem gepasst, was er ist – ein gefährlicher Ganove, der den größten Teil seines Erwachsenenlebens im Gefängnis verbracht hat und Vater und Mutter töten würde, um an eine Kreditkarte mit Geheimzahl heranzukommen.

Dass er auch hier ist, wundert Patrice. »Interessierst du dich etwa für die *Nuits debout?*« Bébert starrt ihn inmitten der Tausenden erstaunt an. »Ob ich was mache?« Er sieht die Menge nicht. Dachte vielleicht, das ist ein Schlussverkauf. Wahrscheinlich hat er gar nichts gedacht. Es geht ihm am Arsch vorbei, was auf der Place de la République los ist, er überquert sie und Schluss. Ganz langsam entschlüsselt er den Sinn der Frage. Jetzt, wo Patrice davon redet, findet er auch, dass es ganz schön voll ist … das erinnert ihn an irgendwas. »Das ist mehr was für die Jugend, oder? In meinem Alter ist es ein bisschen spät, nach Arbeit zu rufen, glaubst du nicht?«

Es kümmert ihn umso weniger, als er zwei Einladungen für Yoey Starr im Olympia hat. Der Frau, die ihn begleiten sollte – sie arbeitet bei Kenzo und hat ihm schon öfter großartige Klamotten geschenkt, nicht seine Größe, aber egal –, dieser Freundin jedenfalls ist auf den letzten Drücker was dazwischengekommen. Bébert tritt einen Schritt zurück und fragt Patrice mit triumphierender Miene, als legte er ihm ein kostbares Geschenk zu Füßen: »Kommst du mit?« Patrice antwortet, »Vielleicht kannst du sie noch verkaufen?«, aber Bébert schüttelt den Kopf. »Ich stehe auf der Gästeliste, ich geh hinten rein – wenn die Ordner mitkriegen, dass ich irgendwelche Fremden zahlen lasse, habe ich bei denen verschissen.« Patrice sagt, »Ich bin verabredet, tut mir leid«, Bébert hebt die Hände, »Pech für dich«, und ruft ein Taxi. Jetzt ist Patrice dran mit Staunen, als er feststellt, dass am Rand der Place de la République der Verkehr mit seinen Taxis und seinen Staus normal weiterläuft, das war ihm nicht aufgefallen, obwohl er seit drei Wochen jeden Tag nach der Arbeit herkommt.

Wie immer ist der Platz am späten Nachmittag schwarz von Menschen. Patrice ist außer sich vor Begeisterung. In den letzten Jahren hat er sich gefühlt wie ein Nagel, auf den Tag für Tag ein wütender Hammer einschlägt: Der Kampf der Linken ist vorbei! Bei jedem Wirtschaftsartikel, der erklärte, die Schulden seien Abzocke, bei der leisesten Kritik an der Gleichsetzung von Flüchtlingen mit Terroristen und potenziellen Vergewaltigern, bei jeder Demonstration gegen die Zerschlagung der Renten oder des öffentlichen Dienstes gab es einen Aufschrei in den Medien, das sei anachronistisch, demagogisch, unrealistisch, ein Festhalten an der Vergangenheit. Und jedes Mal wurde das Gespenst linksextremer Islamisten an die Wand gemalt. Heute gibt es nur noch eine Staatslinke, durchtränkt von faschistischer Ideologie, Kinder der Rechtsextremen, die sich aus Opportunismus zum Sozialismus zurückbekehrt haben, Minister, die bei der rechtsextremen Groupe Union Défense ein und aus gehen, ohne dass jemand etwas dabei findet, aber nie mit einem Gewerkschafter reden, eine Linke, die nichts mehr von Marktregulierung hören will und nur einen Gedanken im Kopf hat: die Wählerschaft der Rechtsextremen zu bezirzen. Das ist eine Machtlinke, gewählt mit einem Mitte-links-Programm, die nichts Eiligeres zu tun hatte, als die Politik ihrer konservativen Vorgänger fortzusetzen und deren Deregulierungsanweisungen bis aufs letzte Komma zu folgen. Das ist eine Linke an der Macht, die um jeden Preis alle linken Ideen vom Tisch wischen will. In den Schlagzeilen der Zeitungen liest man nur von den Randalierern der Place de la République und von der Unfähigkeit der Organisatoren der *Nuits debouts*, »ihre Truppen im Zaum zu halten«. Die Journalisten wissen, wovon sie reden: Sie lassen sich bereitwillig im Zaum halten. Drei große Vermögen kontrollieren die gesamte Presse, und niemand schreibt in ihren Spalten, ohne deren Interessen zu verteidigen. Patrice hat viele Demonstrationen erlebt, aber so viel unangemessene, brutale Polizeigewalt hat er noch nie gesehen – davon steht allerdings nichts in den Zeitungen.

Irgendwann hatte man die Schnauze voll, weil man es bis zum Abwinken zu hören bekam – es gibt nur eine mögliche Realität, das ist die der großen Bosse, die völlig freie Hand haben, es gibt nur eine denkbare Zukunft, das ist mehr Liberalismus und noch mehr Liberalismus. Es gibt nur eine gültige Interpretation der Fakten, und die lautet, dass der Markt keinerlei Zwängen unterliegen darf, dass nichts die Reichsten daran hindern darf, sich immer mehr unter den Nagel zu reißen, dass nichts die Mächtigen daran hindern darf, die Beherrschten wie Sklaven zu behandeln. Man muss das Erbe der Volksfront und der Streiks in den 70ern beseitigen und Schluss machen mit der Gleichheit. Die Konsumfreiheit ist die einzige Freiheit, die zählt. Das ist doch schon viel, worüber beklagt sich der Pöbel eigentlich? Privatisierung der Gewinne und Vergesellschaftung der Verluste – man zerstört das Land, um es in den Dienst der Banken zu stellen. Und das Schlimmste an der Geschichte ist, dass jedem Individuum eingebläut wird, es gebe keinen anderen Weg.

Auf der Place de la République können alle Patrices der Region Paris sagen, dass sie nicht einverstanden sind mit dieser Lügengeschichte. Das ist lächerlich, aber es ist entscheidend. Das wissen die Mächtigen, auch wenn sie tun, als würden sie nichts begreifen. Sie sagen Randalierer, sie sagen Antisemiten, sie sagen Idealisten. Aber es bleibt ein Volk, in Frankreich, in Spanien, in Griechenland, in Portugal, in Island und sogar in Deutschland, obwohl man nie davon spricht, es bleibt ein Volk, das nicht daran glaubt, dass der einzige realistische Weg darin bestehen soll, die Macht in den Händen unwissender, aber in der richtigen Familie geborener Psychopathen zu lassen. Es bleiben Menschen wie er, die sich sagen, wenn man die Probleme gegeneinander abwägt, hatte die Bankenrettung nach der

Finanzkrise 2008 weit schlimmere und schwerer zu beherrschende Folgen als die Ankunft von ein paar Tausend Flüchtlingen, die man im Land verteilen muss.

Auf dem Platz herrscht Jahrmarktstimmung. Überall gibt es Stände. Franzosen können nicht anders. Sie müssen organisieren. Pressetische, WLAN-Hotspots, Büchertausch, Foren. Die Leute laufen hierhin und dahin, setzen sich auf die Erde, reden miteinander. So ein Schwachsinn, dass das alles Bobos sein sollen, in der Menge gibt es alles, eine bunte Mischung von Individuen, deren einzige Gemeinsamkeit darin besteht, dass sie nicht widerstandslos warten wollen, bis man sie ausplündert.

Vor Habitat steht Xavier und kauft sich ein Sandwich. Als er Patrice sieht, begrüßt er ihn mit empörtem Blick, als wäre er persönlich für das Catering zuständig. »Fünf Euro für eine Merguez mit Fritten, die haben ja ein Rad ab! Ist das die Antiglobalisierung? Ich bin enttäuscht.«

Rasierter Schädel, schwarzes T-Shirt, tadellose Bluejeans, Turnschuhe – Xavier könnte ebenso als Linker wie als Fascho durchgehen. In beiden Lagern trifft man dieselbe Männlichkeit. Er fügt sich in die Umgebung ein, und niemand käme auf die Idee, ihn zu fragen, was er hier treibt. Außer Patrice, der ihn kennt. Xavier ist nicht um eine Antwort verlegen. »Ich bin mit allem einverstanden, was hier gesagt wird. Ich höre zu, und wenn ich nicht komme, lasse ich Periscope laufen, wie ein Radio, und höre mir die Reden an. Gegen die Liste der Probleme habe ich nicht viel einzuwenden … Bienensterben, Militärjunta in Benin, Mietexplosion, Entzug der Staatsbürgerschaft, Polizeigewalt, die Massaker im Kongo, die in Algerien für Frankreich Gefallenen, Nichtwähler, Mai 68, Rentenreform … die Bestandsaufnahme ist gar nicht abwegig. Bei der Liste möglicher Lösungen gäbe es wahrscheinlich ein paar Unterschiede. Aber Lösungen schlägt hier eh keiner vor … wenn ihr an den Punkt kommt, werde ich vermutlich nicht mehr auftauchen. Jeder will den Flüchtlingen was zu essen geben – ich bin Christ, Alter, ich habe bestimmt nichts dagegen, ich sehe auch, dass sie vegetieren wie der letzte Hund, und ich will ihnen auch gern Decken und Suppe bringen. Ich kenne meine Klassiker, Jesus hat nie zu den Ärmsten gesagt, lasst euch erst mal einbürgern. Ich hätte nur gern, dass mir jemand erklärt, warum ihr hier überhaupt kein Problem mit dem Islam habt. Warum nimmt nicht Saudi-Arabien sie auf … das wäre auch weniger weit von zu Hause, oder? Ich begreife ja, dass sie Muslime bleiben wollen. Ich wundere mich nur, warum sie dann nicht in die Länder gehen, wo das allen recht wäre. Warum bei uns? Sag mir nicht, dass es hier mehr Arbeit gibt – sie wissen so gut wie du und ich, dass es hier keine gibt. Dafür gibt es weniger Hinrichtungen, das sehe ich ein.«

Vernon und Olga stoßen zu ihnen. Vernon ist wieder da. Kurz bevor sie Céleste gefunden haben, hat er Pamela angerufen und gefragt, »Kann mich jemand aufnehmen?«, als wäre das eine ganz normale Frage, als hätten sie sich am Vortag zuletzt gesehen. Genauso selbstverständlich hat sie gesagt, »Aubervilliers, nicht gerade im Grünen, und Paris ist auch nicht sehr heiter, aber wir sind alle da, es ist genug Platz.« Und am nächsten Tag war er da. Er ist nicht der Typ, der Reden hält. Er hat gesagt, »Es tut gut, hier zu sein«, und das war für ihn schon ein langer Monolog. Am Abend nach seiner Ankunft hat er das gemacht, was er am besten kann, er hat Musik aufgelegt. Hatte extra eine Playlist vorbereitet. Und als er vom Bildschirm seines Laptops aufschaute, hat Patrice gesehen, dass er gerührt war. Er hat zwei Tage gewartet, dann hat er ihn gefragt, »Was ist eigentlich in dich gefahren, Mann? Ging es uns nicht gut, so wie es war?«, und Vernon hat sehr überzeugt geantwortet: »Nach der Geschichte mit Véro wäre es nie mehr so geworden, wie es war. Das ist halt so. Es gibt kein Zurück.«

Sylvie und Olga haben hartnäckig versucht, Véro in den Kneipen ihres alten Viertels aufzuspüren. Sie hat ihre Wohnung aufgegeben und niemand weiß, was aus ihr geworden ist. Sie ist verschwunden, mit allem Hab und Gut. Diese Schlampe. Patrice hat den Tag, an dem sie Vernon die Wahrheit gesagt hat, lange verflucht; es wäre besser gewesen, wenn sie nur gesagt hätte, Charles ist tot, ohne ihn reinzulassen, das hätte ihnen allen eine Menge Ärger erspart. Aber irgendwann hat er auch eingesehen, dass es nicht immer so weitergehen konnte. In gewisser Weise gibt er Vernon recht. Irgendwann mussten sie aufwachen.

Olga ist die Einzige in der Gruppe, die auch die Nächte auf dem Platz verbringt. Sie fühlt sich dort wie zu Hause. Einmal hat sie lange gewartet, um ins Mikro zu sprechen, so wie alle, aber eigentlich bleibt sie lieber in einer Ecke, improvisiert und blökt wie ein Kalb. Dummerweise hat Patrice im Scherz zu ihr gesagt, »Du solltest auf eine Kiste steigen, damit man dich von Weitem sieht.« Sie hat es wörtlich genommen und läuft jetzt mit einer roten Plastikkiste unterm Arm durch die Gegend, die irgendwann unter ihrem Gewicht nachgeben wird. Das Tollste an der Geschichte ist, dass sie immer Zuhörer findet. An einem Abend hat sie sogar dreißig Leute dazu gebracht, als Spontandemo durch die anliegenden Straßen zu ziehen. Niemand hat mitbekommen, was ihre Forderungen waren, aber sie haben begeistert irgendwelche Slogans gebrüllt. Sie ist in Hochform. Während sie Patrice und Xavier begrüßt, sieht sie sich schon um, wo sie sich aufstellen wird. Sorgsam setzt sie ihre rote Kiste ab, klettert drauf und legt los. Offensichtlich hat sie sich überlegt, was sie zu sagen hat:

»Gestern habe ich im Fernsehen eine Frau gesehen, eine reiche, gebildete Frau, die das Französisch der Macht sprach, im Ton von Leuten, die an nichts zweifeln, am wenigsten an ihrer eigenen Intelligenz, obwohl sie das tun sollten, sogar ganz dringend! Die Frau sagte: ›Nicht alle Armen sind Terroristen. Ein Glück!‹ Das ›ein Glück‹ nachgeschoben, im Ton der Vernunft. Stellen Sie sich nur die ganzen Armen mit einem Gewehr in der Hand vor, Madame, die sich weigern, sich niederwalzen zu lassen, da hätten wir ein echtes Problem, damit würden wir nicht mehr fertigwerden. ›Nicht alle Armen sind Terroristen. Ein Glück!‹ Ein Glück für wen? Ein Glück, dass sich der brave Arme widerstandslos ins Schlachthaus führen lässt? Stellen Sie sich nur vor, was es sonst bei jedem Aderlass für einen Aufstand gäbe. Die Frau weiß, dass die Mitarbeiter von Goodyear, Air France, der Post oder ArcelorMittal niedergewalzt und eingesperrt werden, um ein Exempel zu statuieren, während sie in ihrem Palastfranzösisch den Armen zu ihrem Gehorsam gratuliert. Sie weiß von den kilometerlangen Trecks von Flüchtlingen, die in Lager gesperrt werden, um sie in die Türkei zurückzuschicken. Sie weiß von der Explosion des Elends, nur ein paar Meter vom Luxus ihres Heims entfernt. Sie wissen es. Sie jubeln über die Unterwerfung. Sie freuen sich, dass wir so bescheuert sind. ›Ein Glück‹, sagen sie, ›ein Glück, dass der Arme den Reichen auf seinem Rücken reiten lässt.‹ Dann siehst du in deinem Fernseher eine andere Dame, die dasselbe Französisch spricht, das sie im selben Palast gelernt hat, und die dir sagt, ›Ich bin Islamophob.‹ Sie schämt sich nicht. Alles ist gut bei den Reichen, sogar die Kacke – wenn sie aus ihrem Arsch kommt, warum soll sie sie nicht auf den Tisch stellen? Sie ist islamophob. Das musste sie uns mitteilen. Wenn dieselben Leute einen Kaufvertrag mit Saudi-Arabien schließen oder Arm in Arm mit dem gerade aktuellen Scheich demonstrieren, haben sie kein Problem mit dem Islam. Wenn sie islamophob sagt, denkt sie natürlich nicht an den Araber, der hinter ihr in der Schlange steht und sich im 8. Arrondissement Vuitton-Klamotten kauft. Der Araber, an den sie denkt, ist der Arme. Der auf derselben Straße wie sie laufen, dasselbe Rathaus betreten, den Bus nehmen, die Schule besuchen darf. Von dem hat sie die Schnauze voll. Das ist zu viel Leid, das muss raus: Sie ist islamophob, im Namen der Freiheit, der Gleichheit, der Brüderlichkeit. Die anderen Religionen stören sie nicht. Sie ist ganz präzise: islamophob, aber nicht rassistisch. Und wenn sie die Tore für die Intoleranz aufreißt, bildet sie sich ein, sie tut es für das Wohl des Volkes. Aber das Volk braucht keine Pogrome, es braucht Geld fürs Gesundheitswesen, es braucht nicht noch mehr polizeiliche Übergriffe, fehlende Unterkünfte für Obdachlose oder Morde an Schwulen – es braucht mehr Lehrer. Stellt sich diese Dame ernsthaft vor, sie könnte mit ihrem kleinen Gräfinnenfinger auf die Gruppe von Armen zeigen, an der das Volk sich austoben kann, so wie sie in der Vitrine von Ladurée auf die begehrten Macarons zeigt? Glaubt sie, dass ihr Vermögen ihr eine natürliche Autorität über das einfache Volk gibt, damit sie es als schlaue Hirtin spalten kann? Allerwerteste Frau Gräfin, wenn Sie das Recht haben, islamophob zu sein, was meinen Sie, wie lange Sie den anderen verbieten können, antisemitisch zu sein und es ohne Scham auszusprechen, wo man sich doch im Palast für gar nichts mehr schämt, homophob zu sein und es ohne Scham auszusprechen, zu denken, man muss die Schwuchteln ausrotten, zu denken, der Platz der Frau ist am Herd und man muss sie bestrafen, wenn sie ausgeht, zu denken, die Schwarzen sind Affen, und es ohne Scham auszusprechen? Wofür schämt ihr euch überhaupt noch in eurem Palast? Allmählich fragt man sich das! Weder für Steuerflucht noch für Korruption oder Ausweisungen, weder für baufällige Schulen noch für kaputte Krankenhäuser, weder für die Umweltverschmutzung noch für vergiftete Lebensmittel, Waffenverkäufe oder Langzeitarbeitslosigkeit. Eins sage ich Ihnen, Frau Gräfin, die kleine Kanakin, die mit ihrem Kopftuch im Bus fährt, stört uns nicht! Wir wollen, dass die Geschichte die Richtung ändert! Sie soll nicht länger nur Ihren Interessen dienen, sondern ein bisschen mehr an die der Mehrheit denken. Wir haben begriffen, dass der Araber, der sein Kopftuch umbindet, ein Araber ist, der sagt, du kannst mich mal. Ein Araber mit Elefantengedächtnis. Ein Kommunarde, ein Kommunist, ein Muslim, ein Streikender, ein Terrorist …

Was für eine Katastrophe für die da oben, dass sie sich nicht früher auf die Seite des Front National geschlagen haben! Jetzt sind alle guten Plätze besetzt und sie werden in die linke Ecke gequetscht. Wie blöd! Aber wenn's weiter nichts ist. Dann nutzen sie es halt aus, um uns zu sagen – da seht ihr, wir denken alle dasselbe, das ist der Beweis, der schlagende Beweis, dass wir recht haben, natürlich recht, weil wir Frankreich von oben sehen!

Bleib am Fernseher, Genosse, du hast noch nicht alles gesehen: Zwei Tage später erklärt uns ein Herr Graf das Leben. Er beschäftigt sich mit dem Arbeitsgesetzbuch. Ein Mann, der noch nie für den Mindestlohn gearbeitet hat. Er hat eine Botschaft für das Volk: Das El-Khomri-Gesetz ist mit großer Sorgfalt verfasst, der anständige Arbeiter wird zufrieden sein. Die Regierung hat für ihn eine Reihe von Maßnahmen vorbereitet, die schon in Dutzenden anderen Ländern durchgeführt wurden. Sie haben zwar keine Wirtschaft in Gang gebracht, keinem Volk geholfen, mehr zu essen, sie sind zwar nur dazu da, die Konzentration des Reichtums zu vereinfachen und alle zur Verzweiflung zu bringen, aber bei uns, bei uns wird es funktionieren! Er erzählt uns die Geschichte vom verschuldeten Volk und sagt: ›Es wird Zeit, dass wir die Schulden zurückzahlen. Und du, Volk, halt dein Maul!‹ Wie die Nutten, die ein Leben lang zurückzahlen müssen, was sie ihren Zuhältern gekostet haben. Zahlen die im Palast vielleicht was zurück, wenn sie mit der Hand in der Staatskasse erwischt werden? Bezahlen sie ihre Steuern? Sie bedienen sich. Du schuftest. Und setzt verschuldete Kinder in die Welt. Schon in der Wiege schulden sie ihren Henkern Geld. Gut gespielt. Du gibst ihnen kleine französische Bürger, die ihnen mit Leib und Seele gehören, noch bevor sie laufen können. Aber das ist doch kein Krieg! Das ist doch kein Klassenkampf. Nein, nein, das sind nicht die Reichsten, die die Ärmsten ausbluten lassen. Wir Franzosen haben unsere Kultur, das ist nicht die Gewalt! O nein, kein Waffenhandel, keine Kolonialisierung, kein Krieg und keine blinden Bombardements, weder Völkermord noch Unterstützung für blutige Diktaturen. Nein! Wir sind doch die Aufklärung! Wir sind keine Kameltreiber, im Gegenteil. Bei den Kameltreibern, o ja, da gibt es Gewalt … aber die Reichen sind nicht gewalttätig. O nein. Erst meine Börse, dann dein Leben. Aber abgesehen davon – keine Gewalt.«

Patrice sieht Xavier von der Seite an. Er hat schon lange aufgegeben, mit Olga zu diskutieren. Sie überschwemmt jeden. Mit einer Wortflut, die bei den *Convergences* halbwegs aufgefangen wurde, wenn die Teilnehmer kamen und sie sich in jedes Gespräch mischte. Hier hört sie erst auf, wenn ihr die Stimme versagt.

Daniel und Kiko kommen dazu. Der Trader hat sich eine Thalassotherapie in der Bretagne gegönnt. Patrice fragt sich, wie er die Massagen verträgt, wenn er ständig kokst. Er ist total aus dem Häuschen. »Wenn wir mit den *Convergences* weitermachen, müssen wir unser eigenes Geld drucken.« Die anderen sehen sich an und fragen sich besorgt, ob er diesmal endgültig ausflippt oder ob es nur ein weiterer Höhenflug ist. Er schwenkt ein Taschenbuch, eine Geschichte der Bretagne, die er am Bahnhof gekauft hat, bevor er zurückgefahren ist. »Es gibt keine Gesellschaft, die kein Geld druckt. Nur mit einer Währung können wir uns wirklich als Staat im Staat bezeichnen.« Wahrscheinlich hat er unterwegs drei Zeilen gelesen und sich dann im Speisewagen zwei Stunden in seine Idee hineingesteigert. Er sieht gut aus. Hat bestimmt den halben Urlaub auf der Sonnenbank verbracht. Olga verschränkt die Arme und seufzt. »Und mir erzählt ihr, ich hätte ein Rad ab! Wenn du nicht so viel Kohle hättest, hätten sie dich schon lange in die Geschlossene verfrachtet, das schwöre ich dir. Was sollen wir denn mit dem Geld anstellen? Uns gegenseitig Erdnüsse verkaufen?« – »Olga, versuch doch einmal, vorausschauend zu denken. Wir haben keine Armee, wir haben keine Währung, wir haben nur einen Guru, der seine Koffer packt und sich davonmacht, sobald jemand eine dumme Bemerkung macht … wir sind nicht seriös.« – »Ganz genau«, antwortet Olga, »da gebe ich dir recht. Das ist unser Konzept: Wir sind nicht seriös.«

In Kikos Gesicht zuckt es nervös. Er zeigt mit dem Finger auf die Menge. »Warum schreist du hier sinnlos rum, Olga? Nimm das Mikro und sag ihnen, sie sollen die Börse abreißen. Auf mich werden sie nicht hören. Aber ich habe eine Vision. Die Börse ist zehn Minuten entfernt. Es ist nur symbolisch, das Gebäude ist fast leer. Ihr müsst sie abreißen, Stein für Stein. Ihr müsst aufhören, Autos anzuzünden und Schaufenster einzuschlagen, die Börse ist drei Metrostationen entfernt, ihr braucht vier Hacken und ein bisschen guten Willen.«

Vernon hat die Hände in den Taschen. Wie üblich mischt er sich nicht ein. Er sieht zu. Patrice freut sich, dass er wieder da ist, ohne genau sagen zu können wieso. Wie kommt es, dass man sich mit ihm immer gut fühlt?

Sie haben wieder angefangen, hin und wieder zu tanzen. Das Atelier ist riesig und sehr hoch – niemand wird gestört, wenn sie nachts um zwei noch Musik machen. Das letzte Mal vor acht Tagen. Antoine war bei ihnen. Er hatte Angst, dass sein Vater mitbekommt, dass er ihr Spitzel ist, deswegen kam er ins Atelier, ohne den Helm abzusetzen. Als Céleste verschwunden ist, war er in Libyen bei einem Kolloquium über zeitgenössische Kunst. Er wird überallhin eingeladen. Als er über Skype davon erfuhr, stand für ihn fest, dass sein Vater nichts damit zu tun hat. Er würde nie jemanden entführen, so verrückt ist er nicht. Die Hyäne fragte: »Und sie zu liquidieren, meinst du, dazu wäre er fähig?« Antoine hatte mit den Schultern gezuckt. »Natürlich könnte er sie anzeigen, das ist sogar sein gutes Recht. Eine Tracht Prügel, was weiß ich. Er war außer sich vor Wut. Aber weiter würde er nicht gehen. Vielleicht schuldete Céleste irgendwem Geld und ist deswegen nicht mehr nach Hause gekommen, sondern untergetaucht. Es ist nicht das erste Mal, dass sie sich aus dem Staub macht …«

Dabei blieb er auch, als Kiko die Kontobewegungen von Dopalet und Max hatte, die zur selben Zeit in Barcelona waren … Zufall, überraschend, aber Antoine fand nichts Besonderes daran, dass zwei Pariser am selben Wochenende nach Barcelona fahren. Das ist schließlich die Lieblingsstadt der Franzosen.

Dann hatten sie Céleste wiedergefunden. Antoine war schockiert, aber er blieb bei seiner Überzeugung: Mit so einer barbarischen Aktion hatte sein Vater nichts zu tun. Trotzdem kam er bei nächster Gelegenheit nach Paris, um alle zu beruhigen. Ein Besuch bei seinem Vater war allerdings nichts weniger als beruhigend. Erst recht nicht der Zustand, in dem der sich befand – blutleer von zu viel Koks und Schlaflosigkeit, irgendwie wirr. Er empfing Antoine im Morgenmantel, erzählte, er sei sehr krank gewesen und könne schon seit einer ganzen Weile nicht mehr zur Arbeit gehen, aber er habe sich mehrmals die Trilogie *Der Pate* angesehen und würde gern einen Gangsterfilm machen. Antoine fand ihn überdreht und ziemlich konfus. Er sorgte sich um seine Gesundheit. »Du siehst überhaupt nicht gut aus.« – »Das ist der Vollmond. Ich hatte immer Probleme bei Vollmond.« – »Papa, bist du dir sicher, dass es nicht das Koks ist?« – »Koks? Nein. Das hat mich noch nie am Schlafen gehindert.« Aber er nahm das Stilnox, das Antoine wegen des Jetlags immer dabei hat. Er nahm sogar zwei und verschwand in seinem Zimmer.

Antoine sah sich inzwischen in der Wohnung um und untersuchte den Computer seines Vaters. Da fand er die Mails von Max, die kaum Zweifel an der Natur ihrer Beziehung ließen. Endlich musste er es einsehen: Sein Vater hatte Célestes Entführung angeordnet. In älteren Mails fand er auch die Adresse des Hauses, in dem Céleste gefangen gehalten worden war. Vor der Abreise nach Barcelona hatte Dopalet auf Google Maps das Haus gesucht. Auf seinem eigenen Rechner! Er war bescheuert genug, so eine Unvorsichtigkeit zu begehen. Als sich Antoine weiter in der Wohnung umsah, fand er ein altes Tastentelefon, auf dem zwar keine SMS waren, wohl aber die Anrufliste. Die Hyäne bestätigte später, dass eine der beiden Nummern, die er davon angerufen hatte, die von Max war.

Antoine war fix und fertig – der Gedanke, dass sein Vater imstande war, eine Entführung und Vergewaltigung zu bestellen und eine junge Frau ihrem Peiniger zu überlassen, damit er sie tötete und sich ihres Körpers entledigte, überstieg sein Vorstellungsvermögen. Dass er obendrein so dämlich war, seine Komplizen von einem Prepaidhandy anzurufen, weil er es in irgendwelchen schlechten Filmen gesehen hatte, und es dann zu Hause im Küchenschrank zu verstecken, machte ihn noch niedergeschlagener. Sein Vater war ein unvorstellbares Arschloch, und obendrein ein völlig bescheuertes.

Er verließ die Wohnung, aber zwei Tage später fand er eine Stunde in seiner Agenda eines aufsteigenden, also immer verfügbaren Kunstspezialisten und kam »zufällig« bei seinem Vater vorbei. Er rief vorher an und sagte, »Ich bin in der Nähe, ich habe Spirulina gekauft, auch für dich, du hast neulich echt kaputt ausgesehen«, und sein Vater, der ihn sein Leben lang auf Distanz gehalten hatte, immer etwas Dringenderes zu tun gehabt hatte, als sich mit seinem Sohn abzugeben, sagte in einem Ton, den Antoine nicht kannte, »Du störst mich nicht, mein Junge, komm vorbei, ich trinke gerade einen Apero mit Freunden.« Und diese Freunde, o Scheiße! Das waren keine Kinohelden. Man sieht sofort den Unterschied zwischen einem Versager, der jede Maskenbildnerin zur Verzweiflung bringt, und einem echten Banditen, der seine fünfzehn Jahre abgesessen hat. Liebenswürdig, die Herren, höflich, sauber. Mörderfressen. Max war natürlich auch da und eine kleine Brünette, bestimmt noch keine zwanzig, hübsch, aber traurig und fast autistisch. Antoine begriff nicht, was sie in dieser Runde zu suchen hatte. Sein Vater textete ihn zu – sie würden an einem Serienprojekt arbeiten, mit Männern »aus dem Milieu«. Er war total dicht. Einer der Typen sagte grinsend, »Ich choreografiere die Prügelszenen.«

An dem Tag sagte Antoine alle Termine ab und kam mit dem Helm auf dem Kopf nach Aubervilliers.

»Ihr könnt Céleste nicht hier verstecken. Ich weiß nicht, was sie aushecken, aber ihr könnt sie nicht schützen. Ihr müsst zur Polizei gehen. Allein schon, um meinem Vater vor der Riesenkatastrophe zu bewahren, die er anrichten wird. Hyäne, bist du sicher, dass Aïcha in Sicherheit ist?« Die Hyäne starrte ihn seltsam an, als dächte sie an etwas anderes. In einer Ecke des Lofts tätowierte Céleste Daniels Rücken, wegen der surrenden Nadel und der voll aufgedrehten Missy Elliot hörte sie nichts von dem, was die anderen besprachen. Patrice schlug vor: »Wir können es ja so einrichten, dass immer zwei Leute bei ihr sind.« Pamela sagte: »Da ist doch das Haus in den Landes, die Eigentümerin hat mal angeboten, es uns für ein paar Monate zu überlassen. Wenn sie immer noch bereit ist, erzählen wir niemandem davon und verstecken uns dort.« Antoine war nicht überzeugt. »Ihr kommt da nicht mehr ohne Polizei raus. Zwar komisch, dass ausgerechnet ich darauf bestehe, aber die beste Art, meinen Vater vor sich selbst zu schützen, ist wahrscheinlich, ihn einzusperren … Ich weiß nicht, was er mit diesen Kerlen ausgeheckt hat. Aber es war nichts Gutes. Man muss ihn stoppen.« Pamela blieb hart. »Céleste will nichts von Polizei wissen. Wenn überhaupt, dann muss sie Anzeige erstatten, wir werden es bestimmt nicht an ihrer Stelle tun.«

Um die Angst zu beschwören, die sich an jenem Abend bei ihnen breitmachte, tanzten sie. Vernon hatte zwei Boxen für die Wellen eingestöpselt und spielte darüber *She's a Lady*. Die Stentorstimme von Tom Jones erfüllte das Atelier. Sie waren vielleicht zehn, nicht mehr. Patrice hatte noch Zeit zu denken, hier kann es nicht so gut funktionieren wie früher, ich mache halt mit, aber es ist nicht wie sonst, und schon war es gekippt. O Mann! Wenn er daran denkt, bekommt er Gänsehaut. Sie tanzten mit der Energie der Verzweiflung, der Traurigkeit, das Camp verloren zu haben, der Wut, zu spät gekommen zu sein, um Céleste zu schützen, der Scham, nichts tun zu können, um sie von ihrem Schmerz zu erlösen, und der Freude, beisammen zu sein. Sie hoben ab.

Céleste blieb zuerst abseits, dann kam sie näher, ihre Bewegungen waren langsam. Und plötzlich hatte Patrice einen Flash – Valérie Kaprisky in dem Film aus den 80ern, dem Film von Zulawski … Sie stampfte mit den Füßen, und ihre Arme peitschten die Luft, das war ein Stammestanz, sie war in Trance. Die anderen bildeten einen Kreis um sie, als wären sie Sioux und hätten diese Choreografie lange geübt – sie tanzten um sie herum und drehten sich um sich selbst, in einem entfesselten, konzentrischen, besessenen Walzer.

In der Nacht sagte Céleste, »Ich würde gern sehen, was das ist, eure *Convergence.*« Und damit hat alles angefangen. Niemand sonst hätte sich getraut, davon zu sprechen. Die Blicke richteten sich auf Subutex, der die Hände hob. »Ich bin dabei. Wann immer du willst, Céleste. Für Pamela ist es schwieriger … Sie hat den ganzen Stress am Hals, einen Ort zu finden und so …« Pamela legte ihm den

Arm um die Schulter. »Verzeih mir, wegen damals. Wir haben nie mehr darüber gesprochen. Ich war bescheuert. Und gemein. Dafür verzeihe ich dir, dass du so bescheuert warst, einfach abzuhauen. Ich rufe Jésus an, wir fahren hin und sehen uns den Laden an.«

Céleste ist schlafen gegangen, ohne das Ende der Diskussion abzuwarten. Sie ist eigenartig – tut die ganze Zeit, als wäre nichts passiert. Die anderen Frauen haben ihre Ansichten zu der Sache, alle die gleiche: Das ist normal. Es dauert mindestens ein paar Monate, bevor sich das Opfer mit so was konfrontieren kann. Patrice hört zu, wie sie ihre Meinungen darlegen, und traut sich nicht, die Frage zu stellen, die ihn quält: Wie vielen von euch ist das schon passiert? Eine Vergewaltigung. Es kommt ihm immer so vor, als enthalte das, was sie verschweigen, eine Andeutung, und das stört ihn. Das Gefühl, dass die meisten von ihnen es auf die eine oder andere Weise erlebt haben. Mit Ausnahme von Pamela, die Einzige, die ganz klar sagt, »Ich wurde nie vergewaltigt«, und dann eine brutale Geschichte von einem Mann erzählt, der den Mädchen eine Reihe von Drehs in Ungarn versprochen hatte; aber als sie dort ankamen, nahm er ihnen die Pässe weg und zwang sie zu einer weder angekündigten noch bezahlten Stripteasetournee. Patrice ist nicht ganz sicher, was Pamela unter Striptease versteht, denn sie erzählte die Geschichte mit unverhohlener Traurigkeit. Sie hatten kein Mobiltelefon, kein Geld, keine Papiere, sie trauten sich nicht abzuhauen, weil sie Angst hatten, dass die anderen dafür büßen würden, und sowieso hast du irgendwo in der ungarischen Pampa keine große Lust herauszufinden, ob die

Leute nett sind oder nicht, wenn du wie eine Nutte angezogen bist und nichts anderes dabei hast. Je länger Patrice die Frauen reden hört, desto mehr fragt er sich, wie es kommt, dass nie eine mit dem Messer aus dem Haus geht und in einer Nacht dreißig Kerle umlegt. Keine.

Das Camp hat ihn verändert. Bei Pénélope musste er noch nie die Tür zuknallen und eine Runde um den Block gehen, bevor ihm die Situation entgleitet. Er ist überzeugt, dass das vom Tanzen kommt. Dass das irgendwas Chemisches verändert. Er ist ruhiger. So ähnlich, als würde er ein gutes Auto mit tadellos eingestellten Bremsen fahren, während er früher auf dem Skateboard den Abhang runterraste. Das war natürlich nicht die gleiche Straßenhaftung. Er kommt nicht mehr so schnell auf die Palme, rastet kaum noch aus.

Als die Hyäne einmal ausnahmsweise zur République kam, um Olga zu sehen, meinte sie, »Ich mag solche Menschenansammlungen nicht besonders, ich habe immer Angst, dass mir irgendwer ans Leder will, mir irgendwelche Lektionen erteilt.« Aber sie ist eine Weile geblieben und hat ein Bier mit ihm getrunken. Da hat er sich getraut, sie zu fragen, »Wurdest du schon mal vergewaltigt?«, und er rechnete mit einer Horrorgeschichte. Sie hat ihn entsetzt angestarrt. »Ich habe noch nie einen Schwanz angefasst. Noch nie in meinem verdammten Leben. Ich möchte nicht mal daran denken«, und er hätte sie am liebsten umarmt. Na bitte. Endlich hatte er eine gefunden, die nichts Schreckliches zu erzählen hatte, das war mal etwas anderes.

Sogar bei *Nuits debout* finden die Mädchen noch Gründe, sich zu beklagen. Sie erzählen, dass sie jedes Mal, wenn sie die Nacht auf dem Platz verbringen, von besoffenen Kerlen angemacht werden, die ihnen an den Hintern grapschen oder sie sogar richtig angreifen. Patrice fragt sich, wenn es so ist, warum höre ich dann nie von Armeen von Frauen mit großen Messern, die Männern den Bauch aufschlitzen, nur um das Gleichgewicht wiederherzustellen.

Ein Platz, auf dem die Frauen abends keine Ruhe haben, weil die Männer saufen und Lust kriegen, sie anzufassen, auch wenn sie nicht darum gebeten haben … Hör auf, dich über die Brutalität der Marktwirtschaft zu beklagen, wenn du selbst bei der erstbesten Gelegenheit brutal zu anderen bist. Ein Mann, der sich nicht sagt, wenn ich saufe, hindere ich die Hälfte der Menschheit daran, sich wohlzufühlen, also muss ich aufhören zu saufen und etwas anderes finden, um gut drauf zu sein, so ein Mann ist keiner, der die Ausübung der Macht infrage stellt. Sondern einfach nur ein Kerl, der frustriert ist, weil er nicht selbst an den Hebeln der Macht sitzt. Immerhin ist Olga ganz allein der perfekte Ordnungsdienst – wenn es dunkel wird, jagt sie die Säufer mit schwerer Hand, und das Mindeste, was man sagen kann, ist, dass sie nach der Abreibung, die die Riesin ihnen verpasst, eine Weile nicht mehr daran denken werden, fremde Hintern zu betatschen. Es dauert mindestens zehn Tage, bis sie ihn wieder hochkriegen. Patrice ist noch keinem begegnet, der Lust gehabt hätte, sich mit ihr anzulegen, selbst wenn er stockbesoffen war. Olga hat sich im Camp auch sehr verändert. Vorher war sie nur ein dicker Grobian, jetzt ist sie Godzilla, das Original. Sie hat sich in der Gruppe mächtig entfaltet.

Diese Bewegung ist in jeder Hinsicht noch nicht mehr als eine Skizze. Aber wenn jemand endlich mal etwas anderes entwirft als ein neues Hakenkreuz, ist er gern dabei.

Das Haus ist so gewöhnlich, dass man es fast hässlich nennen könnte, wäre es nicht von hundertjährigen Ulmen umgeben, die davon ablenken, dass dem Gebäude jeder Charme fehlt. Die Wipfel der Eichen, die den Weg zum Haupteingang säumen, vereinen sich zu einem grünen Gewölbe, unter dem man einen Palast zu betreten glaubt.

Zwischen zwei Regengüssen ist es mild genug, um draußen zu sitzen. Das ist ein grässlicher Mai. Olga hatte sich in den Kopf gesetzt, so lange wie möglich in Paris zu bleiben, sie verbrachte noch ein paar Nächte auf der Place de la République und erklärte, »Ich bin daran gewöhnt, mir macht das nichts aus«, aber dann gab sie sich geschlagen. Die Seine trat über die Ufer und der Himmel über der Hauptstadt öffnete alle Schleusen. Für Olga ist die Schlussfolgerung klar. »Wenn man in Frankreich einen Protest organisieren will, muss es *indoor* sein. Eine Open-Air-Revolution ist klimatechnisch unmöglich. Nach zehn Tagen im Wasser gebe sogar ich auf, obwohl ich nicht gerade bürgerlichen Komfort gewohnt bin.« Im Camp sieht man sie überall mit einer Tüte Chips in einer Hand und in der anderen kleine Fläschchen mit ätherischen Ölen, an denen sie ständig nuckelt und die ihre Erkältung heilen sollen – niemand traut sich, sie darauf hinzuweisen, dass die Öle eigentlich nicht getrunken werden.

Sie folgt Xaviers Pudel auf Schritt und Tritt, damit er nicht ausbüxt. Wenn man ihn einfach laufen lässt, rennt er durch das Wäldchen, saust über die Wiese, die zu den Bauernhöfen führt, und landet zwischen den Kühen. Da weidet er dann mit ihnen. Damit ist er so sehr beschäftigt, dass er nicht hört, wenn man ihn ruft, und es ist ein Riesentheater, sich zwischen den Kühen hindurchzuschlängeln, ohne sie zu erschrecken, und ihn zurückzuholen, ohne sie zu reizen.

Vernon hat die Regenpause genutzt, um sich einen Liegestuhl vor die Tür zu stellen. Man kann zwar nicht gerade von einem Sonnenbad reden, aber wenigstens ist er an der Luft. Seit ihrer Ankunft waren sie rund um die Uhr eingesperrt. Er verspürt eine unbeschreibliche Freude. Die Außenwelt fällt in sich zusammen. Sie versinkt elegant, entgleitet, ihre Formen lösen sich auf, sie ist nur noch ein Rauschen. Kollektive Euphorie erfüllt jeden Winkel des Hauses. Die Wirklichkeit jenseits dieser Mauern ist weit weg. Er hat schon Mühe, sich zu erinnern, dass es eine Unterbrechung gab.

Daniel hat einen neuen Freund mitgebracht, Rodrigue. Er spielt Akkorde auf einer akustischen Gitarre. Eine dicke braune Strähne bedeckt seine Stirn. Am Hals hat er ein Rabentattoo. Er ist sehr zurückhaltend, aber wenn er singt, schüttelt seine Stimme die Schüchternheit ab und ist viel anziehender als beim Sprechen. »*I don't ever want to feel like I did that day, take me to the place I love, take me all the way.*« Gestern hat er Vernon erzählt, dass er zwanzig Jahre lang mit einer Hardcoreband gespielt und erst vor Kurzem aufgehört hat. Er hat es der Band nach einem Soundcheck gesagt, vor einem Konzert in der Nähe von Paris. Nach dieser Tournee steige ich aus. Niemand hat ihn gefragt warum. Er hat die geplanten Konzerte absolviert und die anderen nie wiedergesehen. Zwanzig Lebensjahre. Vorbei. Er meint, sie waren erleichtert. Er war am schlechtesten verfügbar für die Konzerte. »Ich bin der Einzige, der arbeitet, ich lese Wasserzähler ab. Ich habe zwar versucht, mit meinem Chef den Arbeitsplan den Tourdaten anzupassen, aber trotzdem. Ich war ein Bremsklotz.«

Emilie kommt mit einem orange leuchtenden Frotteehandtuch unter dem Arm nach draußen und verkündet, dass es kein Warmwasser gibt und dass sie keine Lust auf eine eiskalte Dusche hat. Dann stellt sie sich neben den Gitarristen und singt, »*Under the bridge downtown forgot about my love.*« Sie trägt ein schwarzes Kleid, das vorn zugeknöpft wird und in dem sie aussieht wie die Heldin eines alten italienischen Films. Auch ihr Busen gehört zu einer anderen Epoche, altmodisch, schwer und üppig.

Rodrigue wechselt zu den ersten Akkorden von *Purple Rain*, Sylvie und Pénelope, die ein paar Meter weiter auf weißen Plastikstühlen sitzen, deren Füße im nassen Gras einsinken, äußern lautstarke Begeisterung.

»O Mann, wie haben wir zu Prince getanzt!«

»Erinnerst du dich an Vanity 6? *Nasty Girl.*«

»2016, was für ein Scheißjahr!«

»Weißt du, dass Vanity nach einer Überdosis Jesus gesehen hat? Er hat ihr gesagt, wenn sie ihre Kunstfigur aufgibt, wird sie gerettet.«

»Niemals würde der echte Jesus so etwas sagen. Ganz sicher nicht! Jesus ist Liebe, niemals würde er Vanity sagen, sie soll sich was anziehen.«

Xavier stellt sich neben Rodrigue, stemmt die Hände in die Hüften und verkündet lautstark: »Da sind ja die Globalisierungsgegner! Ich bin so froh, hier zu sein. Keine Ahnung warum. Aber ich bin froh.« Er wirkt umso gewaltiger, als der Gitarrist sehr schmächtig ist. Xavier wartet, bis er zu Ende gespielt hat, dann streckt er die Hand nach der Gitarre aus, »Darf ich?«, zieht sich einen Hocker ran und setzt sich. Er spielt wie ein Punk, nur auf den oberen Seiten, den Zeigefinger auf den Steg gedrückt. Er trällert ohne Hemmung: »*Ils marchent dans la rue comme des soldats perdus, une croix sur le front comme seule décoration, ils n'ont rien prévu pour leur promotion, même pas de se servir de la révolution*«*, Patrice hält sich die Ohren zu und brüllt »O nein, keine französischen Chansons«, aber weil er den Text auswendig kann, wie alle in seiner Generation, die mal was mit Rock zu tun hatten, singt er doch mit, »*Tous mes camarades sont des soldats perdus, pensent qu'à la musique et aux filles presque nues, on les accuse d'avoir des Idées reçues, peu importe leurs idées puisqu'il y a l'amitié.*«**

* Sie laufen durch die Nacht wie verlorene Soldaten, ein Kreuz auf der Stirn als einzigen Orden, sie haben nichts geplant für ihre Beförderung, nicht mal eine Revolution.

** Alle meine Kameraden sind verlorene Soldaten, denken nur an Musik und halb nackte Mädchen, man beschimpft sie, sie hätten Vorurteile, aber was kümmern ihre Urteile, wenn es die Freundschaft gibt. Aus: *Les soldats perdus*, La souris déglinguée.

Vernon greift nach dem Tabak, steht auf und geht zu den Frauen. Seine Hüfte schmerzt. Er spürt nicht zum ersten Mal, dass sein Körper Mühe hat, sich aufzurichten. Er will sich nicht eingestehen, dass diese Verkrampfungen etwas mit dem Wetterwechsel zu tun haben, denn das hieße Rheumatismus. Er kann sich eine Menge vorstellen, aber kein Rheuma!

Lydia hat ihr Notizheft auf dem Schoß und rekapituliert: »Also, ich habe Lemmy, David und Roger. Aber jetzt brauche ich eine Logik für die Fortsetzung. Wie mache ich es? Ab wann?«

»Du meinst, wenn du alle aufzählst, hast du keine Liste mehr, sondern ein Telefonbuch.«

»Ab Joe Strummer? Was haltet ihr davon? Irgendwo muss man ja anfangen.«

»Ab Joe Strummer? Das ist doch völlig daneben, dann verzichtest du auf Janis, auf Jimi, auf Elvis. Du kannst doch ohne Elvis keine Kirche füllen.«

»Und Nina Simone? Und James Brown?«

»James Brown war nach Joe Strummer.«

»Aber warum Strummer? Hat das in deinem Kopf einen bestimmten Sinn oder ist es ganz beliebig?«

»Es ist, um eine Grenze zu ziehen. Die brauche ich.«

»Du brauchst keine Grenze, sondern ein bisschen Verstand. Also noch mal: Joe Strummer, Janis Joplin, Elvis Presley, Prince, David Bowie, Lemmy …«

»Amy, Michael Jackson, Joey Ramone, Dee Dee Ramone.«

»Kurt Cobain. Whitney Houston.«

»Whitney Houston? Ehrlich?«

»Natürlich. Stell dir eine Kirche ohne die heilige Rita vor!«

»Ich habe schon Amy.«

»Von den verlorenen Frauen kann man ruhig zwei Heilige haben, das halte ich für das Minimum im Verhältnis zum betroffenen Bevölkerungsanteil.«

Sie wollen eine Kirche schmücken. Sie planen schon die nächste *Convergence* und hoffen, dass Pamela vielleicht eine leer stehende Kirche findet. Dort wollen sie Bilder von den Heiligen des Rocks und Zeichnungen aufhängen, um den Raum zu schmücken. Sie stecken eine Menge Energie in das Projekt, das Vernon mit kritischem Blick sieht: »Was wollt ihr denn in der Kirche machen?« – »Kiffen und Musik hören.«

Hinter sich hört Vernon Xavier und Patrice ein neues Lied anstimmen: *»Dis papa comment tu faisais pour partir à l'assaut quand ta jeunesse fondait brûlée par des salauds eux ils faisaient la guerre sur carte d'état-major toi tu buvais de la bière pour supporter la mort.«** Lydia runzelt die Stirn und dreht sich nach ihnen um. »Was ist denn in die gefahren?« – »Schwer zu glauben, aber sie waren auch mal jung«, antwortet Vernon.

Jésus kommt den geteerten Weg auf einem Longboard heraufgefahren, einem dieser neuen elektrischen Roller ohne Lenkstange, auf denen man sich hält, ohne die

* Papa, wie hast du es geschafft, gegen den Feind zu stürmen, als deine Jugend von Dreckskerlen verbrannt wurde, die auf Generalstabskarten Krieg führten, während du Bier getrunken hast, um den Tod zu ertragen? Aus: *Papa,* Parabellum

Hände zu benutzen. Wenn man ihn auf dem Ding herumfahren sieht, wirkt es ganz einfach, aber Vernon hat sich einmal draufgestellt, und es war der reinste Extremsport. Er sieht den jungen Mann vorbeifahren und fragt sich mal wieder, wie sich das Leben wohl anfühlt, wenn man so schön ist. In diesem Stadium ist es fast schon ein Handicap, denn man kann kaum an etwas anderes denken, wenn man mit ihm spricht, kann kaum die Faszination überwinden, die er, ob er will oder nicht, auf jeden ausübt, der sich ihm nähert.

Ein paar Regentropfen fallen auf die Köpfe, die Gesichter wenden sich nach oben, um zu sehen, ob es ernst ist. Sie stehen auf, greifen nach Aschenbechern, Gläsern, Feuerzeugen, Tassen und dem kleinen Verstärker, dann flüchten alle ins Haus. Sie haben kaum die Tür geschlossen, als ein heftiger Regenschauer auf den Rasen niedergeht.

Jeder sucht sich einen Platz in dem großen Wohnraum, der bis auf ein Sofa und unzählige Kissen fast leer ist. Lydia stöpselt ihren goldenen iPod ein, ein geradezu prähistorisches Modell, dabei ist er noch keine zehn Jahre alt, und sucht Musik aus. Der iPod gibt das für damals typische Klicken von sich, als sie durch das Verzeichnis scrollt. Sie wählt *Where Did Our Love Go*, und Vernon hebt den Daumen.

Olga liegt auf dem Rücken, um sich herum diverse Hefte, und liest halblaut die Texte, die sie für die *Convergence* vorbereitet. Ihre Nächte auf der Place de la République waren fruchtbar, sie hat genug, um die ganze Nacht zu reden.

»Wie sollen wir die Hoffnung bewahren, wenn die

Hoffnung tot ist? Wir sind nicht berufen, das Elend der Welt aufzunehmen. Wir sind berufen, durch Mauern getrennt von der Welt zu leben. Wir sind berufen, umgeben von Stacheldraht, Soldaten und Zöllnern zu leben. Wir sind berufen, tonnenweise Zucker zu fressen, wir sind berufen, ganze Wälder zu vernichten, um Milliarden Rollen Toilettenpapier zu produzieren, wir sind berufen, durch übervolle Regale zu flanieren und immer neue Produkte zu kaufen. Wir sind berufen, die Migrantenboote sinken zu lassen, bevor sie den Tourismus stören. Wir sind berufen, die Starre, die Ablehnung des Zufalls durchzusetzen, uns mit Sonnenschutz einzuschmieren und mit Eis vollzustopfen, uns im Netz zu verstricken, wo wir immer denselben Schwachsinn schlucken, wir sind berufen, die ausgestorbenen Arten zu zählen, wir sind berufen, die Schwachen zu berauben, wir sind berufen, Hektoliter Mineralwasser zu trinken. Wir sind berufen zu verachten, alles zu verachten, was gratis ist, alles, was uns geschenkt wird, die Schönheit, die Heiligkeit, die Arbeit der anderen, die Zustimmung der anderen, das Leben der anderen …«

Xavier streckt sich, packt einen Arm über dem Kopf und zieht ihn zur Seite. »Dein Psalm ist lang und nicht sehr prickelnd. Das zieht mich total runter. Überleg mal, ob du nicht slammen willst, Olga. Ich glaube, du hast eine große Zukunft als Dichterin für Grundschulkinder.« Olga sieht ihn schräg an, regt sich aber nicht auf. »Dein Glück, dass ich so großherzig bin.« Xavier ist deprimiert. Marie-Ange ist weg. Ihre Firma hat ihr angeboten, die Einrichtung einer Zentrale für Telefonberatung in Mazedonien zu organisieren. Sie hat angenommen, hat zu Xavier gesagt, vielleicht ist es besser, wenn ich allein gehe. Die Kleine hat sie bei ihm gelassen. Er hat nicht gekämpft. »Ich wundere mich über mich selbst. Wir haben uns gern. Und wir wissen beide, dass ich finanziell ohne sie nicht klarkomme. Wenn ich die Miete zu zahlen hätte, müsste ich bei euch einziehen, aber ständig hier eingezwängt zu sitzen, würde ich nicht ertragen, irgendwann würde ich jemanden umbringen. Außerdem kann ich unter diesen Umständen nicht meine Tochter großziehen. Sie müsste alle paar Wochen die Schule wechseln, das ist undenkbar.« Marie-Ange bleibt ein Jahr weg. »Das Schwierige daran ist, den Traum zu begraben. Wenn ich an die Liebe mit Marie-Ange denke, sehe ich den reglosen Körper der Hündin vor mir, die Krebs hatte und die der Tierarzt totgespritzt hat. Eine Liebe dauert so lange wie das Leben eines Hundes. Und es ist das gleiche Prinzip: Eines Tages begreifst du, dass es vorbei ist, und dann ist nichts mehr zu machen. Du stehst mit einer Dose voll Asche da, die kannst du dir wenigstens ins Regal stellen. Es gibt kein Zurück mehr. Eine tote Liebe kann man nicht wiederbeleben.«

Er steht auf und schneidet sorgfältig dünne Scheiben von einem riesigen gelben holländischen Käselaib ab. Sélim kommt klitschnass reingerannt, »Ich habe vor dem Tor geparkt. Das schüttet vielleicht!«, und Emilie reicht ihm ein Handtuch. Dann zieht er die Jacke aus und hängt sie über einen Heizkörper. Er war in Athen, wo er seine Tochter getroffen hat, und ist voller Energie. Noch bevor er sitzt, erzählt er schon von den Flüchtlingen, die dort leben, und der Solidarität der Bewohner, trotz der eigenen Not. Die Hyäne fragt, »Und Aïcha?«, er hält inne und überlegt. »Sie ändert sich so schnell. Manchmal habe ich das Gefühl, dass die Person, die einen Satz anfängt, nicht mehr dieselbe ist, wenn sie ihn beendet. Sie bekommt ein Kind. Sie wollte mir nichts vom Vater erzählen, aber ich nehme an, es war keine unbefleckte Empfängnis …«

Die Hyäne sieht ihn an. »Will sie es behalten?« Er verdreht die Augen. »Ich habe mich nicht getraut, das Wort Abtreibung auch nur auszusprechen.« Xavier fragt, »Ist sie zufrieden?«, und Sélim antwortet, »Sie lernt jetzt Griechisch, ich glaube, es geht ihr ganz gut. Seltsam!« Alle Blicke richten sich auf die Treppe, die Céleste gerade herunterkommt. Sie wiederholt, »Aïcha bekommt ein Kind?«, dann überspringt sie die letzten Stufen und fällt Sélim um den Hals, eine hektische, irgendwie beunruhigende Freudenbekundung. »Das freut mich so! Du kannst es dir nicht vorstellen.«

Sélim gießt sich ein Glas Wein ein. »Ich fühle mich ziemlich jung für einen Großvater, aber ich bin bereit. Deswegen würde ich sie gern überreden, nach Frankreich zurückzukommen. Ganz allein mit einem Kind, das ist hart. Ich weiß, wovon ich rede. Ich würde ihr gern helfen.« Olga weiß die Lösung. »Warum bringen wir Dopalet nicht um? Mich kennt er nicht. Ich erwarte ihn vor seiner Tür, erwürge ihn und gehe nach Hause … Wer würde begreifen, was passiert ist? Na? Wer?«

Plötzlich öffnet Céleste die Tür und geht hinaus in den Regen. Läuft einfach geradeaus. Die Hyäne folgt ihr wortlos, lässt ihr ein paar Meter Vorsprung. Vernon beobachtet die Szene, sieht die Gestalt von Céleste, hört ihren Schrei. Ihre Arme hängen am Körper herab, die Fäuste sind geballt, der Kopf nach hinten gestreckt, sie brüllt wie besessen, dann hebt sie die Arme und boxt ins Leere, stolpert, fängt sich wieder, boxt weiter. Ein Nervenzusammenbruch, wie ein Gewitter, aber als die Hyäne zu ihr geht und ihren Arm berührt, dreht sich Céleste um und Vernon stellt fest, dass sie von einem wilden Lachen geschüttelt wird. Er geht hinaus zu ihnen. Seine Stiefel versinken im Gras, er hat Mühe beim Laufen. Er weiß nicht, ob er das Richtige tut, er weiß nicht, in wessen Namen er sich einmischen sollte – Céleste hat ihn um nichts gebeten und ihm noch nie besondere Zuneigung gezeigt. Eine Stimme sagt ihm, »Versuch's«, und er geht weiter, sie sieht ihn an, die Grimasse des Lachens hat sich in eine Maske des Hasses verwandelt, sie sieht ihm starr in die Augen und faucht, »Du bist schuld, an allem, von Anfang an, du hast das alles ausgelöst. Du!«, sie schlägt ihn in wildem Zorn ins Gesicht, dann gegen die Brust, sie tritt ihm gegen die Schienbeine, sie brüllt, und er weicht nicht zurück. Er spürt die Schläge. Er spürt auch den Geruch der Erde, den einzigartigen, so wohltuenden Geruch. Dann wird Céleste langsamer und ringt nach Luft, weil sie so geschrien hat, sie hustet, beugt sich vor, weit nach unten. In einer ganz langsamen Bewegung legt er ihr eine Hand auf den Rücken. Sie weint. Er breitet die Arme aus, sie zögert, dann presst sie sich an ihn und sinkt in sich zusammen. Sie ist ein Tränenstrom. Drinnen kommentiert Xavier, die Hände in den Taschen: »Herrgott noch mal, ihr Globalisierungsgegner seid die absoluten Drama-Queens.« Sylvie steht mit einem Glas in der Hand neben ihm und beißt sich auf die Unterlippe.

»Sie hat recht. Außer zu schreien kann man in solchen Fällen nicht viel machen. Schreien und warten …«

Im Haus dreht jemand den Ton voll auf, die Stimme von Leonard Cohen durchdringt den Regenvorhang und erfüllt die Nacht. »*You want it darker. We kill the flame.*«

»Papa, weißt du, wo das Benzin für mein Zippo ist? Im Büfett ist zwar Gas, aber kein Benzin.«

Im Badezimmer hört Solange nicht, was er antwortet. Sie klebt mit der Nase am Spiegel, hat ein Kleenex zerrissen und drückt gewissenhaft ihre Mitesser aus. Plötzlich entdeckt sie lauter Pickel, die sie vorher nicht gesehen hat. Widerlich! Sie wäscht ihr Gesicht mit kaltem Wasser und guckt noch mal – das Atmen fällt ihr schwer. Morgen ist der große Tag. Komisch, wie normal alles zu sein scheint.

Ihr Vater schneidet Brot auf einem roten Plastikbrett, demselben wie immer. Auch der Tisch hat sich nicht verändert. Sie ist in diesem Haus groß geworden, wie vor ihr ihre Mutter und davor ihre Großmutter. Es hat eine große Küche. Der Kamin wurde schon rausgerissen, als sie noch ganz klein war. An seine Stelle kam die Tiefkühltruhe.

Es hat den ganzen Monat lang geregnet. Die Wege sind noch nass, es dauert, bis das trocknet. Früher war der Wetterbericht das wichtigste Thema in dieser Familie. Wird es in diesem Jahr genug regnen? Gibt es im Frühjahr noch mal Frost? Scheint lange genug die Sonne? Doch seit ihr Vater die Felder verkauft hat, ist das nicht mehr so wichtig.

Vom Haus läuft man zwanzig Minuten bis ins Dorf. Wenn du Brot oder Tabak kaufen willst, musst du das Fahrrad nehmen. Sie hat ihre ganze Kindheit auf zwei Rädern verbracht. Ein Glück, dass sie nicht mehr klein ist. Mit ihrer Schwester hat sie sich nie vertragen, in ihrer Erinnerung war sie immer allein. Auch mit den anderen Kindern hatte sie nichts zu tun. Ihr Vater wollte nicht, dass sie jemanden zum Spielen nach Hause brachte. Die anderen waren schlecht erzogen, behielten die schlammbespritzten Stiefel an, wenn sie nach oben ins Kinderzimmer gingen, und wuschen sich vor dem Kaffeetrinken nicht die Hände. Für ihn waren das alles kleine widerliche Schmutzfinken.

Die Leute im Dorf ließen ihre Kinder sowieso nicht gern zu ihnen kommen. Ihre Familie hat keinen guten Ruf. In einem Dorf weiß jeder alles über jeden. Alle wussten, dass ihre Mutter trank. Als Solange klein war, glaubte sie, dass die Mutter Mittagsschlaf macht. Die Kinder in der Schule haben sie aufgeklärt, von wegen Mittagsschlaf, deine Mutter ist eine Säuferin. Solange war weniger von der Wahrheit schockiert als davon, dass man sie ihr verheimlicht hatte. Dabei hatte sie schon begriffen, dass es sogar für eine Briefträgerin, die früh aufsteht, nicht normal ist, wenn sie jeden Tag Mittagsschlaf macht und zu müde ist, um mit der Familie zu Abend zu essen. Ihr Vater hat nie etwas gesagt. Er war enttäuscht, dass seine Frau so schwach war, und mit den Kindern, die sie ihm geschenkt hat, ist er auch nicht zufrieden. Solange arbeitet nicht gern auf dem Hof. Nur die Mirabellen sammelt sie gern ein. Alles andere stinkt ihr zu sehr, die Tiere, der Dünger, der Mist, alles stinkt so, dass ihr schlecht wird. Ihre einzige bemerkenswerte Fähigkeit verdankt sie ihrem Onkel. Er hat sie mit zur Jagd genommen. Seine Söhne hatten keine Lust, fanden es langweilig. Solange kann sehr gut schießen. So was hat man im Blut. Es liegt in der Familie. Ihr Vater sah mit spöttischem Grinsen zu, wenn sie auf dem Jahrmarkt am Schießstand traf, und sagte, »Na gut, das wird uns auch nicht helfen, sie zu verheiraten.« Aber er freute sich über das kleine Mädchen, das mit dem größten Plüschbären nach Hause kam.

Ihre Schwester Orphée war auch nicht für den Bauernhof geschaffen, aber sie brachte wenigstens gute Noten nach Hause. Die Schwestern haben sich gehasst, an den Haaren gezogen und angespuckt. Und nie zusammen gespielt. Ihre Schwester wollte immer bestimmen, aber wenn Solange dann machte, was sie sagte, nannte sie sie Nachäfferin. Orphée war gut in Sport, stand auf Barbies, machte ihre Hausaufgaben, war gepflegt und hatte schönes Haar. Solange war sicher, dass ihre Schwester bald einen Mann findet, Kinder kriegt, ein Haus kauft, ihr Studium beendet, eine interessante Arbeit findet und alles richtig macht. Orphée schien dazu berufen, bei allem besser zu sein als die anderen. Leider ist es gründlich schiefgelaufen. Anlauf genommen, steil gestartet und auf der Nase gelandet. Keiner hat begriffen, was passiert ist: Sie war zwanzig und peng. So heftig, dass sich Solange heute kaum noch vorstellen kann, ihre Schwester mal beneidet zu haben, weil ihr alles gelang. Sie ist total am Boden. Möchte sich ständig umbringen. Sie ist nicht nur verrückt. Sie ist auch eine

Nervensäge. Aber vielleicht sind alle Geisteskranken so. Orphée behauptet, sie sei nicht depressiv. Aber sie heult ununterbrochen. Und nimmt Tabletten, von denen sie fett wird. Eine heulende Seekuh. Sie ist wieder in ihr Zimmer gezogen, neben dem von Solange. Sie sitzt im Haus und sieht niemanden. Die Totalkatastrophe.

Seit Orphée nach Hause gekommen ist, hat sich ihr Vater verändert. Er hat schon früher nicht viel gesagt, aber jetzt ist er völlig verstummt. Den ganzen Tag hängt er im Internet. Seine Finger sind von der Arbeit verkrümmt, und Solange muss immer lachen, wenn sie seine riesigen Pranken auf der Tastatur sieht, sie fragt sich, wie er es schafft, die richtigen Tasten zu treffen. Sein Land hat er verkauft. Rente bekommt er nicht, hat zu wenig eingezahlt. Bei jeder Bewegung verzieht er das Gesicht. Früher hat ihm nie etwas wehgetan, sie kann sich nicht mal erinnern, dass er je wegen einer Grippe im Bett geblieben wäre. Aber dann war mit einem Schlag sein Rücken hinüber. Er hat schon immer gern Filme gesehen, aber jetzt macht er nichts anderes mehr. Sie haben eine Mahnung von der Hadopi-Behörde bekommen, er soll aufhören, Filme runterzuladen, die hat er wortlos in den Papierkorb geworfen. Obwohl er fast taub ist, trägt er kein Hörgerät. Wenn er ins Dorf geht, ist er immer noch sehr elegant. Früher sagten die Leute, so ein schöner Mann, immer so gepflegt und fleißig, schade, dass er so eine Frau hat. Im Haus trägt er seine alten löchrigen Hosen und den ausgeleierten beigen Pullover, aber wenn er etwas einkaufen muss, geht das nur mit Anzug und Hut, sehr altmodisch. Allerdings geht er selten ins Dorf. Er hat keine Lust auf die Gesellschaft von Bekloppten, sagt er. Er war immer zu intelligent, er sieht das Unheil vor den anderen kommen. Das macht ihn verrückt. Wer im Dunkeln die Augen offen hält, geht an Einsamkeit zugrunde. Solange weiß, wie das ist.

Die Atmosphäre im Haus ist geradezu unheimlich. Sehr fröhlich war es noch nie, aber jetzt ist es unerträglich. Ihre Mutter hat die Flasche gegen Medikamente getauscht, nicht dieselben wie Orphée. Davon stumpft sie noch viel mehr ab als mit ihrer Freundin, der Flasche. Das Küchenbüfett steht voller Pillenschachteln. Als sie zweiundvierzig war, hat die Post ihr gesagt, wir brauchen keine Briefträger mehr, wir schulen dich zur Schalterbeamtin um. Aber sie hatte ihren Rhythmus und ihr Gleichgewicht – um fünf Uhr auf, zwanzig Kilometer auf dem Fahrrad, um ihre Tour zu absolvieren, nach Hause, ein Gläschen Weißwein, ein zweites und so weiter bis zum Koma. Hinter dem Schalter kam sie nicht zurecht. Außerdem sollte sie den Kunden unbedingt Telefone aufschwatzen, sie sagte, die Post hat Nutzer, keine Kunden, und ihre Chefin lachte sie aus. Da wurde sie depressiv. Immerhin trinkt sie kaum noch. Mit den Pillen braucht sie weniger und ist schon früh am Morgen im Tran. Sie gleicht einem Gespenst. Ihr Körper ist noch da, aber darin ist nichts mehr.

Solange nimmt sich ein Milchbrötchen aus der großen Carrefour-Tüte und lässt es im Mund zergehen, der Teig löst sich sofort auf und klebt an den Zähnen. Das hat sie schon immer geliebt. Sie sagt:

»Ich habe gestern Richards Mutter gesehen.«

»Hat sie dich erkannt?«

»Natürlich.«

»Mit deinen kurzen Haaren ist das nicht so einfach.«

Ihr Vater ist traurig über die Haare. Sie hat sie letzten Monat abgeschnitten. Wegen der bescheuerten Brasilianerin im Fernsehen, die Frauen neu stylt, wie man ein Auto aufpeppt. In der Sendung war eine Frau, die so war wie Solange – sie haben sie auf die Straße gestellt, und die Leute haben gesagt, sie ist nicht gerade hässlich, aber sie macht nichts aus sich. Dann wurden ihr die Haare geschnitten, und danach sah sie wirklich viel besser aus. Also ist Solange nach Epinal zu Dessange gefahren. Die Friseurin war entsetzt. »Langes Haar muss man pflegen. Es braucht Spülung und eine Kur.« Solange hat die langen Strähnen fallen sehen, und bevor die Friseurin fertig war, wusste sie, dass sie eine Dummheit macht. Sie hätte am liebsten geheult, als sie sich im Spiegel gesehen hat. Sie hatte immer lange Haare und einen Pony. Bis zu dem Moment hat sie nicht gewusst, dass sie aussieht wie mit Downsyndrom. Sie ist noch hässlicher als vorher. Als ihr Vater sie mit den kurzen Haaren gesehen hat, war er fassungslos. Aber was soll sie machen? Passiert ist passiert. Der Gedanke, dass er dieses Bild von ihr in Erinnerung behält, tut ihr weh. Denn er weiß es noch nicht, aber er wird immer an diesen Morgen zurückdenken. Sie hat keine Lust, ihrem Vater wehzutun. Er hat genug gelitten. Aber wenn niemand seine Ruhe opfern will, wird sich nie etwas ändern. Sie verachtet die Bobokultur, die den Komfort anbetet und sich nur um sich selbst dreht. Man brät kein Omelette, ohne die Eier zu zerschlagen. Die Redewendung fand sie schon immer lustig.

»Sie hat mir Fotos von Richards kleinem Jungen gezeigt. Total süß.«

»Zur Fortpflanzung sind diese Tiere immer bereit. Aber ans Arbeiten denkt keiner. Wie will er denn den Kleinen ernähren?«

Richard war ihr Freund in der Grundschule. Es gibt mehrere Fotos von ihnen. Sie ähnelten sich wie ein Ei dem anderen. Die gleichen blauen Augen, die gleichen blonden, fast weißen Haare. Es gibt unzählige Geschichten von ihr und Richard, zwei Dreikäsehochs, die nach der Schule Hand in Hand losgestiefelt sind, ohne jemandem Bescheid zu sagen, um Blutegel zu sammeln. Sie haben sie in Wasserflaschen gesperrt. Oder Kaulquappen. Es war eine Kindheit voll Brennnesselstiche, Nattern im hohen Gras, Gummistiefel und Löwenzahn. Das sind keine schlechten Erinnerungen, die Vollzeittraurigkeit kam später. Als Richard anfing, mit anderen Jungen zu spielen, die kein Mädchen in ihrer Bande haben wollten. Nachdem sie lesen gelernt hatte, wurde die Schule langweilig, zur gleichen Zeit wurde die Stimmung zu Hause immer schlimmer. Zum Glück gab es Internet. Das hat sie gerettet. Ihr Vater schimpfte, sie wäre nur mit ihren Onlinespielen beschäftigt und würde nichts zustande bringen. Ein Glück, dass es diese Spiele gab. Und die Foren, die sie entdeckt hat, als sie Codes suchte, um GTA zu knacken. Sie zuckt mit den Schultern.

»Arbeitet Richard denn nicht? Seine Frau ist Erzieherin, hat mir seine Mutter erzählt.«

»Was die erzählt! Findest du es gut, dass ein Mann sich auf den Lohn seiner Frau verlässt, dass sie die Brötchen nach Hause bringt? Das ist vielleicht modern, aber anständig ist es deswegen trotzdem nicht.«

»Es ist ein hübsches Baby. Wir brauchen Kinder. Und sie werden das Gleiche machen wie alle: anderswo Arbeit suchen.«

Er wirft ihr einen harten Blick zu. Ein Blick, der sagt, worauf wartest du? Er will sie nicht loswerden, aber sie ist zweiundzwanzig, es wäre Zeit, dass sie einen Job findet. Dass sie sich irgendwas aufbaut, wie man so schön sagt. Es reicht schon, dass die andere zurückgekommen und völlig von der Rolle ist. Plötzlich überkommt Solange die Lust zu lachen – sie darf nichts sagen, aber er braucht sich keine Sorgen zu machen. Morgen wird sie keine Last mehr für ihn sein. Er weiß es noch nicht, aber er wird sich keine Gedanken mehr um Geld machen, kann sogar die Mutter ins Sanatorium schicken, wo man sie wieder auf die Beine bringt. Morgen hat Solange genug, um für sie zu sorgen.

Ihr Vater trinkt den Kaffee aus einer Schale. Er wollte sich nie daran gewöhnen, eine Tasse zu nehmen. Wozu auch? Dafür liebt sie ihn. Heute früh liebt sie ihn für jede seiner Bewegungen. Man weiß nur zu schätzen, was man verlieren wird. Sie tut Zucker in ihren Kaffee und ertränkt ihn in Milch, weil sie ihn gern kalt trinkt. Sie lehnt sich an die Spüle und würde am liebsten heulen – aber sie lächelt nur. Er grunzt kopfschüttelnd, brummt irgendwas, das sie nicht versteht, dann stellt er seine leere Schale in die Spüle. Im Fernseher in der Küche läuft die ganze Zeit BFM. Es gibt in jedem Raum einen Fernseher, und wenn er zu Hause ist, sind alle an. Sie hat von niemandem im Dorf gehört, dass er sich wehmütig an die guten alten Zeiten ohne Fernsehen erinnert. Der Stille und dem Abendessen vor dem Kamin nachtrauern ist was für die Bobos, die keine Ahnung vom Landleben haben und sich ausmalen, wie sich die Leute beim Essen tolle Sachen erzählen. Aber worüber willst du hier reden? Über den Regen. Aber der Regen reicht nicht für eine halbe Stunde. Es regnet zu viel oder nicht genug und fertig. Damit verbringst du nicht den ganzen Abend.

Der Friedhof ist am Ende des Dorfes auf einer Anhöhe. Das Grab ihrer Großmutter ist verwildert. Niemand geht je hin. Zu Allerheiligen werfen sie den Plastiktopf weg, sammeln die Blätter ein, die der Wind dorthin getragen hat, und stellen einen neuen Topf auf. Bis zum nächsten Jahr. Solange kommt auch nicht mehr oft. Nur zu wichtigen Anlässen. Sie setzt sich auf die grau glänzende Marmorplatte. Ihre Großmutter hieß Odette. Sie liebte ihre Enkel. Sie liebte auch Bälle, Autofahren und Varieté. Sie hat sich selbst mit der Maschine modische Sachen genäht. Hat ganz gekonnt die Vorlage gezeichnet und dann, tacktacktack, mit dem Pedal, Stecknadeln zwischen den Lippen, elegante Jacken und Kleider wie für eine große Dame genäht. Aus Zeitschriften kopiert. Sie konnte einfach alles. Am Ferienende ging sie immer mit Solange im Supermarkt Schulsachen kaufen. Mit Orphée auch, aber an einem anderen Tag. Sie sagte, es ist normal, dass kleine Mädchen einzigartig sein wollen. Noch heute geht Solange gern in die Schreibwarenabteilungen der Kaufhäuser. Das erinnert sie an den einen Tag, wo sich alles um sie gedreht hat, als der Einkaufswagen voll war und sie ihn am Eingang des Flunch stehen ließen, um Mittag zu essen. Hacksteak mit Pommes. »Du weißt es, Oma. Du weißt es.

Es ist für die Nation. Wir können nicht mit verschränkten Armen zusehen. Du würdest es verstehen. Man muss das Ereignis auslösen, den Ameisenhaufen zerstören. Denn die anderen, entschuldige, aber die anderen sind dämliche Kühe! Man muss der Geschichte in den Hintern treten, damit endlich mal ein bisschen was passiert. Und weißt du was, Oma? Danach schreibe ich alles auf, was ich im Kopf habe, ich schreibe es auf, und weil mich danach alle kennen, werden alle es lesen. Ich werde ein Vorbild sein. Ich weiß, dass du es verstehen würdest. Ich habe Bauchschmerzen vor Angst. Seit gestern weiß ich, dass es angefangen hat. Ich habe Dünnpfiff, Oma. Ich habe Dünnpfiff. Aber ich werde nicht kneifen. Alles ist besser als das Nichtstun. Alles.«

Sie ist auserwählt. Sie folgt einer Berufung. Einer inneren Stimme, die ihr sagt »Geh … Geh … Geh!«, und Max war der Erste, der es erkannt hat. Es war lustig, wie sie sich kennengelernt haben. Sie hängt die ganze Zeit in einem Forum rum, demselben seit Jahren, eigentlich ein Videospielforum, aber inzwischen ist es ihr Hauptquartier. Sie ist dort immer unter ihrem Pseudonym »coyotte666« eingeloggt. Das ist auch ihr Twittername. Sie hat keinen Mädchennamen gewählt – in einem Spielforum wirst du als Mädchen nicht ernst genommen und die Kerle machen dich entweder fertig oder sie wollen mit dir pennen. Sie hat einen superlustigen Chat mit jemandem angefangen, »pas2Lézard«. Zuerst haben sie eine Truppe von Zuwanderungsfans veräppelt, die sich in das Forum verirrt hatten. Sie haben sich sofort verstanden. Max sagt, er hätte gleich am ersten Abend den Unterschied gemerkt – er sagt, sie wäre intensiv, besessen, man würde sehr schnell merken, dass sie eine Berufung hat. Nach ein paar Tagen hat er geschrieben, sie müssen sich sehen, es gibt da Sachen, über die er mit ihr reden will, aber Solange antwortete, unmöglich, Khey, ich bin overbooked. Wie sollte sie ihm gestehen, dass sie nicht ist, was sie sagt, dass sie kein Junge ist. Aber dann kam was Komisches, Max bestand darauf, sagte, es wäre wichtig, er spürt eine Verbindung. Und dann hat er als Erster gebeichtet: Er ist nicht dreiundzwanzig, sondern eher doppelt so alt. Er hatte Angst, sie wäre sauer, sie hat geantwortet, und ich heiße Solange. Am Anfang hat sie sich gefragt, ob er schwul ist, weil ihn das erst mal abgeturnt hat. Aber nachdem er gemerkt hat, dass sie zwar da gelogen hat, aber sonst bei nichts – sie ist Patriotin und sie spielt besser als jeder Kerl, war er wieder freundlich.

Ein Glück, dass Max sie nicht hat fallen lassen. Er hat allem einen Sinn gegeben, was in ihr zittert, ihre Seele zerreißt und keine Form findet, allem, was sie schon lange geahnt hat, ohne dass sie es sortieren konnte. Sie verteidigt ein Andenken. Sie dient ihm, so gut sie kann. Sie wird irgendwo zuschlagen, im Dunkeln. Sie ist voller Hoffnung. Manche Gewaltakte führen zur Ordnung. Manche tapfere Verzweiflungstaten rühren in der Asche, bis man die Glut findet und das Feuer wieder anfacht. Andere werden folgen. Die Zeit zum Handeln ist gekommen. Max hat es verstanden, als er sie gesehen hat. Er ist wie sie. Sie lieben dasselbe und hassen dasselbe – die sogenannte Demokratie, die heuchlerischen Reden, die das Gehirn verkleistern, die Lügenpresse, das Politikergesindel, die schmutzigen Betrügereien, das kranke Frankreich, das unter der Rassenvermischung und dem Verfall der Sitten leidet. Das Fehlen des Glaubens. Der Anständigkeit. Das hysterische Theater um das menschliche Leben, bei dem man vergisst, dass die großen Ideen dem Volk manchmal auch einen Blutzoll abverlangen.

Max kann jeden Satz vollenden, den Solange angefangen hat. Sie ergänzen sich. Mit ihm hat sie alles vorbereitet. Und er wird ihr helfen, zu veröffentlichen, was sie schreibt, nachdem sie sich gestellt hat. Denn sie wird nicht fliehen. Erhobenen Hauptes wird sie sich dem französischen Volk stellen. Max wird auch dafür sorgen, dass es ihrer Familie an nichts mehr fehlt. Er kennt Leute, die einen nicht im Stich lassen und bereit sind, den einsamen Soldaten zu helfen.

Sie wird zum Aufstand aufrufen. Sie weiß, dass noch viele andere genauso wie sie ratlos und wütend durch die Dunkelheit irren. Sie werden begreifen, dass die Zeit gekommen ist. Man muss in den schlaffen Bauch dieser verlogenen Gesellschaft treten. Man muss diejenigen treffen, die tanzen, obwohl die Zeiten ernst sind. Die Genießer und die Verkommenen.

Alles ist da. Sie ist bereit.

Auf dem gegenüberliegenden Metro-Bahnsteig schreibt ein Jugendlicher in schwarzer Perfecto mit rotem Marker auf ein blaues Werbeplakat: »Der Staat ist ein größerer Verbrecher als alle, die er einsperrt.« Bei »einsperrt« zögert er kurz: ein oder zwei »r«? Léonard pfeift kurz und zeigt ihm mit den Fingern: zwei »r«. Ganz gut die Losung, aber bitte ohne Verbrechen gegen die Orthografie.

Er hört *Lemonade* und muss sofort an Antoine denken. Wieder schüttelt ihn das Entsetzen. Als das Album rausgekommen ist, hat ihn Antoine eine Stunde lang zugetextet, um ihm zu beweisen, dass es die Geschichte des Pop revolutioniert habe und genauso wichtig sei wie *Thriller* oder *Nevermind*. Antoine entwickelte gern Theorien, manchmal waren sie total absurd, aber er verteidigte sie bis aufs Blut. Wenn man ihn darauf hinwies, dass er eine Woche zuvor genau das Gegenteil erzählt hatte, beruhigte er sich sofort und lächelte. »Ja, beides stimmt, oder?« Er war so klug und neugierig. Ein verheißungsvoller junger Mann. Das Scheitern seiner Ehe verpasste ihm den nötigen Dämpfer, damit er kein Schulmeister, nicht der hundertste Besserwisser wurde. Seine Zukunft strahlte, alles gelang ihm. Bis zum Tag seines absurden Todes. Der Nacht des Massakers.

Das ist die Welt von heute. So weit ist es mit ihr gekommen. Sobald du eine Feuerwehrsirene hörst, guckst du in den Newsfeed, ob etwas passiert ist. Léonard ist jedes Mal erleichtert, wenn er Twitter aufmacht und die Leute nicht von einer Bluttat reden, die sich gerade irgendwo abspielt. Du lebst mit dem Gedanken, dass jederzeit etwas passieren kann. Du fährst mit den Öffentlichen, setzt dich auf eine Caféterrasse, um eine zu rauchen, besuchst ein Konzert. Du gehst tanzen. Aber heute weißt du, dass du vielleicht nie mehr nach Hause kommst.

Seit drei Wochen nimmt Léonard wieder seine Pillen. Das hat er heute früh ausgerechnet, als er eine viertel Tablette geschluckt hat. Er versteckt die Packung in seinem Kulturbeutel. Bloß nicht darüber reden. Er schämt sich, dass er das braucht. Aber zu dem Psychiater, der sie ihm verschrieben hat, geht er nicht mehr. Das ständige Stechen in der Brust, die Angst, die wieder an ihm nagt, könnte er ja noch ertragen. Er könnte auch die fixen Ideen ertragen, die ihn aus dem Schlaf reißen. Aber er ist außerstande, ohne diese Krücken mit Antoines Tod fertigzuwerden.

Und es war die richtige Entscheidung. Zehn Tage später folgte Orlando. Und die Erklärung, die der Vater des Mörders abgegeben hat. »Das hat nichts mit Religion zu tun. Mein Sohn hat in Miami gesehen, wie sich zwei Männer küssen, seitdem ging es ihm nicht gut.« Das hat gar nichts mit Religion zu tun – das Problem sind die Schwulen, die sich nicht mehr verstecken. Leute wie er sind abstoßend.

Das hat er schon als Kind gelernt. In seiner eigenen Familie. Heute kommen seine Eltern mit der Situation klar. Aber bis sie sich damit abgefunden hatten, haben sie gekämpft wie die Löwen. Léonard durfte nicht mehr nach Hause kommen. Sie wollten nicht, dass die Nachbarn ihn sehen. Er ist nicht der Typ Schwuler, von dem die Mütter sagen, er wäre ein wunderbarer Schwiegersohn. Er ist eine Tunte. Man muss ihn nur laufen sehen und weiß, mit wem man es zu tun hat. Seine Mutter sagte, »Bitte komm Weihnachten nicht zu uns, sonst traue ich mich danach wieder zwei Monate nicht zum Friseur und das ganze Viertel lacht über mich.« Nach Orlando vermieden die Zeitungen in den Schlagzeilen das Wort »Homosexuelle«. Sie äußerten sich nicht über die Identität der Opfer, weil sie wussten, dass die Leser sie sonst nicht mehr bedauern würden. Schwule. Als nach dem Bataclan katholische Fundamentalisten zu sagen wagten, die Opfer hätten genauso gesündigt wie die Täter, wurden sie von der Presse fertiggemacht. Aber Orlando war was anderes. Bei Orlando durfte man bravo rufen. Das war okay.

In der Nacht des Bataclan war er im 13. Arrondissement bei einer Party auf einem Hausboot. Der Taxifahrer, der ihn nach Hause brachte, wollte kein Geld, dabei war er gar nicht in dem betroffenen Viertel. Es war eine Nacht der Menschlichkeit – bei allen lagen die Nerven blank und niemand schämte sich, Zuspruch zu geben. Nach Orlando nichts davon. Er hat keinen einzigen Taxifahrer getroffen, der Bedauern äußerte.

Nach dem Massaker von Rennes-le-Château haben die Zeitungen die Opfer am Anfang geliebt. Sogar im Netz dauerte es ein paar Tage, bevor jemand etwas gegen sie sagte. Aber dann ist die Stimmung allmählich gekippt. Leute, die kein Mobiltelefon bei sich hatten, Leute, von denen man erfuhr, dass einige Linux benutzten – wer benutzt schon Linux, wenn er nichts zu verbergen hat? Leute, von denen einige keine feste Adresse hatten. Die Ersten verbreiteten, es seien viele politisch radikalisierte Personen in der Gruppe gewesen. Man habe sogar radikale Pamphlete vor Ort gefunden. Andere berichteten von einem Muslim. Von einer Lesbe, einer früheren Prostituierten und anderen, die bei der Autopsie ein anderes Geschlecht hatten, als man bei ihrem Anblick vermutete. Auch ein früherer Trader sei dabei gewesen, der auf Drogenhändler umgeschult hätte. Und als Krönung, weil die Leute nicht mehr wissen, was sie erfinden sollen, um die Erinnerung an die Toten in den Dreck zu ziehen, erzählten sie von einem Guru. Immer mehr neigte die öffentliche Meinung zu einer Abrechnung zwischen Rechts- und Linksextremen. Oder waren es abartige Sexualpraktiken, ein Ritual von Perversen?

Die Tabletten helfen ihm. Er schläft sieben Stunden. Seine Gedanken sind nicht mehr starr. Sie entgleiten ihm. Körperlich verliert er Kraft. Er spürt es in den Schenkeln, wenn er läuft, sie sind ganz weich. Die Verzweiflung drückt nicht mehr auf seine Schultern. Er denkt an Antoine und hat Tränen in den Augen. Er steigt in die U-Bahn und ertappt sich dabei, an etwas anderes zu denken. Er musste die Tabletten wieder nehmen.

Léonard möchte gern, dass man ihm erklärt, warum jemand wie er, der so viel Koks, Champagner, Ecstasy genommen hat, der Gras raucht, wann immer sich die Gelegenheit bietet, und bei einer Line Heroin nie Nein sagt, so einen Widerstand dagegen verspürt, jeden Morgen eine viertel Tablette zu schlucken. Das ist keine Frage der Legalität – er mag den Wodka am Tresen ebenso wie den kleinen Muntermacher, den man auf der Toilette schluckt. Er mag die Gesellschaft von Dealern nicht und weiß gern Bescheid, was man ihm in sein Koks gemischt hat. Die Grenze verläuft zwischen Entspannungsdrogen und Behandlungsdrogen. Die einen geben einem das Gefühl, dass man sich amüsiert, eine Gedankenreise macht, die Realität verändert, erweitert, dass man experimentiert – während die andere sagt, dass man krank ist, dass man schwach ist, dass man Behandlung braucht. Es gibt Drogen, die schmecken nach Champagner und Lachen im Morgengrauen, und andere, die nach Klapsmühle, Pisse und schlechten Putzmitteln stinken.

In letzter Zeit geht Léonard seinem Liebhaber auf den Geist. Jean-Michel spricht in einem gereizten Ton zu ihm, den er früher nicht kannte. Es nervt ihn, wenn er mit dem Kaffee in einer Hand und dem Telefon in der anderen aus dem Hotelzimmer kommt und versucht, den Koffer mit den Beinen vor sich her zu schieben. Er sagt trocken, »O Mann, konzentrier dich einmal auf das, was du tust.« Er hat etwas an sich, das die anderen auf die Dauer nicht ertragen. Sie ziehen die Liebe zurück, die sie investiert haben. Wie ein Aktionär sein Aktienpaket verkauft, weil er merkt, dass er nicht auf den richtigen Trend gesetzt hat. Er kann sich so viel Mühe geben, wie er will. Jean-Michel wird ihn verlassen. Wie die anderen.

Léonard hat zwei Tage nach der Schießerei wieder mit den Tabletten angefangen. Niemand weiß, was Antoine dort zu suchen hatte. Er war neugierig auf Kultur, auf

Street Art. Er hatte sich in der Kunst einen Namen gemacht, hatte sie von unten, mit Graffiti, erobert, zu einer Zeit, als es unvorstellbar schien, dass die Hip-Hop-Bewegung je ins Museum kommen würde. Er war ein Kurator mit großer Zukunft, die Museen stritten sich um ihn. Trotzdem ging er weiter zu den Menschen, um den Kontakt zur Straße nicht zu verlieren.

Ungefähr hundert Leute hatten an dem Rave teilgenommen, eine unangemeldete Privatveranstaltung. Es gab keinen Überlebenden. Das Mädchen, das sie überfallen hat, war gut trainiert. Und bis an die Zähne bewaffnet. Die Presse hat von einer Geisteskranken gesprochen. Einer Einzeltäterin. Aber das Kriegsarsenal, mit dem sie so viele Menschen ausgelöscht hat, hat sie sich gewiss nicht in der Pampa besorgt, wo sie vor sich hin vegetierte.

Léonard würde jede Droge nehmen, die ihn davor bewahrt, sich die Panik vorzustellen, die Antoine empfunden haben muss, als die erste Granate explodiert ist. Die ihn davor bewahrt, sich vorzustellen, was seine letzten Gedanken waren. Woran denkt man im Angesicht des Grauens?

Das Mädchen hat gewartet, dass sich die Verletzten und Überlebenden bewegten, und hat sie einzeln kaltgemacht. Sie stand etwas erhöht, wie die Polizei rekonstruiert hat, und hatte eine Taschenlampe, um den Raum zu beleuchten. Am Ende hat sie sich selbst mit einer Kugel in die Schläfe umgebracht, ein paar Meter neben dem Ort des Verbrechens. Das war kein Attentat. Das war nicht politisch. Behaupten die Medien. Für Léonard ist jede Droge, mit der er über dieses Ereignis hinwegkommt, eine nützliche Droge.

Nach jedem Attentat seit *Charlie Hebdo* wird ihm übel bei dem Gedanken an die Gespräche, die man ertragen muss. Er hat sich von den Menschen entfernt, die ihm nahestanden. Dabei lebt er seit mehr als dreißig Jahren in Frankreich. Es gab immer Gespräche, die man vermeiden musste. Die Litanei zur Verteidigung des Islams zum Beispiel kann er nicht mehr hören. Viele Leute haben das Bedürfnis, vorsichtig zu sein, wenn es darum geht, die Blutbäder der anderen zu verurteilen. Er ist in Israel aufgewachsen. Seit Januar 2015 ist die Angst im Alltag wieder da. Diese Angst verlernst du so wenig wie das Fahrradfahren. Er war zwölf, als seine Eltern nach Frankreich gekommen sind. Es war im Sommer, er dachte, sie machen nur Urlaub, aber er hat Bat Yam nie wiedergesehen. Damals redete man nicht mit den Kindern. Man nahm sie mit. Das Erste, was ihn in Nizza, wo sie hinzogen, erstaunt hatte, war, dass die Leute im Bus saßen, ohne aufzupassen, dass sie eine Tasche auf einem Sitz stehen sahen, ohne sich Sorgen zu machen. Ohne Angst zu haben. In Bat Yam waren die Kinder frei, sie machten, was sie wollten. Aber Wachsamkeit gehörte zu den Grundreflexen. Bei jedem Bombenalarm gingen sie in den Schutzraum. Deswegen kam ihm Frankreich am Anfang merkwürdig vor. Das Einzige, was ihm gleich gefallen hat, waren Baguette und Palmito-Gebäck. Er hat lange gebraucht, um sich einzugewöhnen.

Antoines Vater ist verzweifelt. Léonard hat ein paar Tage gewartet, bevor er ihn angerufen hat, um zu kondolieren. Laurent Dopalet stammelte unverständliches Zeug. Er war außer sich vor Schmerz. Dann sagte Léonard, »Wenn

Sie irgendetwas brauchen, sagen Sie es mir«, und Dopalet hatte geantwortet, »Komm mich besuchen, ja, ich würde mich freuen, mit dir zu reden.«

Seither trifft sich Léonard jeden Donnerstag mit ihm zum Mittagessen. Und verzichtet dafür auf seinen Paddelkurs, der ihm großen Spaß gemacht hat. Aber Antoines Vater braucht Zuspruch. Er mischt Schnaps und Schlafmittel, redet oft wirr. Zwischendurch hat er klare Momente, dann will er über Antoine reden oder sich von Léonard alte Geschichten erzählen lassen. So tauchen längst vergessene Bilder aus der Kindheit und Jugend wieder auf.

Als man in den sozialen Netzwerken anfing, die Opfer des Massakers zu beschuldigen, sie seien gar nicht so unschuldig, wie es anfänglich ausgesehen habe, dachte Léonard, Dopalet dreht endgültig durch. Natürlich ist die Kampagne von Beschimpfungen und Verunglimpfungen nicht das Entscheidende in dem Drama. Aber es war der berühmte Tropfen – es ist so ungerecht und so gemein, dass man das Handtuch wirft und sich in den Wahnsinn flüchtet. Dopalet hat es gut ausgedrückt: »Das Allerschlimmste ist nicht das Ereignis selbst, sondern die Reaktion der Überlebenden.«

Einmal waren sie in einem japanischen Restaurant im 13. Arrondissement. Dopalet nickte kurz ein, dann schreckte er auf, und sein Blick war herzzerreißend, erfüllt von unendlichem Schmerz. Ein zerstörter Mann. Aber plötzlich packte ihn eine Energie, die auch nicht ganz normal war: »Du wärest ein guter Filmautor. Ein sehr guter Filmautor.« Léonard ist Grafiker. Er hat keine Ahnung, wie man ein Drehbuch schreibt. Da er Dopalets Unsinn gewohnt ist, antwortete er freundlich, »Das glaube ich nicht.« Aber der Produzent ließ nicht davon ab, obwohl er auf seinem Stuhl schwankte. Er hatte eine Idee. Die erste seit Langem. »Ich bringe es dir bei. Du wirst ein großartiger Filmautor. Wir werden ihre Geschichte erzählen. Du und ich. Die wahre Geschichte. Ich lasse die Erinnerung an meinen Sohn nicht so durch den Dreck ziehen. Es wird eine Serie. Die Geschichte dieser Gruppe, ihre tragische Geschichte … Und ich schreibe sie mit dir, Léo, mit dir.« Dabei lächelte er zum ersten Mal seit Monaten. Es war ein erbärmliches Lächeln, das Léonards Herz erstarren ließ. Er widersprach nicht. Antoines Vater bestellte Wein, er schien aufzuleben, wenn auch mit Mühe, er hatte etwas gefunden, woran er sich klammern konnte. Seine absurde Idee richtete ihn wieder auf. »Außerdem bist du Jude. Das ist gut. Das wird uns helfen. Man braucht immer einen Juden in der Crew.« Léonard hat es ihm nicht übel genommen. Der Mann ist ein Wrack, er weiß nicht mehr, was er sagt.

Aber er hat sich in das verrückte Projekt verbissen. Gestern hat er seinen Laptop mitgebracht und sie haben angefangen, gemeinsam am Treatment zu arbeiten. Léonard fragt sich, ob er Dopalet wirklich einen Gefallen tut, wenn er ihn in seinem verrückten Vorhaben unterstützt. Aber es gibt keine elegante Art und Weise, sich von der unerträglichsten Trauer zu erholen, die man sich vorstellen kann – der Trauer um den geliebten Sohn.

Wenn er in den Spiegel schaut, sieht er sich entstellt. Er sieht Narben, die nicht da sind. Verbrannte Fresse, zerstörte Fresse. Er erinnert sich an sein richtiges Gesicht, es war anders. Es ist ausgelöscht von den Schreien.

Marcia sitzt am weißen runden Tisch und trinkt Jasmintee. Der kleine Kater, den sie vor ein paar Tagen in der umzäunten Mülltonnenecke gefunden hat, liegt zusammengerollt auf ihrem Schoß. Er ist so winzig, dass sie dachte, es sei noch ein Baby. Ungeziefer krabbelt durch sein weißes Fell. Er hat ganz blaue Augen und ist überhaupt nicht scheu. Der Tierarzt hat starke Dehydrierung festgestellt, dann hat er den Zahnstein untersucht und erklärt, das Tier sei ungefähr drei Jahre alt. Von Parasiten befreit und gut ernährt, werde es ein prächtiger Kater.

Marcia hat ihn Roger genannt. Sie wollte ihn behalten. Sie meinte, die Gesellschaft eines Katers könne Vernon nur guttun. Aber sie hat nicht bedacht, dass auch die Hunde getötet wurden. Er hat gesehen, wie sie sich verwundet vorwärts schleppten und den Todesschuss empfingen. Vernon hat nichts gesagt. Sie kann es nicht wissen.

Marcia hat im Internet nachgesehen, ob jemand einen Kater vermisst, und hat seine Besitzerin gefunden. Sie konnte genau die Form des Flecks auf seinem Bauch beschreiben und wusste, dass die rechte Vorderpfote schwarz ist und die linke weiß. Kein Zweifel, es ist ihr Kater. Sie wird ihn nach der Arbeit abholen kommen. Sie sagt, ich bringe eine Flasche Champagner mit. Ich habe nicht mehr daran geglaubt, ich bin so froh. Marcia ist enttäuscht. Sie hatte Lust, Roger zu adoptieren. »Selbst wenn du ihn nicht so gern hast, hättest du ihn füttern können, wenn ich nicht in Paris bin.« Vernon zwingt sich zu einer Antwort: »Sei nicht traurig, du hast ja mich.« Marcia dreht sich zu ihm um, überrascht, seine Stimme zu hören.

Sie genießt die letzten Minuten mit dem Kater, der sich gern streicheln lässt. Sie scrollt durch brasilianische Blogs, die Brille auf die Stirn geschoben, wie immer, wenn sie liest. Sie ist traurig. Alles, was in den letzten Monaten in ihrer Heimat geschehen ist, berührt sie besonders stark. Expats erleben die Ereignisse mit einer Zeitverschiebung, die sie nicht weniger dramatisch macht – im Gegenteil. Die Entfernung ist wie ein Resonanzraum. Das verstehen hier nur wenige. Sie sagt, »Ich muss mir neue Freunde suchen, Leute von dort, Leute wie ich.«

Vernon wäscht das Geschirr kalt. Der Boiler ist kaputt, in der Küche gibt es kein warmes Wasser. Da Marcia zur Untermiete wohnt, kann sie nicht riskieren, den Eigentümer anzurufen und womöglich Ärger zu bekommen. Er spült die Teller und seine Hände sind rot, eisig. Es überrascht ihn, dass er etwas spürt.

Nach dem Massaker ist er immer weitergelaufen. Auf einem Dorfplatz ist er zusammengebrochen, und eine Frau hat ihn aufgenommen, Stéphanie. Sie übersetzt Bücher aus dem Italienischen und lebt allein mit ihrem Hund in der obersten Etage eines kleinen Hochhauses auf einem Hügel. Sie sammelt Schildkröten – aus Stoff, aus Plastik, auf Postkarten. Überall Schildkröten. Dazwischen ein orangener Salzstein, wegen der elektrischen Wellen. Stéphanie hat ihn gepflegt. Er weiß nicht, wie lange er geblieben ist. Er sagte nichts, sie wandte ihm den ganzen Tag den Rücken zu, zog an ihrer Elektrozigarette und tippte auf ihrer Tastatur. Wahrscheinlich hat sie erraten, woher er kam. In den ersten Tagen war von nichts anderem die Rede. Er ist der Einzige, der davongekommen ist. Stéphanie ist Schwarze, sie hat sehr kurzes Haar. Sie hörte ununterbrochen CDs mit dem Rauschen von Regen und Wäldern. Das war beängstigend. Tagelang zitterte Vernon vor Fieber. Er wollte weg, fand aber nicht die Kraft, die Wohnung zu verlassen und hinaus auf die Straße zu gehen. Morgens machte sie seltsame Dehnübungen auf einer abgenutzten blauen Matte. Er schlief auf dem Sofa, und am ersten Tag hatte sie ihn mit einer roten Wolldecke zugedeckt, von der er sich in der ganzen Zeit, die er dort war, nie getrennt hat.

An einem Nachmittag war sie einkaufen, und er fand den Mut, durch die Tür zu gehen. Er lief die neun Etagen nach unten. Wollte nicht Fahrstuhl fahren. Die rote Decke nahm er mit. Er hat sich davongemacht wie eine Katze, ein undankbares Tier. Jede Stufe strengte ihn an, der Abstieg war endlos. Er musste überlegen, wie man den Fuß setzt, wie man das Gewicht seines Körpers trägt, er klammerte sich an das Geländer wie ein müder Greis.

Unterwegs schreckte er ein Pärchen auf, das Angst bekam, als er plötzlich von oben auftauchte, und das ihm Angst machte, als die beiden zusammenzuckten, weil sie sich ertappt fühlten. Das Mädchen war vielleicht fünfzehn, Vernon staunte über ihre riesigen blauen Augen, ihre schneeweiße Haut und die wahrscheinlich gefärbten Haare, fast bläulich, zu schwarz, um echt zu sein. Sie war hübsch, der Junge war groß, hatte kräftige Beine, Fußballerwaden. Er stand auf, um Vernon vorbeizulassen, und mied seinen Blick. Auch er war sehr schön. Vernon war überrascht, dass die Leute draußen weiter lebendig waren, schön waren, sich versteckten, um zu knutschen. Sie waren strahlend und sanft. Wirkten so fern. Sie befanden sich auf der anderen Seite des Vorhangs in seinem Bewusstsein.

Er war lange gelaufen. Hatte Hunger, Durst, Blasen an den Füßen, seine Hüfte schmerzte. Wenn er Menschen begegnete, streckte er die Hand aus. Er war weitergelaufen. In Toulouse stieg er in einen Zug nach Paris, ohne zu wissen weshalb. Der Kontrolleur war ein alter, verbitterter Mann, wütend, dass Vernon ohne Fahrkarte und ohne Papiere eingestiegen war. Er schnauzte ihn an, verlangte einen Identitätsnachweis, eine Adresse. Vernon sah aus dem Fenster, auf die vorbeiziehende Landschaft, er schaffte es nicht, Interesse zu heucheln. Schließlich hatte sich der Mann seufzend auf einen Notsitz fallen lassen, um seinen Strafzettel auszufüllen. Er war auch erschöpft und hatte die Lust verloren, böse zu sein. Er sah Vernon an, bevor er weiterging. »Viel Glück. Was soll ich sagen … Sieh zu, dass du irgendwas findest, ich weiß auch nicht, eine Rechnung vielleicht … damit wir wenigstens so tun können, als ob. Das darf man nicht mehr, verstehst du? Bei alldem, was passiert, darf man nicht mehr ohne Papiere durch die Gegend fahren.«

Der Schmerz packte ihn ohne Vorwarnung, als erwachte er aus einem Traum – durchbohrte ihn wie ein Dolchstoß. Alles war vorbei. Nichts blieb. Die übrige Zeit vergaß er, vergaß er zu denken.

In der Metrostation Châtelet legte sich Vernon in einem Gang auf den Boden, ein paar Meter entfernt von einem Gitarristen in seinem Alter. Er wollte nicht mehr weiter. Er drehte sich mit dem Gesicht zur Wand und hatte das Gefühl, angekommen zu sein. Abends kam ein Bahnbeamter vorbei und sagte, »Wir schließen«, immer derselbe, höflich, aber bestimmt. Irgendwo fand Vernon ein warmes Plätzchen, um zu schlafen. Manchmal musste er lange laufen. Aber am Morgen kam er immer zurück nach Châtelet. Gerade so, als wüsste er es, als wäre er dort verabredet. Dabei wartete er auf nichts. Alle waren tot. Alle, die er kannte, waren fort. Mariana war am Abend vor der *Convergence* unerwartet zu ihnen gestoßen. Er hatte sich so gefreut, sie zu sehen. Er erinnerte sich an ihren Mund beim Orgasmus, ihre halb geöffneten Lippen, ihre Zähne. Er erinnerte sich, das war das Schlimmste. Seine Kehle war hart wie Stein, jeder Atemzug eine Qual.

In Châtelet stand eines Tages Marcia vor ihm. Vernon hatte sie nicht gesehen. Er lag auf der Seite, wie üblich.

Sie sagt, dass sie ihn nicht gleich erkannt hat. »Normalerweise gucke ich nicht nach den Pennern in der U-Bahn, ich habe genug damit zu tun, voranzukommen, mich durchzuschlängeln, ich gehe so schnell wie möglich und weiche den Leuten aus. Dich habe ich erkannt, aber ich dachte, dass dir irgendjemand ähnlich sieht. Das war ein Schock. Ich bin weitergegangen, in Richtung Linie 4, ich wusste nicht mehr, was ich tat. Dein Name stand auf der Liste der Opfer. Ich frage mich, wen sie an deiner Stelle identifiziert haben. Ich habe dein Foto gesehen, zwischen den anderen – Marc Campadre, ich wusste nicht, dass du so heißt. Ich habe so geweint. Du, Kiko, Gaëlle … alle anderen. Mit Kiko hatte ich mich schon lange verkracht, er hatte sich mal wieder schlecht benommen, du weißt ja, wie er sein kann, und das Kokain hat ihn total verrückt gemacht. Danach tat es mir leid. Es tat mir leid, dass ich nie nach dem Telefon gegriffen habe, komm schon, das war nicht so schlimm, treffen wir uns? Gaëlle habe ich zuletzt bei einer Saint-Laurent-Soiree getroffen, sie hat mir ein bisschen von den *Convergences* erzählt, sie hat gesagt, ich soll mal kommen, aber ich habe mich nie aufgerafft. Man denkt immer, man hat zu viel zu tun. Außerdem wusste ich nicht, ob es gut ist, wenn ich dich wiedersehe. Ich habe dir wehgetan. Ich habe nicht mit dir gespielt, das war schon ehrlich mit uns – ich hatte andere Sachen im Kopf und keine Zeit, verliebt zu sein, aber es hat mir gefallen, dass du es warst. Als ich gesehen habe, dass du unter den Opfern bist, hatte ich plötzlich das Gefühl, ich hätte dich viel mehr geliebt, als ich je gedacht hätte. Du weißt ja, wie das ist, im Rückblick hängt der Himmel voller Rosen. Ich habe dich erkannt, aber ich dachte, ich spinne, also bin ich weitergegangen. Erst als ich in den Zug einsteigen wollte, kam ich zur Besinnung und habe kehrtgemacht. Ich wollte sicher sein. Und da warst du. Mein Schatz, du warst in einem Zustand … Dein Anblick war nicht das Schlimmste, aber der Gestank, puh! Ich muss dich wirklich lieben wie einen Bruder, dass ich mich über dich gebeugt habe – ich weiß, es ist nicht nett, es dir zu sagen, aber wie du gemieft hast, mein Bruder! Deine Lippen formten Wörter, aber es kam kein Ton raus, du hast fantasiert, aber stumm. Ehrlich, ich habe gezögert. Ich wusste, wenn ich dableibe, helfe ich dir aufzustehen und nehme dich mit zu mir, und das wird mein ganzes Leben ändern, obwohl ich erst vor zwei Monaten die Wohnung hier gefunden habe und mich allein sehr wohlfühle. Ich wusste, dass ich mich um dich kümmern werde, und es war nicht schwer zu erraten, dass das kein Zuckerschlecken wird. Ich hätte einen Polizisten rufen können, ihm sagen, alle denken, dass dieser Mann tot ist, aber ich erkenne ihn, überprüfen Sie das! Aber das konnte ich dir nicht antun. Als du da so an der Wand geklebt hast, nach Pisse stinkend und stumm vor dich hin redend, habe ich gedacht, Scheiße, da wäre ich besser mit dir zusammengeblieben, als wir uns kennengelernt haben … entschuldige, dass ich es so klar ausspreche, aber so ist es doch. Dann habe ich mit dir gesprochen. Die Leute, die den Gang entlangliefen, wurden langsamer und sahen uns an, sie fragten sich bestimmt, was ich da mache, warum ich einen Mann schüttele, der sich nicht mehr rührt. Vielleicht hatten sie Angst, du bist tot. Es heißt doch immer, die Pariser würden in der Metro über eine Leiche hinwegsteigen, ohne stehen zu bleiben. An dem Tag habe ich festgestellt, dass das ein Märchen ist. Alle wollten mitreden – kann ich Ihnen helfen? Ist es etwas Ernstes? Es gibt alle möglichen Arten von Parisern, es gibt zwar Arschlöcher, aber auch Samariter, ich kann dir sagen, um die loszuwerden, musst du dir schon was einfallen lassen.«

Vernon hatte ihre Stimme sofort erkannt. Er dachte, er träumt. Er träumte nicht viel. Dann erkannte er ihr Parfüm. Da begriff er, dass Marcia wirklich da war, dass sie neben ihm kniete, aber er freute sich nicht. Sie störte ihn. Sie trug einen superengen Jeansanzug, direkt aus den 80ern, und die Haare so, wie er es nie bei ihr gesehen hatte – nach hinten gezogen und ganz glatt. Sie war es, aber sie sah sich nicht ähnlich. Sie half ihm beim Aufstehen und zog ihn in die Metro, sie stand sehr gerade neben ihm und musterte die Leute voller Arroganz, weil sich alle im Abteil fragten, woher der Gestank kam. Sie drängten ans andere Ende, hielten sich ein Taschentuch vor die Nase, wechselten den Sitzplatz. Aber Marcia streckte die Brust raus, hob das Kinn, forderte jeden heraus, der sich über die Unannehmlichkeit beschweren wollte. Vernon sagte nichts. Aber ein Hauch von Bewusstsein kam zurück. Er dachte an den Film *Pinocchio*, der während der Feiertage im Fernsehen lief, als er klein war, und der ihm immer Angst gemacht hatte. Er dachte an die Dame mit den violettem Haaren und dem kleinen Schleier. Marcia trug keinen Hut mit Schleier, aber in der Erinnerung an diese Metrofahrt ist sie zu dieser Dame geworden.

Sie ist da. Sie fehlt ihm. Sie stillt seine Sehnsucht nach ihr nicht. Sie ist es. Es ist ihre Art, sich zu bewegen, ihre

Kleidung, ihre Stimme. Aber ihre Anwesenheit lässt die Trauer um sie nicht verschwinden. Vernon spürt die Dinge nicht mehr. Er kann nichts anderes mehr empfinden als ein Fehlen. Nicht mal eine Abwesenheit. Nur das Fehlen. Von dem, was vernichtet wurde. Nur noch das.

Er schafft es zu reden. Ein bisschen. Er sagt, du machst den Kaffee genau so stark, wie ich ihn mag. Und er sieht sie lächeln. Es tut ihm leid für sie. Sie ist froh, ihm eine Freude zu machen, sie strahlt jedes Mal, wenn er etwas sagt. An den ersten Tagen saß er nur da. Ohne Regung. Aber jetzt klappt er das Sofa zusammen, auf dem er schläft, legt die Kissen an ihren Platz, faltet die Laken zusammen und räumt sie in den Flurschrank. Er will so wenig wie möglich stören. Marcia sagt, dass er große Fortschritte macht. Aber Fortschritte in welche Richtung? Sie sagt, dass alles seine Zeit braucht. Aber Zeit bis wann? Worauf wartet sie?

Wenn Marcia das Haus verlässt, fegt er das kleine Wohnzimmer, die Küche und sogar den Balkon. Er achtet auf die Zeit und macht die Fenster groß auf, bevor sie nach Hause kommt, weil er weiß, dass sie frische Luft mag, sie spricht vom Qi, das zirkuliert. Also lässt er das Qi zirkulieren, er hat Angst, schlecht zu riechen. Sein Geruch hat sich verändert. Marcia sagt, du spinnst, du riechst nach Kerl, ihr riecht alle ein bisschen, auch wenn ihr sauber seid. Sein Schweiß ist nicht mehr derselbe. Er riecht nach Angst, gemischt mit morbider Traurigkeit. Sein Geruch stört ihn. Er ist nur noch ein Klumpen Unglück. Auch deswegen lüftet er. Er macht etwas. Die Gedanken funktionieren wieder, mit Löchern, aber sie kommen zurück.

Eine Aneinanderreihung von Wörtern, Schlussfolgerungen, Listen.

Er spürt nichts. Er bemüht sich nicht. Er will sich nicht wieder fangen. Dabei tut es ihm sehr leid, was Marcia alles für ihn tut. Und dass sie sich auch noch sorgt, weil er nicht essen kann. Es geht einfach nichts rein. Eine Riesenaktion, bis er einen halben Apfel geschluckt hat. Es beruhigt ihn zu spüren, dass sein Körper schrumpft. Er will nicht, dass sie sich deswegen Sorgen macht, von allen Gefühlen ist das das stärkste. Er hat keine Lust zu essen. Es gefällt ihm, wie ein Vogel zu sein. Ganz leicht. Schon fast nicht mehr da.

Er hat gelernt, alle komplexen Überlegungen zu verdrängen. Sie führen ihn unvermeidlich in ein unerträgliches Getümmel. Man spricht den Namen des Bösen nicht aus. Nie erwähnt er das Drama. Oder das Datum. Er will nichts wissen. Das ist ein großes Gebiet, in das er sich nicht wagen will.

Seine Nächte sind unruhig. Er will sie nicht wecken, aber wenn er einschläft, kann er seine Schreie nicht kontrollieren. Marcia steht auf, nimmt ihn in die Arme, wiegt ihn. Sie beklagt sich nicht. Für kurze Momente verschafft sie ihm nachts ein Gefühl von Sicherheit. Dann löst er sich von ihr, er hat Angst, sich zu entspannen. Er spürt, dass eine Gefahr darin lauert, sich gehen zu lassen. Wenn er Albträume hat, rollt sie sich ganz eng zusammen und schläft an ihn geschmiegt ein. Er sagt nichts, aber er fragt sich, was das soll. Wohin das führt. Warum gibt sie sich solche Mühe? Er will nicht, dass es ihm besser geht. Das wäre völlig falsch.

Er macht ihr das Leben unmöglich, spickt es mit allen möglichen Verboten. Er kann nicht fernsehen. Marcia schaltet das Gerät nicht mehr an. Die einzige Sendung, die sie zusammen am Computer sehen, ohne dass er eine Panikattacke riskiert, ist »RuPaul's Drag Race«. Marcia kennt jede Folge auswendig, die Namen aller Bewerber, die Skandale hinter der Bühne. Er achtet nicht darauf, was passiert. Aber es stört ihn nicht. Sie sitzt gern neben ihm, knabbert geröstete Sonnenblumenkerne und kommentiert die Handlung. Manchmal entlockt sie ihm sogar ein Lächeln.

Aber Fernsehen oder Internet gehen gar nicht. Mehrmals hat er automatisch den Fernseher eingeschaltet. Um der Stille etwas entgegenzusetzen. Jedes Mal stößt er auf Szenen von unvorstellbarer Gewalt. Jedes Mal. Hektoliter Blut, Folter, Schreie, Tote, Feuer. Bilder aus Spielfilmen oder aus Aleppo – er will nicht wissen, ob es wahr ist oder nicht. Er will nichts wissen. Aber sie wollen, dass es wieder anfängt. Das macht ihn verrückt. Er versinkt in paranoidem Delirium – das ist das Einzige, was sie interessiert, Massengräber und Leichen und Berge von Toten und Verzweiflung und die Tränen der Überlebenden.

Dann trocknet ihm Marcia geduldig die Stirn: »Wer sind denn ›sie‹?«

Er möchte nicht darüber nachdenken. Jedes Mal, wenn er versucht fernzusehen oder etwas im Internet zu suchen, sieht er einen abgeschnittenen Kopf, eine explodierende Granate, ein brennendes Haus, ein ausgerissenes Auge, zerfetzte Passanten, sieht er eine blutüberströmte Frau, die fleht, man möge ihr Kind verschonen. Er kann den Fernseher nicht einschalten, ohne den Tod zu sehen.

Er begreift, dass es ihm an dem Tag besser gehen wird, wo er imstande ist, sich wie die anderen daran aufzugeilen. Sich damit vollzustopfen. Dann stellt Marcia ihr Laptop auf den Couchtisch. »Auf RuPaul kannst du dich verlassen, kein Tropfen Blut, du siehst nur Alaska, und ich liebe Alaska.« Ihre Freude, ihm ihre Sendung zu zeigen, hat etwas Ansteckendes. Aber sobald er die Traurigkeit vergisst, stört es ihn. Er will sich nicht davon entfernen. Wie ein Kind, das sich nicht vom Schwimmbeckenrand lösen will.

Die Musik stört ihn. Die auch. Er beißt die Zähne zusammen. Beklagt sich nicht. Er will nicht, dass Marcia neben allem anderen – niemanden einladen, nie Radio hören, sich verstecken, wenn sie ins Internet will, keine Zeitung ins Haus bringen und so weiter – auch keine CD mehr hören kann. Er hört nur einzelne Noten, die aufeinanderfolgen. Die Kontinuität fehlt ihm. Da zieht er das winzige bisschen Zeit vor, das vergeht. Nur die Stunden.

Sie hat die Eingangstüren blockiert. Vernon sah gerade woandershin. Niemand hat sie gesehen, es gab keinen Warnschrei, weil niemand etwas bemerkt hat. Sie hat drei Granaten geworfen. Bei der ersten Explosion wusste jeder, was los war. Es hatte vorher zu viele Attentate und Massaker gegeben – sofort haben sich die Tanzenden entsetzt angesehen; bei der zweiten Explosion haben sie sich auf den Boden geworfen, niemand sah, woher die Schüsse kamen, die Fabrikhalle war schon voller Rauch, alle husteten, rannten, stolperten – stolperten über Leichen. Vernon hat sie gesehen. Sie trug eine Maske, die sie vor dem Rauch schützte. Sie zielte auf den Kopf, dann auf das Herz, zwei Schüsse für jeden. Sie richtete die starke Taschenlampe auf sie, um im Rauch zu sehen, wo sich jemand bewegte.

Wie in einem Videospiel. Am nächsten Tag zählte die Polizei mehr als dreihundert Hülsen.

Wenn Vernon seine Gedanken weiterlaufen lässt, sieht er das Material. Die Granaten, die Kalaschnikow, die Kugeln. Dinge, die man dafür hergestellt hat. Die nicht zweckentfremdet wurden. Dafür werden sie in Fabriken produziert. Sie sollen töten, zerfetzen, entstellen, verbrennen. Das ist kein Unfall. Das sind leistungsfähige Werkzeuge. Man weiß, was damit geschehen wird. Wozu sie dienen. Es gibt nicht den geringsten Zweifel. Die Menschen sind schockiert. Dabei ist die Wahrscheinlichkeit gering, dass jemand eine Granate als Briefbeschwerer benutzt. Die Granate tut, was sie zu tun hat. Wie die Kalaschnikow. Wie das Gewehr. Die einzige Variable bei der Rechnung ist: Hast du die Leute gekannt, bevor sie zu Leichen wurden?

Er blockiert diese Gedanken. Sie nützen nichts. Er ist nicht angepasst. Er wird sich nicht bemühen, es zu sein. Er will sich nicht erholen.

Céleste drehte sich langsam um sich selbst, die Augen geschlossen, die Hände geöffnet, langsam setzte sie die Absätze auf den Boden, sie wirkte besänftigt.

Ihr Körper ist in hohem Bogen nach hinten geflogen. In einem perfekten Bogen. Bei der ersten Explosion.

Sie war die Erste, die Vernon fallen sah.

Er hat nicht alle gesehen. Er ist gegen eine Schulter geprallt, Xavier ist über ihm zusammengebrochen, dann jemand, den er nicht kannte. Er hat sich nicht tot gestellt, um sich zu schützen. Olga ist schreiend zurückgewichen und über ihnen niedergesunken. Er konnte sich nicht rühren. Er konnte sehen. Er hätte schreien müssen. Dass sie ihn nicht vergessen soll. Mariana hat er nicht fallen sehen, aber ihr Name steht auf der Liste. Alle Namen stehen auf der Liste.

Marcia kümmert sich um ihn. Ohne Widerwillen, ohne sich zu beklagen, ohne etwas zu erwarten. Seit Monaten taucht sie Handtücher in kaltes Wasser, legt sie ein paar Minuten in den Tiefkühlschrank, kühlt seine Schläfen, seinen Hals. Sie sagt, dass er glüht.

Er puzzelt. Nicht weil er sich beschäftigen möchte, sondern weil er denkt, es ist weniger lästig für sie, wenn sie ihn etwas tun sieht. Jemand hat ihr mal ein Puzzle mit tausend Teilen geschenkt, auf dem die Vögel der Welt abgebildet sind. Eine auf alt gemachte Zeichnung, koloriert und realistisch. Sie hatte es in der Schachtel gelassen und gedacht, Blödmann, was ist das denn für ein bescheuertes Geschenk? Vernon hat mit erstaunlicher Disziplin zu puzzeln begonnen. Als er es fertig hatte, hat Marcia ein neues gekauft, mal sehn. Diesmal mit fünfhundert Teilen, ein Tiger, der durch den Schnee rennt. Viel Weiß in allen Nuancen. Vernon kann Stunden damit verbringen, die Steine zu sortieren und die Vorlage zu betrachten, eine Bewegung, einen Schatten zu suchen, der ihm Orientierung gibt.

Vernon ist der einzige Überlebende. Lange hat er gehofft, von einem anderen Davongekommenen zu hören. Jetzt nicht mehr. Lange, nachdem sie rausgegangen war, lange, nachdem die Schüsse verhallt waren, ist er mühsam vorwärtsgekrochen, um sich zu befreien. Um ihn herum schienen alle zu schlafen. Ein Meer von Blut verband die Körper. Es breitete sich langsam aus. Das war die einzige Bewegung in der Halle.

Waffen sind dazu gemacht. Sie hatten ihre Aufgabe erfüllt.

Von Weitem – eingerahmt vom weit geöffneten Fabriktor – hat Vernon in der Dunkelheit die Gestalt eines Mannes gesehen, der dem Mädchen eine Kugel in die Schläfe schoss. Er hat Max erkannt. Hat ihn weggehen sehen. Hat begriffen, was geschehen war. Es war unbegreiflich. Aber er hat es begriffen. Dopalet war gerächt. Marcia hat er nichts davon erzählt. Das nützt nichts mehr.

Es war auf jeden Fall die beste *Convergence*, die sie je organisiert hatten. Der Hall war fantastisch, die beiden Mädchen aus Bordeaux hatten sich selbst übertroffen, es war, als käme der Ton aus den Wänden und würde die Tänzer einhüllen.

Er hat Marcia nichts erzählt. Es nützt nichts, zu erzählen. Was vorbei ist, ist vorbei. Was danach passiert ist, interessiert ihn nicht. Die Artikel in den sozialen Netzwerken, die unzähligen Kommentare, die Nachrufe und die Theorien. Seine Lippen wiegen Tonnen. Auch seine Zunge ist schwer. Sie ist riesig geworden in seinem Mund. Sie widert ihn an.

Seit ein paar Wochen ist Marcia übermäßig fürsorglich. Zuerst dachte er, das Mitleid, das er ihr einflößt, werde ihr allmählich zu viel, weil es sie noch aufmerksamer macht als sonst. Aber dann hat sie sich eines Abends zu ihm gesetzt. Und hat nicht vorgeschlagen, RuPaul zu sehen.

»Hör mal. Ich weiß nicht, ob ich es dir sagen soll. Ich weiß nicht mal, ob es dich interessiert. Aber ich kann dich nicht jeden Tag sehen und nicht wissen, was du davon hältst … Außerdem habe ich Angst, dass du sauer bist, wenn du es auf anderem Weg erfährst. Es geht um eine Serie. Ein Produzent hatte die Idee, eure Geschichte in einer Serie zu verfilmen. Der Vater von jemandem, der an dem Abend auch dabei war. Der arme Mann! Seinen Sohn auf diese Weise zu verlieren … Um damit fertigzuwerden, hat er die Serie geschrieben, am Anfang vielleicht nur, um dem Ganzen einen Sinn zu geben … oder einfach zu überleben. Aber es ist ein Riesenerfolg geworden. Die Musik ist genial, super abgemixt – nicht so eine bescheuerte Actiongeschichte, eine ganz andere Atmosphäre, es macht total süchtig … Ich sehe sie, ich sage es dir nicht, aber ich sehe sie – alle sehen sie. Ich glaube nicht, dass sie viel mit der Wirklichkeit zu tun hat, eher so eine Jesusgeschichte. Tut mir leid, dass ich dir das so erzählen muss, aber du bist Jesus, und Alex Bleach mehr oder weniger Johannes der Täufer … und dann halt die ganzen Jünger. Und weil es so gut läuft, verlieren sie keine Zeit – jetzt gibt es schon ein Manga. Die Hauptperson ist genial. Sieht dir echt ähnlich. Irgendwie haben sie ein Manuskript von Lydia Bazooka aufgetrieben und mit Texten von Olga herausgegeben. Und alles über Subutex. Echt Wahnsinn, wie sich das verkauft. Ich habe dir nie davon erzählt, aber kurz nach dem Drama … es war echt finster, was im Internet abging, du weißt ja noch, wie es da läuft – wenn es keine Trolle sind, ist es der Nazi von nebenan, also … es war übel, was da alles erzählt wurde. Aber jetzt … Vernon, durch das Manga kennt jeder dein Gesicht. Überall, von Polen bis Sydney, über Berlin, Tokio und New York. Laurent Dopalet und Maxime Chapio, die beiden, die das ganze Ding aufziehen, sind echt stark, das Businesstandem des Jahres. Ich konnte das alles nicht länger für mich behalten, Vernon, verstehst du das? Willst du sehen, wie es aussieht?«

Nein. Er wollte nicht. Sie kam wieder und wieder darauf zurück, bis sie ihn ein bisschen neugierig machte. Dopalet hat sich bestens der Welt angepasst, in der sie leben. Er bestellt ein Massaker und dann macht er eine Serie daraus. Vernon ist nicht wütend. Es ist so egal. Die Fabriken produzieren Granaten, die Dopalets produzieren die Geschichten.

Marcias Telefon auf dem Tisch vibriert. Sie sieht auf das Display und seufzt:

»Die Besitzerin von Roger steht vor dem Haus. Ich sammle nur schnell ein, was mir der Tierarzt gegeben hat, das Rezept, das Flohspray für die Wohnung …«

»Lässt du sie nicht raufkommen?«

»Und wenn sie dich sieht? Wenn sie dich erkennt?«

»Ich kann eine Kapuze aufsetzen. Ich kann im Bad bleiben.«

»Alle glauben, du bist tot, Vernon.«

»Das sagst du mir ständig. Es stört mich nicht, dass die Leute das glauben.«

Vernon Subutex ist mit 72 Jahren an einer Lungenentzündung gestorben. Er war nie mehr obdachlos und hat bis zum Ende bei Aïcha und ihrer Tochter Sabra auf der Insel Hydra gelebt. Die Umstände ihres Wiedersehens sind unklar. Subutex zeigte nie das geringste Interesse an den *Convergences*, die sich in den Jahren nach dem Massaker über ganz Europa verbreitet haben.

Ein paar Jahre vor ihrem Tod veröffentlichte Sabra im Internet einige Texte, in denen sie von ihrer Jugend mit Subutex erzählte. Diese Berichte gelten als apokryph. Verschiedene Urlauber bestätigten jedoch, dass auf der Insel ein Mann lebte, dessen Ähnlichkeit mit dem Mangahelden Vernon Subutex sie verblüfft hatte. Um 2077 sprach man zum ersten Mal von der Wiedergeburt des Propheten. Die Legende trug viel zur Ausbreitung der *Convergences* bei.

2085 wurde die Musik aus allen Zivilisationen verbannt, die den Großen Territorien unterstanden. Die drei monotheistischen Megalopolen, der postmarxistische Kontinent und der Indigenenkontinent Amerika verboten jede Form von Musik mit unterschiedlichen Begründungen, die jedoch in einem Punkt übereinstimmten: Musik sei ein Element moralischer Verkommenheit und eine Gefahr für den gesellschaftlichen Zusammenhalt. Für die einen schürte sie gottlose Laszivität, für die anderen störte sie den strengen Gotteskult, für wieder andere war sie die paradigmatische Basis ultraliberaler Exzesse.

Ab 2100 wurden Gruppen, die im Untergrund *Convergences* praktizierten, verfolgt und hingerichtet. Jedes Individuum, das sie unterstützte, wurde streng bestraft. In jener Zeit beschränkte sich die Bewegung auf Europa, wo trotz der Atomkatastrophen noch weite Landstriche bewohnbar waren. Die Repressionen waren hart, aber die Anhänger der Subutex-Sekte waren schwer zu greifen. Sie bewegten sich in kleinen Gruppen, kommunizierten außerhalb des Netzes und waren Experten der Tarnung. Sie ließen sich mit Vorliebe in dichten Wäldern nieder, waren aber auch imstande, mehrere Wochen lang im Zentrum einer Stadt, meist in der Kanalisation, zu leben, ohne dass man sie aufspürte. Sie hatten die Anpassungsfähigkeit von Beutetieren entwickelt, vernahmen das leiseste Geräusch, machten sich blitzschnell davon und konnten lange fasten. Außerdem machten eine gewisse Beschränktheit und der Kretinismus, der ihren Kult prägte, ihr Tun schwer vorhersagbar. Man konnte das Nomadenvolk nie gänzlich ausrotten.

Die notwendigen Maßnahmen der Energieeinsparung führten dazu, dass die Regierungen der großen Zivilisationen jeden privaten Energieverbrauch in Europa verboten. Die lokale Bevölkerung wurde in riesigen Lagern zusammengetrieben, wo sie Energie produzieren sollte, man duldete jedoch nicht mehr, dass sie welche verbrauchte.

Diese Maßnahmen destabilisierten die von Krieg, Kontamination und Bevölkerungsumsiedlung geschwächten Völker. Die wenig anpassungsfähigen, technisch zurückgebliebenen Europäer waren abhängig vom Internet – einer rudimentären globalen Intelligenz, die sie miteinander verband. Die Anhänger der *Convergences* profitierten von der Verwirrung, die die endgültige Einstellung der Nutzung von Elektroenergie zur Folge hatte. Da sie daran gewöhnt waren, im Dunkeln zu leben, herumzuziehen, um den strengen Wintern zu entgehen, sich an den Sternen zu orientieren und auf altmodische Weise zu kommunizieren, waren sie im Vorteil. Sie hatten sogar ein Kommunikationsnetz auf Papierbasis geschaffen und tauschten Informationen mit Karten und Texten aus, bei denen sie sich einer Schreibtechnik ohne Tastatur bedienten, die seit Jahrzehnten verschwunden war und die nur sie weitergetragen hatten. Sie ließen Klänge ertönen, um die sie ihre Kultfeiern organisierten, die von einer ebenfalls uralten Technik – genannt Vinyl – stammten, deren Abspielgeräte sie in Bewegung brachten, indem sie ihre eigene Energie produzierten. Ausgerechnet ihre Archaik half ihnen zu überleben. Sie waren nicht sehr zahlreich. Sie waren nicht sehr schädlich – selbst ihre Diebereien waren harmlos, sie klauten hier eine Kiste mit Proteinen, da ein Sonnenpaneel, nichts, was große Suchaktionen gerechtfertigt hätte.

Weil man sie duldete, vergaß man sie schließlich.

Europa wurde in drei große Verwaltungszonen aufgeteilt: Lager zur Energieproduktion, Lager für Organspenden und Menschenexperimente und Urlaubsorte. Einige europäische Städte wurden komplett dekontaminiert, unter riesige Glocken gesetzt und für den Tourismus eingerichtet. Vermutlich in dieser Zeit mussten die Anhänger der *Convergences* fliehen und verließen Europa, um die Großen Territorien zu erreichen. Sie waren so anpassungsfähig geworden wie das Wasser, kannten sich bestens auf den Schmuggelpfaden aus, entdeckten und nutzten das kleinste Loch in dem gewaltigen Netz, das die kontaminierten Körper der Europäer in ihren Grenzen gefangen halten sollte.

Die ersten Spuren von Anhängern der *Convergences* in entwickelten Gebieten finden sich Ende des zweiten Jahrhunderts des dritten Jahrtausends im Orient, in der Nordantarktis, im Süden Afrikas und sogar auf den karibischen Inseln. Die großen Zivilisationen hatten den Obskurantismus überwunden. Die Musik war nicht mehr verboten. Sie war einfach in Vergessenheit geraten.

Bei der entwickelten Bevölkerung fanden die Anhänger der *Convergences* unerwartete Unterstützung. Gelehrte, Forscher und andere aufgeklärte Geister interessierten sich für die weiße Subkultur und bewerteten ihre naive Kunst zuweilen sogar als autonome Kultur. Auf zuverlässigen Tonträgern archivierten sie Tausende Stunden Musik und die Gründungstexte.

Als den Behörden der Großen Territorien diese Begeisterung auffiel, publizierten sie zahlreiche offizielle Richtigstellungen: Subutex sei ebenso wenig ein Prophet gewesen wie Alex Bleach, die drei Apostel – bekannt unter den Namen Olga Isladovic, Lydia Bazooka und Laurent Dopalet – seien Usurpatoren. Aber der Kult der *Convergences* breitete sich aus. Er bestand aus einer Reihe kollektiver Tänze zu Klängen aus zwei parallel gemixten Tonquellen, die die Spezialisten ratlos machten: Niemand vermochte zu begreifen, warum normale Individuen lächerlich nach vulgären Harmonien herumzappeln wollten.

Es bedurfte erst des Aufschwungs der kinesischen Techniken und der Zeitreisen, damit man das Phänomen verstand. Ebenso wie die Zweibeiner vor der Zähmung des Feuers zwei Steine aneinandergerieben und trockenes Gras entzündet hatten, ohne zu begreifen, was sie taten, hatte diese Gruppe von Europäern ein System »zusammengebastelt«, das die Öffnung der »Großen Tore« ermöglichte.

Vor der Subutex-Gruppe gab es nur zwei Beispiele für die Öffnung der Großen Tore – in den Zivilisationen der Ägypter und der Maya. Anders als die großen Meister der Alchimie und der Vibrationsmagie hatte die Subutex-Sekte jedoch nicht die geringste Ahnung von Kinesik. Durch einen außergewöhnlichen Zufall konnte sie die genotypische Übereinstimmung synchroner Energien, adäquate Wellen und Herzrhythmusprogression korrekt zusammenfügen … Diese Hypothese klingt fantastisch, weil sie das Zusammentreffen so vieler Gegebenheiten voraussetzt – aber die Fakten sind eigensinnig. Die Großen Tore haben sich zu Beginn des 21. Jahrhunderts an verschiedenen Punkten auf den damals noch nicht verseuchten Territorien Europas geöffnet und werden bis heute häufig benutzt. Verschiedene Wesenheiten – tierische, außerirdische, göttliche, untote, ultrafrequenzielle – sind mit diesen Durchgängen vertraut. Man nennt diese Nahtstelle *Lost Paradise*. Man reist auf eine Erde vor den großen

Katastrophen am Anfang des 21. Jahrhunderts. Dort kommuniziert man mit lebenden Tieren, das Licht ist natürlich, die Luft kann man atmen, manche trauen sich sogar, ungeschützt in den Gewässern zu baden.

Die erstaunlichste Betätigung – weil sie keinerlei produktive oder wissenschaftliche Rechtfertigung hat – bleibt der Tanz. Es gibt zahlreiche unsichtbare Wesenheiten, die sich unter die Menge der Tänzer mischen.

Die Adepten der *Convergences* versuchen niemanden zu bekehren. Es gibt außerordentlich viele Heilige, die von den Gläubigen angebetet werden, und die Liturgie um die Rockgötter ist für neue Anhänger völlig unverständlich. Man betont die absolute Sinnfreiheit dieser Praktiken, in denen es keine Verbote gibt.

Schon 2286 beantragte Chahida, ein Nachkomme von Aïcha, aus dem Stamme von Sélim, dem Diplomaten, bekannt als Jünger des ersten Kreises, die offizielle Anerkennung des Subutex-Kults bei der Weltregierung. Die Anerkennung wurde abgelehnt. Angesichts des großen Interesses für die von den ersten Anhängern geöffneten Tore wurden jedoch die Gesetze, die seine Verfolgung befahlen, außer Kraft gesetzt. Gegen jede Erwartung wird also weitergetanzt, im Dunkeln und zu einer primitiven Musik, deren Kult auch am Ende des dritten Jahrtausends nicht aussterben will.

Gerade noch war Vernon Subutex erfolgreicher Besitzer eines Kult-Plattenladens in Paris, mit besten Kontakten, als sein altes Leben plötzlich zusammenbricht. Ohne Job, ohne Wohnung muss er sehen, wie er zurechtkommt, und quartiert sich mithilfe von Facebook reihum bei alten Freunden ein. Doch auch an ihnen ist das Leben nicht spurlos vorübergegangen.

Die Geschichte um Vernon Subutex geht in die nächste Runde: Seine ehemaligen Freunde, Bandkollegen, Exfreundinnen finden sich zusammen, um Vernon aus seiner prekären Lage herauszuhelfen. Und ein Geheimnis wird gelüftet – mit ungeahnten Folgen.

Leseproben und mehr unter www.kiwi-verlag.de

Kiepenheuer
& Witsch